KB099291

DONGSUH MYSTERY BOOKS 110

CASTLE SKULI

해골성

존 딕슨 카/전형기 옮김

동서문화사

옮긴이 전형기 (全炯基)
서울대 문리대 영문과와 서울대 대학원을 졸업. 서울대·중앙대 강사를 거쳐 한양대 영문과 교수 역임. 옮긴책 존 스타인벡 《분노의 포도》 등이 있다.

DONGSUH MYSTERY BOOKS 110
해골성
존 딕슨 카 지음/전형기 옮김
초판 발행/1977년 12월 1일
중판 발행/2003년 9월 1일
발행인 고정일/발행처 동서문화사
창업 1956. 12. 12. 등록 16-345 (윤)
서울강남구신사동540-22 ☎ 546-0331~6 (FAX) 545-0331
www.epascal.co.kr

*

이 책의 출판권은 동서문화사 (동판)가 소유합니다.
의장권 제호권 편집권은 저작권 법에 의해 보호를 받는 출판물이므로
무단전재와 무단복제를 금합니다.

편찬·필름·제작 일체 「동판」 자본으로 이루어짐에 따라
출판권 소유권자 「동판」에서 제조출판판매 세무일체를 전담합니다.
사업자등록번호 211-90-02201
ISBN 89-497-0206-1 04840
ISBN 89-497-0081-6 (세트)

해골성
차례

해골성

라인 강변의 죽음······ 11

춤추는 시체······ 26

횃불과 달빛······ 43

유령 공포······ 56

한밤의 바이올린······ 70

폰 아른하임 남작의 등장······ 82

녹슨 권총······ 95

탑 위의 시체······ 106

오색 유리창······ 119

사랑의 미로······ 135

맥주와 마술······ 151

살아 있는 횃불······ 167

던스탠 경의 고백······ 180

해골성으로 가는 길······ 197

뒤얽힌 그물눈······ 211

옛 성에서의 파티······ 224

범인의 정체······ 242

폰 아른하임의 웃음······ 257

방코랑의 웃음······ 265

뛰는 자와 나는 자

뛰는 자와 나는 자······ 284

줄커피 줄담배 속에 빚어낸 카의 걸작······ 310

등장인물

메이르쟈 마술사. 해골성의 전 주인

마일런 아리슨 해골성의 맞은편 기슭 별장 주인. 영국의 연극배우

애거사 '공작부인'. 마일런의 여동생

제롬 드오네이 벨기에의 대부호

이소벨 제롬의 아내

샐리 레인 별장 손님. 화가

던스탠 경 별장 손님. 젊은 귀족

르바셀 별장 손님. 바이올리니스트

호프만 별장의 집사

프리츠 하인

플리다 하녀

콘라드 코블렌츠 경찰의 경감

폰 아른하임 남작 베를린 경찰의 주임경감

방코랑 파리의 탐정

제프리 마르 나. 방코랑의 친구

라인 강변의 죽음

제롬 드오네이가 살인과 오래된 성, 그리고 마술에 대한 이야기를 꺼냈다.

샹젤리제에 있는 롤랑 레스토랑의 한 구석. 포도덩굴이 뻗어올라간 벽을 뒤로 하고 우리는 그날 밤 즐겁게 식탁에 둘러앉아 있었다. 복숭아빛 갓을 씌운 등불이 밤하늘의 별과 아름다움을 겨루면서 화분에 심은 나무들을 꿈결같이 비추고 있었다. 문 닫을 시간이 가까웠기 때문에 손님들은 그다지 많지 않았다. 야자수 화분 안쪽으로 오케스트라의 모습이 희미하게 보였다. 이즈음 5월의 파리 거리에서 유행하는 노랫소리가 흘러나오고 있었다.

테이블 맞은편에서 제롬 드오네이가 이야기를 계속하고 있었다. 이 벨기에의 대부호는 물에 희석시킨 위스키밖에 마시지 않았으며, 계속 손가락을 움직이며 술잔의 손잡이를 돌리고 있었다. 그의 손가락은 한시라도 가만히 있지를 못하는 모양이었다. 침착하지 못한 그는 이제 테이블보 위에 스푼으로 무언가 알 수 없는 글자를 쓰기 시작했다. 손가락의 움직임만이 고요한 밤공기를 어지럽히고 있었다.

세계 10대 부호 가운데 한 사람인 제롬 드오네이는 키가 늘씬한 멋쟁이와는 거리가 먼 사나이였다. 그래도 그의 파란 눈은 언제나 상대를 노려봄으로써 그 사람을 당황하게 만드는 날카로움을 지니고 있었다. 비교적 커 보이는 머리 위로 숱이 적어지기 시작한 검은 머리를 빗어넘기고, 옆으로 넓게 퍼진 콧방울에서 턱에 걸쳐 두 가닥의 주름이 깊게 패어 있었다. 그 아래에 아주 멋진 수염이 자리잡고 있어, 떠드는 일이라면 누구에게도 지지 않는다는 것을 은근히 자랑하는 듯이 느껴졌다.

드오네이는 말했다.

"방코랑 씨, 나는 꼭 당신 힘을 빌려야 할 일이 있습니다. 너무 괴상한 사건이라 보통 사람이라면 이야기만 듣고도 소름이 끼쳐 모두 꽁무니를 뺄 게 틀림없습니다. 그러나 당신이라면 그렇지 않을 겁니다. 오히려 이 이야기를 듣고 흥미를 느끼리라고 나는 확신합니다. 어떻습니까, 한 번 들어보시겠습니까?"

나는 지금 돌이켜 생각해 보아도 제롬 드오네이가 어떤 충동에서 이 사건의 소용돌이에 방코랑을 끌어들였는지 알 수가 없다. 사건은 이미 해결되었다. 드오네이가 어느 날 내게 저녁 식사를 함께 하지 않겠느냐는 정중한 편지를 보내온 데서부터 시작하여 그의 검은색 에나멜 구두가 이불 밑에 꼼짝 않고 놓여 있는 것을 본 마지막 장면까지 남김없이 눈 앞에 그려보지만, 그래도 여전히 이 벨기에의 대부호는 나에게 수수께끼의 인물로 남아있다.

물론 그도 해골성의 희미한 촛불 아래 이빨을 드러내 보이면서 웃고 있는 상대방의 눈과 마주쳤을 때는 자신도 모르게 비틀거렸다. 그러나 그때에도 마음속으로는 두려워했을지 모르나 대담한 태도를 잃지는 않았다. 아무튼 그날 밤 식탁에서 무언가 섬뜩한 예감이 든 것은 사실이지만, 설마 그것이 우리를 그 소용돌이 속으로 몰아넣은 괴상망측한 사건으로 발전하리라고는 꿈에도 생각지 못했었다.

드오네이는 물에 희석시킨 위스키를 마시면서 이야기를 계속하고 있었다.

"그럼, 슬슬 사건의 설명으로 들어가 볼까요. 당신은 파리의 관리지만, 방코랑 씨, 그러나 내가 당신을 고용하겠다고 하면 아마 당신도 싫다고는 하지 못할 겁니다. 틀림없이 수고해 줄 것으로 믿고 있습니다."

방코랑은 여전히 이마를 찌푸린 채 술잔의 술을 등불에 비춰보며 잠자코 있었다.

아마 파리 소식에 밝은 사람이라면, 이곳 예심판사 방코랑의 이름을 모르는 이가 없을 것이다. 나는 지금까지 기록한 여러 범죄기록에서 그의 풍채와 용모를 꽤 자세히 서술해 두었다. 머리 한가운데에서 양옆으로 갈라 빗은 검은 머리는 귀 위에서 짐승의 뿔처럼 말려 올라가 있었다. 짙고 굵은 눈썹 밑에는 길게 찢어진 눈이 어둡고 무서운 빛을 내뿜었다. 툭 불거진 광대뼈, 갈고리진 매부리코, 작은 코밑수염과 뾰족한 턱수염으로 둘러싸인 입술에는 언제나 엷은 미소가 떠돌고 있다. 이 모든 것은 파리 사람이라면 신문 만화에서 수없이 보아 눈에 익은 얼굴이다. 그는 술잔 손잡이를 빙글 돌렸다. 손가락에 나란히 끼워져 있는 보석 반지가 야회복의 흰 가슴 언저리에서 번쩍 빛났다.

"나를 고용한다고요?"

"실례되는 말인지 모릅니다만, 당신은 내 맘에 들었습니다. 유럽이 아무리 넓어도 당신을 앞설 명탐정은 없을 겁니다. 게다가 당신은 재산이 넉넉하여 경찰 지위도 샀다는 것으로 들었는데…….."

"드오네이 씨, 필요 없는 이야기는 그만두기로 합시다."

"아니, 그렇다고 해서 당신을 비난하는 건 아닙니다. 당신은 그럼으로써 당신의 수완을 발휘할 지위를 얻어서 좋고 경찰로서도 좋은 일이지요, 돈을 얼마나 썼는지는 모르지만, 그것으로 당신의 취미 생활이 열매를 맺는다면 훌륭한 일이 아니겠습니까?"

방코랑의 이마에 순간 험상궂은 주름이 스쳐갔다. 그러나 드오네이는 오히려 그의 익살을 즐기는 듯 다시 말을 이었다.

"어찌 되었든 당신은 지금 휴가중이라고 들었습니다. 그러니 내 사건을 한 번 맡아주지 않겠소? 당신의 지위를 존중하여 일단 무보수라고 해두어도 좋습니다. 이 사건에 틀림없이 흥미를 느낄 겁니다. 그 점은 내가 보증하겠습니다. 한번 속는 셈치고 내 이야기를 들어주지 않겠습니까? 비록 무보수일지라도 뛰어들고 싶다는 생각을 하실 게 틀림없습니다. 모르긴 해도 당신이 지금까지 다룬 사건 가운데 가장 흥미진진한 괴사건이 되리라고 생각합니다."

제롬 드오네이는 테이블 위를 덮듯이 몸을 내밀어 방코랑의 눈을 바라보며 이야기를 했다. 거만한 태도는 여전히 변함이 없었다. 그는 테이블 끝을 손가락으로 똑똑 두들겼다.

"어떻습니까, 방코랑 씨? 도와주실 수 있겠습니까?"

방코랑은 잠자코 있다가 싱긋 웃으며 말했다.

"드오네이 씨, 당신은 나를 설득하는 방법을 알고 있군요. 내가 졌습니다. 한번 맡아보겠습니다. '이야기를 들어보고 흥미가 끌린다면'이라는 조건을 붙여두지만 말입니다. 그건 그렇고, 오늘밤의 이 훌륭한 만찬에 내 친구 제프리 마르까지 초대하셨는데, 그건 대체 어떻게 된 일입니까?"

드오네이는 나를 돌아보고 다시 날카로운 시선을 던지면서 대답했다.

"물론 마르 씨는 직업 탐정 속에 낄 수가 없지요, 실례되는 말이지만 특별히 뛰어난 수완을 가지고 있다고 여겨지지는 않습니다. 그러나 당신도 조수가 필요하지 않겠습니까? 나중에 경찰의 경감을 불러내어 우리 집안 일에 간섭하는 일이 있어서는 곤란합니다. 귀족적인 말을 한다고 비난하실지도 모르지만, 사실 그들은 어딘지 모르게 기분이 좋지 않습니다. 그래서 마르 씨에게 도움을 받았으면 하는 생각이 들었습니다. 이분이라면 경찰이 하는 일쯤은 아주 쉽게 해치울 것이고, 우리에게 폐를 끼치거나 하는 일도 별로 없을 테니까요."

나는 이 두루뭉술한 작은 사나이를 정면으로 쏘아보며, 그래도 웃는 얼굴만은 잃지 않고 말했다.

"드오네이 씨, 당신은 수완이 대단한 분이로군요. 파리 제일의 명탐정을 무보수로 써주겠다고 생색내며 계약을 해버렸고, 또 이번에는 나에게 별로 수완이 좋은 편이 아니라는 달갑지 않은 쪽지까지 붙여서 일을 하게 만들려고 하니 말입니다."

드오네이는 쓴웃음을 지으며 대답했다.

"아니, 공연한 말은 집어치웁시다. 당신 대답은 물론 '예스'겠지요?"

"그야 대답은 예스지만······. 어쩐지 당신 배짱에 지고 만 듯한 느낌이 드는군요."

"그건 아무래도 좋습니다. 사건을 맡아만 주면 나는 그것으로 안심입니다. 그럼, 드디어 이야기로 들어갈 차례로군요."

방코랑은 자기 뜻대로 되어 만족스럽다는 표정으로 나를 바라보았다. 드오네이는 이야기로 들어가기 전에 질문을 하나 던졌다.

"당신들도 메이르쟈라는 마술사를 알고 있겠지요?"

과연 흥미가 있을 듯했다. 메이르쟈는 우리 연배의 사람들에게도 이름이 널리 알려진, 세계대전 전 유럽에서 날리던 마술사이다. 그가 세상을 떠난 지 이미 10여 년이 지났지만 그에 대한 일화는 아직도 마술계의 전설로 남아 있다. 베른하르트도 그에게는 한 걸음 양보할 만큼 뛰어난 존재였다.

나는 눈앞에, 그리고 드오네이의 등 뒤를 비추는 레스토랑의 어두운 불빛 속에서 먼 옛날의 추억이 떠올랐다. 내가 아버지를 따라 미국을 순회중이던 메이르샤를 보러 갔을 때의 일이, 내 어린 시절 기억 속에 지금도 또렷이 남아 있다. 무대는 워싱턴에 있는 폴리스 극장이었다.

그 뒤 오랫동안 나는 그 무대의 공포로 밤마다 떨었다. 메이르샤는 요즈음 무대에서 흔히 보는 마술사들같이 늘 관객의 인기를 염두에 두고 애교가 뚝뚝 흘러넘치는 연기를 하는 이들과는 전혀 달랐다. 그는 보기에도 무시무시할 뿐 아니라, 어느 누구할 것 없이 모든 관객의 등골에 찬물을 들어붓는 것 같은 요기가 서린 무대를 만들었다.

모든 것이 개성에 따라 다르겠지만, 그의 무대는 이미 연기라는 관념을 멀리 떠난 것이었다. 그가 딱 하고 손가락을 한 번 울리면 갑자기 땅 속에서 이상한 구름이 솟아오르고, 그 구름은 관객이 보고 있는 가운데 괴상하게도 검은 그림자로 뭉쳐 굳어버리는 것이다. 정말로 전설 속에 나오는 정화(淨火, 신성한 불)와 번개를 지배하는 마법사와도 같은 모습이었다.

우리는 그때 맨 앞줄에 자리잡고 있었다. 그 때문에 한층 더 인상이 강했던 듯싶은데, 그 뒤 악귀와 같은 그의 모습은 오랫동안 소년 시절의 내 마음속에 자리하고 있었다. 불길한 빛을 뿜으며 사람의 마음을 찌르듯이 노려보는 까만 눈동자, 이상할 정도로 커다란 머리, 더부룩하게 자란 새빨간 머리털……

그는 무대 한가운데 서 있었다. 까만색 커튼의 배경에 테이블이 한 개 놓여 있을 뿐, 무대 장치라고는 아무것도 없었다. 위풍 있는 용모를 아주 유연하게 움직이며 괴상한 옷차림에 예스러운 지휘봉,

끔찍한 모습의 손가락을 테이블 위에 쫙 펴고 기분 나쁜 목소리로 껄껄 웃으며 두 팔을 좌우로 크게 벌렸다. 9살 어린이에게는 정말 너무나도 끔찍한 인상이었다. 모르긴 해도 어른들 역시 마음속으로는 아마 소름이 끼쳤을 것이다.

문득 정신을 차리자 드오네이가 계속 이야기를 하고 있었다.

"그런데 나는 우선 그에 대해 이야기를 하지 않을 수 없습니다……."

그때 방코랑이 말했다.

"그 마술사라면 나는 누구보다도 잘 기억하고 있습니다. 정말 소름이 오싹 끼치는 무시무시한 사나이였습니다. 일부러 그런 이상한 몸짓을 하는 것이겠지만……."

드오네이는 손끝으로 빵을 뜯으면서 다시 설명을 계속했다.

"그러나 그는 훌륭한 마술인이었지요. 국적이 분명치 않았으나, 어느 나라 말이나 아주 능숙했습니다. 어느 나라 말을 들어도 그 나라 사람처럼 잘했기 때문에 대체 어느 것이 그의 모국어인지 짐작할 수 없을 정도였습니다. 그리고 당신이 아는지 모르겠지만, 그는 깜짝 놀랄 만큼 많은 재산을 가지고 있었습니다."

"그 이야기도 들었습니다." 방코랑이 고개를 끄덕이며 말했다.

"헤아릴 수 없이 많은 다이아몬드를 가지고 있었습니다. 그 무렵의 나이 말입니까? 그건 나도 잘 모르겠습니다. 나는 그 사람을 남아프리카의 킴벌리에 있는 다이아몬드 광산에서 처음 만났지요. 아마 1891년이었다고 생각되는데, 그때 그는 벌써 나이가 꽤 들어 있었습니다. 나는 그 무렵 벨기에 정부를 위해 일하고 있었지요. 그 뒤로도 가끔 만나기는 했지만……."

"그렇게 재산이 많았다면 무대 생활은 단순한 취미였던 모양이군요."

"방코랑 씨, 이를테면 당신의 경우와 같은 거지요. 그는 일부러 괴상한 옷차림을 하고, 검게 칠한 대형차의 창문은 언제나 커튼으로 가려 보이지 않게 했으며, 늘 뭔가 연출 효과를 마음에 두고 있는 것 같았습니다. 담배를 아편에 적셔서 피우고, 엽기 취미를 만족시킬 수 있는 것이라면 어떤 잡동사니라도 돈을 아끼지 않고 사 모았던 것도 모두 그 때문이었습니다. 그 결과, 그가 나타나는 곳에는 반드시 요기가 가득 차 있어 멋진 무대 연기와 함께 런던, 파리, 뉴욕 등 세계 3대 도시에서 인기를 모았었습니다.

그럼, 이제부터 본론으로 들어가지요. 난 결코 잊혀지지 않는데, 그건 1912년의 일이었습니다. 세계를 떠돌아다니며 순회공연으로 나날을 보내고 있던 메이르쟈는 한곳을 정해 정착할 생각을 하게 되었습니다. 그래서 그는 큰돈을 들여 해골성을 손에 넣었습니다. 라인 강 기슭 코블렌츠 읍에서 몇 마일 떨어진 곳에 있는 오래된 성이지요, 해골성. 이처럼 그에게 걸맞은 이름이 또 어디 있겠습니까? 라인 강의 너비가 좁아지며 급한 여울이 소용돌이치는 곳, 우뚝 솟은 푸른 소나무를 배경으로 깎아지른 듯한 큰 바위가 보이는 곳, 그 위에 높이 솟아 있는 외로운 성입니다. 당신도 사진 같은 데서 본 적이 있겠지요?"

방코랑은 고개를 가로저었다.

"아직 못 보았단 말입니까? 그거 안됐군요. 그러나 당신도 곧 그 아름다운 경치에 감탄의 소리를 지르게 될 것입니다. 사건을 맡은 이상 아무래도 현장까지 가봐야 할 테니까요. 메이르쟈는 1년 남짓 걸려서 그 폐허를 말끔히 손질하여 그가 바라는 고풍스러운 환상의 성으로 고쳤습니다. 내부 구조에 어떤 기괴한 비밀이 감추어져 있는지는 우리도 알 수 없었습니다. 그러나 아무튼 그가 분방한 상상력을 동원하여 사람들을 놀라게 하고 또 무섭게 하기 위해 온갖 장치를 고안하여 갖은 정성을 다해 꾸민 것만은 틀림없습니다. 그에게도 많은 친구들이 있었지요. 그러나 고집스럽고 외로운 그의 주변에 마지막까지 남은 사람은, 지금 말하고 있는 나와 아리슨 둘뿐이었습니다. 일찍이 당대의 명배우로 이름을 날렸던 영국 제일의 배우 마일런 아리슨 말이오."

방고랑은 눈앞의 브랜디 잔마저 잊은 듯이 온 정신을 귀에 집중시켜서 듣고 있었다. 등 뒤에서는 악단이 왈츠를 연주하고 있었다.

"마일런 아리슨! 물론 알고 있지요. 그런데 '일찍이 당대의 명배우로 이름을 날렸다'고 마치 과거 사람처럼 말씀하셨는데……." 방코랑이 말했다.

성급하게 고개를 끄덕이며 벨기에의 부호는 얼른 대답했다.

"그렇소, 바로 그것이 이 사건의 근본 문제입니다. 명배우 마일런 아리슨이 살해되었습니다. 그것도 옛날식으로 그 몸뚱이가 불길에 싸인 채 해골성 성벽에서 굴러 떨어져서 말입니다."

"대단한 사건이군요."

"그렇지요, 정말 대단한 사건입니다. 아리슨도 여간한 사람이 아니어서 가슴에 총알을 세 방이나 맞고도 꺾이지 않고 저항한 모양입니다. 그러자 상대는 그의 머리에 석유를 들어붓고 불을 붙였습니다. 끔찍하지요. 아무리 대단한 아리슨이라지만 이렇게 되자 어쩔 수 없이 비틀거리며 불길에 휩싸여 성벽에서 거꾸로 떨어지고 말았습니다."

한동안 아무도 입을 열지 않았다. 누구보다 드오네이 자신이 그 침묵을 견딜 수 없었던지 얼른 물에 희석시킨 위스키를 들이마시고 다시 이야기를 계속했다.

"이야기는 지금부터요. 지금 말한 대로 나와 아리슨은 메이르쟈의 늘그막 친구였습니다. 특히 아리슨은 해골성 맞은편 기슭에 별장까지 짓고 해마다 여름이면 그곳에서 보내곤 했지요. 나도 가끔 초대를 받아 두 집의 손님이 되곤 했습니다.

그런데 아까도 말했듯이 1912년에 메이르쟈가 세상을 떠났습니다. 그때 상황에 대해 들어본 적이 있습니까? 메이르쟈는 마인츠에서 코블렌츠로 가는 기차를 타고 있었습니다. 일등 칸에는 그 이외에 다른 손님이 아무도 없었는데, 말하자면 그가 일등 칸을 독점한 것이었지요. 그의 자동차가 코블렌츠 역까지 마중 나와 있었으나, 그는 끝내 열차에서 내리지 않았습니다. 그 길로 소식이 끊긴 뒤 며칠이 지나 라인 강에서 그의 시체가 떠올랐지요."

드오네이는 눈을 감은 채 잠시 동안 입을 다물고 있었다. 이윽고 그는 머리를 들더니 큼직한 눈을 방코랑 탐정에게 돌렸다.

"기찻길은 라인 강을 따라 몇 마일이나 달리고 있습니다. 차에서 떨어진다면 그 길로 라인 강의 물 속으로 굴러 떨어질지도 모릅니다. 밤에 일어난 일이라 아무도 떨어지는 것을 보지 못했고 외치는 소리도 듣지 못했습니다. 그리고 분명 그는 헤엄칠 줄 몰랐을 겁니다. 이런저런 일들로 그 사건은 흐지부지되고 말았으나, 한 가지 조금 이상하게 생각되는 점은……."

드오네이는 다시 입을 다물고 우리들의 얼굴을 둘러보았다.

"아니, 조금 정도가 아니라 굉장히 이상한 일이지요. 사람 하나가 그렇게 간단히 빠져 죽을 수 있을까요? 기찻길이 강을 따라 달리고 있긴 하지만, 강가까지는 상당한 거리가 있습니다. 그곳에는 나무가 죽 심어져 있기 때문에 자살을 할 생각이 있었더라도 그리 쉽게 강으로 굴러 떨어질 수는 없었을 겁니다. 더욱이 그 무렵 인기가 절정에 올라 명성이 자자했던 그가 자살을 꾀한다는 것은 상상조차 할 수 없는 일이고, 그렇다고 해서 못된 자들에게 습격당한 것으로 생각할 수도 없습니다. 왜냐하면 그가 탄 객차는 열차 맨 뒤에 있었으므로 거기에 들어간 사람이 있었다면 차장의 눈에 띄지 않았을 리 없기 때문입니다. 차장은 이 유명한 마술사의 얼굴을 알고 있었기 때문에 이른바 '팬 심리'에서 줄곧 그를 살피고 있었다고 합니다. 자, 기괴한 사건이 아닙니까? 나는 내 나름대로의 의견을 가지고 있지만, 우선 이 이야기부터 하고 나서 설명하도록 하겠습니다.

메이르쟈가 세상을 떠난 뒤 밝혀진 일이지만, 유산의 주요 상속인은 뜻밖에도 나와 마일런 아리슨 두 사람이었습니다. 그렇기 때문에 팔지 않는다는 조건으로 해골성은 우리 두 사람 손에 들어왔지요. 세금과 유지비를 치르기 위해 따로 기금까지 마련되어 있었습니다. 그밖에 그의 유언에는 갖가지 기묘한 조항들이 있었지만, 이 사건과는 관계가 없으므로 그 문제는 접어두겠습니다. 아무튼 사정이 이렇게 되어…… ."

방코랑이 중간에 말을 가로막았다.

"그렇게 말씀하시는 걸 보니 당신은 메이르쟈의 죽음이 아리슨의 죽음과 관계가 있다고 생각하는 모양이군요?"

"그렇게 생각지 않을 수가 없습니다. 그러나 우선 이야기를 끝까지 들어주십시오. 얼마전 주치의에게 진단을 받았는데, 피로가 겹쳐 신경쇠약 기미가 있다는 겁니다. 터무니없는 이야기지요. 나와 신경쇠약…… . 이처럼 어울리지 않는 말이 또 어디 있겠습니까? 그러나 주치의에게 그런 말을 듣고 보니 사람이란 이상한 것이어서 역시 그런 기분이 들더군요. 아무튼 지금 곧 휴양을 취하지 않으면 위험한 상태가 될 염려가 있다는 겁니다!

다행히 요즈음에는 주식시장이 안정되어 있어 뒷일을 지배인 듀라크 씨에게 맡기고 몇 주일 동안 여행을 하기로 했지요. 마침 마일런 아리슨이 라인 강의 별장으로 오라는 초대를 했거든요. 아리슨의 별장은 '공작부인'이라고 불리는 그의 누이동생이 관리하고 있습니다. 공작부인이라고 하지만 정말로 그런 신분은 아닙니다. 아무 근거도 없는 이야기인데 아무튼 사람들이 그렇게 부르고 있지요. 기막히게 닮아빠진 여자입니다. 시가를 피우며, 천한 독설을 마구 내뱉고, 매일 밤을 새워가면서 포커게임을 하지 않으면 직성이 풀리지 않는 정말 무서운 여자입니다. 그러나 세상일이란 생각하기 나름이어서, 이런 여자와 교제를 하는 것도 잔뜩 얌전만 빼는 집사람에게는 오히려 좋은 자극제가 되리라고 생각했던 거지요.

더욱이 공작부인이 주변에 불러모으는 사람들이 결코 올바른 시간을 보내고 있을 리는 없지만, 그건 또 그런대로 유쾌한 모임이 아니라고 단언할 수도 없거든요. 그리고 그 별장이 상당히 훌륭한 건물이라, 넓은 베란다에 서면 라인 강의 물줄기가 한눈에 내려다보이지요. 달이 뜨는 밤에 한 번 나가보십시오. 자신도 모르게 황홀해져 시간이 가는 것도 잊어버릴 정도랍니다. 맞은편 기슭에는 성긴 수풀 위로 괴상한 해골성이 높이 솟아 우리 세속인들을 굽어보고 있고……

당신들은 그 오래된 성의 이름을 단순히 속들여다뵈는 허풍으로 생각할는지도 모르지만, 그러나 그것은 대단히 잘못된 생각입니다. 그 성은 정말로 해골을 닮았습니다. 정면에서 보면 영락없는 해골의 모습입니다. 눈, 코, 이빨을 드러낸 큰 입 언저리 등이 모조리 다 갖춰져 있지요. 그 양쪽에 불쑥 솟아 있는 두 개의 탑은 큰 귀를 쫑긋 세운 모양을 닮았습니다. 보기에도 끔찍한 해골이 사람들을 비웃으며, 아랫세상 동물들의 움직임을 엿보고 있는 모습. 이 그로테스크한 오래된 성이 깎아지른 듯한 절벽 위에 서 있고, 그 주위에는 검은 소나무 숲이 들어서 있으며, 수십 길 아래에는 라인 강의 격류가 흰 거품을 토하고 있는 광경……. 그런데 사건은 밤이 되고 난 뒤에 일어났습니다. 8일 전의 일이었습니다."

"잠깐!"

방코랑이 갑자기 그의 말을 가로막았다. 드오네이는 말허리를 잘리자 놀란 표정으로 탐정을 바라보았다.

"이야기는 그것으로 충분합니다. 드오네이 씨, 사건을 맡기로 하겠습니다! 사건 당시 아리슨의 별장에 있었던 사람들을 지금도 그곳에 머물러 있게 해두었습니까?"

"물론이지요, 모조리 남아 있도록 해두었습니다."

"그럼, 내가 할 일은 그들 가운데서 아리슨을 살해한 범인을 찾아내는 것이로군요."

"그렇습니다."

"알았습니다, 해보겠습니다. 다음 이야기는 현장에서 듣기로 하겠습니다. 엉뚱한 선입관을 가지게 되어서는 곤란하니까요. 수사는 어느 경찰이 담당하고 있지요?"

"코블렌츠 경찰인데, 상당히 힘에 겨운 모양이어서 베를린 경찰에 지원을 부탁했다고 합니다. 지금쯤 그들이 수사를 시작했을지도 모르겠군요."

방코랑은 테이블에 팔꿈치를 세우고 손가락으로 관자놀이를 톡톡 치고 있었다. 눈은 멍하니 앞에 놓인 술잔을 바라보고 있었지만, 꽉 다문 입이 굳은 결의를 보여주고 있었다.

"맡아준다는 말을 들으니 마음이 놓입니다. 나는 당신이 왜 이야기를 듣고 싶어하지 않는가, 혹시나 나의 제안을 매정하게 거절할 생각인가 하고 가슴이 조마조마했었습니다. 그러나 생각해 보니 공연한 걱정이었군요. 나는 벌써부터 당신에게 맡기기로 정했지요. 그럼, 내일 아침 아리슨의 별장으로 떠납시다."

"아, 내일 아침에 떠난다고요? 좋습니다, 알았습니다."

"그리고 당신도 함께 가십시다, 마르 씨."

유감스럽게도 나는 볼일이 있어 당장 떠날 수가 없었다. 머지않아 런던에서 출판하게 될 책을 쓰고 있었다. 그래서 그것을 끝낼 때까지 나의 출발을 연기해 달라고 부탁했다. 드오네이는 부자의 버릇없음을 노골적으로 드러내 보이며, 어린아이처럼 볼이 부어올랐다.

나는 말했다.

"아, 그다지 늦지는 않을 겁니다. 되도록 내일 안으로 끝낼 생각입니다. 도착 시간을 곧 알려드리겠습니다."

이것으로 오늘밤의 모임은 끝났다. 우리들이 자리에서 일어났을 때, 갑자기 방코랑이 입을 열어 드오네이에게 말했다.

"한 가지 묻고 싶은 것이 있습니다. 아리슨에 대해서가 아니라 메이르쟈의 죽음에 관한 것인데⋯⋯."

드오네이의 창백한 얼굴에 갑자기 호기심이 솟아난 듯 긴장된 빛이 떠올랐다.

"강에서 끌어올린 시체를 보았다고 말씀하셨는데, 그것은 분명 메이르쟈의 시체였습니까?"

드오네이는 조용히 두 손바닥을 마주 비비고 있었다. 갑자기 그는 손으로 식탁을 쾅 내려치며 말했다.

"당신도 나와 똑같은 의혹을 가지고 있었군요. 나는 그것이 메이르쟈의 시체라고 믿을 수 없습니다. 물 속에서 여기저기에 부딪쳤는지 얼굴이 완전히 상해 알아 볼 수가 없었소. 다만 시계와 열쇠와, 늘 몸에 지니고 다녀야 한다며 목에 걸었던 부적 같은 것이 나왔기 때문에 그렇게 판단했을 뿐이지요. 그리고 손가락에 늘 끼고 있던 행운을 부른다는 반지도 역시 있었지만⋯⋯."

"역시 그랬었군요."

방코랑은 나직한 목소리로 중얼거렸다. 우리는 왈츠의 선율과 갓을 두른 등불들을 뒤에 남기고 롤랑 레스토랑을 나왔다. 드오네이는 자동차에 한쪽 발을 올려놓으면서 우리와 작별의 악수를 나누었다. 그는 같이 타자고 하였으나 방코랑이 굳이 사양했다. 그래도 드오네이는 방코랑이 사건을 맡아주어 아주 만족한 모습이었다. 그는 핏기 없는 얼굴을 한층 빛내면서 차 안으로 들어가 앉자 운두가 높은 이상한 모양의 네모난 예모^(예복 차림을 할 때 갖추어 쓰는 모자)를 깊이 눌러썼다. 방코랑은 샹젤리제 거리에서 멀어져가는 자동차의 등을 바라보고 있었다.

"제프, 지금 이야기는 아주 흥미 있는 것이었네. 특히 그 마술사 메이르쟈의 죽음은 말일세. 자네도 거기에는 뭔가 까닭이 있으리라고 짐작했을 터이지만……."

"메이르쟈 자신이 연극을 꾸며 자살한 것처럼 보이게 한 것 같구먼."

"그런 모양일세. 그러나 나는 단순히 그렇게 생각하지만은 않아. 이 사건의 배후에는 놀랍고 간악한 지혜가, 소름이 오싹 끼칠 만큼 흉악한 간계가 숨어 있으리라고 생각되네. 악마가 아니면 생각해 낼 수 없는 그런 사악한 것 말일세……."

춤추는 시체

어두운 구름이 무겁게 덮여 있는 흐릿한 하늘 아래로 증기선이 라인 강을 내려갔다. 이때뿐만이 아니라 나는 언제나 기차보다도 배로 여행하는 것을 좋아했다. 시간은 배가 훨씬 더 걸리는데 라인 강 같은 급류를 이런 조그만 증기선으로 내려가려면 한층 더 느리리라는 것을 각오하지 않으면 안 된다. 그러나 그러니만큼 정취가 있다는 점도 있다. 바쁜 나날의 생활로 인하여 어느덧 우리와 인연이 멀어지고 말았지만, 먼 옛날 우리 조상들이 그 속에서 살던 어스레한 황혼과도 같은 세계의 매력이었다.

라인 강의 물줄기는 빙겐 읍을 지날 무렵부터 지금까지 양쪽 기슭에 푸른 곡식의 물결이 일렁이고 있었으나, 이제 차츰 황량한 풍경 속으로 들어갔다. 끝없이 이어져 있던 포도밭은 어느덧 우뚝 솟은 바위산으로 바뀌었다. 이윽고 깎아지른 듯한 그 절벽이 양쪽 기슭 가까이로 다가왔다. 강의 폭은 갈수록 좁아져서 좌우로 굽이쳐 돌며 곳곳에 올리브 색 거품을 튀기고 줄곧 죽은 영혼의 나라로 들어가고 있었다.

나는 그때 하얗게 칠한 갑판으로 나가 난간 근처의 테이블에서 맥주를 몇 병인가 비우고 있었다. 축축한 산들바람이 얼굴을 스치고 지나갔다. 회색 바위산 위를 흰 구름이 천천히 기어다녔다. 갑판 위에는 나 말고도 몇 사람의 손님이 있었다. 모두 얼굴이 붉은 여행객들로 코밑수염을 조금 길러 멋을 부리고 있었다. 그들은 손에 든 여행 가방에서 계속 샌드위치를 꺼내 먹고 있었다. 그리고는 어느 누구 할 것 없이 어린아이처럼 떠들며 끊임없이 노래를 흥얼거렸다. 그래도 주위는 의외로 고요했다. 뱃전에 와 부딪치는 물결 소리까지 똑똑히 귀에 들렸다. 라인슈타인 성이 옛모습 그대로 회색의 거룩한 모습을 왼쪽 기슭에 나타냈다가 사라졌다. 여행객들은 일제히 난간에서 몸을 내밀고 함성을 질렀다.

나는 마인츠 역 매점에서 《라인의 전설》이라는 책을 샀다. 브라이언 개리번이 지은 영어로 된 책자였다. 표지에 라인 강의 맑은 물줄기가 가득 그려져 있었다. 한가운데쯤 소형 보트가 한 척 떠 있고, 챙이 넓은 모자를 쓴 씨름꾼 같은 젊은이가 서 있었다. 그쪽을 향하여 강기슭에서 귀여운 소녀가 손을 흔들고 있는 소박하고 아름다운 그림이었다. 내용도 역시 소박한 아름다움으로 가득 차 있었다. 오랜 역사의 라인 강을 사랑하는 사람의 책이었다. 나는 그 책을 뒤적이며 괴룡암(怪龍岩)과 기사 롤랑의 이야기를 알았다. 사이 나쁜 형제 이야기, 샤를마뉴 대제의 지혜, 악마가 신사의 모습으로 케른의 큰 사원에 나타난 이야기 등의 전설을 상쾌한 강바람에 얼굴을 맡기고 재미있게 읽었다.

갑자기 누군가가 영어로 말을 걸어왔다.

"책이 마음에 드십니까?"

고개를 들어보니 레인코트를 입은 사나이가 의자를 끌어당겨 내 테이블에 바짝 다가와서 앉는 참이었다. 알맞게 풀을 먹인 듯한 모자를 한쪽 눈이 가려질 정도로 비스듬히 쓰고, 불을 붙이지 않은 담배를 아무렇게나 물고 있었다. 가뜩이나 긴 얼굴에 턱이 쑥 튀어나와 있어 어딘가 멍청한 느낌이었다. 얼굴 한가운데에 자리잡고 있는 높직한 매부리코가 특별히 강한 인상을 주었다. 전체적인 모습이 기묘할 정도로 우울하게 느껴졌는데, 약간 사팔뜨기인 회색 눈만이 명랑한 빛을 띠고 있어 오히려 이상한 느낌이었다.

"책을 읽고 계신데 방해를 해서 죄송합니다만, 이야기를 좀 하고 싶어서요……. 당신이 그 책을 읽고 계신 것을 보았기 때문에 말입니다. 실은 그 책의 저자가 바로 나거든요……. 놀랐습니까? 내가 개리번, 브라이언 개리번입니다."

우리는 손을 마주잡았다. 나는 그에게 맥주를 권했다. 그는 사양이라는 것을 모르는 사람처럼 힘차게 잔을 들었다.

"미국인이십니까?" 나는 물었다.

"그런 셈이지요. 그러나 지금은 〈이브닝 스탠더드〉 신문의 기자로 있습니다. 근무처는 런던입니다."

그는 모자를 뒤로 젖히고 담배에 불을 붙였다. 담배 연기가 내가 들고 있는 책 쪽으로 오고 있는 것을 바라보았다.

"재미있는 책입니다. 이런 중세의 전설을 전문적으로 연구하고 계십니까?"

나의 물음에 그는 약간 겸연쩍은 표정으로 대답했다.

"연구랄 것도 없지만, 요즈음은 완전히 그런 상태가 되었습니다. 어딘가 오래된 성에서 유령이 나타났다는 소문이 들리면, 아무리 멀리 떨어진 곳이라도 달려가곤 합니다. 유럽은 거의 돌아다닌 셈이지요. 생각할수록 신기한 장사입니다. 내 기사에는 언제나 '유령 기자 브라이언 개리번'이라는 주석이 붙는답니다. 저도 쑥스러운 기분이 든다는 것은 당신도 보아서 짐작하셨겠지요."

종업원이 새로 맥주를 가지고 왔다. 잠시 동안 우리 두 사람은 말없이 잔을 기울였다. 이윽고 우리는 황혼이 찾아든 석양 속에 멀리 산맥이 흘러가는 것을 바라보고 있었다. 개리번이 담뱃재를 난간 너머로 탁 튀겼다. 바람이 그것을 말아 올려 내 맥주 잔을 더럽혔다. 그는 다시 이야기로 들어갔다.

"해골성에 대해 알고 계십니까?"

"알고는 있습니다만……."

갑작스러운 질문에 나는 얼마쯤 불안해하며 대답했다.

"나는 지금 그리로 가는 중입니다. 이건 좀 색다른 이야기여서 말입니다. 흔히 있는 유령 이야기와는 다릅니다. 20세기 살인사건이 얽혀 있지요, 나는 그 오래된 성의 전설에 살인사건을 곁들여서 일요판 부록의 읽을거리를 만들 생각입니다. 지금쯤 경찰들이 완전히 진상을 밝혀냈으리라 생각됩니다만, 아무튼 잘 캐물어 기사로 만들 계획입니다. 하지만 해골성은 요즈음 폐쇄되어 있다던데, 과연 안으로 들어갈 수 있을지 걱정스럽습니다……."

강줄기는 곧 왼쪽으로 구부러져 오른쪽 기슭에 로렐라이의 큰 바위가 보이기 시작했다. 마침 그날의 마지막 석양이 어두운 구름 사이를 날카롭게 찢고 핏빛 같은 광선을 던져주었다. 나무숲이 검붉게 비춰져 이미 신비의 어둠에 잠긴 물 위로 생생하게 그 불길한 그림자를 던졌다. 강줄기를 다 굽어들자 갑자기 로렐라이의 큰 바위가 우리 눈앞에 우뚝 솟아 있었다. 배에 탄 여행객들은 모두 숨을 죽이고 말이 없었다. 뱃머리에 부딪는 물소리와 엔진의 신음 소리만이 들려올 뿐이었다. 큰 바위 뒤로 기찻길이 달리고 있었다. 장난감 같은 기차가 거짓말처럼 흰 연기를 나부끼며 지금 막 터널을 빠져나오는 참이었다. 그러나 모습을 드러내 보인 것도 한순간, 다시 그대로 로렐라이의 바위 그늘로 숨고 말았다.

이윽고 달콤한 멜로디가 갑판 위를 흐르기 시작했다. 처음에는 낮게, 그리고 차츰 높아져 황혼의 어스름 속에서 점점 크게 퍼져갔다. 배의 승객들이 난간에 늘어서서 노래를 부르고 있는 것이었다, 달콤하고 슬픈 로렐라이의 노래를. 선실에 불이 들어오고, 증기선은 높은 소리로 종을 울렸다. 우리는 완전히 라인 강의 매력에 사로잡히고 말았다. 개리번이 말했다.

"이것은 선박회사가 연출해 내는 것인데, 사람들은 그것을 알면서도 자신들도 모르는 사이에 그 기분에 끌려들고 말지요."

그는 잠시 난간에서 몸을 내밀고 승객들의 노랫소리를 열심히 듣고 있었다. 그리고 다시 테이블로 돌아오더니 맥주 거품을 단숨에 들이켜고 나서 말했다.

"그런데 무슨 이야기를 하고 있었지요?…… 아, 그래, 해골성에 유령이 나오느냐 하는 것에 대해서였지요. 나오기는 나오나 봅니다. 그러나 여느 유령과는 털빛깔이 다르답니다. 그 책에도 썼으니까 읽어보면 아시겠지만……."

나는 아직 읽지 않았다. 그 책의 각 장(章)은 성 이름이 아니라 마을 이름으로 제목이 붙어 있었기 때문에 그만 모르고 지나친 것이다.

"그 전설은 이렇습니다. 해골성이 세워진 것은 15세기 무렵이었는데, 그 성주가 마술사라는 말이 있어 결국 마지막에는 불에 타죽는 운명을 겪었던 겁니다. 그 뒤 그 오래된 성에는 성주의 죽은 영혼이 돌아다닌다는 소문이 떠돌기 시작했는데, 요즈음 그것이 마술사 메이르쟈의 죽음과 결부되어 입에 오르내리고 있습니다. 유령도 세대교체를 한 셈이지요. 주필(主筆)이 나를 출장 보낸 것도 물론 새 유령에 대한 기사 때문입니다. 당신도 그 사람에 대해 들은 적이 있을 겁니다. 유명한 마술사였으니까요."

"알고말고요. 당신은 어떻습니까?"

개리번은 또다시 맥주 잔을 비우며 대답했다.

"알고 있느냐고요? 알고 있는 정도가 아니라 깊은 인연이 있답니다. 그 사람의 늘그막에 내가 홍보를 맡았으니까요, 물론 그 사람은 홍보 같은 게 필요 없을 만큼 유명했지만, 그래도 그의 움직임을 그때마다 신문에 알려둘 필요가 있었습니다. 이번에 주필이 기사 작성을 하라고 했을 때, 신중한 태도로 실제 조사를 한 뒤가 아니면 펜을 들 수 없다고 말한 것도 그런 인연이 있어서 모호한 글을 쓰고 싶지 않았기 때문입니다. 그리고 최근에 살해된 마일런 아리슨, 이 사람도 나와 친한 사이였지요, 마음에 드는 사람이었는데……."

신문 기자는 입술에 묻은 거품을 닦으면서 감개 깊은 표정을 지었다.

나는 결국 털어놓았다. "그렇다면 마침 잘되었군요, 실은 나도 지금 그곳으로 가는 중입니다. 아리슨 사건으로 말입니다. 수사를 도와달라는 부탁을 받았기 때문에……."

그리고 나는 그에게 동행하기를 권했는데 어째서인지 그는 고집스럽게 받아들이지 않았다. 그래서 나는 일단 코블렌츠에서 그가 묵을 곳을 적어달라고 하여, 경찰의 허가가 나오는 대로 곧 연락할 테니 와달라고 부탁했다. 이야기 끝에 메이르쟈의 사망 당시 상태에 대해 말하자, 그는 갑자기 몸을 내밀며 소리쳤다.

"그렇지요! 나도 전부터 그런 생각을 하고 있었습니다. 메이르쟈 같은 거구가 열차 창문으로 떨어지다니, 그런 터무니없는 일은 있을 수 없습니다! 실수로 일어난 일이라 해도 강기슭과 철길 사이에는 자갈길과 나무숲 같은 갖가지 장해물이 있어 그렇게 간단히 강 속으로 굴러 떨어질 수가 없습니다."

"자살인지도 모르지요."

"아니, 그는 살해된 겁니다!" 개리번은 분명하게 말했다.

"하지만 열차는 텅 비어 있었고, 메이르쟈에게 접근한 사람도 전혀 없었다고 하지 않습니까?"

"그 증언은 거짓말이 아니었소. 나는 그 사건 수사에도 역시 참여했지요. 그래서 차장의 심문을 처음부터 끝까지 다 들었습니다. 차장은 자기가 있는 열차에 메이르쟈가 타자 무척 기뻤던 모양입니다. 그래서 어떻게든 그와 이야기할 기회를 엿보고 있었습니다. 승객들의 차표를 모을 때도 우선 다른 사람들의 것을 모은 다음 맨 나중에 메이르쟈의 객실로 들어갔지요. 가능한 한 메이르쟈 옆에서 왔다갔다하며 이야기라도 걸어보고 싶었던 것입니다.

그런데 어찌된 일인지 메이르쟈는 쌀쌀맞게 고개를 옆으로 돌린 채 이야기를 걸어도 상대해 주지 않아서, 그 친구는 완전히 실망하여 순순히 물러나고 말았습니다. 그 뒤로 차장은 메이르쟈의 객실 문을 가만히 바라보고 있었다는 겁니다. 그리고 열차가 코블렌츠 역에 들어왔을 때, 짐이라도 내려줄까 하고 메이르쟈의 객실로 들어가 보았더니, 어떻게 된 일인지 메이르쟈의 모습이 보이지 않았답니다. 나는 그 차장의 말을 믿고 있습니다."

"그래요……. 그렇다면 당신 의견은?"

그는 다시 단정적으로 말했다.

"살인입니다."

그가 주머니의 담배를 더듬고 있었으므로 나는 담뱃갑을 내밀어 한 개비 권했다. 그는 떨리는 손으로 불을 붙였다. 완전히 어두워진 갑판에 한순간 그의 얼굴이 떠올랐다.

"어떻게 죽었느냐고 그 방법을 묻는다면 나도 확실히 대답할 수는 없습니다만, 결국 객실에서 누군가가 끌고 나가 강 속으로 던진 게 틀림없습니다."

"터무니없는 일입니다!"

"아니, 꼭 그렇다고 할 수만은 없습니다. 아리슨이 온몸이 불길에 휩싸여 해골성에서 굴러 떨어졌을 때에도 수상한 사람의 그림자가 흉벽 위에 나타났다고 하지 않습니까? 네? 처음 듣는 이야기라고 요? 이거 놀랐는데요, 대단한 탐정이시군요. 당신은 사건에 대해 아무것도 모르십니까?"

사실 나는 자세한 이야기를 아직 모르고 있었다. 그리하여 조금 당황하며 멋쩍은 얼굴을 들었다.

"나는 한낱 조수에 지나지 않습니다. 그것도 아주 서투른 조수지 요. 신문 보도조차 읽지 않았거든요. 나는 다만 명령에 따라 움직 일 뿐입니다."

갑자기 개리번이 테이블을 쾅 치며 몸을 쑥 내밀고 내 몸 너머로 라인 강 물줄기를 내려다보았다. 이윽고 그는 이상하게 조용한 목소 리로 말했다.

"마르 씨, 저것입니다. 저것이 해골성입니다."

저 멀리서 그 성이 나타났다. 증기선은 몇 시간 전보다 훨씬 빠른 속력으로 달리고 있었다. 우선 오른쪽 기슭으로 멀리 소나무 숲이 이 어져 있고, 그 잔가지 사이로 바늘처럼 뾰족한 성탑을 양옆에 거느린 둥근 지붕이 문득 하늘 저쪽에 솟아 나오듯이 떠올랐다. 수면은 완전 히 어두워져서 죽음을 생각하게 하는 검은빛에 잠겨 있었다. 서쪽 하 늘에는 천둥소리를 알려주는 듯한 검은 구름이 가득 끼어 있었으며, 이따금 그것이 갈라지면서 눈부신 빛이 흰 실 무늬가 되어 번쩍였다. 그때마다 회색 성탑이 모습을 번뜩였다. 왼쪽 기슭은 완전히 잉크를 쏟아 부은 듯한 어둠의 나라였다. 그러나 이윽고 인가의 등불이 여기 저기 반짝이기 시작했다. 그것은 어딘가 따스한 느낌을 주었다.

해골성의 모습은 시시각각 눈앞에 다가왔다. 총구멍이 뚫린 성벽이

30미터 가까운 높이로 언덕 기슭을 에워싸고 있었다. 나는 갑판 난간에서 고개를 내밀고 그 모습을 바라보았다. 성벽 가운데 짐승의 어금니 같은 이빨이 죽 박혀 있고 총구멍이 열려 있었다. 그 뒤에는 거대한 돌로 만든 둥근 지붕이 해골 모양으로 불쑥 내밀어져 있었다. 이미 저녁놀은 사라지고 없어서 자세한 부분은 보이지 않았다. 그러나 두 눈에 해당되는 활짝 열린 창문만은 똑똑히 볼 수 있었다. 둥근 지붕 양쪽에 솟은 탑은 묘하다는 생각이 들 정도로 귀를 닮았다.

배가 나아감에 따라 해골성은 점점 가까이 다가와서 마침내는 내리덮는 듯한 거대한 모습이 비구름 사이로 흐릿하게 번져 나오며 우리 머리 위를 고요히 지나갔다. 개리번과 나는 말없이 서 있었다. 그러는 사이에 강줄기가 열리며 코블렌츠 읍의 등불이 보이기 시작했다. 라인 강과 모제르 강의 합류점이다. 우리는 짐을 가지러 선실로 내려갔다. 개리번은 그때 예정된 숙소의 주소를 명함에 적어 나에게 건네주었다.

"당분간은 여기에 머물러 있을 겁니다. 라인 거리 트라우베 호텔입니다. 부두 바로 옆이지요. 나와의 약속을 잊지 마십시오. 마르 씨, 연락이 있을 때까지 참을성 있게 기다리겠습니다."

증기선은 배 밑바닥을 긁는 듯한 소리를 내며 부두 옆에 닿았다. 벨이 요란하게 울리고, 짐이 던져졌다. 부두 사무실의 파란 등불이 켜진 창문으로 몇몇 얼굴이 내다보았다. 서지 윗옷에 흰색 플란넬 바지를 입고 선원모를 비스듬히 쓴 사나이가 배에서 내리는 사람들을 하나하나 바라보고 있다가 내 모습을 보자 얼른 옆으로 다가와서 유창한 영어로 말을 걸었다.

"마르 씨입니까? 아리슨 부인의 명령으로 마중을 나왔습니다."

그는 짐꾼에게 아주 빠른 말투로 무어라 명령했다. 짐꾼은 내 가방을 번쩍 집어들고 재빨리 부두를 걸어나갔다. 우리는 그 뒤를 좇았다. 뒤에서는 여윈 모습의 개리번이 한쪽 눈이 가려질 정도로 비스듬히 모자를 눌러쓰고 광고탑에 기대서서 가로등 빛을 받고 있었다. 그는 우리가 걸어가는 모습을 어릿광대와 같은 얼굴로 배웅하고 있었다.

부두를 나오자 라인 거리에는 흰 페인트를 칠한 집들이 줄지어 있었다. 화려한 불빛으로 빛나는 창들이 보이고, 레스토랑의 테라스에서는 악단의 연주가 울려나왔다. 부두에서 조금 떨어진 곳에 강기슭에서 강물로 내려가는 층계가 있었다. 그 아래에 모터보트가 시동을 건 채 기다리고 있었다.

우리가 올라타자 보트는 방향을 바꾸더니 엔진 소리를 한층 높였다. 나는 고물의 쿠션에 몸을 묻었다. 얼굴을 때리는 바람이 속도감을 몇 배로 더 느끼게 했다. 물과 빛만이 공간을 채우고, 뱃머리의 서치라이트가 멀리까지 어둠을 갈랐다. 마중 나온 사나이가 하늘을 올려다보는 순간 번개가 무섭게 번쩍이며 파란 선원모를 비추었다. 곧 오른쪽 기슭에 두 개의 층계가 보이기 시작했다. 어둠 속에서 전등불이 빛나고 있었다. 아리슨의 별장임에 틀림없었다. 건물은 나무숲을 앞으로 두고 상당히 높은 곳에 세워졌기 때문에 강기슭에서 베란다까지 긴 돌층계가 이어져 있었다.

나는 보트에서 내려 그 돌층계를 올라갔다. 사나이는 내 가방을 들고 따라왔다. 정면에는 빨간 타일을 깐 널찍한 주차장이 높은 기둥에 쇠줄로 매달아둔 동양식 등롱(燈籠)빛에 환히 그 모습을 드러내고 있었다. 괴물 같은 큰 나무가 잎이 가득 달린 가지를 펼치고 부스럭부스럭 바람 스치는 소리를 내었다. 그 사이로 이국적인 등불이 반짝이고 있는 모습은 참으로 기괴한 광경이었다.

한 아가씨가 등의자 팔걸이에 두 다리를 올려놓고 누워 있었다. 검은 머리를 짧게 자르고 갸름한 얼굴에 화려하게 화장을 했다. 물고 있던 긴 담배 파이프를 입에서 떼어내며 그녀는 내 모습을 유심히 바라보았다.

"아이, 지긋지긋해! 또 탐정나리의 등장이로군. 대체 몇 사람이나 나타나야 직성이 풀릴까! 당신들, 이런 곳까지 찾아와 일할 시간이 있다면 흥행 무대에 나가보는 게 어때요? 탐정나리들이 무대에 한 줄로 죽 늘어서서 남성합창을 하는 거예요."

나와 그녀는 서로 노려보고 있었다. 그러나 언제까지 노려보고만 있을 수는 없는 일이어서 내가 일단 양보하여 입을 열었다.

"나는 초청을 받고……."

"됐어요, 나도 다 알고 있어요. 제프리 마르 씨지요? 당신이 쓴 책을 읽어본 적이 있어요. 걱정하지 않아도 돼요. 내쫓지는 않을 테니까요."

이야기하는 동안 장난꾸러기 같은 눈길이 사라졌다. 그녀는 맨살의 무릎을 끌어안으면서 말을 이었다.

"정말 지겨워서 못 견디겠어요. 공작부인이 여기서 나가면 안 된다는 거예요. 마일런이 죽었기 때문이라나요. 자, 들어가 보세요. 나는 샐리 레인, 그림을 그리고 있어요. 그런데 미리 말해 두지만, 마일런을 죽인 건 내가 아니에요."

나는 그녀를 날카롭게 흘끗 바라보며 물었다.

"당신들 가운데 범인이 있다고 생각하오?"

"물론이지요! 그렇지 않으면 대체 누가 마일런을 맞은편 기슭까지 모터보트로 보냈겠어요? 그를 그리로 보내준 사람은 그 길로 몰래 돌아와 있는 거예요. 자, 어서 조사를 시작해 주세요. 당신이라면 틀림없이 진상을 파헤쳐 줄 거라고 생각해요. 나 같은 사람이야 어쩔 도리가 없지만……."

까닭은 알 수 없지만, 이 콧대 센 여자가 눈에 눈물을 가득 담고 있는 것을 나는 벌써 눈치채고 있었다. 검고 긴 속눈썹을 신경질적으로 바르르 떨면서, 귀엽게 살짝 위로 들린 코에 주름을 짓더니 고개를 얼른 옆으로 돌려 버렸다.

지붕을 덮은 늙은 소나무 가지 사이로 세찬 바람이 스쳐지나갔다. 오렌지 빛을 내뿜는 등롱 위에 낙엽이 너울너울 춤추며 앉았다. 나는 그녀에게 등을 돌리고 깜깜한 강으로 시선을 옮겼다.

나를 태워온 선원차림의 사나이는 조금 전부터 현관에 서서 검은 옷을 입은, 이마가 거의 다 벗어진 하인과 이야기를 하고 있었다. 집사인 듯한 그 사나이는 인상 좋은 얼굴을 나에게로 돌리며 사투리가 심한 영어로 말했다.

"마르 씨지요? 방코랑 씨가 아까부터 기다리고 계십니다. 아리슨 부인 방에서 곧 뵙고 싶다고 하십니다. 내가 안내해 드리지요."

어둠침침한 홀은 쥐죽은 듯 고요했다. 호화스럽게 꾸미기는 했으나 어딘지 이국적이고 야성적인 냄새가 짙은 거친 취향이 느껴졌다. 바닥에는 호랑이와 곰의 털가죽을 푹신푹신하게 깔아놓았으며, 금빛 찬란한 벽걸이 위에는 등롱이 두 개 달려 있었다.

안쪽 벽에 걸려 있는 큰 초상화가 어렴풋이 보였다. 마일런 아리슨의 실제 크기만한 초상화였다. 햄릿으로 분장한 모습이었다. 그것을 보는 순간 나는 비로소 이 라인 강 기슭의 바람이 심하게 부는 적막 속에서 내 마음이 죽음의 공포에 휩싸여 있음을 깨달았다. 누구의 짓인지 일부러 등롱 불빛이 그 초상화로 내리쏟아지게 해두었다. 마일런 아리슨은 살았을 때의 모습으로 어둠침침한 홀에 서 있는 것이다.

왕자 햄릿은 한쪽 손을 칼집에 대고 얼굴을 약간 앞으로 숙인 채 생각에 잠겨 서 있는 모습이었다. 검은 옷차림이 우울해 보였지만, 회색 눈동자만은 맑고 아름다웠다. 그러나 너무 슬픈 햄릿이었다. 미치기 직전의 모습으로 잘생긴 입술까지 일그러뜨리고 있었다. 아무튼 이 초상화를 그릴 때 마일런 아리슨은 이미 55살쯤 되었을 것이다. 내가 층계를 올라 2층으로 가자 초상 속의 아리슨이 명상적인 시선으로 나를 배웅했다.

층계를 다 올라가 정면에 있는 방 앞에 서자 문을 열기도 전에 새된 목소리가 들려왔다. 잘 알아들을 수 있는 또렷한 목소리였다. 집사가 문을 열었다. 목소리의 주인은 활짝 열린 창문을 뒤로 하고 카드 테이블 앞에 앉아 있었다. 몸이 크고 살집이 좋은 여자였다. 하얀 레이스 옷차림으로, 마터호른의 높은 봉우리가 흰 눈에 덮여 있는 듯한 모습이었다.

그녀는 천천히 몸을 일으켜 검은 리본이 달린 코안경을 벗어들더니 뒤룩뒤룩한 눈으로 불쑥 들어온 사람을 날카롭게 쏘아보았다. 예쁘게 손질한 은빛 머리와 손에 든 굵은 시가가 몹시 어울리지 않는 느낌이었다.

방금 '뒤룩뒤룩한 눈'이라는 표현을 썼지만, 그녀의 용모는 결코 보기 싫지는 않았다. 웃을 때면 눈언저리에 잔주름이 잡혀 어딘지 모르게 사람 좋아 보이는 인상이었다. 뚱뚱했으나 오라버니인 마일런 아리슨을 닮은 얼굴이었다.

"어머나, 어서 오세요. 자, 앉으시지요."

눈빛은 무서웠으나 그녀는 얼굴 가득히 웃음을 지으며 손에 든 시가를 줄곧 내두르고 있었다.

"나는 마일런의 누이동생 애거사 아리슨이에요. 모두 '공작부인'이라 부르지요. 자, 어서 그 의자에 앉으세요."

방코랑은 창틀에 등을 기대고 서 있었다. 그는 나를 눈으로 맞으며 인사했다.

"제프, 잘 와주었네. 드오네이 씨와 같이 오지 않기를 잘했어. 우리 자동차는 어떤 읍으로부터 32킬로미터쯤 떨어진 곳에서 엄청난 사고를 만났었지. 덕분에 꼬박 하루를 허탕치고 말았다네. 다행히 아무도 다치지는 않았지만."

아리슨의 코안경이 미끄러져 떨어졌다.

"빌어먹을!"

그녀는 혀를 차면서 난폭한 말을 내뱉고는 다시 안경을 고쳐 썼다. 그리고 아주 맛있다는 듯이 시가를 물더니 입을 열었다.

"그래요, 이분들은 오늘 저녁 무렵에야 도착하셨답니다. 제롬 드오네이 씨는 아직 몸이 좋지 않다면서 방에 들어간 뒤로 나오지 않는군요. 자동차가 부딪치는 바람에 정신이 얼떨떨한 모양이에요. 그 운전사는 당장 목이 달아나겠지요.

그건 그렇고, 지금 나는 이 탐정 선생에게 앞서 있었던 사건을 이야기하던 참이에요. 그러니까 지금 여기에 발이 묶여 있는 사람들이 이 별장에 다 모인 지 이틀째 되는 날이었어요. 모인 손님들의 이름 말인가요? 드오네이 씨 부부와 바이올리니스트인 르바셀 씨, 화가 샐리 레인 양, 그리고 그날 우연히 던스탠 경이 런던에서 오셨기에 묵어가시도록 붙들어 두었었지요.

오라버니 마일런은 요즈음 샐리 레인 양에게 무척 열을 올리고 있었어요. 그 나이에 참 멍청한 분이지요. 아무튼 그날 밤 식사를 끝낸 뒤 마일런은 샐리를 붙들고 열심히 권했어요. 모터보트로 강 건너 해골성을 구경하러 가자고요. 오라버니다운 생각이었지요. 달빛을 받으며 오래된 성의 정취에 잠기고 싶은 기분. 그런데 나는 그처럼 신기한 것을 좋아하는 마음이 마일런에게는 있을지 모르지만, 샐리같이 어린 아가씨가 그런 걸 좋아할 리 없다는 걸 벌써 짐작하고 있었어요.

무엇보다도 밤에 그 성에 들어가면 층계를 오르내리는 것만도 귀

많은 일이거든요. 그래서 나는 오라버니에게 이렇게 말했어요. 성을 구경하는 것도 좋지만, 얼른 끝내고 곧 내 방에서 포커를 하자고요. 상대는 나와 우리 집 하녀지요. 마일런은 포커의 명수였고, 하녀도 여간한 솜씨가 아니거든요."

그녀는 트럼프를 한 벌 테이블 위로 확 펼치고는 눈꼬리에 주름을 잡으며 애석한 표정으로 바라보았다. 바람이 녹색 커튼을 흔들고 지나갔다. 아까는 멀리서 들리던 천둥소리가 차츰 산 너머로 다가오고 있었다.

"잠시 뒤 나는 물 위로 모터보트가 달리는 소리를 틀림없이 들었어요. 몇 시쯤이었는지 시간은 확실치 않지만, 달이 이미 떠 있었지요. 나는 하녀 플리다와 함께 이 창문 옆에 앉아 트럼프 놀이를 하고 있었지요. 다른 사람들에 대해서는 아무것도 몰라요. 그렇지, 르바셀 씨만은 그동안 내내 아래층 방에서 바이올린을 연주했어요. 그 사람은 하루의 반을 연습으로 보내기 때문에, 본인은 만족할는지 모르지만 옆에 있는 사람의 고통은 이루 말할 수가 없답니다. 제롬 드오네이 씨는 아마 방에 들어가 잠들어 있었을 거예요. 그밖의 사람들은 정원을 산책하고 있었을지도 모르지요."

애거사 아리슨은 잠시 말을 끊고 창문 옆으로 다가갔다.

"자, 보세요. 오늘밤은 몹시 어둡지만, 그래도 희미하게 보이네요. 저것 봐요, 여기서도 저 성이 보이지요?"

문 밖에서는 나무들이 줄곧 버스럭거리고 있었다. 방안에서는 아무도 움직이지 않았다. 나는 창문으로 고개를 내밀고 붉은 타일을 깐 주차장을 내려다보았다. 머리가 벗어진 집사가 높은 기둥에서 중국식 등롱을 벗겨 내리고 있었다.

애거사 아리슨은 이야기를 계속했다.

"사건은 그 뒤에 일어났어요. 아무리 기다려도 마일런이 돌아오지 않아 나는 불안해서 시계를 보았어요. 10시 10분이었어요. 그때도 아직 르바셀 씨의 연주가 계속되고 있었지요. 〈아마릴리스〉라는 무도곡이었어요."

그녀는 휘파람으로 몇 소절을 들려 주었다.

"그때였어요. 총소리가 들렸다고 말하는 이도 있지만, 내 귀에는 아무 소리도 들리지 않았어요. 플리다도 역시 못 들었다고 했어요. 그 대신 무서운 비명 소리가 들려왔어요. 강 건너에서 말이에요! 나는 깜짝 놀라 곧 창문으로 고개를 내밀었지요. 그러자 해골성이 눈에 띄었어요. 달이 높이 떠올라 해골성의 둥근 지붕이 번쩍번쩍 빛나고 있었지요. 그 퀭한 눈, 뻥 뚫린 창문, 코처럼 기분 나쁘게 쑥 내밀어진 곳……

그때 갑자기 해골의 이빨 근처에서 온몸이 불길에 휩싸인 사람이 뛰어나오는 거였어요. 이렇게 멀리 서 있었으므로 아주 조그맣게 보였지만 분명 사람임에 틀림없었어요. 온몸이 불길에 싸인 사람이 소리높이 비명을 지르면서 뛰어나오고 있었어요. 그 소리가 강을 넘어 분명히 들려왔어요. 그는 해골의 턱에 해당되는 근처를 무척 고통스러운 듯이 날뛰며 돌아다녔는데……

지금도 생각하면 소름이 오싹 끼쳐요. 마치 아래층에서 르바셀 씨가 연주하고 있는 〈아마릴리스〉 곡에 맞추어 미쳐 춤을 추고 있는 것 같았어요. 잠시 뒤 모두 타 버렸는지, 춤추던 그 몸뚱이가 털썩 주저앉는가 싶더니 흉벽에서 아래 성벽으로 굴러 떨어졌어요. 그리고 거기에 그냥 쓰러져 버리고 만 거예요."

이야기를 끝내자 순간 그녀의 눈이 물처럼 차갑게 빛났다. 무서웠던 그때의 기억을 한시바삐 떨쳐 버리고 싶은 오직 한 가지 생각에 사로잡혀 있는 듯한 모습이었다. 이윽고 그녀는 까닭도 없이 트럼프를 집어들더니 퀭한 눈으로 바라보기 시작했다. 어느새 시가의 불도 꺼지고, 그녀는 갑자기 나이가 들어 버린 듯이 보였다. 그러나 곧 다시 이야기를 꺼냈을 때는 본래의 생기 있는 모습으로 돌아와 있었다.

"어떻게 해서 그런 재난이 일어났는지 나는 도저히 짐작할 수도 없지만……, 아무튼 그것이 마일런 아리슨의 마지막 순간이었어요."

횃불과 달빛

애거사 아리슨이 이야기하는 동안 방코랑은 구두 끝이 융단에 깊숙이 발자국을 남기는 것을 눈여겨보면서 조용히 귀를 기울이고 있었다.

"그래서요?"

"나는 얼른 홀로 달려 내려가 플리다에게 호프만과 프리츠를 불러 오라고 일렀지요. 호프만은 집사이고 프리츠는 운전사예요. 그렇지──그녀는 나를 가리키면서 말했다──당신을 맞으러 모터보트를 타고 간 사람이 프리츠예요. 나는 두 사람에게 해골성에서 이상한 일이 일어난 모양이니 빨리 가보고 오라고 일렀지요."

방코랑은 앉은 자세를 고치며 끝이 처진 눈썹을 죄어 붙였다. 침침한 방안의 불빛이 그의 부은 듯한 눈꺼풀 그림자를 깊게 만들었다.

"그럼, 해골성에는 자물쇠가 채워져 있지 않았던 모양이지요? 드오네이 씨의 이야기에 의하면 전 주인이 세상을 떠난 뒤 그 당시 상태대로 보존되어 있다고 했는데……."

그녀는 느닷없이 웃음을 터뜨렸다.

"당신도 의외로 멍청하시군요. 그처럼 넓은 건물이 언제까지 옛모습 그대로 보존될 수가 있겠어요? 물론 안에 있는 방들은 모두 자물쇠가 채워져 있지요. 관리인도 두고 있었고. 하지만 그래도 그렇게 많은 방을 일일이 깨끗하게 청소할 수는 없잖겠어요."

"역시 옛날 이야기인 모양이군요. 지키는 사람도 두고 있었다고 하니 말입니다."

"그래요, 관리인이 자취를 감추고 말았어요." 시가에 새로 불을 붙이면서 그녀는 조용히 말했다.

방코랑은 잠자코 얼굴을 찡그렸다.

"방코랑 씨, 당신은 유명한 탐정이에요. 반드시 좋은 지혜를 빌려주어야 해요. 모조리 다 털어놓고 이야기해 드리겠어요. 괜찮겠지요? 마일런 아리슨은 내 친오라버니지만 그다지 성격이 좋은 편은 아니었어요. 따라서 솔직히 말하면 그의 목숨을 노리는 사람이 없는 것도 아니었지요."

방코랑의 눈꺼풀은 아직도 내리 감겨 있었지만, 그녀의 이야기에 차츰 흥미를 느끼는 듯했다. 그는 몸을 앞으로 내밀며 말했다.

"그래서 어떻게 되었습니까?"

"나는 호프만과 프리츠를 시켜 상황을 살펴보도록 보냈습니다. 두 사람이 선착장으로 내려갔는데 매어놓았던 모터보트가 눈에 띄지 않아 하는 수 없이 보트를 저어 강을 건너갔다는 거예요. 그런데 건너편 기슭에 닿아보니 그 모터보트가 얌전히 거기에 매어져 있었다지 않겠어요? 아무도 없이 배만 말이에요.

두 사람은 곧 성이 있는 언덕으로 올라갔대요. 아시는지 모르지만 그곳은 아주 가파른 비탈길이지요. 그 길을 반쯤 올라갔을 때, 모터보트의 엔진 소리가 들려왔답니다. 누군가가 돌아간 모양이에요. ”

방코랑은 깜짝 놀란 듯이 얼굴을 들었다.

“하지만 누군지는 몰라요. 나는 여기서 엔진 소리를 들었지만 일부러 선착장까지 보러 갈 기분은 나지 않았어요. 해골성의 이상한 사건에 완전히 정신을 빼앗기고 있었으니까요. 그렇게 해서 모터보트를 탄 사람은 아무에게도 들키지 않고 뭍으로 올라온 셈이에요. 아니, 이야기가 옆길로 빠지고 말았군요. 호프만과 프리츠의 이야기를 하고 있었는데. 두 사람이 성으로 올라가자…….”

“그 이야기는 이제 됐습니다. 내가 직접 두 사람에게 물어보기로 하겠습니다. 우선 사건 현장을 보고 싶군요. 그 장소가……?”

나는 방코랑이 이처럼 성급하게 서두르는 것을 처음 보았다. 물론 그는 겉으로 드러내지는 않았으나 나처럼 늘 옆에 있는 사람은 뚜렷이 느낄 수가 있었다. 까닭이 무엇인지는 모르지만 마음의 동요를 숨기지는 못했다. 아무튼 그는 뾰족한 턱 끝에 여유를 보이며 무거운 눈꺼풀을 들고 방 안을 둘러보았다. 그렇게 생각해서 그런지, 그의 눈빛에는 아무런 표정도 없었다. 아리슨의 이야기를 파고들어 확인해 볼 생각도 없는 듯싶었다. 수사에 서광이 비치려면 아직도 먼 모양이었다.

“누가 사건 담당자지요?”

“콘라드 경감이에요. 코블렌츠 경찰서장이지요. 그는 우리들에게 금족령을 내렸어요. 사건이 해결될 때까지 이 별장에서 나가면 안 된다는 거였어요. 우리도 잠자코 있지는 않았지요. 그건 법률위반이라고 마구 떠들어댔어요. 제롬 드오네이 씨는 자기 비용으로 유명한 탐정을 데려오겠다면서 서둘러 나갔어요. 물론 콘라드 경감은 노발대발했지요. 그 때문인지 경감은 베를린에 도움을 부탁하겠다고 했어요. 이렇게 해서 이 사건에 대한 수사는 완전히 변칙적인 것이 되어 버렸어요."

방코랑은 손을 내밀어 창문을 닫으면서 갑자기 나를 돌아다보더니 중얼거리듯 작은 목소리로 말했다.

"제프, 뭔가 먹고 싶지 않나?"

아리슨은 그 말을 듣자 새된 소리를 질렀다. 군살로 축 늘어진 얼굴에 역력히 미안한 표정을 띠며 그녀는 무릎을 치고 외쳤다.

"어머나! 그만 깜박…… 미처 생각지 못했군요. 사건 이야기에 완전히 정신이 팔려서…… 아직 아무것도 못 드셨군요? 방코랑 씨, 당신도 아직 안 드셨나요?"

그녀는 다시 내 쪽을 보며 말을 이었다.

"우리는 일찍 저녁 식사를 마쳤답니다. 그래서 방코랑 씨가 도착하셨을 때는 이미 식탁을 치우고 난 뒤였지요. 방코랑 씨도 당신보다 겨우 두세 시간 전에 도착했을 뿐이거든요."

"뭔가 사고가 있었던 모양이죠?"

"네, 그래요. 자세한 이야기는 방코랑 씨에게 들으세요. 그래서 제롬 드오네이 씨는 곧 약을 먹고 잠들어 버렸어요. 잠깐만 기다려주세요. 곧 식사 준비를 시킬 테니까요. 호프만!"

애거사 아리슨은 집사를 불렀다. 집사가 깜짝 놀라 뛰어올라올 정도로 큰 목소리였다. 그 소리와 거의 동시에 집사 호프만이 번들번들한 큰 얼굴을 내밀었다. 방코랑은 고기가 식었어도 괜찮다고 겸손하게 말했다. 아리슨은 맥주도 가져오라고 지시했다.

방코랑은 홀로 나가서 집사가 갈 때까지 잠자코 서 있었다. 등불이 하나 침침하게 켜져 있을 뿐, 두꺼운 융단이 발소리까지도 삼키고 있었다. 집사의 모습이 보이지 않자 방코랑이 비로소 입을 열었다.

"제프, 오늘 자동차 사고는 우연이 아니었네. 드오네이가 나를 죽이려고 했던 걸세."

뭔가 불길한 일이 다가오고 있음을 느낀 방코랑은 소름이 끼치는 모양이었다. 이상하고 미치광이 같으며 도무지 정체를 알 수 없는 일이었다. 별장은 폭풍우가 몰아치기 직전처럼 땀이 축축히 배어나오는 후텁지근한 공기가 내리덮고 있었다. 나는 눈앞에 제롬 드오네이의 차갑게 빛나는 눈과 계속 희미하게 떨고 있던 두 손을 떠올렸다.

나는 더듬거리면서 말했다.

"하지만 운전사는……."

"드오네이 자신이 운전하고 있었지. 운전사는 뒷자리에 앉아 있었네. 나는 처음부터 그것을 이상하게 생각했지. 우리 자동차는 이윽고 험한 산골짜기로 접어들었네. 24미터가 넘는 벼랑의 바위벽이 훤히 드러나 보이고, 멀리 골짜기 사이로 급류가 반짝이는 곳이지. 그때 나는 앞거울에 비친 드오네이의 눈을 볼 수가 있었네. 알겠나, 제프? 그것은 제정신을 가진 사람의 눈이 아니었네. 그는 등을 굽히고 핸들 위를 덮어 누르듯이 하며 앉아 있었는데, 그러면서 가만히 왼쪽 문을 열고 있었네. 아마 뛰어내리기 위한 준비였겠지."

방코랑은 잠시 말을 끊고 어깨를 움츠려 보였다.

"자동차는 벼랑 가의 철책에 가서 부딪쳤네. 나는 얼른 손을 뻗어 그의 손에서 핸들을 낚아챘지. 상대방의 손이 부러지지 않았나 싶을 정도로 세게. 그래서 위기일발의 순간에 살아났다네. 굴러 떨어지는 것만은 면했지. 그 바람에 자동차는 반대쪽 벼랑에 정면으로 충돌했다네. 그래도 나의 재빠른 조치로 목숨만은 건진 걸세."

방코랑은 오른손을 오므렸다폈다하면서 이야기를 했다. 그는 눈꼬리 근처에 만족스러운 듯한 미소를 띠고 있었다.

"우리는 가까운 농가로 달려가 따뜻한 우유를 마신 다음 겨우 정신을 가다듬었지. 그러자 드오네이가 이런 말을 하더군. 자기가 운전하다 사고를 일으켰다는 이야기는 아무에게도 하지 말아달라고, 요즈음 완전히 신경쇠약으로 가끔 근육에까지 이상한 증세가 오곤 한다는 거야. 그래서 의사도 운전을 굳이 금지시켰는데, 그만 이런 결과를 가져오고 말았다는 걸세. 만일 자기 아내에게라도 알려지게 되면……."

"새삼스럽게 그런 말을!"

"그는 진지한 얼굴로 그렇게 말했네! 그래서 일단 사람들에게는 운전사의 책임으로 해두었지."

"그러나 그때 드오네이는 벌써 자네가 의심하고 있다는 걸 눈치챘겠지?"

방코랑은 어깨를 으쓱하면서 대답했다.

"그는 누구보다도 자존심이 강한 사람일세. 사람을 내려다보는 듯한 그의 건방진 태도도 바로 자존심에서 나오는 것이지. 그것이 없으면 아마 그는 종잡을 수 없는 행동을 할 거야. 자동차 사고가 일어나기 직전 앞거울에 비친 그의 미친 듯한 눈빛이 당장 나타나게 될 게 뻔해. 그리고 오만불손한 행동도 한순간에 사라져 버릴지 모르지."

방코랑의 짧은 코밑수염과 끝이 뾰족한 턱수염 사이에 칼로 자른 듯한 주름이 깊이 새겨졌다. 어둠침침한 홀 한복판에 서 있는 그의 모습에서는 거인 같은 엄숙함이 느껴졌다.

"나는 롤랑 레스토랑에서 그의 이야기를 들었을 때, 이미 그의 비밀을 눈치채고 있었네. 특별히 이렇다 할 이유가 있었던 것은 아니지만, 그 사람의 정신이 정상이 아니라는 것을 알아차렸지. 또한 메이르쟈의 죽음에 대한 진상도 그때 더듬어 알아낸 듯한 기분이었네. 물론 그것은 한낱 환상에 가까운 것이라고 말할 수 있을지도 모르지만 말일세."

"나는 아직도 뭐가 뭔지 모르겠군."

그때 나는 라인 강을 내려오는 증기선 안에서 있었던 일이 생각났다. 저물어가는 황혼의 어스름 속에서 브라이언 개리번이 이야기해준 메이르쟈의 죽음에 대한 자초지종이. 그러나 어째서인지 나는 개리번의 이야기를 하고 싶지 않았다. 우리는 이야기하면서 눈을 무심코 층계 쪽으로 돌렸다. 순간 눈앞이 캄캄해지는 듯한 번개가 넓은 저택 안을 뚫고 지나갔다. 천둥을 뒤에 남기고 하늘 저쪽으로 사라져갔다. 집안의 창문 유리가 모두 심하게 흔들렸다.

아래층의 이국적인 홀에는 우리 두 사람 말고는 아무도 없었다.

마일런의 초상화만이 기분 나쁜 눈으로 방안을 지켜보고 있었다. 구석에 있는 식당에서는 호프만이 식어 버린 고기를 담은 접시를 늘어놓고 있었다. 커튼이 무겁게 드리워져 있고 커다란 식탁 한가운데에는 은촛대가 자리잡고 있었다. 어렴풋이 흔들리는 일곱 개의 촛불이 플로렌스풍의 갖가지 장중한 가구에 어두운 그림자를 깊게 해주었다. 호화스러운 음식이었다. 집사 호프만은 얼음을 채운 그릇에 맥주며 포도주며 샴페인 등 갖가지 술병을 넣어 가지고 왔다.

방코랑은 선뜻 샌드위치에 손을 가져가면서 말했다.

"호프만, 좀 물어보고 싶은 말이 있소."

처음에는 독일어로 이야기를 걸었으나, 내가 그다지 잘하지 못한다는 걸 생각해 냈는지 곧 영어로 바꾸었다.

"두세 가지 물어보고 싶은 것이 있는데……."

"네, 무엇입니까?"

집사 호프만은 마치 꾸중이라도 듣는 것처럼 뚱뚱한 몸을 긴장시키며 벗어진 머리를 오른쪽으로 약간 기울였다. 번쩍번쩍 빛나는 이마 아래 놀란 듯 크게 뜬 푸른 눈과 경단같이 동그란 코가 오래된 큐피 인형을 연상케 했다. 그 큐피 인형에서 굵고 낮은 목소리가 울려나왔다, 눈을 깜빡이면서.

"이 집에서 일한 지 얼마나 되었소?"

"3년 됐습니다. 나리께서 무대를 떠나고 나서부터였습니다." 집사
는 샴페인 냉각기를 만지면서 설명했다.

"그래요? 마일런 아리슨 씨가 이 저택을 산 것은 상당히 오래되었
다고 들었소만⋯⋯."

"그렇습니다, 상당히 오랫동안 가지고 계셨습니다."

호프만은 익숙한 솜씨로 술병을 얼음 속에 굴리면서 우리 쪽을 가
만히 쳐다보았다.

"좋은 주인이었소?"

"네, 상냥하시고⋯⋯."

"일하기 좋은 집이었소?"

"네."

호프만은 불안한 듯 입술을 오므리며 말했다.

샴페인 마개를 뽑자 소리를 내며 가벼운 거품이 흘렀다. 집사는 능
숙한 솜씨로 두 개의 유리잔에 샴페인을 따랐다.

"나리께서는 예술가이시기 때문에 까다로운 점도 있었습니다. 아시
다시피 이따금 화도 잘 내셨지요. 옛날처럼 팬레터가 오지 않는 것
도 기분이 좋지 못한 원인 가운데 하나였습니다. 머리카락도 요즘
은⋯⋯."

호프만은 자기의 벗어진 머리를 어루만지면서 아주 거북스러운 표
정을 지었다.

"그리고 운동도 매일 거르지 않고 하셨지만 그래도 뚱뚱해지셔서
⋯⋯."

"해골성에는 가끔 가는 것 같았소?"

"네, 밤에 성벽을 따라 걸으면서 대사를 읊는 것이 무척 마음에 드

시는 것 같았습니다. 그러나 다른 사람들에게 성을 구경시키는 것을 몹시 싫어해서서 절대로 안에 들여놓지 않았습니다."

방코랑은 잔을 입으로 가져갔다. 그는 갑자기 눈썹을 찡그리고 생각에 잠기며 말했다.

"관리인을 두고 있었던 모양인데……."

"네, 바우어라는 사람입니다. 정신이 좀 이상하긴 했지만 별로 난폭한 짓을 하지는 않았습니다. 성안에 살며 늘 성을 지키고 있었지요. 성을 비워두는 일도 그다지 없었습니다. 매일 밤 칸델라를 들고 성벽을 둘러보는 것이 그의 일이었는데…… 그날 밤에는 웬일인지 모습이 보이지 않았습니다."

"음……. 그럼, 그날 밤 일을 당신이 본 대로 이야기해 주오."

호프만은 당장 이야기를 하려고 했다. 그러나 문득 우리 어깨너머로 문 쪽을 바라보더니 곧 입을 다물었다.

뒤를 돌아다보니 식당문 앞에 작은 여인이 서 있었다. 그녀는 어딘가 큰 상처라도 입지 않았나 하고 걱정스러운 듯한 눈길로 방코랑을 바라보고 있었다. 이미 고운 티가 가신 부인으로, 어쩐지 쓸쓸해 보였다. 그렇지 않다면 그런 대로 미인 축에 들 것이다. 눈은 짙은 갈색이고, 더부룩한 금발이 목덜미까지 늘어져 있었다. 그러나 안타깝게도 잠이 덜 깬 것처럼 생기가 없어 보였다. 입술은 완전히 파르스름했고, 갈색 눈에는 겁에 질린 그림자가 깃들어 있었다. 입고 있는 물색 옷이 유일하게 생기 있는 빛깔이었다.

"실례지만, 파리에서 오신 탐정이시지요?" 가느다란 목소리가 딱딱한 영어로 물었다. "영어로 말해도 될까요?"

"아주 서투릅니다만 그렇게 하시지요, 부인. 아직 한 번도 뵌 적이 없는데, 누구신지요?"

방코랑이 미소 띤 얼굴로 말했다. 그녀의 눈이 조금 밝아졌다.

"이소벨 드오네이입니다."

이 여자가 드오네이의 아내인가! 내 마음에 있던 제롬 드오네이의 아내는 아무 도시에서나 흔히 볼 수 있는 당당한 체격의 평범한 벨기에 여자였다. 수백만이나 되는 드오네이의 재산이 있는데도 불구하고 나는 바구니를 들고 시장으로 물건을 사러 나가는 여인을 상상하고 있었다.

"자동차 사고에 대해 무어라 드릴 말씀이 없군요, 다치신 데는 없는지요?"

"다행히 무사했습니다."

방코랑은 나를 소개했다. 인사가 끝나자 그녀는 조심스럽게 말했다.

"제롬은 그 사고로 충격을 받았는지 곧 잠이 들고 말았어요. 어떻게 해서 그런 무서운 일이 일어났는지 상상도 할 수 없군요. 찰스는 언제나 조심스럽게 운전을 하고 있었는데……. 찰스는 그 자리에서 파리로 되돌려보냈다고요?"

"운전사 말입니까? 네, 돌려보냈습니다. 우리는 그 뒤에 기차를 탔습니다."

방코랑은 운전사 따위에는 전혀 관심이 없다는 듯 연방 샌드위치를 집어들었다. 그녀는 될 수 있는 대로 명랑하게 이야기하려고 애쓰면서 말했다.

"앞으로 당신이 이번에 있었던 무서운 사건을 수사하신다는데, 언제부터 시작하시나요? 우리도 모두 조사하시는 건가요?"

그녀의 태도에는 은근한 것을 넘어 애교에 가까운 것이 엿보였다. 그 애교가 억지로 만든 것이라는 점은 긴장된 파란 입술과 무섭게 가라앉은 갈색 눈동자 때문에 숨기려 해도 숨길 수가 없었다. 그녀는 눈을 내리깔며 우리를 똑바로 보지도 못했다.

"물론 당신들에게도 묻게 되리라고 생각합니다."

"부디 어려워 마시고 하세요. 우리는 그 무서운 코블렌츠의 경감님에게 무지막지하게 당한 뒤라 이제 아주 익숙해지고 말았어요. 그럼, 레인 양과 마셜 던스탠 경과 함께 서재에서 기다리고 있을 테니 볼일이 있으시거든 언제든지 불러주세요."

이소벨 드오네이는 목구멍 속에서 희미한 웃음 소리를 내며 나갔다. 방코랑은 호프만을 돌아보고 말했다.

"자, 아까 하던 그 이야기를 계속 들어봅시다."

"하지만 나 자신의 일밖에 모릅니다. 그날 밤 나는 서재에 계신 여러분에게 커피와 술을 갖다드렸습니다. 그것이 끝나자 정원을 둘러본 다음 식기실로 내려갔습니다. 그리고는 줄곧 거기서 계산서를 조사하고 있었습니다. 그러는 동안 내내 르바셀 씨의 바이올린 소리가 들려왔습니다. 그건 정말 훌륭한 음악이어서…… 네, 유명한 분이신만큼……."

"르바셀 씨는 그때 어디에 있었지요?

"음악실에 계셨습니다. 구석진 방이기 때문에 식기실에 있으면 아주 가깝게 들리지요. 그분은 장중한 작품으로 연습할 때도 있지만 이따금 가벼운 곡도 좋아하셨습니다. 예를 들면 〈아마릴리스〉 같은 것 말입니다. 그 음악이 특별히 마음에 드시는지 그날도 역시 그것을 연주하고 계셨습니다. 그때 갑자기 2층 방에서 마님이 큰 소리로 외쳤습니다. 문으로 얼굴을 내미니 플리다가 층계를 달려 내려오는 중이었습니다. 급히 마님 방으로 달려가자 해골성에서 이상한 일이 일어났으니 프리츠를 데리고 가서 곧 알아보고 오라고 말씀하셨습니다……. 프리츠는 그때 조리실에 있었습니다."

"그래서 선착장까지 갔는데 모터보트가 보이지 않았다는 거군요."

호프만은 꿀꺽 침을 삼켰다. 질문을 받고 있는 동안 얌전히 하고 있던 그도 차츰 흥분이 되어 큐피 인형 같은 얼굴이 빨갛게 물들어갔다.

"네, 그렇습니다……. 그래서 우리는 보트를 저어……."

"잠깐, 이곳에는 보트가 몇 척이나 있지요?"

"두 척뿐입니다. 모터보트와 노젓는 보트. 나는 프리츠에게 급히 저으라고 재촉했습니다. '프리츠! 저걸 보게, 성벽 위에 누군가의 모습이 보이지? 온몸에 불이 붙어 당장에라도 성벽에서 떨어질 것 같군. 빨리 저어 가세, 빨리!' 이렇게 외치면서 쏟아지는 달빛을 받으며 우리는 라인 강의 급류를 저어 건너갔습니다. 그런데 맞은편 언덕에 닿아 보니 이상하게도……."

"어떻게 되었소?" 방코랑은 이야기를 재촉했다.

"그때는 그다지 마음에 두지 않았습니다만, 지금 생각해 보니 정말 이상한 일이었습니다. 모터보트가 그쪽 언덕에 매어져 있는 겁니다. 뿐만 아니라 매어져 있는 그 위치가 이상했습니다. 이 근처는 물살이 세기 때문에 보통 선착장 오른쪽, 즉 상류 쪽에 보트를 매어두지요. 그렇게 하면 물살의 힘으로 보트가 다리 옆에 꼭 붙게 되어 떠내려갈 염려가 없기 때문입니다. 그런데 그날 보트는 선착장 끝에 매어져 있었습니다. 이렇게 되면 보트는 강물의 흐름을 타고 떠내려가지요. 사실 우리가 도착했을 때도 밧줄이 팽팽하게 당겨져 있어 언제 그것이 끊어져 떠내려갈지 알 수 없는 위태로운 상태였습니다.

아무튼 그것은 나중의 일이고, 우리는 선착장을 달려 나가 쏜살같이 언덕으로 올라갔습니다. 그런데 그 길은 험할 뿐만 아니라 벼랑이 무너져 돌이 구르는 등 그야말로 무어라 표현할 수 없이 지독한 길입니다. 지난해 라인 강이 범람했을 때 이곳까지 홍수에 휩쓸려나가 완전히 황폐해지고 만 겁니다. 그것을 그때 그대로 내버려

둔 채 아직 손질을 제대로 하지 않았었지요. 우리는 숨을 헐떡이며 반쯤 올라가다가 그만 푹 쓰러지고 말았습니다. 그래도 간신히 일어나 무성한 나뭇가지 사이로 머리 위를 쳐다보니, 바로 눈앞에 깎아지른 듯한 해골성의 벽이 솟아 있었습니다. 우리 주위는 나뭇잎으로 그늘이 져서 아주 깜깜한 어둠이었지만, 멀리 밤의 원탑 위에는 달빛이 가득 쏟아져 돌로 쌓은 성벽의 몸체가 번쩍번쩍 창백한 빛을 던지고 있었습니다.

그때였습니다. 자세히 지켜보고 있는 내 눈에 갑자기 성벽 위로 괴상한 모습이 떠오르는 게 비쳤습니다. 손에 활활 타오르는 횃불을 들고, 구름 한 점 없는 밤하늘에 때아닌 불꽃을 날리고 있는 모습이었습니다. 나는 그만 등골이 오싹해져서 그 자리에 우뚝 서고 말았습니다.

그러나 그것도 한순간이었습니다. 그때 나는 분명히 보았습니다. 덩치가 크고 무서운 모습이었습니다. 횃불을 든 검은 그림자가……, 그렇습니다, 대낮처럼 달빛이 밝은 밤하늘에 기분 나쁠 정도로 크고 검은 그림자가 뚜렷이 떠올라 있었습니다. 사나이의 모습이었던 것 같습니다. 횃불의 불꽃을 탁탁 튀기며 흉벽에서 아래를 굽어보고 있는 것이었습니다. 하지만 내가 깜짝 놀라 다시 보려고 눈을 크게 떴을 때는 이미 사라지고 없었습니다."

유령 공포

집사 호프만은 이야기를 계속했다.

"우리는 고생고생하여 언덕을 올라갔습니다. 방금 말씀드린 것처럼 너무도 지독한 길이어서 시간이 상당히 걸렸습니다. 따라서 그 동안에 괴물이 달아날 여유는 충분히 있었습니다. 사실 우리가 언덕 위에 닿았을 때 강에서 보트의 엔진 소리가 들렸습니다."

호프만은 문득 말을 끊고 기분 나쁜 미소를 지어 보일 뿐 더 이상 아무 말도 하지 않았으므로 방코랑이 이야기를 재촉했다.

"그래서요?"

"문은 닫혀 있었지만 자물쇠가 채워져 있지는 않았습니다. 우리는 기다리기가 뭣해서 담을 뛰어넘었는데, 아무리 불러도 바우어의 모습은 보이지 않았습니다. 입구에서 돌층계 길이 성벽을 빠져나가 이어져 있는데, 그 돌바닥에 아직도 타고 있는 불덩이가 떨어져 있었습니다. 우리는 급히 흉벽 근처까지 올라가 보았습니다. 거기서 우리는⋯⋯."

호프만은 그때의 광경이 생각나는지 자신도 모르게 몸서리를 쳤다.

"프리츠는 재빨리 그 불덩이의 웃옷을 벗겼습니다. 그 때문에 그는 손에 심한 화상을 입었지만, 불은 간신히 껐습니다. 프리츠가 그처럼 용감한 사람인 줄은 그때까지 몰랐습니다. 아무튼 불을 끄긴 했으나 이미 때가 늦었습니다. 사나이의 몸을 뉘어놓고 보니, 글쎄 그것이 나리가 아니겠습니까! 얼굴에는 화상이 없었습니다. 그걸 보자 나는 비틀비틀 그 자리에 주저앉고 말았습니다. 용감한 프리츠도 흉벽에 주저앉아 몸을 뒤틀며 울고 있었습니다."

왕년에 햄릿을 연기하던 명배우가 밤바람이 불어치는 흉벽 아래에 온몸에 달빛을 받으며 누워 있는 것이다. 입고 있는 옷이 아직도 타고 있어 연기가 조금씩 피어오른다. 그 옆에는 두 하인이 무릎을 꿇고서 주저앉아 울고, 멀리 눈 아래 라인 강이 거친 물소리를 내고 있으며, 머리 위에서는 거대한 돌해골이 덮어 누르듯 짙은 그림자를 드리우고 있는 모습……. 호프만은 그 밤의 정경이 다시 생각나는지 몸을 부르르 떨었다. 식탁 위에서는 일곱 개의 촛불이 약한 바람에 나부끼고 있었다.

"이제 알았소. 그래, 곧 성안을 조사해 보았소?"

"아니, 아닙니다. 천만에요! 그런 무서운 짓을 할 수 있습니까? 관리인 모습이 보이지 않았지만, 찾을 생각도 나지 않았습니다. 나리의 몸을 안고 언덕을 내려오는 것이 고작이었지요. 나리를 보트 한복판에 싣고 프리츠가 노를 저었습니다. 두 손에 화상을 입으면서도 끝까지 자기가 젓겠다고 우기는 거였습니다. 나는 뒤쪽에 앉아……."

"경찰에 알렸겠지요? 경찰에서는 뭘 발견했소?"

"글쎄요……. 그건 모릅니다. 콘라드 경감님은 전혀 말이 없는 분입니다. 수사관은 쓸데없는 말을 하지 않는 법이라고 늘 말씀하시지요. 직접 물어보시는 것이 좋을 겁니다."

"곤란하게 됐구면, 그러나 흉기 정도는 발견되었겠지요? 시체에 상처가 있었다고 하니까."

호프만은 귓엣말처럼 목소리를 낮추었다.

"잘 모르겠습니다만, 어떤 경관의 이야기로는 그 경감님은 이 사건을 오래 맡을 예정이 아니랍니다. 보다 훌륭한 사람이 베를린에서 온다고 했습니다. 아시는지 모르겠습니다만, 저 유명한 폰 아른하임 씨가 말입니다!"

집사는 흘끗 방코랑의 얼굴을 살폈다.

"들었나, 제프?"

물론 나는 듣고 있었다. 베를린 경찰국의 주임경감 지그문트 폰 아른하임 남작……. 그는 세계 대전 중 후방의 스파이 싸움에서 유럽을 무대로 하여 방코랑과 솜씨를 겨룬 호적수였다.

"좋소, 이제 알았소, 호프만. 물러가도 좋소. 다음에 또 여러 가지를 묻게 되겠지만……." 방코랑 탐정이 말했다.

호프만은 물러갔다. 좋은 적수가 나타났기 때문인지 방코랑은 갑자기 생기가 도는 것 같았다. 기운차게 술잔을 들어올렸으며 수염 사이로 흰 이가 언뜻 보였다. 촛불이 그의 불거진 광대뼈를 비추었다. 우울했던 눈이 빛나기 시작했다.

"폰 아른하임이 온다니 퍽 재미있어지겠군. 제프, 건배할까? 이런 영광을 만나게 될 줄은 꿈에도 생각지 못했네. 멋진 자극이 아닌가! 나도 당장 활동을 시작해야지."

우리는 서둘러 샴페인을 비우고 접시를 치운 다음 홀로 나갔다. 순간 대낮처럼 창유리를 밝게 비추며 찢어질 듯한 천둥 소리가 울렸다. 부스럭대던 나뭇가지들도 물결이 삼켜버린 듯 고요했다. 그러나 그것도 한순간, 또다시 폭풍이 불어닥치자 덜거덕거리며 울어대기 시작했다.

문 쪽에서 흥분된 목소리가 들렸다.

"샐리, 그만두라면 제발 좀 그만둬!"

방코랑이 문을 밀치고 맨 먼저 뛰어들어갔다. 그곳은 서재로 꽤 널찍한 방이었다. 벽에 걸린 갈고리 등불이 천장과 바닥을 비추고 있었다. 헤아릴 수 없을 만큼 많이 꽂혀 있는 책들과 벽을 덮은 유화들이 등불 빛을 받아 떠올랐다. 맥베스, 시라노, 타르튀프……. 모두 마일런 아리슨이 분장한 것이었다. 이렇게 수없이 늘어놓으니 악취미를 지나 미치광이 짓같이 느껴졌다. 샐리 레인이 방 한가운데에 의자들을 서로 붙여놓고 앉아 휴대용 축음기로 음악을 듣고 있었다. 곡은 러브 퍼레이드였다.

그 안쪽은 당구실이었는데, 한쪽 손에 큐를 든 젊은이가 문 앞을 가로막고 서 있었다. 험악한 모습으로 샐리 레인의 얼굴을 노려보고 있었다. 금발이 아름답게 물결치고 눈에는 분노의 표정이 깃들어 있었다.

"이제 좀 그만두는 게 어때, 샐리? 지금 그런 곡을 들을 상황이 아니잖아!"

샐리는 끽끽 긁히는 소리를 내는 축음기를 적으로부터 지키려는 듯한 손을 뻗으며 몸을 도사렸다. 새까만 단발머리가 뒤로 한번 나부끼더니 장난기 가득한 얼굴이 나타났다.

"싫어요, 그만두지 않겠어요. 이런 상황이라 일부러 틀어놓은 거예요. 시체 안치소 같은 분위기를 견딜 수가 없다구요!"

빗발이 쥐어박듯 창문 유리를 두들겼다. 줄로 긁는 것 같은 레코드 소리가 모두의 신경을 날카롭게 자극하여 히스테리를 일으킬 것 같았다.

우리가 서재로 들어가자 당구실의 젊은이가 놀라서 가볍게 소리를 질렀다. 그는 큐를 고쳐잡고 우리에게로 가까이 다가왔다. 샐리 레인도 축음기를 껐다. 창 밖의 폭풍 소리가 다시 들리기 시작했다.

"안녕하십니까?"

젊은이는 쑥스러움을 감추려고 중얼거리며 멋쩍은 듯 큐를 감추고 싶어했다. 샐리도 애교있는 얼굴을 우리에게 돌리고 방금 전의 말다툼이 부끄러운지 가볍게 혀를 내밀었다. 그리고 그녀는 빨갛게 칠한 입술에 궐련을 물었다.

"들어오세요, 방코랑 씨, 마르 씨. 그리고 당신도요, 마셜 던스탠 경."

던스탠은 고개를 한 번 꾸벅했다. 밝은 금발이 잘생긴 이마에 어지럽게 흩어져 있었다. 굴곡이 깊은 신경질적인 얼굴이었다. 뾰족한 턱, 우뚝한 코, 꽉 다문 입……, 두 눈만은 침착성을 잃고 있었다. 아직 젊은데도 눈썹 사이에 깊은 주름이 잡혀 뭔가 깊이 마음 아파하고 있는 듯한 모습이었다.

마셜 던스탠 경은 우리에게 의자를 권하고 자기도 적당한 곳에 자리를 잡더니 거침없는 말투로 이야기하기 시작했다. 독일에서 일어난 살인사건을 프랑스 탐정이 수사하는 것은 어쩐지 어울리지 않는 일이라는 것이다. 한편 방코랑과 폰 아른하임 남작이 이 사건으로 서로 겨루게 되는 것은 어떤 의미에서 흥미가 있으므로 참으로 유쾌한 일이라고 떠들어대고 있었다.

"그렇겠지요." 방코랑은 시가 끝의 불을 바라보면서 상냥하게 맞장구쳤다. "아무튼 우리는 당신의 협력을 바라고 있습니다. 이런 사건을 수사하려면 아무래도 여러분의 협조가 중요하므로……."

던스탠 경은 그의 말을 가로막듯 전쟁중에 벌인 두 사람의 스파이 싸움 이야기를 듣고 싶다고 말했다. 그는 의자에서 몸을 내밀고 이마의 주름을 한층 더 깊게 하며 열심히 귀담아들었다. 그리고 재미있는 이야기라고 가끔 칭찬의 말을 하는 것도 잊지 않았다. 샐리 레인은 이국풍의 드레스 소매를 긴 의자 위에서 너펄거리며 동그란 담배연기 고리를 연방 뿜어올리면서 열심히 듣고 있었다.

"프랑스 만세! 독일인은 꺼져 버려라!" 이것은 샐리 레인이 부르짖는 칭찬의 말이었다.

"그러나 나는 이런 느낌이 듭니다." 던스탠 경은 머리를 쓸어올리면서 적당한 단어를 하나하나 고르듯 말했다. "이처럼 음울한 곳에 틀어박혀 있으면 싫어도 어떤 관념이 생기게 마련이지요. 아니, 관념이란 그리 손쉽게 얻어지는 것이 아니지. 실감입니다, 무서운 실감. 자, 들어보십시오. 이런 겁니다……."

"던스탠, 안 돼요, 그렇게 흥분하면……."

샐리가 줄곧 말리려고 했으나 젊은이는 도리어 열기띤 눈으로 그녀를 흘겨보았다. 던스탠의 볼은 벌써 빨갛게 달아올라 있었다.

"흥분할 리가 있나! 나는 다만 진실을 말하려는 것뿐이오. 설명이 서투를지도 모르지만, 내가 말하는 것은 틀림없소. 아시겠습니까, 방코랑 씨? 이런 무서운 일이 세상에 또 있을까요? 한지붕 밑에 같이 지내고 있는 우리들 가운데 마일런 아리슨 씨를 죽인 범인이 있다는 겁니다. 함께 식사를 하고 술을 마시고 웃고 이야기한 사람 가운데 흉악한 살인귀가 있다는 겁니다. 그런 생각을 하게 되면 누구나 단둘이 있는 것이 두려워 견딜 수가 없지요. 언제 덮쳐서 내 목을 조를지 모르니까요. 누구든 의심하면서 대해야 합니다. 뒤를 조심해야만 합니다……. 오랫동안 서로 알고 지낸 사람이 그처럼 끔찍한 짓을 했는가 생각하면 저절로 몸서리가 쳐지지요. 당신들도 마일런 아리슨 씨가 어떤 죽음을 당했는지 알고 계실 겁니다. 온몸이 불길에 휩싸여 얼굴이 보기 싫게 오그라들고……."

"그만해요, 던스탠! 제발 그만해요!"

샐리는 불기 없는 난로 속으로 담배를 던져 넣었다.

"방코랑 씨, 내가 말하는 것을 아시겠지요? 그것뿐이 아닙니다. 또 있습니다. 훨씬 무서운 일이……."

젊은이는 너무 열을 낸 나머지 얼굴을 일그러뜨리며 호소하듯 말했다.

"던스탠, 알고 있어요. 이제 제발 그만 해둬요."

문득 보니 샐리 레인이 옆에서 눈물을 머금고 있었다. 던스탠을 보는 그녀의 눈에는 동정의 빛도 얼마쯤 있었지만, 반쯤은 히스테리를 일으켜 눈동자가 이상하게 빛나고 있었다.

"아무튼 나는 한시라도 빨리 이런 기분을 잊고 싶습니다."

신경질적으로 손가락을 턱 근처로 가져가면서 던스탠은 여전히 호소하듯 계속 지껄였다.

"내가 가장 무서운 것은, 그 범인이 내가 아니라고 장담할 수 없는 점입니다. 나는 내가 그런 무서운 짓을 할 수 없다는 것을 잘 알고 있습니다. 그러나 반드시 그렇다고 단언할 수는 없습니다. 무엇보다 그것이 무서운 일입니다. 사람의 기억에는 단층(斷層)이 있지요. 물을 마시고, 음식을 먹고, 그런 것들을 빠짐없이 다 기억한다고는 할 수 없습니다. 기억의 맹점……. 누구나 이것을 부정할 수는 없지요. 그 흉악한 행위를 내가 하지 않았다고 장담할 수 있을까요! 당신만 해도 그렇고, 누구라도 다 마찬가지입니다. 그렇게 생각하면 이런 끔찍한 일이……."

던스탠은 줄곧 중얼거리는 듯한 목소리로 다음 말을 이었다.

"나는 그날 밤 술에 취하지 않았습니다. 조금 마시긴 했지만 정신을 못 차릴 만큼 취하지는 않았습니다. 그러나 그날 밤의 내 행동을 모조리 생각해 내려 한다면 그건 도저히 불가능합니다."

던스탠은 깊이 숨을 삼켰다.

"멍청하군요, 던스탠! 당신은 대체……." 샐리 레인은 뭔가 말하지 않고서는 견딜 수 없는 듯한 표정이었다.

한순간 침묵이 흘렀다.

던스탠의 눈에는 아직도 공포의 빛이 감돌고 있었다. 비가 섞인 바람이 창유리를 계속 두들겨댔다. 조수가 밀려왔다 빠져나갔다 하듯 폭풍이 별장 주위를 무섭게 소용돌이쳤다. 죽은 이의 초상화가 액자 안에서 덜그덕덜그덕 소리를 냈다. 방코랑은 시가의 끝에서 피어오르는 연기를 말없이 바라보고 있었다. 이윽고 그가 조용히 입을 열었다.

"샐리 레인 양, 그날 밤의 이야기를 직접 해주시겠소?"

"내가요?…… 지금까지 수없이 똑같은 말을 해야만 했어요! 콘라드라는 귀찮은 경감에게 같은 이야기를 여섯 번이나 해야 했단 말이에요. 그때마다 조금은 다른 이야기를 해야겠지 하고 억지로 여러 가지를 생각해 보았지요. 당신은 어떤 이야기를 듣고 싶으세요?"

"알고 있는 것은 무엇이든 듣고 싶습니다. 저녁 식사 때부터 말씀해 주십시오. 마일런 아리슨 씨의 태도에 이상한 점이 있었습니까?"

"이상한 점요? 아니요, 그런 건 전혀 없었어요. 오히려 여느 때보다 기분이 좋은 듯 쾌활하게 이야기를 했지요. 식사하는 동안 농담도 했었고……. 단 한 가지 이상하다고 생각된 점은……."

"뭐였지요?"

샐리는 눈썹을 찡그리며 입술을 깨물었다.

"네, 좋아요, 말씀드리겠어요. 그 얄미운 경감에게는 이야기하지 않았지만……, 마일런은 어째선지 유령을 몹시 무서워했어요."

"유령?"

"네, 우리는 식사가 끝난 뒤 이 서재에 모여 커피를 마시고 있었어요. 르바셀 씨가——그 사람을 만난 적이 있어요? 가냘프고 몸집이 작으며 뼈와 가죽만 남은 것처럼 여윈 프랑스 사람이에요. 하지만 바이올리니스트로는 세계적인 분이래요. 그 르바셀 씨가 해골성 이야기를 화제에 올렸어요. 아마 이런 말을 했다고 기억돼요. '아리슨 씨, 우리는 아직 한 번도 당신의 옛 성을 구경하지 못했습니다. 한번 안내해 주시겠습니까? 들리는 바로는 괴상한 방이 몇 개인가 있다고 하던데…….'

그때 마일런은 로미오로 분장한 자기 초상화 아래에서 커피 접시를 들고 서 있었어요. 그것이 그분이 가장 좋아하는 포즈랍니다. 그 나이에 나와 똑같은 새까만 머리카락을 번쩍이며 자랑스럽게 포즈를 취하고 있었지요. 그는 르바셀 씨의 희망을 듣자 싱긋 웃으며 대답하는 것이었어요. '그 옛 성에는 자물쇠가 채워져 있어 아무도 들어가지 못했기 때문에 지금은 완전히 폐허가 되어 도저히 여러분을 안내할 수가 없습니다.'

하지만 르바셀 씨는 그 정도로 물러나지 않았어요. 그는 '그 점이 더욱 흥미를 끄는 것입니다. 꼭 보여주셨으면 합니다. 어떻습니까, 우리 모두 오늘 하룻밤을 그 옛 성에서 보내면 유령이라도 나올 것 같지 않습니까? 운좋게 늑대 귀신이라도 나타나주면 그런 유쾌한 구경거리는 다시없을 겁니다'라고 했지요."

샐리 레인은 그날 밤의 광경이 생각나는 듯 말을 끊더니 입을 오므리고 잠시 잠자코 있었다. 이윽고 그녀는 다시 책상 위에 턱을 괸 채이야기를 이었다.

"물론 우리는 르바셀 씨의 제안에 한목소리로 찬성했어요. 공작부인은 무릎을 치며 기뻐했지요. '얼마나 멋진 아이디어예요? 제발 꼭……' 하고 공작부인은 말했어요. 그런데 나는 그때 마일런의 태도를 눈치챘어요. 그분은 떨고 있었어요. 아무리 보아도 심한 공포로 떨고 있다고 생각되었어요. 들고 있는 접시 위에서 커피 잔이 달각달각 소리를 내고 있었지요. 마일런은 갑자기 10년이나 나이가 들어보였어요. 그러자 이이가──그녀는 던스탠 경을 턱으로 가리켰다──말참견을 했어요. 던스탠은 그때 이미 상당히 취해 있었는데, 큰 소리로 웃으면서 거침없이 이런 말을 하는 거였어요. '아니, 당신은 떨고 있지 않습니까? 이상한 사람이군요. 당신은 죽은 사람들이 그렇게도 무섭습니까!'

마치 누군가가 무심코 상스러운 말을 했을 때처럼 방안은 한순간 쥐죽은 듯 조용해져 흥이 깨진 것 같았어요. 마침 그때 집사 호프만이 식탁 위의 술잔 따위를 치우러 들어왔지요. 마일런은 얼굴이 파랗게 질려 있었어요. 드오네이 씨가 그 자리를 어떻게든 수습해 보려고 이상야릇한 영어로 떠들어댔지요. '자, 여러분, 자리를 옮겨 당구 솜씨를 겨루어보지 않겠습니까?' 하고.

그때 내가 임기응변으로 말을 했어요. 나도 그렇게 무시할 수 없는 사람이라는 것쯤은 아시겠지요? 주연 여배우가 등장한 셈이에요. 정말 대단한 연기자였어요. 훌륭하게 그 자리를 무마한 거예요. 나는 이렇게 말했어요. '여러분, 제발 조용히 하세요. 마일런 씨가 분명히 대답을 하지 못하는 것은 나와 선약이 있기 때문이랍니다. 여러분에게는 미안하지만, 저 성을 처음 구경하는 영광은 나에게 주어졌어요. 달 밝은 밤을 골라 안내해 주시기로 되어 있었지요. 마일런, 그렇지 않아요?' 그리고 나는 자랑스럽게 모두를 둘러보았어요. 내 말 덕분에 그분의 체면이 서게 되었지요. 그는 한숨돌린 태도로 흘끗 나에게 고마워하는 듯한 눈길을 보냈어요. 겉으로는 호탕하게 웃고 있었지만……. 던스탠, 당신 담배 있어요?"

젊은 귀족은 담뱃갑을 내밀었다. 2층 어딘가에서 밖의 폭풍에 계속

덜거덕거리며 소리를 내는 곳이 있었다.

"마일런은 물론 나중에 고맙다는 인사말을 했어요. 나와 나란히 홀로 나오면서 그는 걱정스러운 듯이 작은 소리로 물었어요. '정말 옛 성에 가보고 싶소?' 그래서 나는 그분을 안심시켜 드렸지요. '거짓말이에요. 그냥 그렇게 말했을 뿐이에요. 걱정할 것 없어요. 마일런. 오늘 밤에는 이야기가 상당히 길었어요. 어서 방으로 돌아가시는 것이 좋겠어요. 일이 있잖아요?' 마일런은 요즈음 회고록을 쓰고 있었지요. 그 때문에 상당히 오랜 시간 동안 방문을 걸어둔 채 아무도 들어오지 못하게 하고서 글을 쓰곤 했어요. 내 말을 듣자 그는 기뻐하며 2층으로 올라갔어요. 그는 층계에 발을 걸치고 문득 정면에 있는 문을 돌아보았어요. 그것이 내가 마지막으로 본 그의 모습이었어요."

"잠깐만." 방코랑이 말을 가로막았다. "그게 몇 시쯤이었지요?"

"시계를 본 건 아니므로 정확하게 말씀드릴 수 없지만, 9시 조금 지났을 것으로 생각해요."

"그때까지 그로서는 옛 성에 가볼 생각이 없었다고 말할 수 있겠군요?"

"네, 그렇게 말할 수 있지요. 그러고 나서 나는 베란다로 나갔어요. 난간에 기대어 잠시 서 있었지요. 아름다운 밤이었어요. 등불을 켠 보트 두 척이 강을 내려가는 것이 보였어요. 향기로운 산들바람에 살랑살랑 나뭇잎을 흔들고……."

샐리는 갑자기 말을 끊었다. 소녀다운 달콤한 감상을 스스로 비웃는 듯 입을 삐죽거리더니 다시 말을 이었다.

"달빛이란 정말 기막힌 거예요. 나는 베란다에서 까닭도 없이 황홀해져 있었어요. 잠시 뒤 사람들이 있는 방으로 돌아가자……."

"베란다에 얼마쯤 있었지요?"

"기억나지 않아요."

아주 분명한 말투였다. 샐리 레인은 활기있게 담배에 불을 붙였다.

"모두들 방으로 물러가는 참이었어요. 드오네이 씨와 공작부인은 어깨를 나란히 하고 2층으로 올라가고 있었고요. 드오네이 씨는 공작부인을 붙들고 '취침 전에는 반드시 우유를 마시세요. 건강상 이처럼 좋은 방법은 없습니다' 하면서 열심히 권했어요. 공작부인은 조금 전 포커 게임의 전말을 되풀이해 설명하고는 져서 분하다는 뜻의 말을 몇 마디 했어요. 이 집에 모인 분들은 모두 이처럼 떳떳한 길을 벗어난 사람들이랍니다. 그리고 식당에서는 누군가가 아직도 술을 마시고 있는지 술병 부딪는 소리가 났어요."

"그건 나였소." 마셜 던스탠 경이 솔직히 고백했다.

샐리 레인이 다부지게 상대방을 몰아세웠다.

"어머나, 그랬군요. 당신다운 일이에요. 그리고 또 르바셀 씨가 바이올린을 연주하기 시작했어요."

"드오네이 부인은?"

"몰라요, 어딘가 그 근처에 있었던 것 같지만. 나는 서재에 들어갔으나 어쩐지 마음이 가라앉지 않아 혼자 남아 있었어요. 당구실 한쪽 구석에 의자를 붙여놓고 책을 읽기 시작했어요. 넓은 방에 전등 하나가 머리 위에 켜져 있었지요. 그러나 곧 바람이 불기 시작하면서 나뭇잎이 요란한 소리를 냈기에 책보다 그쪽으로 신경이 쏠렸어요. 이윽고 눈이 글자에서 멀어지더니 어느 틈에 꾸벅꾸벅 졸기 시작했어요. 르바셀 씨의 권태로울 만큼 조용한 바이올린 선율도 졸음을 가져다준 원인이었지요. 그러고 나서 얼마쯤 시간이 지났는지 알 수 없지만, 홀에서 발자국 소리가 들렸기 때문에 나는 깜짝 놀라 눈을 떴어요."

샐리는 잠시 머뭇거렸다.

"발자국 소리는 현관으로 향해 갔어요. 상당히 서두르는 것 같았는데, 물론 그때는 별로 마음에 두지 않았어요."

"남자입니까, 여자입니까?"

"몰라요. 그러나 둘이었던 것 같아요. 낮은 목소리로 뭔가 속삭이며 걸어가는 것 같았어요. 똑똑히 들리지는 않았지만, 아무튼 한 사람은 마일런이었고 또 한 사람은……."

"살인범." 던스탠 청년이 끼어들었다.

"분명히 말하자면 그렇겠지요. 하지만 내가 말할 수 있는 건 거기까지뿐이에요. 그 뒤로 나는 곧 잠이 들고 말았으니까요. 얼마 뒤 나는 요란한 비명 소리에 놀라서 깨어났어요. 어딘가 먼 방에서——분명 2층이라고 생각되었습니다만——공작부인이 울부짖고 있는 것 같았어요.

나는 아직 잠이 덜 깬 머리로 무슨 일인가 하고 복도로 나갔지요. 그때는 이미 집사와 프리츠 두 사람이 선착장으로 달려가는 참이었어요……. 갑자기 자다 깨어난 기분은 당신도 아시겠지요? 대체 어찌된 일일까? 나는 잠이 덜 깬 의식을 어떻게든 정리해 보려고 애썼어요. 정신을 차리고 보니 르바셀 씨의 바이올린 소리가 그때도 여전히 들려왔어요. 르바셀 씨는 아무것도 모를 것 같고 연습중에 귀찮게 굴고 싶지도 않아, 음악실을 그대로 지나쳐 부리나케 2층으로 올라갔지요.

공작부인 방으로 들어가 보니 부인은 넋나간 모습이었어요. 그래도 부인은 '아무것도 아니에요. 내가 착각을 했나 봐요. 잘못 보았어요. 놀라게 해서 미안해요. 자, 잠자리로 다시 돌아가세요'라고 말하는 거였어요.

나는 하는 수 없이 곧 아래층으로 내려와 주차장에 서서 맞은편 기슭을 바라보고 있었어요. 성 흙벽 근처를 올라가는 두 사람이 작은 점처럼 보였어요. 호프만과 프리츠임에 틀림없었어요. 그뿐이에요, 내가 알고 있는 것은 이것이 전부예요."

"주차장에 서 있을 때 모터보트가 돌아오는 소리를 듣지 못했소?"

샐리는 곧 대답했다.

"네, 거기에 있었다면 당연히 들렸을 테지만…… 그러나 나는 그다지 신경쓰지 않았어요. 강에서는 언제나 그런 소리가 나기 때문에……."

"선착장에서 누군가 올라오는 모습도 보지 못했소?"

"네, 아무도 올라오지 않았어요. 하지만 다른 길도 있으니까요. 좀 더 강 아래쪽으로 가면 이리로 올라오는 길이 또 있어요. 그 길로라면 아무에게도 들키지 않고 바로 이 별장 옆으로 올 수 있지요."

샐리 레인의 말하는 태도는 솔직했다. 무엇 하나 감추려 하는 기색은 전혀 보이지 않았다. 오히려 솔직함을 과장하여 지나치리만큼 소녀답게 행동한다고 말할 수 있을 정도였다.

방코랑은 의자에서 고개를 약간 비스듬히한 채 창 밖의 요란한 바람 소리에 정신을 빼앗기고 있는 듯했다. 그는 눈을 내리뜨고서 손가락으로 관자놀이를 두드리고 있었다. 잠시 뒤 방코랑은 무거운 눈을 번쩍 들더니 느닷없이 그녀를 향해 말했다.

"레인 양, 당신 이야기는 아무래도 진실이라고 생각할 수가 없군요."

한밤의 바이올린

그때 우리는 처음으로 알게 되었다. 지금까지 우리는 샐리 레인에게만 주의를 기울였기 때문에 미처 몰랐으나, 그 남자는 꽤 오래 전부터 당구실 벽에 기대어 서서 멍청히 이쪽 상황을 바라보고 있었던 모양이다. 윤기 있는 까만 머리카락에 얼굴이 가무잡잡한 자그마한 남자였다. 큰 바이올린 케이스를 겨드랑이에 끼고 있었고 손가락 끝에서는 담배 연기가 모락모락 피어 오르고 있었다.

"실례했습니다."

남자는 천천히 입을 열었다. 유창한 영어로 말했는데, 프랑스 인치고는 보기 드물게 목구멍에 걸리는 소리를 강하게 울리고 있었다.

"나도 모르게 그만 레인 양의 이야기를 듣고 말았습니다."

남자는 우리 쪽으로 다가와서 테이블 위에 바이올린 케이스를 올려놓았다. 그의 동작은 교향악단 지휘자의 동작처럼 물 흐르듯 매끄러웠다. 가무잡잡한 얼굴은 칼로 자른 듯 날카로운 윤곽을 띠고 있었으며, 눈동자에는 어딘지 모르게 광기가 떠올라 있었다. 그의 와이셔츠 소맷부리에서 에메랄드 버튼이 반짝반짝 빛났다.

"무서운 사건이었습니다. 당신이 그 유명하신 방코랑 씨인가요? 나는 에밀 르바셀입니다."

르바셀은 얼른 샐리 레인과 우리들 사이로 파고들더니 사람들을 한 바퀴 둘러보았다.

"지금 레인 양이 한 이야기 중에서 앞의 반은 진실이라는 것을 제가 증명해도 좋습니다."

"뒤의 반은 어떻습니까?" 방코랑이 조용히 물었다. 그러면서도 그는 르바셀 쪽으로 얼굴을 돌리지 않았다.

"그 점은 안됐지만 보증하기가 어렵습니다. 왜냐하면 그때 나는 이 방을 나와 음악실로 들어가 버렸으니까요. 이미 알고 계실는지 모릅니다만, 나라는 사람은 바이올린만 손에 들면 전혀 다른 세상 사람이 되고 마니까요. 어떤 소리도 내 귀에 들리지 않습니다. 그때도 훨씬 뒤에야 누군가가 방문을 두들겨서 겨우 사건을 알게 되었지요."

그때 옆에서 마셜 던스탠 경이 참견을 했다.

"그렇습니다, 아리슨 씨의 유해가 운반되어 왔을 때도 르바셀 씨의 바이올린 소리는 계속되고 있었습니다. 그래서 누군가가 그 점을 나무라던 것을 나는 지금도 똑똑히 기억하고 있습니다. '아니, 이처럼 큰 사건이 벌어졌는데도 바이올린만 켜고 있다니, 대체 무슨 짓인가! 누군가 빨리 그 깡깡이 소리 좀 그만두게 하고 오시오!' 이렇게 부르짖는 사람이 있었습니다. 그래서 누군가가 음악실 문을 두들기고 주의를 주었지요."

르바셀은 흘끗 눈을 빛내며 말했다.

"그건 지나치군요, 대단한 모욕입니다!"

"아니, 나쁜 뜻으로 한 말은 아닙니다. 르바셀 씨."

르바셀이 다시 이야기를 계속했다.

"그래서 홀로 나가보았더니 이상한 광경이 벌어져 있었습니다. 마셜 던스탠 경은 벽에 기댄 채 '큰일났군! 큰일났어!' 하고 계속해서 외치고 있었습니다. 드오네이 부인은 층계 중간에 우두커니 선 채 파랗게 질린 얼굴을 하고 있었습니다. 집사인 호프만은 공작부인을 붙잡고 뭔가 알아들을 수 없는 소리로 울부짖으며 줄곧 머리를 내두르고 있었습니다. 새까맣게 탄 시체는 죽은 사람 자신의 초상화 밑에 놓인 긴 의자에 조용히 눕혀져 있었습니다.

그러나 그때 나는 생각했습니다. '이건 기막힌 광경이다. 이상하기는 하지만, 이것을 음악 세계에 옮겨놓으면 일찍이 없었던 걸작이 될지도 모른다'라고."

말을 하다 말고 르바셀은 무언가 생각해 냈는지 곧 입을 다물어 버렸다. 방코랑이 던스탠 청년을 돌아보며 말했다.

"그럼 당신은 그때 홀에 있었군요. 막 들어온 참이었소?"

"그렇습니다. 아까부터 나는 그 점을 당신에게 미리 말해 두려고 했었지요. 지금 르바셀 씨가 이야기한 대로 나는 그때 홀에 막 나타난 참이었습니다. 그러니까 당신에게 참고가 될 만한 이야기는 아무것도 해드릴 수가 없는 셈입니다. 나는 한 시간쯤 별장 뒷산에서 나무 사이를 산책하고 있었지요. 뭔가 이상한 기색을 느끼기는 했지만, 아무튼 숲이 무성하기 때문에……."

"아무것도 참고가 될 만한 증언은 할 수 없다는 말씀이군요?"

"그렇습니다, 헛일입니다. 이상한 소리를 들은 것 같기도 하지만, 유감스럽게 아무것도 보지는 못했습니다."

잠시 침묵이 계속되었다. 이 젊은 귀족의 증언에 대해서도 누구 한 사람 질문을 더 하려고 하지 않았다. 던스탠 경은 가슴속에 있는 것을 모조리 이야기하여 속이 후련하다는 듯한 표정으로 방코랑과 내 얼굴을 번갈아 쳐다보았다. 르바셀은 아직 뭔가 생각하고 있는지 멍한 표정으로 바지의 먼지를 털고 있었다. 그러다가 문득 르바셀은 얼굴을 들고 긴장된 표정으로 말했다.

"방코랑 씨, 잠깐 드릴 말씀이 있습니다. 당신과 같이 온 젊은 분에게는 비밀리에 드리고 싶은 말씀이 있습니다."

샐리 레인이 갑자기 날카롭고 큰 소리로 웃었다.

"르바셀 씨, 당신은 모르시나요? 나는 지금 이분들에게 거짓증언을 했다는 트집을 잡혀 여지없이 추궁당하고 있던 참이었어요. 그걸 당신이 도와주신 셈이지만."

방코랑은 깜짝 놀란 듯한 눈을 그녀에게로 돌리며 말했다.

"당치 않은 말씀입니다, 레인 양! 추궁했다는 건 지나친 오해입니다. 나는 다만 당신에게 주의를 주려고 했을 뿐입니다. 질문이 아니라 주의를 준 것이지요. 친구로서 충고를 해두면 뜻하지 않은 실수를 하지 않게 된다고 생각했기 때문입니다. 즉 머지않아 이곳에 폰 아른하임 씨가 도착하게 될 텐데, 그때 당신이 아까 한 이야기는 입 밖에 내지 않는 편이 좋습니다. 물론 폰 아른하임 남작은 유능한 분이긴 하지만, 그래도 될 수 있는 한 오해는 피해야 합니다. 여러분도 내 말의 뜻을 이해하시겠지요?"

경험자의 신중한 태도였다! 샐리 레인의 검고 동그란 눈동자는 깜박이지도 않고 상대를 노려보고 있었는데, 문득 그 눈에 눈물이 괸 듯했다. 이윽고 그녀는 속삭이듯 낮은 목소리로 말했다.

"나는 무서워서 견딜 수가 없어요. 던스탠, 밖으로 나가요. 뭔가 마시고 싶어요. 네, 술을 마시고 싶어요. 그렇지 않으면 도무지 무서워서, 무서워서……."

여자는 젊은이의 어깨를 잡고 흔들었다. 던스탠 청년은 몸을 일으키기는 했으나 당장 밖으로 나갈 결단이 서지 않는 듯 방코랑의 얼굴을 바라보며 우물쭈물하고 있었다. 다행히 방코랑이 고개를 끄덕여

주었기 때문에 그는 안심한 듯한 표정으로 일어났다. 여자도 문 앞으로 향하며 명랑한 말을 한마디 하고 나가고 싶었던 모양이지만, 유감스럽게도 전혀 목소리가 되어 나오지 않았다.

두 사람의 뒷모습을 바라보며 르바셸은 입 속으로 중얼거리고 있었다.

"젊다는 것도 마음 아픈 일이로군요. 나는 청춘을 잃어버린 것을 오히려 하느님께 감사하고 있습니다. 청춘 시절이란 정말 지긋지긋합니다. 어떤 사소한 행동이라도 죄의식을 동반하지 않고는 해낼 수가 없으니까요. 나이를 더해 가며 알게 된 것은, 우리의 행동이 자신이 젊었을 때 생각했던 것만큼 비난할 일도 아니며 걱정했던 것만큼 무서운 결과를 가져오지도 않는다는 사실입니다."

르바셸은 무대 위에서처럼 과장된 몸짓을 해 보였다. 아마도 그 자신의 심오한 철학에 크게 만족한 모양이었다. 잠시 사이를 두었다가 그는 다시 큰 소리로 외쳤다.

"어떻습니까, 저들의 표정을 보셨습니까? 마치 저 두 사람은 아리슨 씨를 쏘고 불을 붙인 것은 자기들 두 사람 중의 하나라고 고백하고 있는 것 같지 않습니까? 터무니없는 이야기지요!"

"뭔가 은밀히 하실 말씀이 있다고 했지요?" 방코랑이 조용히 물었다.

"그렇습니다. 그 콘라드인가 하는 경감에게는 말하지 않았습니다만, 당신에게는 비밀히 말씀드리겠습니다. 방코랑 씨, 당신들을 이리로 오시도록 한 것이 누구의 생각인지 아십니까? 나였습니다. 네, 드오네이 씨는 처음에 조금도 내켜 하지 않았습니다. 오히려 당신들을 데리러 가는 것을 꺼렸습니다. 그래서 내가 억지로 보냈습니다. 당신을 설득시키는 데는 나 같은 사람이 이가 시리도록 말하는 것보다 그의 재력(財力)이 훨씬 효과적이리라고 생각했기 때문입니다."

"그랬군요." 방코랑이 중얼거렸다.

"그런데 어째서인지 드오네이 씨는 망설였습니다. 그래서 나는 말해 주었습니다. 표나지 않게 말입니다. '이상하군요, 드오네이 씨. 당신에게는 방코랑 씨가 알아서는 안 될 일이 뭔가 있는 겁니까?' 그러자 어떻게 된 줄 아십니까? 그는 곧 파리로 달려갔습니다. 그래서 당신에게 말해 두어야만 할 일이 있는 겁니다. 아까도 말씀드렸듯이 사건이 일어난 날 밤 나는 바이올린을 켜고 있었습니다. 나는 바이올린을 켤 때면 전등을 꺼버립니다. 그렇게 하면 음악의 가락에 이끌려서……."

그는 테이블 위에 있는 바이올린을 가리켰다.

"어둠 속에서 요정들이 바이올린 주위로 모여듭니다. 그러면 나는 더욱 황홀해지며 팔의 움직임에 열중하지요. 그날 밤 나는 마침 차이코프스키의 협주곡 가운데 칸초네타를 연주하고 난 참이었습니다. 얼굴을 드니 창 밖은 대낮 같은 달밤이어서 모든 사물의 형체가 하나하나 뚜렷이 보였습니다. 창 밑은 테라스였고, 그 앞은 돌 층계로 되어 있습니다. 이 층계는 2층 발코니로 통해 있지요.

　음악의 흥분이 머리에서 사라져감에 따라 그 층계 중턱에 달빛을 받으며 서 있는 사람의 형체가 갑자기 눈에 들어왔습니다. 그러나 그건 뒷모습뿐이었습니다. 다음 순간 형체는 벌써 층계를 달려 올라가 버렸습니다. 나는 지금 내가 본 것이 음악의 꿈에서 생겨난 단순한 환영인가, 아니면 정말 사람의 모습일까 하고 오랜 동안 생각에 잠겨 있었습니다. 그런데 그것은 결코 내 눈이 잘못 본 것이 아니었습니다."

르바셀은 어깨를 으쓱 치켜올렸다.

"남자였습니까, 여자였습니까?"

"그것은 알 수 없습니다. 내 눈에는 뒷모습이 슬쩍 비쳤을 뿐이니까요. 환각이 아니었다는 것은 확실하지만, 남자였는지 여자였는지는 말씀드리기 어렵군요. 경감에게 말하지 않은 것도 사실은 그 점이 마음에 걸렸기 때문입니다. 조금이라도 말을 하면 남자였느냐, 여자였느냐 끈질기게 캐물었을 겁니다. 마지막에는 얼굴을 빨갛게 해가지고 호통을 쳤을지도 모릅니다. 결국 내가 확실히 단정을 내리지 못하면, 이번에는 거짓말을 한다고 나를 꾸짖을지도 모르지요.

내가 보다 깊이 미신을 믿는 사람이었다면 차라리 아리슨 씨의 유령이었을 거라고 스스로 가슴에 새겨두었을 것이며 그편이 또 이야기가 간단히 끝났을지도 모르지만, 공교롭게도 나는 아주 현실적인 사람이거든요."

"그걸 본 것이 몇 시쯤이었습니까?"

"좀 무리한 질문이군요……. 시계도 없고 전등도 꺼져 있었으니……. 다만 사람들 말에 의하면 사건이 일어났을 때 나는 〈아마릴리스〉를 연주하고 있었다고 합니다. 그것은 사람들이 듣고 있었기 때문에 틀림없을 겁니다. 아주 시시한 곡이지만 손가락 연습에는 가장 적당하지요. 다음에 칸초네타를 연주했습니다. 이건 상당히 긴 곡이어서……."

"아무튼 당신이 그 사람의 형체를 본 것은 사건이 일어난 조금 뒤였다는 말씀이군요?"

"내가 확실히 말할 수 있는 것은 그 정도라고 생각합니다."

"발코니는 누구의 방으로 통해 있습니까?"

르바셸의 가무잡잡한 얼굴에 갑자기 심각한 표정이 떠올랐다.

"드오네이 부부의 방입니다."

방코랑은 말없이 일어나 문 옆으로 가서 초인종을 눌렀다. 곧 집사 호프만이 나타났다. 방코랑이 빠른 말투의 독일어로 뭔가 명령했다. 르바셀은 말없이 자기의 두 손을 내려다보고 서 있었다.

호프만은 5분쯤 지나서 제롬 드오네이 부부를 안내하여 돌아왔다. 르바셀은 시치미뗀 얼굴로 창 밖의 폭풍우에 귀를 기울이고 있었다. 마치 그것이 음악의 묘한 화음이라도 되는 듯이……

"당신들은 나를 잠도 자지 못하게 할 생각이오?" 드오네이는 입을 쑥 내밀고 말했다. 그의 눈은 정말 졸린 듯이 마주 붙어 있었고, 엷어진 머리카락은 넓은 이마에 어지럽게 흘러 내려와 있었다. 그래도 내 얼굴을 보자 그는 반갑게 프랑스 어로 말을 걸어왔다.

"마르 씨, 잘 와주었습니다. 지금 도착한 참인가요?"

그 다음 대화도 프랑스 어로 계속되었다. 일단 인사가 끝나자 다음은 험악한 공기가 감돌기 시작했다. 몸집이 작은 이소벨 드오네이 부인도 그런 눈치를 알아차렸는지 빛나는 금발을 약간 흩뜨리고 역시 졸린 듯한 눈을 긴장시키고 있었다. 부인은 이미 침대에 들어가 있던 것을 첫눈에 알 수 있었다. 물빛 드레스에 주름이 져 있었다.

드오네이는 르바셀에게 턱으로 인사를 하고 성큼성큼 방 한가운데로 걸어서 다가왔다.

"나에게 무슨 볼일이 있다는 거지요?"

"르바셀 씨, 지금 한 이야기를 다시 한 번 말해 주시지요." 방코랑이 태연한 얼굴로 말했다. 르바셀은 몹시 거북한 듯한 표정이었으나 벨기에의 대부호를 흘끗 훔쳐보며 이야기하기 시작했다. 이야기가 진행됨에 따라 드오네이의 얼굴에 분노의 표정이 차츰 더해갔다. 타는 듯한 붉은색 실내복이 너풀너풀 나부끼고 있었다.

"르바셀 씨!" 드오네이는 견디다못해 마침내 소리쳤다. "정말 당신은 이상한 사람이로군요! 당신이 이처럼 거짓말쟁이인 줄은 여태껏 모르고 있었소!"

그리고 곧이어 큰 소동이 벌어졌다. 르바셀의 소맷부리에서 에메랄드가 번쩍 빛나더니 그의 오른손 주먹이 드오네이의 턱에 일격을 가했다. 이소벨이 비명을 질렀다. 나는 르바셀의 어깨를 잡아 의자에 도로 앉혔다. 드오네이는 아직도 우뚝 선 채 거친 숨을 몰아쉬며 반격할 태세를 취하고 있었다. 그 얼굴을 향해 방코랑의 침착한 목소리가 말했다.

"드오네이 씨, 나는 오늘 낮에도 당신 팔을 꺾어주고 싶을 정도로 호된 꼴을 당했소. 지금 또 여기서 똑같은 기분을 맛보는 것은 정말 싫소. 자, 얌전히 물러나 주지 않겠습니까? 르바셀 씨의 이야기가 귀에 거슬린 것은 무리가 아니지만, 당신의 분을 푸는 것보다 사건 수사가 더 급한 일입니다. 잠시 조용히 해주시오."

드오네이는 몸을 부들부들 떨며 두 손으로 실내복을 꽉 움켜잡은 채 우뚝 서 있었다. 입가에서 피가 났다. 르바셀이 두 손바닥을 들여다보면서 중얼거렸다.

"돼지 같은 녀석! 이 귀중한 손에 조금이라도 상처를 내거나 하면 숨통을 끊어질 정도로 죄어주는 건데……."

르바셀은 방코랑을 바라보았다. 그래도 이 음악가가 가장 냉정한 모습으로 돌아가 있었다. 착 달라붙은 머리카락이 조금도 흐트러지지 않았다. 드오네이 부인은 손수건을 꺼내 남편의 입술에 번진 피를 닦으려고 했다. 그러나 드오네이는 매정하게 떠밀어냈다.

"이런 모욕을 당하고 가만히 있을 수 없소. 반드시 시비를 가릴 테다!"

르바셀은 마음대로 해보라는 듯한 표정으로 말했다.

"변호사를 통해 처리하겠다는 거요?"

"그전에, 우선 네 녀석의 중상이 새빨간 거짓말이라는 것을 분명히 보여주지."

드오네이는 흥분하여 떨리는 두 손을 붉은 실내복 주머니 속에 푹 찔러 넣었다.

"나는 분명히 해명을 하고 나서 네 녀석을 혼내 줄 테다! 방코랑 씨, 당신은 이미 짐작했을지 모르지만, 나는 요즘 신경쇠약 증세가 있어 밤에는 조금도 잠을 이룰 수가 없소. 그래서 얼마 전부터 아내에게 베로날을 준비시켜 두고 있지요. 그걸 먹으면 한 시간을 푹 잠들 수 있으니까요. 사건이 일어 난 날 밤에도 나는 언제나처럼 수면제를 먹었소. 그것은 틀림없이 9시 조금 지나서였소. 그때 마침 아리슨 부인의 하녀가 방에 들어 와 있었으니까, 내가 틀림없이 먹었다는 걸 증언해 줄 것이오. 어떤 의사에게 물어보아도 그 약을 먹은 이상은 일어날 수 없다고 할 겁니다. 유해가 운반되어 왔을 때 나는 일어났어야 했지만, 도저히 눈이 떠지지 않았었지요. 여보, 그렇지 않았소?"

드오네이는 마지막 말을 하면서 아내 쪽으로 몸을 돌렸다.

"네, 그랬어요!" 부인이 미소지으며 대답했다. "제롬의 말은 모두 사실이에요. 내가 베로날을 드렸어요. 그리고 제롬은 곧 잠이 들었어요."

"그럼, 부인께서는?" 르바셀이 쌀쌀하게 말했다.

"나요?"

그녀는 뜻하지 않은 질문에 당황한 듯 곧 대답을 하지 못했다. 갈색 눈을 커다랗게 뜬 채 핏기 잃은 입술을 멍하니 벌리고 우두커니 서 있을 뿐이었다. 한참 뒤 그녀는 여전히 르바셀을 노려보며 작은 목소리로 중얼거리듯 말했다.

"네, 나는 물론 먹지 않았어요. 그러나 역시 침대에 들어가 있었어요. 제롬은 자기가 잠이 들 때까지 내가 침대에 들지 않으면 언제나 용서하지 않거든요. 그것은 제롬이 내 건강을 걱정하기 때문이지만……."

"그래서 부인, 잠이 깊이 들었습니까?" 방코랑은 아무렇지도 않은 듯이 물었다.

"네, 하지만 소동으로 잠이 깼어요. 침대에서 나와 아랫층으로 내려가자 마침 시체가 운반되어 오는 중이어서……."

드오네이는 이야기하고 있는 아내를 바라보며 말했다.

"하지만 나는 자고 있었소. 그건 분명히 증명할 수 있소. 그러나 아내는……."

갑자기 그의 가슴에 노여움의 불길이 타오르는 것 같았다.

"그랬군요. 빌어먹을! 나는 얼마나 태평이었던가! 당신에게 수면제를 준비시켜 놓고서……."

르바셀은 엷은 미소를 띠고 천장을 올려다보며 말했다.

"당신은 거짓말쟁이오. 그리고 비겁한 사람이오. 똑똑한 뱃속에서 태어나지 않은 것 같군."

"싸움은 그만두시지요." 방코랑이 힘있게 말했다. "드오네이 씨도 르바셀 씨도 서로의 험담은 한가한 때에 하도록 해주십시오."

"그럼, 나는 이만 얌전히 물러가도록 하겠습니다. 언제든지 방에 있을 테니 볼일이 있거든 불러주시오."

르바셀은 바이올린 케이스를 집어들었다.

그러나 드오네이의 분노가 가라앉기까지는 상당한 시간이 필요했다. 부인은 입술을 꼭 깨물고 마치 처음 보는 사람처럼 남편 드오네이를 바라보고 있었다.

방코랑이 말했다.

"나는 알고 있습니다. 아무튼 그 층계를 올라왔다고 해서 그것이 반드시 당신들 중 한 분일 거라고 단정할 수는 없습니다. 당신은 방문과 창문 자물쇠를 어떻게 하시지요?"

"나는 자물쇠를 걸지 않소. 불이라도 났을 때 도망칠 수가 없으니까."

"그러시겠지요. 그러니까 사람들 눈에 띄지 않도록 이 집으로 몰래 들어오려는 자가 당신들이 이미 잠들어 있는 것을 알고, 그 방을 통해 들어왔을지도 모릅니다."

그러나 드오네이는 더 이상 우리와 이야기를 나눌 기분이 나지 않는 모양이었다. 그는 아내에게 따라오라고 부르짖듯이 명령하더니 발소리를 거칠게 내며 방문을 열고 나갔다. 이소벨 드오네이는 문 앞에서 잠깐 걸음을 멈추고 우리 쪽을 돌아다보며 쓸쓸한 미소를 지어 보였다. 그것이 계기라도 된 듯 다시 당구실 안에서는 불길한 바이올린 소리가 흘러나왔다. 단둘이 있게 되자 방코랑은 기분 좋은 듯 나에게 말을 걸었다.

"잘됐네, 제프. 경과가 아주 좋아. 르바셀에게 멋진 그물을 치게 되었네. 덕분에 내가 알고 싶었던 것을 모조리 알아냈지…… 초인종을 눌러 호프만을 불러주게, 제프. 또 한가지 해둘 일이 있으니까."

"뭐라고? 범인에게 그물을 쳤단 말인가?"

"범인이 아니라 다른 사람일세. 어서 초인종을 눌러주게, 제프, 부탁하네!"

폰 아른하임 남작의 등장

집사 호프만을 기다리고 있는 동안 방코랑은 들뜬 표정으로 방안을 왔다갔다하고 있었다. 책상 앞에 서서 압지를 뒤집어 보는가 하면 그대로 의자에 주저앉아 편지지와 펜을 들고 커다랗게 글씨를 쓰기 시작했다. 그러나 나는 까닭도 묻지 않고 잠자코 서 있었다. 방코랑이 이처럼 연극 비슷한 행동을 하고 있을 때 그것을 방해하면 언제나 엉뚱한 결과를 가져오게 된다. 경우에 따라서는 모처럼 풀리기 시작한 사건을 망쳐 버릴 수도 있다. 나는 지금까지의 씁쓸한 경험으로 그것을 잘 알고 있었다. 그리하여 나는 흘러나오는 바이올린의 멜로디에 귀를 기울이고 있을 뿐이었다.

호프만이 들어오자 방코랑은 다 쓴 종이를 접어 봉투에 넣고 봉했다. 그는 봉투를 소중하게 주머니에 집어넣더니 새삼 손목시계를 보았다.

"벌써 11시로군. 호프만, 당신은 이제 방으로 물러갈 시간이지요?"

"이런 소동이 일어났으니 시간이 되었다고 물러갈 수는 없지요. 경찰관의 허락을 받아 문단속을 다시 한번 한 다음에 쉬려고 합니다."

"그럼, 미안하지만 마일런 아리슨 씨의 방으로 안내해 주겠소? 그다지 오래 걸리지는 않을 거요. 그는 방에 따로 하녀들을 두고 있었소?"

"아닙니다, 없습니다."

"그래요? 그럼, 사건 당시 그가 입고 있었던 옷이며 구두를 그 뒤 어디에 두었지요? 함께 타버렸소?"

"아닙니다, 옷은 타버렸지만 구두는 약간 그을렸을 뿐입니다."

"다행이로군. 보관해 두었겠지요?"

"네, 나리가 쓰시던 벽장 속에 들어 있을 겁니다. 저, 장례식 때까지는 거기에 있었습니다."

"그 방으로 안내해 주시오."

우리는 홀을 지나 2층으로 가는 층계를 올라갔다. 2층의 컴컴한 복도에 올라서더니 방코랑은 손가락을 입에 대어 소리내지 말라고 신호했다. 그러고 나서 가만히 속삭이듯 말했다.

"호프만, 여기 이 방들은 누가 쓰는 거요?"

집사는 복도를 향해 왼쪽에 나란히 있는 두 개의 방문을 가리키며 대답했다.

"이것은 아리슨 마님의 거실과 침실입니다. 그리고 왼쪽 방은 드오네이 부부께서 쓰고 계십니다. 음악실 바로 위가 되지요. 그 사이에 욕실이 붙어 있습니다. 거기서 복도가 양쪽으로 갈라지는데……"

집사의 말대로 복도 끝에서부터 T자 모양으로 좌우에 날개가 뻗어 있었다. 호프만은 왼쪽을 가리키며 설명했다.

"저 모퉁이 쪽 방이 나리께서 쓰시던 방입니다. 서재, 침실, 욕실의 순서로 되어 있습니다. 그리고 오른쪽을 설명하면, 이 정면 복도에 있는 아리슨 마님의 거실과 마주보는 방을 레인 양이 쓰고 있습니다. 그 앞의 방은 당신들 두 분을 위해 준비해 두었지요. 오른쪽의 막다른 곳, 즉 나리의 방과 반대쪽으로 가면 마셜 던스탠 경과 르바셀 씨의 방이 욕실을 사이에 두고 나란히 있습니다."

"하인들은?"

"3층에 있습니다. 뒤쪽에 층계가 있어 오르내리게 되어 있습니다."

"아, 이제 알겠소. 이 복도에는 밤새도록 전등이 켜져 있소?"

"아닙니다. 밤중에는 끕니다. 어느 방에나 각각 화장실이 딸려 있기 때문에."

"그럼, 오늘밤은 특별한 셈이구료. 그다지 밝지는 않지만, 이만하면 복도 조명으로는 충분하겠지. 그럼, 곧 아리슨 씨의 방으로 안내해 주오."

우리는 발소리를 죽이며 복도에서 왼쪽으로 들어갔다. 호프만은 막다른 곳에서 멈춰 서더니 큰 열쇠꾸러미를 꺼내 그중의 한 개로 방문을 열었다. 이쪽은 몰아치는 폭풍을 정면으로 받고 있었다. 바람과 비는 밤이 깊어질수록 한층 더해 가는 듯, 지금은 집 전체가 진동하며 울부짖는 것 같았다. 그리고 그 시끄러움을 바느질하듯 아래층에서는 바이올린이 음침한 멜로디의 실을 계속 자아내고 있었다.

호프만이 문 앞의 스위치를 켰다. 방코랑은 문을 닫았다. 사건이 있은 뒤 9일 동안 내내 닫아두었으므로 곰팡내가 물씬 코를 찔렀다. 전등만이 거친 불빛을 던지고 있었다. 사방은 떡갈나무 판자로 둘러싸이고, 창문에는 짙은 다갈색 천에 금실로 테두리를 두른 커튼이 무겹게 드리워져 있었다. 장중한 분위기가 넘치는 방이었다. 벽에는 액자에 넣은 마일런 아리슨의 무대 사진이 장식되어 있었다. 가스등 불빛에 비친 50년대의 젊은 마일런, 한창 인기 있고 화려했던 시절의 모습이 그대로 남아 있었다.

작은 테이블 위에는 타이프라이터가 있고, 의자 팔걸이에 끽연 가운(담배 피울 때 입는 긴 웃옷)이 아무렇게나 걸쳐져 있었다. 벌써 온 방에 먼지가 엷게 쌓여 있었다.

방코랑은 끊임없이 시선을 움직이고 있었다. 방에 들어온 순간부터 그는 긴장과 흥분으로 눈이 빛나면서, 뭔가 찾고 있는 것이 좀처럼 눈에 띄지 않는지 문을 살펴보기도 하고 창문을 살펴보기도 하며 줄곧 바쁘게 움직였다.

문에 자물쇠를 채운 뒤 철사를 넣어보기도 했다. 창문에도 튼튼한 덧문이 내려져 있었다.

"어떻게 된 건가? 이상한 것이라도 있나?"

"잠자코 있게, 제프."

방코랑은 말하면서도 여전히 벽과 바닥, 천장을 계속 조사하고 있었다.

"침실로 가봐야겠군. 침실에 있을 게 틀림없어!"

그는 줄곧 생각에 잠겨 혼잣말을 중얼거리다가 갑자기 호프만에게 얼굴을 돌렸다.

"호프만, 당신에게 부탁이 있소. 드오네이 씨의 침실에 가봐 주었으면 하오. 그분은 매일 밤 베로날을 복용하고 잔다는데, 오늘밤에도 먹었는지 보고 와주었으면 좋겠소. 어떻게든 구실을 만들어 방으로 들어가 보고 오시오. 욕실의 수건을 갈러 왔다든가 뭐 적당히 핑계를 대면 될 거요."

호프만은 깜짝 놀랐다.

"하지만 그건 하녀가 하는 일이라서…… ."

"상관없소. 그게 적당치 않다면 샌드위치나 커피를 가져다 드릴까 물어도 좋겠지요. 아니, 이렇게 말하는 것이 좋겠소. '아리슨 부인의 심부름으로 왔는데, 드오네이 씨께서 대단히 흥분해 계신 모양이니 다른 수면제를 드시려는가 여쭤보라고 하셨습니다. 필요하면 곧 갖다 드리겠습니다'라고 말이오. 물론 그는 공연한 참견이라고 호통을 칠지도 모르지만, 아무튼 잠들어 있는지 보고 오기만 하면 되는 것이오."

호프만은 의아한 표정을 지으면서 나갔다.

방코랑은 옆방과의 칸막이로 되어 있는 커튼을 열어보았다. 안은 좁은 칸막이방이었으며, 그 안쪽은 침실로 이어져 있었다. 방코랑은 칸막이방 바닥에 깔린 작은 페르시아 융단을 노려보며 나에게 말했다.

"제프, 문을 걸어주게."

그러고 나서 방코랑은 무릎을 꿇고 성냥을 그었다. 희미한 성냥 불빛으로 바닥을 샅샅이 조사하기 시작했다.

"진흙이로군! 마른 진흙이 융단 전체에 떨어져 있네."

방코랑은 성냥불을 끄더니 일어나서 침실로 들어갔다. 스위치를 찾고 있는 모양이었다. 스위치를 켜는 소리가 들리며 불이 켜지고 호화롭게 꾸민 넓은 방이 훤히 떠올랐다. 르네상스풍 침대의 암갈색 떡갈나무 재목과 타는 듯한 붉은 장막이 눈에 들어왔다. 벽지는 어두운 녹색이었고 옻칠한 장식 선반 위에는 금빛으로 빛나는 큰 병이 놓여 있었다. 플로렌스풍의 화장대에는 화장수, 아스트린젠트, 크림, 헤어 토닉 등이 죽 놓여 있고, 머리 위에는 베니스풍의 등롱이 느슨하게 아래로 늘어져 정교한 조각이 새겨진 천장을 훤히 비추었다. 호화찬란한 취향이 구석구석 깃들어 있어, 바로 조금 전에 본 서재의 간소한 꾸밈과 극단적인 대조를 보여주었다.

"먼저 옷장부터."

옷장은 침대 옆에 있었다. 문을 열고 들여다보니 안에 가득 걸린 옷과 예쁘게 쌓아올린 모자 상자와 발끝을 위로 하여 신발대에 걸린 구두류 등이 모두 보기 좋게 정돈되어 있었다. 그중 단 한가지 예외가 있었는데, 지나치게 투박해 보이는 외출용 구두가 안쪽에 내팽개쳐져 있었다. 방코랑은 그 구두를 집어들어 조사해 보았다. 가죽은 그을러 빛깔이 변했고, 구두 끝은 타서 완전히 뚫어져 있었다. 검은 흙이 아직도 두껍게 달라붙은 채 있었으며, 역겨운 냄새가 코를 찔렀다.

"겨우 찾아냈군. 이것이 그가 죽을 때 신고 있었던 구두겠지."

방코랑은 구두를 뒤집어 살펴보았다.

"그런데 이처럼 튼튼하게 만든 구두를 만찬에 신고 나갔다고 생각할 수는 없네. 식당에서 신고 있었던 만찬용 구두가 있을 게 틀림없어. 제프, 그것을 찾아봐주겠나?"

우리 두 사람은 빠짐없이 수색했지만 목적물은 끝내 발견하지 못했다.

"이상한 일이군. 이 정도로 사치를 부리는 자가 이름 있는 상표의 가죽 구두쯤 갖고 있지 않을 리 없을 텐데⋯⋯. 가만 있자, 여기 또 하나 외출용 구두가 있군. 지금은 말라 있지만 전에는 몹시 젖어 있었던 모양일세, 이렇게 심하게 갈라진 걸 보니. 그리고 이것 보게, 제프, 이것도 역시 진흙이 위쪽까지 눌어붙어 있네. 이것 역시 이 신사의 옷장에는 어울리지 않는 물건이 아닌가?"

또 하나 더러움이 몹시 탄 다갈색 코트가 처박혀 있었다. 진흙투성이로, 팔꿈치 근처에 뭔가 시커먼 얼룩이 잔뜩 묻어 있었다. 방코랑은 그 코트를 전등 밑에 펼쳐놓고 주머니 속을 뒤졌다. 그러다가 그는 갑자기 깜짝 놀란 듯이 긴장된 표정을 지었다.

"뭐가 있나?"

나는 놀라서 물었다. 그러나 방코랑은 아무 대답도 하지 않고 코트를 옷걸이에 건 다음 다시 차근차근 뒤지기 시작했다.

"제프, 나는 이 사건에서 지금까지 벌써 두 번이나 의견을 바꾸었네. 그런데 아무래도 또 한번 고쳐 생각해야 할 것 같군. 하지만 아무리 생각해도 어떻게 그런 바보 같은 짓이 있을 수 있겠는가……. 다른 사람에게 동기가 없다고 생각할 수는 없네. 동기도 없이 그런 잔혹한 짓을 할 리는 없을 테니까……. 이 사건에는 내가 모르는 뭔가 중대한 원인이 숨겨져 있음이 틀림없네, 제프, 미안하지만 자리를 좀 비켜 주게. 혼자서 잠시 생각해 보고 싶군. 늘 하듯이 혼자 방안을 왔다갔다하며 생각하면 혹시 좋은 생각이 떠오를지도 모르지. 그동안 자네는 누군가와 이야기라도 나누고 있게."

방에서 나오며 돌아다보니 방코랑은 중세풍의 가구들 한복판에 서서 거울에 비친 자기 모습을 멍하니 바라보고 있었다. 나는 복도를 걸으면서 머리에서 영 떠나지 않는 방금 전의 진흙투성이 구두를 생각했다. 마일런 아리슨은 밤에 그것을 신고 해골성을 방황하고 있었음에 틀림없다.

그러나 강기슭에서 그 성에 이르는 길이 발뒤꿈치가 진흙에 묻힐 정도로 험하지는 않을 것이다. 구두가 그 정도로 진흙투성이가 된 걸 보면 땅굴을 걸어다닌 것이 아닐까. 해골성 땅 속 깊숙이 만든 굴속에서 불길이 일렁이는 횃불을 들고 한 걸음 한 걸음 발을 옮겨놓는 그의 모습이 보이는 것만 같았다.

서재로 들어가자 호프만이 거기에 서 있었다. 내가 문을 닫자 어둠 침침한 곳에서 낮은 목소리로 집사가 말했다.

"드오네이 씨는 베로날을 드셨습니다. 내가 노크를 했을 때 마침 약을 드시는 참이었습니다……. 그밖에 또 할 일은 없습니까?"

"그만 됐소, 호프만."

집사는 나갔다. 나는 오랫동안 꼼짝도 하지 않고 서 있었다. 그때 나는 문득 깨달았다. 오랫동안 귀에서 떠나지 않던 소리가 어느새 멎어 있었다. 세찬 비바람은 아직 창 밖에서 울부짖고 있었으나…… 그래, 바이올린 소리, 바이올린의 멜로디가 들리지 않았던 것이다. 르바셀도 침실로 들어간 모양이었다.

나는 복도로 나가 아리슨 부인의 거실 문을 두들겼다. 안에서 기운 찬 목소리가 대답했다. 부인은 테이블 앞에 앉아 화려한 실내복 차림으로 한쪽 손에 기네스의 흑맥주잔을 들고 체스 판을 바라보며 생각에 잠겨 있었다.

"어머나, 마르 씨. 흑맥주가 있어요. 한잔하시겠어요? 나는 언제나 자기 전에 이걸 석 잔 마시기로 하고 있답니다. 지금 체스 때문에 머리를 짜내고 있지만, 포커처럼 잘되지 않는군요. 어때요, 당신들 장사인 범죄 수사는 잘 되어 가고 있나요?"

"내가 보기에는 그다지 잘 되지 않는 것 같습니다."

안경 너머로 부인은 한쪽 눈을 찡긋 감아 보였다. 큰 입을 우스꽝스럽게 일그러뜨리며 나를 위로하는 듯한 표정을 지었다. 나도 역시 싱긋 웃음으로써 그 인사에 답했다.

"하지만 조바심할 건 없어요. 이 공작부인에게 모든 걸 털어놓고 의논하는 것이 좋아요. 당신들 탐정이 생각하기에도 굉장히 벅찬

일이 생기면, 그때야말로 내가 좋은 지혜를 빌려 줄 때지요. 아참, 그렇지! 당신은 직업 탐정이 아니지요? 뭐라고 하면 좋을까? 허물없이 말하자면 단순한 샌님이라고 하면 어떨까요? 소질 있는 한낱 아마추어 탐정이겠지요."

"실은 나는 소설가입니다."

"어머나, 그래요? 소설가인가요? 훌륭하시군요. 그런 줄은 몰랐어요. 나는 지금까지 소설가라는 사람들을 많이 만나보았지만, 누구나 다 머리를 길게 늘어뜨리고 눈은 늘 멀리 허공을 바라보고, 예술이 어떠니 문학이 어떠니 하며 지루한 이야기만 하는 사람들로 생각하고 있었어요. 당신이 소설가라니 놀랍군요. 하지만 당신은 럭비 같은 것도 하시겠지요?"

"야구를 합니다. 나는 미국 사람이니까요."

"어머나, 그래요? 나는 순수한 영국인이지만, 1909년의 월드 시리즈는 보았어요. 와일드 빌이 아주 잘 던져서 파이릿츠를 이겼을 때 말이에요. 그 무렵에는 나도 젊고 솜씨가 좋아 남자들이 쫓아다니곤 했었지요. 그게 싫지는 않았어요. 그러나 지금은 포커 상대를 찾기에도 힘이 들 정도예요. 어때요, 흑맥주 드시겠어요?"

부인은 대답을 기다리지도 않고 맥주병을 집어들어 얼른 잔에 따랐다.

"이 저택에는 살인사건뿐만 아니라 그밖에도 꽤 여러 가지 일들이 줄곧 일어나고 있지요. 연애 문제니 뭐니 말이에요. 하지만 나는 뭐 그다지 간섭하지 않아요. 젊었을 때는 되도록이면 즐기는 게 좋아요. 하지만 이것만은 알아두어야 해요. 사람이란 나이를 먹으면 먹는 대로 거기에 알맞은 생활을 해야 한다는 것. 이렇게 포커며 체스를 만지작거리거나 신문의 퀴즈 맞추기에 매달리는 것만으로는 좀 쓸쓸한 느낌이 들는지도 모르지만, 그래도 그것이 역시 가장 어울리는 생활로 결국 행복은 거기에 있다는 것을 말이에요.

옛날 이야기를 해봐야 소용 없지만은 나는 이래 봬도 젊었을 때 꽤 예뻤답니다. 거짓말같이 생각된다면 그 무렵의 사진을 보여드리 겠어요. 아무튼 나도 지금은 거의 믿어지지 않는답니다. 참, 이야 기가 옆길로 샜군요. 그런데 오라버니 마일런은 마지막까지 그런 자각, 그러니까 사람이란 나이를 먹으면 먹는 대로 거기에 알맞은 생활을 해야 한다는 자각 따위는 없었어요. 그것이 오라버니의 가 장 큰 결점이었어요. 그는 죽을 때까지 호화스럽게 보낼 생각이었 던 것 같아요. 그런 만큼 같이 살면서 거북한 점이 많았어요."

"이건 여담이지만, 저…… 당신은 아리슨 씨를 별로 좋아하지 않으 신 것 같군요."

"네, 그래요. 그처럼 가면을 쓴 사람은 또 있을 수가 없어요. 그런 사람을 진짜 위선자라고 하겠지요. 비밀 이야기가 있어요. 나는 벌 써부터 수상하다고 생각하긴 했었지만…… 당신, 메이르쟈라는 사 람을 아시나요? 전에 해골성을 가졌던……."

"알고 있습니다."

"메이르쟈는 17년 전에 죽었어요. 그런데 나는 그 뒤로 지금까지 느끼고 있어요. 그 사건에는 수상한 점이 있었던 게 틀림없다고요. 마일런이 그 일에 무슨 관련이 있을 것으로 짐작하고 있었어요. 하 지만 오라버니는 절대로 그것을 털어놓으려고 하지 않았어요. 처음 에 메이르쟈와 만난 것이 어디인지, 그 이야기조차 꺼리고 있었지 요. 아마도 킴벌리의 다이아몬드 광산에서 처음 만났으리라 짐작하 지만, 거기에는 뭔가 보다 복잡한 사정이……."

"마일런 아리슨 씨는 아프리카에 갔었던 모양이지요?"

"네, 우리는 호주 태생이에요. 마일런은 그것을 한결같이 숨겨오고 있었지만, 우리 오누이는 가난하게 자랐지요. 오라버니는 학교도 제대로 다니지 못했어요. 용케 속이고는 있었지만, 돈도 없고 교육도 제대로 받지 못하면서 되는 대로 자랐지요. 가엾은 오누이였어요. 마일런은 런던으로 오기 전까지 온 세계를 떠돌아다녔지요. 배우가 된 것도 우연한 기회가 있어…… 어머나, 이야기가 엉뚱한 데로 흐르고 말았군요. 메이르쟈의 이야기를 하고 있었는데요. 나도 그 무렵에는 정신이 이상했던 것 같아요. 메이르쟈의 죽음은 사고 또는 자살이라고 처리되었지만……, 그것이 도무지 이상했던 거예요! 메이르쟈의 옆에는 아무도 없었으며……."

다시 또 그 케케묵은 수수께끼! 누군가 그 이야기를 할 때마다 반드시 비밀 상자에서 묵은 스캔들의 연기가 피어오르는 것을 보게 되는 듯했다. 17년 전에 죽은 메이르쟈는 아직도 사람들의 가슴에 살아 있다. 위압하는 듯한 그 강렬한 인상…… 잊으려고 해도 잊혀지지 않는, 등골이 얼어붙을 듯한 무서운 얼굴. 지금 내 눈앞에 뚜렷이 떠오른 것은 붉은 머리카락을 더부룩하게 늘어뜨린 거인이 괴상한 손가락으로 뿌옇게 쌓인 먼지 속에 쓴 글자였다, ……살인!

무슨 까닭에서인지는 모르지만 그때 내 팔이 떨리면서 들고 있던 술잔이 무심코 책상 위로 떨어졌다. 마치 억센 주먹으로 머리 속을 얻어맞은 듯한 느낌이었다. 바이올린의 멜로디. 다시 그 나직하고 흐느껴 우는 듯한 기분 나쁜 가락이 흘러나왔다……. 그 소리를 듣는 순간 이 방은 등대로 변하여 창 밖에서 무서운 폭풍우가 몰아쳐 미쳐 날뛰는 큰 파도가 창유리를 때리는 듯한 착각에 말려들었다.

아래층에서 갑자기 귀에 익지 않은 소리가 들렸다. 현관이 열리더니 거친 발소리가 올라왔다. 애거사 아리슨도 깜짝 놀란 표정이었다! 나는 재빨리 복도로 뛰어나가 보았다.

층계를 다 올라온 곳에 뚱뚱한 사나이가 비옷에서 빗방울을 뚝뚝 흘리며 서 있었다. 흠뻑 젖은 모자 밑에서 번쩍번쩍 빛나는 눈이 내 쪽을 바라보았다. 그때 복도 끝의 왼쪽 모퉁이에서 방코랑이 모습을 나타냈다. 사나이는 손가락을 방코랑 쪽으로 향하고 빠른 독일말로 뭐라고 외쳤다. 방코랑도 날카로운 눈으로 마주보았으나 입은 전혀 움직이지 않았다.

나는 물론 비옷 입은 사나이의 말이 무슨 뜻인지 알아들을 수 없었지만, 이 사람이 콘라드 경감이라는 것은 곧 짐작이 갔다. 그는 거만하게 손끝으로 방코랑을 복도로 불렀다.

이윽고 그는 다시 험상궂은 시선을 나에게로 돌리고 굵은 수염을 번쩍 곤두세우며 말했다.

"당신도 아래층으로 내려오시오."

나는 그의 명령에 따라 방코랑과 함께 순순히 층계를 내려갔다. 식당문이 무서운 소리를 내며 열리더니 던스탠 경이 고개를 내밀었다.

콘라드 경감은 앞장서서 서재로 들어갔다. 거기서 그는 모자를 벗어 한 번 홱 휘둘러 빗방울을 털고 나서 빨간 얼굴을 앞으로 내밀 듯이 하며 버티고 섰다. 방코랑도 마지못해 따라왔다. 호프만이 빠른 걸음으로 들어왔다. 젊은 귀족 던스탠도 식당에 모습을 나타냈다. 그의 한쪽 손에는 아직도 술잔이 들려 있었다. 경감은 줄곧 가슴을 치면서 테이블 너머로 방코랑의 얼굴에 독설을 내뿜었다.

"당신들은 일부러 파리에서 우리의 수사를 방해하러 왔다고 하는데 ……."

던스탠 경이 곧 참견을 했다.

"이분, 이 경감님은 방금 해골성 관리인의 시체를 발견했답니다."

"그리고 나도 흉기로 생각되는 권총을 발견했소." 방코랑도 지지 않고 말했다. 그는 호주머니에서 대형 모제르총을 꺼내 테이블 위에 소리나게 놓았다. 그 울림이 천장까지 울렸다. 아래층의 방에서 다시 바이올린 소리가 흘러나왔다. 그러나 이번에는 창 밖의 처절한 바람 소리에 삼켜져서 그 섬세한 가락이 아주 희미하게 들릴 뿐이었다. 콘라드 경감은 가만히 권총으로 손을 뻗었다. 뭔가 무서운 물건에 손을 대듯이.

그때 내 눈에 복도로 나가 있던 호프만이 열려진 문으로 다시 가만히 들어오는 것이 보였다. 그는 큐피 인형처럼 볼을 불룩하게 하고 때를 엿보듯 서 있다가 갑자기 자세를 바로 하더니 요란스러운 목소리로 말했다.

"지그문트 폰 아른하임 남작께서 오셨습니다!"

녹슨 권총

지금 생각하면 우스운 이야기지만, 폰 아른하임 남작의 이 극적인 출현에는 나도 역시 깜짝 놀라 심장이 멎어 버릴 것만 같았다. 이것은 모두 호프만의 당황한 목소리 때문이었다. 자유로운 분위기에 싸인 예술가의 별장에서 오랫동안 일해 온 그가 이처럼 수선스러운 존재를 안내하는 일은 처음이었으리라. 그리하여 그는 독일식으로 안내한다는 것이 그만 너무 긴장하여 얼굴을 빨갛게 물들이고 자그만 경단 코를 허공으로 쳐들며 큰 소리로 외쳐댔던 것이다.

남작은 검은 중절모를 손에 들고, 역시 검게 번쩍거리는 방수 망토를 어깨에 걸친 모습으로 조용히 들어왔다. 폰 아른하임 남작은 몸집이 작은 사람이었다. 잰걸음으로 가쁜가쁜 걷는 모습은 아무리 잘 봐줘도 빈약한 느낌이었지만, 몸만은 단단하게 뭉쳐 있었다. 머리를 짧게 자르고 창백한 얼굴에는 아무 표정도 드러나 있지 않았다. 콧방울에서 턱에 걸쳐 양쪽으로 깊은 주름이 흐르며 꼭 다문 입을 밑변으로 하여 날카로운 삼각형을 만들었다. 이마 한가운데에는 결투의 묵은 상처가 톱니 모양의 줄을 긋고 있었다.

그것을 감싸듯이 양쪽에서 금빛 눈썹이 꼬리를 치켜올리고 있었는데, 아래에는 물처럼 차가운 빛을 띤 푸른 눈이 우리를 유심히 둘러보고 있었다. 그는 뜻밖에 방코랑의 모습을 보게 되자 갑자기 정다운 미소를 지으면서 정중하게 인사했다.

"오래간만이군요, 방코랑 씨." 그는 프랑스 어로 말을 걸었다. "이 시골 경감이 뭔가 실례되는 말이라도 하지 않았는지요?"

폰 아른하임 남작은 턱으로 콘라드 경감을 가리키며 한쪽 손으로 외알박이 안경을 들어 눈에 대었다. 그 날카로운 시선 앞에서 경감은 라이플의 탄환을 맞은 것처럼 움찔했다.

"나가 있게, 콘라드 경감! 홀에서 내 명령을 기다리고 있게." 남작은 팔을 번쩍 들어올리며 말했다.

콘라드는 말없이 우리들 앞을 지나 밖으로 나갔다. 방코랑은 곧 옆에 있는 젊은 귀족에게 흘끗 눈짓했다. 던스탠 경은 자랑스러운 얼굴로 눈치채이지 않게 가만히 나갔다.

폰 아른하임 남작은 악수를 하기 위해 손을 내밀며 프랑스의 옛 친구 앞으로 다가왔다.

"방코랑 씨, 아무래도 콘라드 경감이 실례되는 말씀을 드린 모양인데, 나를 보아서 용서해 주십시오. 사건이 끝나는 대로 그 사람을 당장 그만두게 하겠습니다."

"아니, 아닙니다. 그런 걱정은 할 필요가 없습니다. 그는 패기가 좀 지나친 것뿐입니다. 직무에 너무 충실하기 때문이지요. 그만두게 하다니 말도 안 됩니다. 앞으로도 돌보아 주시기 바랍니다. 아무튼 당신과 내가 이런 곳에서 만나게 될 줄은 콘라드 경감도 전혀 생각지 못했을 겁니다. 나는 오히려 그 사람에게 감사하고 있을 정도입니다."

방코랑이 말하는 동안 남작은 어깨에 두르고 있던 비옷을 벗어 의자 위로 던졌다. 비옷 속에 그는 몸에 꼭 맞는 턱시도를 입고 있었다. 그는 주머니에서 담뱃갑을 꺼냈다.

"담배 피우시겠습니까? 독일제로 그리 독한 편은 아닙니다. 우리 정부는 외국산에 대해 무거운 세금을 매기고 있기 때문에 이걸로 견디고 있지요. 그동안 어떻게 지내셨습니까? 프랑스에서는 비교적 잘 되어가고 있는 모양이던데……."

폰 아른하임 남작은 긴 의자에 편안히 자리잡고 앉아 천천히 담배를 피우기 시작했다. 방코랑도 마주보고 앉아 함께 담배 연기로 동그라미를 뿜어 올렸다. 폰 아른하임 남작이 먼저 입을 열었다.

"나는 방금 코블렌츠에 도착했지요. 콘라드 경감에게서 보고를 듣기는 했지만, 오늘밤에는 비바람이 세게 몰아치고 있기 때문에 내일 아침까지 코블렌츠 호텔에 머물 예정이었지요. 오늘밤에 이 별장으로 올 생각은 없었습니다. 그런데 문득 정신을 차리고 보니 콘라드의 모습이 보이지 않았습니다. 아마도 콘라드는 내가 수사를 시작하기 전에 먼저 공을 세우고 싶어서 살짝 빠져나간 모양이었습니다. 공연히 조급하게 서두르다 엉뚱한 실수를 저질러 다음 수사에 지장이라도 있으면 곤란할 것 같아서 하는 수없이 이렇게 온 겁니다."

"내가 와 있는 것을 모르셨나 보지요?"

"몰랐습니다. 너무도 뜻밖이라 깜짝 놀랐습니다. 아무튼 오래간만에 뵙게 되어서 정말 기쁩니다."

두 사람은 잠시 동안 말없이 담배 연기를 뿜어 올리고 있었다. 이윽고 방코랑이 천연스럽게 이야기를 꺼냈다.

"콘라드 경감의 이야기에 의하면 당신이 도착하시기 조금 전에 오래된 성에서 관리인의 시체가 발견되었다고 하던데……."

폰 아른하임 남작은 가느다란 눈을 한층 더 가늘게 뜨고 외알박이 안경을 벗으며 말했다.

"그래요? 새로운 시체가……. 그게 정말입니까? 그 성은 사건이 있은 뒤 곧 철저하게 수사를 했을 텐데……. 콘라드 경감에게 직접 들어봅시다."

경감이 곧 불려왔다. 그는 방에 들어오기는 했으나 방문 옆에서 어쩔 줄 몰라하며 우뚝 서 있었다. 겁먹은 눈으로 샹들리에의 한쪽 모서리를 바라볼 뿐이었다.

"잠깐만!" 방코랑이 먼저 말했다. "영어로 합니까, 아니면 프랑스 어로 합니까?"

"프랑스 어를 아주 잘합니다. 대전중 포로수용소에서 배운 모양이 더군요. 자, 시작하겠습니다."

남작은 날카로운 시선을 콘라드 경감에게로 돌렸다.

"콘라드 경감, 해골성 관리인의 시체를 발견했다고 하는데, 그걸 자세히 설명해 주게. 요령 있게 말일세."

폰 아른하임의 말이 경감의 상기된 귓전에서 폭발했다. 프랑스 어로 말을 걸어왔기 때문에 프랑스 어로 대답하기 위해서 경감은 잠시 당황하고 있었다. 남작은 태연히 담배의 불을 바라보며 귀를 기울이고 있었다.

"아, 네, 보고를 드리려던 참입니다. 자세히 설명하라고 하시지만 드릴 말씀이 별로 없습니다. 아시다시피 저는 옛 성의 열쇠를 보관하고 있기 때문에 오늘도 해가 저물자 그 안을 한 차례 둘러보았습니다."

"자네는 사건 직후에 철저하게 수사했다고 말하지 않았나?"

"네, 그때는 물론 철저하게 수사했습니다. 그러나 그처럼 넓은 성이기 때문에……."

"흐음……." 폰 아른하임 남작은 조용히 고개를 끄덕였다. "그래서 처음에는 빠뜨리고 보지 못했다는 거로군."

"아닙니다, 그렇지 않습니다. 솔직히 말씀드리지만, 저는 결코 잘
못 보거나 하지는 않았습니다. 수사는 완벽하게 실시했다고 맹세할
수 있습니다. 그런데 오늘밤에 시체가 하나 발견된 겁니다. 이건
정말 알 수 없는 수수께끼입니다. 시체가 놓인 방도 사건이 일어난
뒤 곧 수사했던 것을 지금도 똑똑히 기억하고 있습니다. 물론 빈방
으로 아무것도 없었습니다. 그런데 오늘 밤 제가 성안으로 들어가
손전등을 켜자 바우어의 시체가 바로 코 앞의 벽에 쇠사슬로 매달
려 있지 않겠습니까! 누군가가 그런 공작을 꾸민 것이 틀림없습니
다!"

"내 앞에서 처음 수사에서 보지 못했던 것을 변명하고 있는 건 아
니겠지?"

"그, 그럴 리가 있습니까! 처음 수사 때 수사계의 부하 두 사람을
데리고 있었으니까, 뭣하시면 그들에게 물어보십시오."

"시체는 죽은 지 얼마쯤 지났던가?"

"전화로 경찰 의사를 불러두었습니다. 제가 보기에는 죽은 지 이미
며칠 지난 것 같았습니다만……."

"사인은?"

"총을 맞았습니다. 머리에 관통상이 있습니다."

질문을 받고 있는 동안 콘라드 경감은 차츰 열을 띠기 시작하여,
무서운 상관 앞에서 겁에 질려 있던 아까의 태도는 어느새 사라지고
없었다. 손에 든 모자를 줄곧 만지작거렸는데 빨갛게 달아오른 이마
에서는 땀이 배어나오고 있었다.

"이 발견이 조금이라도 수사에 도움이 된다면……."

"공연한 말은 하지 않는 게 좋네, 콘라드 경감. 시체가 발견된 곳
은 어느 방인가?"

"안내해 드릴까요? 처음 그곳을 조사했을 때는 분명히 시체 같은 것은……."

"아직도 그 소린가! 그보다 어서 의사를 불러오게!"

폰 아른하임 남작은 손목시계로 눈을 돌렸다.

"방코랑 씨, 그럼 가보실까요? 콘라드 경감이 자기 실수를 얼버무리기 위해 그런 말을 하는 건지에 대해선 조금만 상황을 살펴보면 곧 알 수 있습니다. 폐가 되지 않는다면 같이 가보기로 합시다. 당신도 옛날에는 깊은 밤의 옛 성이라면 도리어 용기가 났을 테니까요."

"폐라니요!" 방코랑 탐정은 중얼거렸다. "그러나 그에 앞서 마일런 아리슨의 부검 결과를 알고 싶군요."

"총알을 세 방 맞았습니다. 한 방은 허리를, 두 방은 왼쪽 허파를 꿰뚫었습니다. 모제르 총으로 쏜 것입니다."

방코랑이 고개를 끄덕이면서 말했다.

"치명상은 그 총상이었습니까? 그처럼 큰 화상을 입지 않았어도 역시 목숨을 잃었을까요?"

"우선은 그렇게 생각됩니다. 사실은 화상이 치명상이 된 것이지만."

"석유는 어디에서 가져온 겁니까?"

폰 아른하임 남작은 주머니에서 수첩을 꺼내 바쁘게 페이지를 넘겼다.

"성의 관리인 방에서 가져온 것으로 생각됩니다. 관리인은 밤에 석유 램프를 쓰고 있었던 모양입니다. 하지만 그것을 담은 그릇은 아직 발견되지 않았습니다."

콘라드 경감의 보고가 있고 나서, 이들 독일과 프랑스의 호적수는 이상하리만큼 은근한 태도로 서로 말을 주고받았다. 대화도 아주 재치있고 극히 사무적이었다. 방코랑은 상대의 눈을 바라보면서 몸을 앞으로 쑥 내밀었다.

"그런데 폰 아른하임 남작, 당신에게는 이미 이 사건의 윤곽이 잡혔겠지요?"

폰 아른하임은 싱긋 웃었다.

"어렴풋하기는 하지만……."

"다행이군요, 그러나 나도 당신에게 말씀드릴 일이 있습니다. 우선 그 테이블 위의 권총을 보아주십시오, 그 모제르 총이 아리슨과 관리인 바우어의 목숨을 앗은 흉기입니다. 나는 그것을 아리슨의 방 옷장 속에서 찾아냈습니다. 낡아빠진 웃옷 주머니에서 나왔지요, 내가 염려하는 것은, 이것으로 당신의 예상이 어그러지지나 않을까 하는 점입니다."

침묵이 그 자리를 지배했다. 폰 아른하임은 외알박이 안경을 손에 들고 얼음같이 차가운 눈을 깜박이지도 않은 채 무표정하게 앉아 있었다. 그러나 그동안 창백했던 볼에 어렴풋이 핏기가 돌았다. 방코랑은 꿈꾸는 듯한 표정으로 말을 계속했다.

"당신의 생각을 알아맞혀 볼까요? 당신은 혹시 범인으로 마술사 메이르쟈를 염두에 두고 있는 것이 아닙니까? 메이르쟈는 실제로 죽지 않았다, 그의 시체는 가짜로 그가 그때 교묘하게 기차에서 자취를 감춘 다음 의과대학이나 무덤에서 시체를 훔쳐내 자기의 시계와 반지를 몸에 지니게 한 뒤 자기 대신 강에 던져 버렸다, 이렇게 생각하고 계시는 건 아닙니까?

얼른 보기에는 참으로 지당한 추론이지요, 세상에 이름이 널리 알려진 폰 아른하임 남작으로서 넉넉히 통찰하실 수 있는 일입니다. 나는 파리에서 이 성으로 오기 전에 기록을 조사해 보았습니다. 기록에 의하면 메이르쟈와 아리슨과 드오네이 세 사람은 일찍이 킴벌리의 다이아몬드 광산에서 서로를 알게 되었습니다. 당신은 어떤 기록으로 조사했는지 모르지만 내가 아는 메이르쟈는 그곳에서 막대한 재산을 쥐게 되었습니다. 그렇다면 이것은 그가 아리슨과 드오네이를 속인 것이 아닐까 생각되겠지요. 몇 해 뒤 속은 두 사람은 그 진상을 알고 메이르쟈한테 복수하려고 계획합니다. 메이르쟈도 그것을 알아차리고 생각해 낸 것이 빈틈없는 위장 죽음입니다. 그는 재산을 많은 현금으로 바꾸어 자취를 감추었습니다. 이상이 당신이 생각해낸 것이겠지만, 그것은 사실이 아닙니다. 폰 아른하임 남작, 나는 그것을 진상이 아니라고 단언할 수 있습니다."

폰 아른하임은 담배를 재떨이에 눌러끄며 말했다.

"나는 아직 그렇게 명확하게 생각을 정한 것은 아닙니다. 그러나 지금은 당신과 토론하고 있을 단계가 아닌 것 같군요. 좀더 사실을 조사해야 합니다. 이 권총, 대체 이건 누구의 것입니까?"

"마일런 아리슨의 것입니다. 손잡이에 그의 머리글자가 새겨져 있습니다."

"지문을 조사해 보았습니까?

"거기까지는 손이 미치지 못했습니다."

남작은 천장을 쳐다보며 목구멍에서 이상한 웃음소리를 냈다.

"아니, 농담입니다! 어디 좀 보여주십시오."

그는 외알박이 안경을 쓰고 총구멍과 손잡이를 정성들여 살펴보았다.

"으음, 최근에 손질을 한 것이군요. 닦고 기름을 친 지 아직 2주일도 되지 않았습니다. 하지만 무척 서투른 솜씨로군요. 총구멍과 안전장치에 담배 찌꺼기가 묻어 있습니다. 그대로 주머니에 넣고 다닌 모양입니다……. 내가 보기에 범행 이전에는 오랫동안 사용하지 않았던 것 같군요. 서랍 속에 넣어두었을 겁니다."

"마일런 아리슨의 책상 서랍에 들어 있었답니다. 집사인 호프만이 그렇게 말했습니다. 상당히 오랫동안 만진 일도 없었던 모양입니다."

"그렇겠지요. 그런데 꼼꼼히 손질하지 않고 기름을 먼지 위에다 그냥 발랐군요. 그리고 이 냄새를 맡아보십시오. 장뇌 냄새가 배어 있지 않습니까? 오랫동안 책상 속에 넣어두었던 증거지요. 내 안경은 도수가 높은 겁니다. 이 권총에는 장갑 자국이 분명히 나 있습니다. 보십시오, 여기에 장갑의 올 자국이 있지요. 좀더 강력한 렌즈를 쓰면 장갑 종류까지 알아낼 수 있을 겁니다. 천은 지문과 마찬가지로 훌륭한 단서가 되지요. 쏜 총탄은 다섯 발. 이것도 역시 상황과 완전히 들어맞는군요."

그는 권총을 분해하여 조사해 보았다.

"이처럼 녹슨 총으로 제대로 쏜 걸 보면, 범인의 증오심이 대단했던 모양입니다."

"그리고 범인은 그다지 키가 크지 않습니다."

방코랑이 중얼거렸다.

"오, 당신도 그걸 알아차렸습니까? 이 장갑 자국을 보면 손가락이 방아쇠에 반쯤밖에 걸려 있지 않습니다. 여기에서 결론은, 손은 작지만 무서운 증오심을 가진 인물이라는 것이 되겠지요. 녹슨 권총을, 그것도 방아쇠에 손가락을 겨우 반쯤 걸치고 쏜다는 것은 대단한 힘입니다. 그런데 당신은 짐작가는 인물이 있습니까?"

방코랑은 어깨를 으쓱해 보이며 대답했다.

"이 사건에는 등장인물이 너무 많습니다. 당신도 이미 알고 계시겠지만……."

폰 아른하임은 이마를 탁탁 두들겼다.

"아니오, 난 아직 아무도 만나지 않았습니다. 그러나 여러 사람이 증언한 기록은 다 가지고 있습니다. 그건 그렇고, 이걸 검토하기 전에 성안을 한 번 돌아보고 왔으면 하는데요."

"모터보트를 빌리면 되겠지요. 당신의 날카로운 눈으로 한 번 보기만 하면 두말하지 않고 빌려줄 겁니다. 그러나 일단 그전에 아리슨 부인을 만나보는 것이 어떻겠습니까? 이 집에는 좀 색다른 사람들이 모여 있지요."

"나의 존경하는 친구 방코랑 씨의 충고라면 함부로 못 들은 척할 수 없겠지요. 그럼, 그녀에게 인사하고 오도록 할까요."

"그리고 오늘밤에는 나와 한방을 쓰겠다고 말해 두십시오. 아까 내 짐을 마일런 아리슨의 방에 옮겨다놓도록 집사인 호프만에게 일러 두었답니다. 당신도 아마 마일런 아리슨의 방에 특별한 관심을 가지고 있겠지요?"

"당신은 언제나 머리가 잘 돌아가는군요. 짐작하신 대로 나는 마일런 아리슨의 방을 조사할 생각이었습니다."

"같이 찾아보십시다. 어떻습니까, 옛날과 마찬가지로 내가 하고 있는 방법은 페어플레이라고 할 수 있지 않을까요?"

"당신은 옛날부터 페어플레이어였지요. 전쟁중에 내 계략을 알아내어 선수를 치려고 맹활약을 하기는 했었지만, 언제나 페어플레이어였어요. 지금도 나는 분명히 기억하고 있습니다……. 그럼, 아리슨 부인을 만나고 오겠습니다. 당신은 모터보트를 수배해 주십시오."

폰 아른하임 남작은 고개를 약간 숙이더니 나갔다. 복도에서 집사인 호프만과 이야기하는 소리가 들렸다. 방코랑의 얼굴은 어느 틈에 긴장된 빛을 띠고 있었다.

"저 사람이 나타난 덕분에 이제야 내가 하는 일도 생기를 띠게 되었군. 남작과 나는 옛날 콘스탄티노플에서 권총을 마주 쏘기까지 했는데, 그 뒤로 오히려 특별한 친밀감을 느끼게 되었다네. 언젠가 어떤 파티에서 그의 부하가 내 술잔에 청산가리를 넣은 일이 있었는데, 나는 즉시 편지로 그 비열한 행동을 지적하여 그에게 항의를 했었지. 그러자 남작은 곧 그 부하를 엄하게 다스리겠다고 대답을 보내왔다네. 사실은 이쪽에 더 빠른 자가 있어 내 편지가 남작의 손에 들어갔을 때는 이미 그 녀석은 폰 아른하임의 명단에서 제명되어 처분할 필요도 없게 되었지만.

여보게, 제프, 레인코트를 준비하는 게 좋겠네. 흠뻑 젖을 염려가 있으니까. "

탑 위의 시체

탐조등 불빛에 번쩍이는 은화살 같은 비가 물 위를 때리고 있었다. 탐조등 불빛이 물보라 이는 강물 위에 몹시 흔들거렸다. 중류까지 나오자 진흙 섞인 물줄기가 점점 빨라져 최신식을 자랑하는 모터보트도 가랑잎처럼 뛰놀기 시작했다. 지겨울 정도로 울부짖는 엔진 소리를 뚫고 뱃머리에 부딪치는 물결 소리가 귀청을 찢을 듯 울려퍼졌다. 머리 위를 덮은 물막이 천막도 찢어질 듯이 바람에 펄럭이고 받침대도 계속 울부짖었다.

보트가 너무도 심하게 흔들려 우리는 도저히 서 있을 수가 없어서, 각기 뱃전에 달라붙어 있었다. 머리에 비옷을 뒤집어쓰고 웅크린 모습이 어둠 속으로 번진 듯 보였다. 밝은 것은 물결 사이로 뛰노는 탐조등 불빛뿐이었다. 나는 눈이 핑핑 돌 정도로 계속 크게 숨을 헐떡이고 있었다.

프리츠의 조종 기술은 정말 놀라웠다. 격류에 시달리는 작은 배를 능숙한 솜씨로 해골성 밑의 선착장에 댔다. 밧줄과 쇠줄로 단단히 붙들어매자 보트는 한층 더 무섭게 뛰노는 것 같았다.

프리츠는 대형 탐조등을 들고 모두 무사히 상륙했는지 확인하고 앞장섰다. 다음은 콘라드 경감, 그리고 폰 아른하임 남작. 내가 그 다음에 따르고 맨 뒤는 방코랑이 지켰다.

탐조등 불빛이 안개비 속을 뚫고 선착장에서 돌층계 위를 비추었다. 우리는 비탈길 입구로 접어들었다. 양옆의 나무숲이 가지를 뻗고 있는 사이로 올라가는 것이다. 한번만 보아도 그것이 얼마나 험한 비탈길인지 짐작이 갔다. 줄기찬 비가 새까만 흙을 쓸어 내리고 있어서 구두가 미끌미끌하여 대단히 위험했다. 발 아래서 자갈이 소리를 냈다. 한 발자국 옮길 때마다 자갈이 튀어올라 선착장에 부딪치기도 하고 강물로 떨어지기도 했다. 머리 위에서는 나뭇가지가 윙윙 울부짖는 소리를 내고 있었다.

네 사람의 손전등이 어둠 속을 뚫으며 기분나쁜 무늬를 펼쳤다. 떨기나무 가지를 붙들고 올라갔지만 그래도 가는 도중 빈터에서 숨을 돌리지 않을 수 없었다. 그곳도 물론 무서운 비바람이 몰아치고 있어 제대로 숨을 돌릴 수가 없었다. 폰 아른하임 남작이 비틀거릴 정도였기 때문에 우리 다섯 사람이 모조리 눈사태처럼 비탈길을 미끄러져 내리는 게 아닌가 싶었다. 어둠 속에서 방코랑의 괴로워하는 숨소리가 들려왔다. 그리고 저쪽 앞에서는 라인 강 격류가 처절한 소리를 울리고 있었다.

이제 거의 다 왔다! 비탈길은 꼬불꼬불하여 방향마저 잡을 수가 없었지만, 관목숲은 이미 키가 큰 나무숲으로 바뀌어 손전등의 불빛이 쓸쓸하게 뛰놀고 있었다. 가끔 바람에 꺾인 작은 가지가 우리들 머리 위를 스쳐지나갔다.

간신히 꼭대기에 닿았다. 프리츠의 탐조등 불빛에 우리는 지금 성 바깥을 둘러싼 오래된 연못에까지 와 있음을 알았다. 벌써 많은 빗물이 소리를 내며 연못 안으로 흘러들고 있었다. 돌을 깐 길이 다리가 되어 높은 성문으로 이어졌다. 손전등 불빛으로 비춰보니 어둠 속에서도 여전히 시커멓게 깎아지른 성벽이 높이 솟아 있었다.

"열쇠를 가지고 있나?" 폰 아른하임 남작이 소리쳤다.

우리는 올려다볼 정도로 거대한 성문 앞에 멈춰섰다. 성문은 이중으로 되어 있었는데, 두꺼운 떡갈나무 재목 위의 청동으로 만든 덩굴무늬가 지금은 빨갛게 녹이 슬어 있었다. 콘라드 경감은 네 명의 손전등 빛을 받으며 성문 자물쇠를 힘주어 열고는 큰 어깨로 힘껏 밀어젖혔다.

성문 안은 돌을 가득 깐 넓은 길이었다. 젖은 공기가 살갗에 차갑게 와닿았다. 안으로 한 걸음 들어서자 무서운 폭풍우도 잊은 듯이 멀어졌다. 폰 아른하임 남작은 흠뻑 젖은 얼굴로 복도 한가운데에 우뚝 서서 손전등 빛을 비추며 검은 중절모 밑에서 날카로운 시선을 여기저기로 보냈다. 방코랑은 담배에 불을 붙여 입으로 가져갔다. 그는 트위드 천으로 만든 사냥모자에 레인코트를 걸치고 있었다. 타오르는 불빛으로 그의 눈이 독일 남작에게 쏠려 있는 것이 보였다. 프리츠는 차렷자세로 긴장한 채 우뚝 서 있었다.

오른쪽에 나지막한 샛문이 있는데, 그 안은 아마 관리인의 방인 모양이었다. 성문 위에 엄청나게 큰 쇠로 만든 그릇이 역시 녹이 슨 채 매달려 있었다. 쇠줄과 도르래로 돌아가는 탱크같이 생긴 물통이었다.

"옛날 사람들은 괴상한 생각들을 했던 모양이군요."

폰 아른하임 남작이 그 쇠통에 손전등 빛을 보내면서 말했다. 그러자 깜짝 놀랄 정도로 메아리가 울려왔다.

"여러분, 이것이 뭔지 아십니까? 적의 습격이 시작되면 저 통 속에 납을 끓여두는 겁니다. 성문이 부서져 무너졌을 경우 밀어닥치는 적군 위로 그 뜨거운 납물을 덮어 씌웠던 거지요. 더욱이 이 위에는 횃불이 가득 저장되어 있었습니다. 그 살인사건 뒤에 프리츠와 집사 호프만이 바로 이 근처에서 발견한 그런 횃불 말입니다."

남작이 프리츠에게 말을 걸자 그는 자갈길 중간쯤을 손가락으로 가리켰다. 폰 아른하임 남작은 콘라드 경감에게 눈짓하여 안내를 계속하도록 했다. 발자국 소리가 빈 굴 속처럼 크게 울렸다. 안으로 들어감에 따라 앞에 선 콘라드 경감의 그림자가 크게 비뚤어져 천장에 비치는 것이 여간 기분 나쁘게 보이지 않았다.

통로는 9미터마다 오른쪽으로 꺾였다. 그때마다 돌층계가 있었는데, 그것을 다 올라가면 또 통로가 이어져 있었다. 폰 아른하임은 손전등 빛으로 벽을 비추며 우리에게 설명했다.

"보십시오, 여기저기 틈이 나 있지요? 여기가 옛날 사수들이 적군을 향해 싸락눈처럼 화살을 쏘아보내던 곳입니다. 통로를 꼬불꼬불하게 만든 것도 방어하려는 목적에서였지요. 정말 잘 고안해 냈다고 생각됩니다."

그러고 나서 9미터쯤 나아가자 복도는 다시 꼬부라져 맨 처음과 같은 방향이 되었다. 지금까지 걸은 거리의 두 배는 넉넉히 될 복도가 계속 이어지고 있었다.

"여기까지 이 긴 복도를 걸어오면서 천장에 생각이 미치셨습니까?" 폰 아른하임 남작이 나를 돌아보며 영어로 물었다. "달아맨 문이 네 곳이나 설치되어 있더군요. 얼른 보면 이상한 복도처럼 생각되지만 사실은 적이 침입했을 경우 느닷없이 천장에서 격자문이 떨어져 내려와 이 복도를 막아 버리는 장치이지요. 더 이상 한 발자국도 들어오지 못하게 하는 장치인 것입니다. 옛 성은 이곳뿐만 아니라 어디나 이처럼 견고한 요새로 지어져 있답니다. 어째서 이렇게까지 교묘한 방어 수단을 강구해 두어야만 했던 것일까요. 현대에 태어난 우리로서는 이해하기가 좀 곤란할 정도입니다."

방코랑의 중얼거리는 듯한 목소리가 바로 등 뒤의 어둠 속에서 들렸다.

"동감입니다."

폰 아른하임은 줄곧 머리를 끄덕이고 있었다. 방코랑의 입에 물린 담뱃불만이 빨갛게 빛을 냈다. 길다란 그림자가 벽 위를 기어갔다. 사람들이 서로 속삭이듯 말하고 있었는데, 그래도 한마디 한마디가 천장에 크게 메아리쳤다.

복도를 다 지나오자 가운데뜰로 나왔다. 그곳에도 바닥돌이 깔려 있었다. 높다란 벽이 주위를 완전히 둘러싸고 있었다. 그 가운데쯤에 있는 층계로 프리즈가 앞장서서 우리를 안내했다. 올라갈수록 강한 바람이 우리들 정면에서 불어왔다. 흉벽까지 다 오르자 폭풍우가 미친 듯이 심하게 불어쳤다. 지금 우리는 라인의 중류 지방이 한눈에 내려다보이는 높은 곳에 서 있다.

앞에서도 말했듯이 성벽의 높이는 24미터가 넘었다. 해골처럼 생긴 석조 지붕이 성벽 위에서 다시 하늘을 향해 거대한 탑처럼 솟아 있었다. 웅장한 저택다운 규모를 지니고 있기는 했지만, 이렇게 바로 옆에서 바라보니 해골 모양으로 생각되지는 않았다. 층계에서 흉벽 위로 뛰어오르자 곧 눈 앞에 삼각형의 창문이 열려 있었다. 멀리서 이 해골성을 바라볼 때 코처럼 여겨지는 것이 바로 이것이다. 큰 창문이었다. 위는 높고 둥근 뚜껑 모양으로 되어 있었으며, 빗속에서 흐릿하게 보였다.

흉벽을 떠나 안으로 걸어가자 건물 안의 복도로 연결되는 부근에 뾰족한 돌난간이 톱니 모양으로 줄지어 있었다. 이것이 해골의 이에 해당되는 곳인 모양이었다.

정면에서 얼굴로 불어치는 사나운 바람을 견디기 어려워 우리는 자신도 모르게 몸을 웅크리고 그 자리에 주저앉았다. 우리는 난간에 매달려 한숨 돌렸다. 그때 온 하늘이 한순간 대낮처럼 훤히 빛나며 번개가 날카롭게 허공을 달렸다.

우리는 눈이 아찔해지며 흉벽에서 굴러떨어지는 것 같은 착각을 일으켰다. 흉벽에서 조심조심 아래를 내려다보니 무서움에 등골이 오싹했다. 떨림이 발 밑에서부터 온몸으로 퍼져가는 느낌이었다. 검은 소나무가 조그맣게 웅크린 사이로 그처럼 큰 강도 띠처럼 가늘게 보였으며, 번개가 번쩍일 때마다 흰 거품이 튀어올랐다. 물보라치는 물결 사이로 방금 타고 온 보트가 선착장에 붙들어 매어진 채 흔들리고 있었다. 맞은편 기슭에 있는 아리슨 별장의 굴뚝과 유리창도 물론 어둠에 잠겨 있었는데, 번개가 번쩍이는 순간 또렷하게 눈 아래에 떠올랐다. 번개가 사라지자 어두운 구름이 더욱 하늘을 덮더니 울부짖는 듯한 천둥 소리가 언제까지고 귀에 울렸다.

우리는 불길한 생각에 잠겨 한 아치 문에 매달려 있었다. 아치 문도 무서움에 떨고 있는 것 같은 느낌이었다. 폰 아른하임 남작이 사무적인 말투로 입을 열었다.

"아무데도 핏자국이 보이지 않는걸, 허파로부터의 출혈도 상당했을 텐데……. 비에 씻겨내려간 것일까?"

천장이 활처럼 된 복도에 서서 폰 아른하임은 손전등 빛을 바닥에 골고루 비추어보았다. 이윽고 그는 콘라드 경감에게 말했다. 유창한 프랑스 어였다.

"콘라드 경감, 왜 잠자코 있나? 자네는 성안을 빈틈없이 조사했다니, 어디선가 핏자국을 보았을 게 아닌가? 아리슨은 아마도 다른 방에서 총을 맞고 이리로 도망쳐 나왔겠지?"

경감의 이가 딱딱 부딪는 소리를 내었으나 만족스런 대답은 나오지 않았다. 폰 아른하임 남작의 날카로운 눈길을 받자 그는 완전히 겁에 질려 간신히 독일어로 대답했다.

"그럼 안내하겠습니다."

그는 프리츠에게 턱짓을 하여 탐조등을 들고 앞장서도록 했다. 콘라드 경감 자신은 오른쪽에 서서 따라갔다. 복도 끝의 튼튼한 떡갈나무 문으로 되어 있었다. 경감은 큰 열쇠뭉치를 꺼내어 찰칵 하고 열었다. 손전등 빛이 혀로 핥듯이 내부를 더듬었다. 그곳이 바로 두개골의 안쪽에 해당되는 부분인 듯 넓은 홀로 되어 있었다. 천장은 까마득하니 높고 벽은 새하얗게 칠해져 있었다. 높은 곳에 뾰족한 창문이 하나 동그마니 달려 있었는데, 거기에는 갖가지 색깔의 유리가 끼워져 있었다.

텅 빈 공간은 머리 위만이 아니었다. 내려다보니 발 아래쪽도 깊이 패어 있었다. 까만 양탄자가 깔린 자단나무 층계가 벽을 따라 빙글빙글 아래로 내려갔다. 맨 밑바닥은 새까만 마룻바닥처럼 보였는데, 손전등을 비추자 번쩍번쩍 눈부시게 반사되었다.

"흑마노인가?" 폰 아른하임 남작이 입속으로 중얼거리며 과장되게 어깨를 으쓱해보였다. "손질이 잘 되어 있군. 이상한 이야기야. 하지만 대단하잖은가? 새하얗게 칠한 벽에 흑마노의 마룻바닥. 미치광이 같은 무대 장치로군. 전등이 켜지지 않나?"

"촛불뿐입니다." 콘라드가 대답했다.

"그것으로 좋네. 어서 켜게!"

층계 난간 기둥 옆 벽의 우리 머리 높이쯤 되는 곳에 흑단에 정교한 조각을 새긴 촛대가 쑥 내밀어져 여섯 개의 초를 받치고 있었다. 콘라드 경감이 하나하나 불을 붙였다. 불꽃이 크게 흔들리며 홀의 모습이 드러났다. 촛불을 다 켜자 경감은 갑자기 빠른 목소리로 지껄이기 시작했다.

"물으신 핏자국은 층계 바로 아래에서부터 시작됩니다. 먼저 이 근처에 잔뜩 묻어 있습니다. 그리고 층계를 세 단쯤 올라간 곳에서 양탄자가 또 피에 물들어 있었습니다. 자, 좀더 올라가시지요, 이 번에는 이 근처의 벽입니다. 피묻은 손가락 자국이 여기 이런 식으로 찍혀 있습니다. 피해자가 비틀거리는 몸을 지탱하기 위해 손을 짚은 거겠지요, 그리고 층계 위 끝은 보다 심한 피바다였습니다. 거기서 맞은 것이 틀림없습니다. 총알을 맞았기 때문에 급히 상대한테서 벗어나려 비틀거리며 층계를 뛰어내려간 것으로 보입니다. 이상은 보고서에 자세히 기록해 두었습니다."

폰 아른하임 남작은 얼른 벽에 나 있는 손가락 자국으로 다가가 레인코트 차림의 등을 꼽추처럼 구부리고서 외알박이 안경을 대고 들여다보았다.

"그렇지 않은 것 같은데요."

등 뒤에서 침착한 목소리가 들렸다.

"마일런 아리슨 스스로 이 층계를 달려 내려온 것 같지는 않습니다. 누군가가 들쳐 업고 내려온 모양입니다."

말한 사람은 방코랑이었다. 그는 내 옆에 서 있었다. 레인코트 주머니에 두 손을 찔러 넣고, 호기심에 가득 찬 눈빛을 하고 있었다. 흠뻑 젖어 볼품 없이 된 사냥모자가 촛불에 떠올라 거인처럼 보이는 그 얼굴과 기분 나쁠 정도로 대조를 이루었다.

폰 아른하임은 벽에서 천천히 떠났다. 그는 잠시 방코랑과 마주보고 서 있더니 흘겨보는 듯한 시선을 콘라드 경감에게로 돌리며 말했다.

"콘라드 경감, 방코랑 씨의 말이 맞네. 정신차리지 않으면 안 되겠어."

기분이 언짢아진 그는 사정없이 콘라드를 몰아세웠다.

"아리슨은 층계를 뛰어내려오지 않았네. 자네는 이 벽의 핏자국을 어떻게 보았지? 확대경을 사용하지 않은 모양이군. 그러고도 조사했다고 말할 수 있겠나? 이건 오른손 손가락 자국일세. 아리슨이 달려 내려오며 묻힌 거라면 왼쪽 손가락이 찍혀 있어야겠지. 그리고 확대경만 갖다댄다면 층계 위에서부터 아래까지 벽에 손톱자국이 나 있는 것을 알 수 있었을 걸세. 아리슨은 누군가의 오른쪽 어깨에 발을 위로 하고 머리를 등 뒤로 하여 들쳐 업혀 있었던 걸세. 층계 아래쪽으로 끌려오는 동안 어떻게든지 상대방의 걸음을 멈추게 할 생각으로 헛되이 벽을 붙잡았던 거지."

남작은 호되게 다그쳤다. 강철 스프링처럼 팽팽한 몸이 더욱 단단해 보였다. 쑥 내민 촛대의 여섯 개의 촛불이 그의 다부진 턱 근육과 외알박이 안경 속에 숨은, 지나칠 정도로 차가운 눈빛을 비추었다. 그는 다시 눈길을 방코랑에게로 옮겼다.

"그런데 방코랑 씨, 당신은 어떻게 아셨지요? 당신도 이 핏자국을 지금 처음 보셨을 텐데……."

방코랑은 어깨를 움츠리며 대답했다.

"아닙니다, 우리는 이미 한차례 여기에 와보았습니다. 관리인의 시체가 처음으로 발견되었을 때의 일입니다. 그 조사에 대해 지금까지 잠자코 있었던 것뿐입니다. 우리의 수사 방법은 당신도 잘 아실 겁니다. 프랑스 경찰에서는 발표해도 괜찮을 시기가 올 때까지 공연한 말을 입밖에 내지 않는 것을 방침으로 하고 있지요."

"앞으로 가세, 콘라드 경감." 폰 아른하임 남작이 씁쓸하게 말했다.

다시 경감을 앞세우고 우리는 층계를 올라갔다. 폰 아른하임 남작은 콘라드 경감의 뒤에서 말을 걸었다.

"범인이 아리슨에게 불을 뒤집어씌운 것은 층계 아래까지 옮겨온 뒤의 일일 걸세. 그 점을 나중에 조사해 주게. 설마 타고 있는 불덩이를 어깨에 얹고 내려올 수는 없었을 테니까."

방코랑은 벽 위로 손전등을 비추면서 찬찬히 핏자국을 조사하였다. 나는 그의 어깨너머로 바라보았다. 여느 사람이 보아서는 비틀거리는 몸을 버티기 위해 안간힘을 쓰던 와중에 묻힌 것으로밖에 생각되지 않았다. 시꺼멓게 더럽혀져 있을 뿐, 지문 자국이 어떤 모양인지도 알 수 없었다. 그러나 조금이나마 지문 지식을 가지고 있는 사람이라면 그것이 거꾸로 묻어 있다는 것을 한눈에 알아볼 수 있으리라. 상당히 높은 곳을 비춰보고 있던 방코랑이 나를 돌아다보며 묘한 미소를 지어보였다.

"제프, 이 일을 잘 기억해 두게. 가슴에 분명히 새겨둬."

누가 말하지 않아도 콘라드 경감은 나보다 훨씬 더 이 층계에서 있었던 일을 가슴에 깊이 새겨두었을 게 틀림없다. 그는 이미 층계를 다 올라가 한숨돌리면서 우리가 올라오기를 기다리고 있었다. 이때 코밑수염 끝을 깨물고 있는 그의 모습은 이날 밤의 광경을 평생 잊지 않겠다고 다짐하고 있는 듯했다.

층계에는 자단나무에 황홀하리만큼 정교한 조각을 새긴 난간이 둘러져 있었으며 긴 복도가 이어져 있었다. 왼쪽은 어둠 속에 잠겨 있고 오른쪽으로 새로운 문이 보였다. 넓은 홀은 쥐 죽은 듯 조용했다. 미처 날뛰는 바깥의 폭풍우도 두꺼운 성벽과 지붕으로 가로막혀 이곳에서는 전혀 느낄 수 없었다. 이제야 겨우 우리는 까맣게 올려다보이는 해골탑을 반쯤 올라온 셈이다.

콘라드 경감이 부동 자세로 공손하고 은근한 말투로 보고했다.

"아른하임 남작 각하! 복도 왼쪽에 방이 있는데, 옛날 메이르쟈 씨가 거실로 쓰던 곳입니다. 그 안에도 층계가 있고, 그 위로 방이 있습니다. 층계로 윗방과 통해 있지요. 모두 다 예전 그대로 보존되어 있습니다. 그러나 지금 안내하는 것은 오른쪽 문입니다. 그 끝은 해골의 한쪽 둥근 탑으로 통해 있는데, 그곳에서 관리인의 시체가 발견되었습니다. 저는……."

경감은 말을 끊고 뒤돌아보았다. 방코랑은 층계를 다 올라간 곳에서 창에 끼운 거무스름한 색유리를 들여다보고 있었다. 그의 눈은 이상한 빛을 내뿜고 있었다. 그러나 폰 아른하임 남작이 소리를 치자 순순히 우리 옆으로 다가왔다. 콘라드 경감이 오른쪽 문을 열었다.

빌어먹을! 또 층계였다. 어디까지 가야 끝날 것인지!

이 둥근 탑은 해골 안쪽에 가까이 붙어 있었다. 지름이 겨우 6미터밖에 안 되었지만, 꼭대기에 또 방이 있는지 층계가 거기까지 높게 뻗어 있었다. 우선 아래층 홀을 손전등으로 비추자 난로 옆에 쳐놓은 은 칸막이와 고블랭직 양탄자가 보여 눈을 크게 떴다.

이 귀한 양탄자는, 설명할 필요도 없겠지만, 루이 14세의 태평성대를 기리기 위해 1년에 91센티미터씩 짜내었다고 전해지는 것이었다. 층계를 다 오르자 거친 돌벽이 호두나무 판자에 교묘하게 가려져 있었다.

꼭대기 방은 카펫도 깔리지 않은 맨바닥으로, 돌벽에 활구멍이 뚫려 있었다. 갑자기 프리츠가 두 번째 비명을 질렀다.

방이라고 할 것까지도 없지만, 아무튼 그곳은 두 부분으로 나누어져 있었다. 우리는 그 사이의 좁은 칸막이 옆에 멈춰섰다. 눈앞의 돌벽에는 활 모양의 길다란 문이 달려 있었다. 프리츠가 그 문을 열고 탐조등 빛을 안으로 비춘 순간, 까닭을 알 수 없는 공포의 부르짖음이 내 목구멍 속에서 치밀어 올라왔다.

……관리인의 시체…….

우선 사나이의 머리가 보였다. 푸줏간 앞에 진열된 황소처럼 거꾸로 매달린 희끄무레한 흰 머리털이 난 머리가 바닥에 닿을 듯이 드리워져 있었다.

녹슨 쇠사슬이 몸통을 칭칭 감아 겨드랑이 밑에서 벽으로 툭 튀어나온 굵은 못에 단단히 붙들어매어져 있었다. 뼈가 불거진 팔이 소맷부리로 쑥 나와 있는 모습은 몸서리쳐질 정도로 기분 나빴다.

더 이상 말하지 않겠다. 기분 좋은 이야기는 아니니까. 죽은 뒤 1주일 가까이나 그렇게 매달려 있었던 모양으로 코를 찌르는 냄새가 그 사실을 분명히 말해 주었다.

탐조등 불빛이 앞뒤 좌우로 마구 흔들거렸다. 프리츠의 손이 걷잡을 수 없을 정도로 떨리고 있었기 때문이다. 프리츠는 알아들을 수 없는 말을 중얼거리더니 느닷없이 탐조등을 폰 아른하임 남작의 손에 억지로 맡기고 층계를 구르듯이 달려 내려가 도망쳐 버렸다.

"아니, 여보게." 아무리 폰 아른하임 남작이라지만 긴장한 나머지 말투가 달라져 있었다. 이윽고 내 뒤에서 울부짖는 듯한 소리가 들렸다.

"우두커니 서 있지 말고 함께 들어가보십시다, 마르 씨. 길이 막혀 지나갈 수가 없군!"

"여기까지 오기는 했지만, 나는 그다지 심장이 튼튼한 편이 못 됩니다. 여기서 기다리고 있겠습니다."

내가 말했다. 폰 아른하임 남작은 말없이 고개를 끄덕이며 방코랑에게 눈짓했다. 방코랑은 태연한 모습으로 내 옆을 지나 남작과 함께 탑 위의 방으로 들어갔다.

갑자기 내 귀에 밖의 처절한 폭풍우 소리가 들려왔다. 지금까지 폭풍우를 완전히 잊고 있었는데 대체 어떻게 된 일인지! 나는 이를 꽉 물었다. 그러지 않으면 몸이 떨려 손전등도 제대로 잡고 있을 수가 없었던 것이다.

그래도 가슴이 두근거리는 것을 누를 수가 없었다.

폰 아른하임 남작은 손을 뒤로 하여 문을 닫았다. 방코랑과 남작이 조급하게 돌아다니는 발소리가 들렸다. 절그렁거리는 쇠사슬 소리,

무거운 물체가 떨어지는 소리가 들렸다. 그 다음에는 독일과 프랑스의 두 명탐정이 나지막하게 뭔가 사무적으로 의논하는 목소리가 들렸다.

오색 유리창

이 기괴한 사건을 지금 돌이켜 생각해 볼 때 가장 강하게 내 인상에 남아 있는 것은, 어둠에 잠긴 성탑 안에서 소리도 없이 닫힌 문을 앞에 놓고 그 안의 소리에 귀를 기울이고 있었던 그때의 일이다. 성탑 밖의 폭풍우도 아랑곳없이 성안을 둘러싼 깊은 침묵이 날카롭게 곤두선 나의 신경을 얼마나 못 견디게 했던가. 눈을 감으면 지금도 생생하게 그때의 광경이 되살아나는 것 같다.

오랜 침묵 끝에 저쪽에서 방코랑의 목소리가 들려왔다.

"총알은 두 발, 둘 다 앞이마에 명중했습니다. 죽은 지 8일쯤 지난 것 같군요."

두 사람 중 누군가가 덜거덕 소리를 내며 일어났다. 이번에는 폰 아른하임 남작의 목소리가 났다.

"하지만 이 방에서 총을 맞지는 않았습니다. 어딘가에서 이리로 끌고 온 듯 바닥의 먼지에 발뒤꿈치 자국이 나 있군요. 아니, 이건 수갑이 아니오! 쇠사슬에 수갑이 채워져 있군요. 기름까지 발라 손질을 잘했는데요."

다시 문 안이 잠잠해졌다. 발소리만 요란하게 들려왔다.

폰 아른하임 남작의 목소리가 다시 들려왔다.

"정말 살풍경한 방이로군. 세간이 하나도 없을 뿐만 아니라 창문도 없지 않습니까! 지금까지 이 방을 쓰기나 했었는지 의심스럽군요."

"메이르쟈가 일할 때 쓰는 방이었다고 들었습니다. 그 역사적인 마술사는 창문 하나 없는 이 어두컴컴한 방에서 무한한 환상을 펼치며 기괴한 꿈을 짜내었던 겁니다. 그가 이 옛 성에서 살던 무렵, 그는 늘 이 방에 틀어박혀 지냈답니다. 그리고 남이 방안을 보는 것을 이상할 정도로 싫어했다고 합니다."

"문은 조사해 보았겠지요?"

다시 침묵. 잠시 뒤 독일 탐정이 낮게 말했다.

"방코랑 씨, 이 널빤지는 미닫이로 되어 있는 것 같군요. 미국에는 사람들이 '스피크이지'라고 부르는 비밀 술집이 있는데, 그것과 똑같은 구조입니다. 누군가가 층계를 올라오면 이쪽에서 이 미닫이를 한 치도 열지 않고서도 저쪽 상황을 알 수 있도록 장치한 것이지요. 문에는 튼튼한 자물쇠가 걸려 있는데, 열쇠는 옳지, 여기에 떨어져 있군요."

"이건 살인범이 우리에게 발견되게 하기 위해서 일부러 떨어뜨려둔 것으로밖에 생각할 수 없습니다."

"메이르쟈의 작업실이었다고 했지요……. 아무리 그렇다 해도 가구와 실내 장식이 너무 없는 것 같군요. 아, 잠깐만 기다리십시오. 저기에 뭔가가 있는 것 같습니다. 손전등으로 비춰 주십시오."

"뭐가 있습니까?" 방코랑이 물었다.

문 저쪽에서 갑자기 발소리가 요란스럽게 울려나오고 줄곧 부스럭거리는 소리가 들렸다. 이윽고 두 사람 중 누군가가 무릎의 먼지를 터는 소리가 들렸다. 폰 아른하임이 말했다.

"신문지로군요, 한 뭉치나 있는데 모두 다 옛날 신문입니다. 영국 신문뿐인 것 같군요, 〈런던 타임스〉도 있습니다. 1913년 10월 25일자로 되어 있군요, 이것은 일단 내가 보관해 두기로 하겠습니다. 대충 조사는 다 한 것 같군요, 방코랑 씨. 이 방의 수사는 이 정도로 일단락 지읍시다. 다음 조사로 들어가기 전에 경찰 의사의 보고를 들어두지 않겠습니까?"

문이 열리고 두 사람의 모습이 나타났다. 폰 아른하임 남작은 큰 열쇠를 꺼내 바깥쪽에서 자물쇠를 채웠다. 방코랑이 등 뒤에서 손전등 빛을 비추고 있었으므로 남작의 그림자가 보기 흉하게 일그러져 커다랗게 천장을 기어다녔다. 그는 오른팔에 갈색으로 빛바랜 신문지 한 뭉치를 끼고 있었다. 남작은 웃는 얼굴을 내 쪽으로 돌리고 말했다.

"마르 씨, 콘라드 경감은 어디로 갔습니까? 아래층으로 갔습니까? 층계 아래에서 등불이 움직이는 것 같군요."

우리는 층계를 두 층 내려가서 호두나무 널빤지를 빙 둘러친 방으로 들어갔다. 수많은 촛불이 빛나고 있었다. 커다란 은촛대가 벽에서 몇 개나 나와 있었는데, 콘라드 경감이 일일이 불을 붙여놓았기 때문에 수많은 촛불이 벽에 붙은 거울에 비쳐서 방안이 찬란하게 빛났다.

색실로 짠 벽 휘장의 금실은실이 동시에 번쩍이고 있었다. 짙은 녹색 천에 말을 타고 사냥하는 모습이 뚜렷이 보였다. 콘라드 경감은 대리석 테이블 옆에 의자를 붙이고 앉아 벌레 씹은 표정으로 기다리고 있었다. 그는 폰 아른하임 남작의 모습을 보자 벌떡 일어나 똑바로 섰다. 남작은 테이블 위에 신문지를 놓았다.

남작은 확대경을 만지작거리며 입을 열었다.

"죽은 관리인 바우어는 아주 충실한 사람이었습니다. 나는 요즈음

이처럼 감탄해 본 적이 없습니다. 놀랄 정도로 부지런히 일하는 사람이었던 것 같습니다. 왜냐고요? 이 방이든 홀이든 이 옛 성 어디를 가보아도 손질이 아주 잘 되어 있기 때문입니다. 하나하나 다 깨끗이 닦여 있고 먼지 하나 묻어 있지 않거든요. 정말 감탄할 정도로 깨끗합니다. 이것 보십시오!"

폰 아른하임은 테이블 위를 손가락으로 문질렀다.

"이 대리석 테이블에도 먼지 하나 없습니다. 은촛대도 번쩍거릴 정도로 잘 닦여 있고, 마치 누군가가 여기에서 줄곧 살고 있었던 것처럼 말입니다. 어떻습니까, 방코랑 씨, 당신 의견도 마찬가지겠지요?"

성탑 꼭대기에 바깥쪽을 향해 창문이 하나 열려 있었다. 방코랑의 눈이 못 박힌 듯 그것을 바라보고 있었다. 큰 홀에서 문을 지나 이 방으로 들어오면 정면으로 보이는 위치에 있는 창문이었다.

방코랑은 우리 쪽을 돌아보며 말했다.

"나는 지금 바람이 부는 방향에 흥미가 끌리고 있소."

"바람부는 방향이라니요?"

"귀를 기울이고 들어보십시오. 바람이 저 창문에 어떤 식으로 부딪치는지 잘 들어보십시오. 이처럼 심한 폭풍우라면 어떤 창문이나 빗소리가 울려야 마땅할 텐데……, 아직도 짐작이 안 가십니까, 남작? 지금 나는 저 높은 창문을 보면서 무서운 예감이 드는군요."

폰 아른하임 남작은 신문 뭉치를 손바닥으로 툭툭 쳤다.

"당신이 그런 말씀을 하시는 것으로 보아 뭔가 무서운 의미를 발견한 모양이군요. 그게 무엇이지요?"

방코랑은 몸을 돌려 방 안을 유심히 둘러보았다. 그의 눈은 홀로 향한 문에 못 박혀 있었다. 이윽고 그는 우리를 향해 말했다.

"여러분은 알고 있었습니까? 아까 우리가 이 둥근 탑을 도는 층계

를 올라올 때 홀에서 내가 저 짙은 유리를 끼운 창문을 물끄러미
바라보고 있었던 것을?"

폰 아른하임 남작이 대답했다.

"알고 있고 말고요. 거기에 당신의 흥미를 끄는 것이 무언가 있었
습니까?"

방코랑은 천천히 말했다.

"나는 정말 흥미가 끌렸습니다. 탑 밖에서는 저토록 심한 폭풍우가
불어치고 있는데, 저 창문에는 귀를 대도 전혀 빗소리가 들리지 않
았습니다."

폰 아른하임 남작은 숨을 삼켰다. 나도 깜짝 놀라 이상한 느낌을
받았던 것을 기억해 냈다. 그때에는 무슨 의미가 있는지 이해할 수
없었지만, 방코랑의 그때 동작은 정말 이상하기 짝이 없었다. 홀이
기이할 정도로 고요했던 것도 생각났다.

죽음과도 같은 정적, 어렴풋하게 멀리서 벽의 돌을 덮치는 바람소
리가 땅울림처럼 전해져올 뿐이었다. 폰 아른하임 남작은 천천히 모
자를 벗고 금발을 위로 쓸어올렸다.

"맞아! 그랬었지. 나도 정말 멍텅구리였군! 내가 생각해도 기가
막힐 정도로 우둔했어. 이 성의 본디 주인인 메이르샤는 당시 이름
을 날리던 마술사라서……, 이 건물에 어떤 장치를 해놓았을지도
모르지요……. 벽 사이에 통로를 만들었을까?"

방코랑은 홀 쪽으로 난 문의 오른쪽 벽으로 한발 한발 다가갔다.
드리워져 있는 벽 휘장을 젖히자 호두나무 판자가 나타났다. 가까운
판자를 확 밀치자 통겨지듯 열렸다.

"이 안은 층계로 되어 있군요. 해골에 해당되는 부분을 돌고 돌아
서 땅 밑에까지 내려가 있는 모양입니다. 폭풍우의 울림 소리로 볼
때 그렇게 판단이 됩니다. 여러분, 손전등을 부탁합니다! 안을 조

사해 보지 않겠습니까?"

"콘라드 경감, 자네는 이 방에 남아 이 문을 지켜 주게." 폰 아른하임 남작이 명령을 내렸다. "곧 코블렌츠에서 경찰들이 도착할 텐데, 도착하거든 2층으로 데리고 가게."

우리는 손전등을 들고 방코랑의 뒤를 따라 벽 속의 빈 곳으로 들어갔다. 축축한 곰팡내가 코를 찔렀다.

방코랑이 중얼거렸다.

"해골의 머리에 해당되는 이 부분에서 벽이 이중으로 되어 있는 것입니다. 물론 메이르쟈 시대보다 훨씬 옛날에 만들어진 것일 테지만."

방코랑은 왼쪽 벽을 똑똑 두들겨보았다.

"이 왼쪽이 탑의 실제 벽입니다. 저기 창문이 보이지요? 흐린 유리가 끼워진 창문 말입니다. 아까 방에서 본 건 창문 모양으로 되어 있을 뿐, 지금 보이는 저 창문과 마주보도록 만들어져 있는 겁니다. 그러므로 거기서 내다보아야 아무것도 보이지 않습니다."

폰 아른하임이 고개를 끄덕이며 말했다.

"아까, 층계 위쪽에 핏자국이 보이지 않았던 것도 여기에 그 까닭이 있는 것 같군요. 자, 보십시오! 거기 묻어 있는 건 핏자국일 겁니다. 손전등을 비춰 주십시오. 틀림없이 핏자국입니다. 아리슨은 이 층계로 업혀 올라온 다음, 아까의 그 층계로 나온 것입니다. 이곳을 더듬어나가면 틀림없이 아리슨이 총 맞은 장소가 발견될 것입니다."

벽과 벽 사이의 좁은 공간에 폰 아른하임의 목소리가 공허하게 울렸다. 층계에 핏자국이 묻어 있을 것 같아서 우리는 증거를 짓밟지 않도록 주의하며 걸었다. 너무나 어둡고 좁아 숨이 막힐 것만 같다. 생각하면 이 사건은 모두 층계의 악몽이라고 해도 좋을 것이다.

이런 일은 콘라드 경감에게 맡겨두면 그만일 것이다. 옛 성이니 하는 것은 모두 미궁 그 자체이다. 만일 이 안에 열두 명의 사람이 숨어 있다고 해보자. 비록 일개 소대의 수사대를 동원한다 하더라도 그중 한 사람을 잡아내는 일조차 곤란할 것이다.

관리인의 시체는 이 안에 며칠 동안 버려져 있었음에 틀림없다. 그 뒤 살인귀의 악마 같은 변덕이 위층까지 떠메고 올라가 성탑 벽에 쇠사슬로 매달았던 것이다.

층계가 끝났다. 막다른 곳에 이르자 꽉 닫힌 나무 문이 있었다. 방코랑은 그 문을 밀고 손전등을 비춰보았다. 지저분한 작업복과 물통, 빗자루와 자루걸레 등이 보였다.

"벽장 안쪽이로군." 방코랑이 말했다. "흐음, 바깥쪽 문에는 자물쇠가 채워져 있고……. 아, 잠깐만!"

그는 손전등을 주머니에 집어넣고 몸을 반쯤 내밀어 자물쇠가 채워져 있는 문에 어깨를 부딪쳤다. 또 한 번 부딪치자 몹시 삐걱거리며 문이 열렸다. 통을 차던지고 우리는 돌진했다. 더러운 걸레와 가루비누가 썩는 냄새를 풍겼다. 폰 아른하임 남작의 발부리에서 무서운 소리를 내며 넘어지는 것이 있었다. 방코랑이 손전등을 꺼내 비추니 8리터들이 양철통이었다. 그 주둥이에서 우유처럼 하얀 물이 바닥 위로 쏟아졌다.

"석유통이군. 그렇다면 이곳은 관리인의 방이었던 모양입니다. 우리는 한 바퀴 빙 돌아서 성 입구까지 되돌아온 셈입니다."

천장이 낮고 악취가 풍기는 방이었다. 한쪽 구석에 쇠로 만든 침대가 있었다. 그 위에 여기저기 기운 이불이 얹혀 있었다. 손전등으로 비추어 보니 침대 반대쪽 구석에 커피포트를 올려놓은 난로가 있었다. 설거지통에는 접시가 담긴 채였고, 작업복이 못에 걸려 있었다. 벗겨지기 시작한 벽에 화보에서 오려낸 듯한 큰 천연색 사진이 붙어 있었다. 로미오로 분장한 마일런 아리슨의 초상화였다. 그 얼굴에는 뭔가 눌어붙어 더러워 보였다.

"최근 누군가가 바닥을 닦은 흔적이 있군요." 폰 아른하임이 말했다.

방코랑은 오른쪽의 작은 나무문을 열어보며 말했다.

"생각한 대로 관리인의 방입니다. 이 바깥 통로는 아까 우리가 지나간 곳이군요."

방코랑은 다시 방 한가운데로 되돌아가서 손목시계를 흘끗 바라보았다.

"하룻밤 수사로 이 정도면 충분히 성과를 올렸다고 할 수 있겠지요. 나도 약간 피로한 느낌이 드는군요. 그리고 그럭저럭 벌써 1시가 다 되었습니다. 뒷일은 콘라드 경감에게 맡기고 오늘밤은 그만 돌아가는 것이 어떻겠습니까?"

폰 아른하임 남작이 외쳤다.

"그만 돌아가자고요? 이제 겨우 탐험에 손을 댔을 뿐인데! 지금부터 방을 모조리 수사하고……."

남작은 갑자기 말을 끊었다. 그는 잠시 생각에 잠겨 있더니 얼굴을 들고 말했다.

"방코랑 씨, 바른 대로 말해 주지 않겠습니까? 나는 가끔 당신이 좀더 솔직히 행동해 주었으면 하고 생각할 때가 있지요. 당신 행동에는 '반드시'라고 해도 좋을 정도의 어떤 이유가 있습니다. 깊은 뜻이 있습니다. 다시 말해서 때로는 놀고 싶어서 놀고, 연극을 보고 싶어서 극장에 가는…… 그렇게 단순해질 수는 없을까 하는 생각이 듭니다. 당신의 행동이 아무리 변덕스럽게 보이더라도 실은 그 속에 사람을 깜짝 놀라게 만들 복잡한 계획이 숨겨져 있는 것이 아닌가요……. 방금 말씀하신 것도 그런 것 같군요. 당신이 돌아가자는 이유가 단순히 피로 때문이라고는 받아들이기 어렵다는 말입니다."

참는 듯한 방코랑의 웃음 소리가 천장이 낮은 방안에 메아리쳤다.

"잘 보셨습니다. 짐작하신 대로 돌아가서 보여드리고 싶은 것이 있기 때문입니다."

폰 아른하임이 말했다.

"우리는 각자 지니고 있는 방침이 있습니다. 방법은 여러 가지로 다르지만, 나는 남의 지혜까지 빌릴 생각은 없습니다. 내 방침은 이 장소에서 수사를 계속하는 겁니다. 당신들이 돌아가고 싶다면 돌아가도 좋습니다. 나는 여기에 있겠습니다. 자, 가시지요. 그러나 말해 둘 일이 있습니다."

그는 손전등을 방코랑의 얼굴에 확 비추었다. 그리고 힘주어 말했다.

"나는 반드시 당신을 이겨 보이겠습니다! 당신의 방침은 잘못되어 있습니다. 내가 지금 당신한테 한 충고를 잊지 마십시오, 방코랑 씨!"

"오래 전 일이지만, 지금과 마찬가지로 당신과 솜씨를 겨룬 적이 있었지요. 마음대로 하시는 게 좋겠지요. 자, 제프. 우리는 이만 돌아가기로 하세. 프리츠에게 일러 배를 내도록 해주게. 자네 의견을 배 안에서 듣기로 하세나."

폰 아른하임 남작이 손을 내밀며 말렸다.

"아니, 잠깐 기다려 주시오. 이곳에서의 수사에서 서로의 의견이 전혀 일치되지 않은 건 아니오. 일단 그 점은 분명히 해두는 편이 서로를 위해 도움이 되리라고 여깁니다."

갓에 금이 간 석유 램프가 방 한가운데의 단풍나무 테이블 위에 놓여 있었다. 폰 아른하임 남작은 램프의 갓을 들어 불을 켰다. 노란 불빛이 희미하게 방안을 비추었다. 이윽고 나무의자에 앉아 수첩을 펼쳤다.

"일의 순서로 나는 당신들이 조사한 내용을 적어두었습니다. 읽을 테니 들어주시오. 사건은 1930년 5월 20일 월요일에 일어났습니다. 마일런 아리슨의 살아 있는 모습을 본 것은 그날 저녁때가 마지막이었지요. 9시쯤 그가 거실로 돌아가는 것을 샐리 레인 양이 보았습니다. 그러고 나서 조금 뒤…… 9시 30분에서 45분 사이라고 생각되는데, 역시 레인 양이 별장을 나가는 두 사람의 발소리를 들었습니다. 그 사람이란 마일런 아리슨과 그를 죽인 범인이리라고 여겨집니다. 이것은 다른 사람들이 모두 알리바이를 주장하고 있으므로 분명합니다. 물론 이것은 아직 엄밀히 조사할 필요가 있습니다. 이를테면 그중 한 사람은 분명히 거짓 진술을 하고 있는 것이니까요. 두 사람은 모터보트를 탔습니다. 뒤이어 강을 건너가는 보트 소리를 샐리 레인 양이 똑똑히 들었습니다. 10시 15분쯤, 온몸이 불덩이가 된 남자의 모습이 오래된 성 흥벽 위로 달려나왔습니다."

폰 아른하임 남작은 여기까지 읽고 나자 거만한 태도로 담뱃갑을 꺼내더니 담배를 한 개비 뽑아 천천히 불을 붙였다. 그는 다시 읽기 시작했다.

"오늘밤 우리는 성안에서 갖가지 사실을 발견함으로써, 9시 30분부터 45분 사이에 어떤 일이 일어났는지 짐작할 수 있게 되었습니다. 그동안 살인범은 아리슨을 설득하여 강을 건너 오래된 성으로 가는 데 승낙하도록 만든 것으로 여겨집니다. 그보다 조금 전에 레인 양이 보았듯이 아리슨은 거실로 돌아갔으므로 살인범 쪽에서 아리슨의 방을 찾은 것이 틀림없습니다. 두 사람이 아리슨의 방에 있는 동안 아리슨의 침실로 가서 권총을 가져온 사람이 살인범이었느냐 아니면 아리슨 자신이었느냐 하는 것은 그다지 큰 문제가 아닙니다. 왜냐하면 아리슨이 상대방을 의심하지 않은 살인범으로부터 이런 말을 들었다면, 자신도 모르는 사이에 그 수단에 말려들었을 게 틀림없기 때문이지요. '밤 사이 성안에 어떤 흉악한 도둑이 숨어 있을지도 모르니, 모제르 총을 나에게 맡기시오, 당신 신변은 반드시 지켜드릴 테니까요……. '"

폰 아른하임은 또 잠시 말없이 담배를 피우고 있었다. 방코랑은 벽에 몸을 기댄 채 팔짱을 끼고 반쯤 눈을 감고 있었다. 남작은 다시 말을 이었다.

"이리하여 아리슨은 보트를 타고 건너갔습니다. 두 사람은 관리인에게 문을 열라고 소리쳤습니다. 그들이 밤에 성을 찾은 것은 뭔가 두 사람의 논의 끝에 갑자기 생각난 일이 있어서인지, 아니면 처음부터 밤에 오래된 성을 찾아가기로 되어 있었던 것인지 거기까지는 상상하기 어려운 일이지만, 아무튼 살인범은 아리슨을 죽일 목적으로 관리인의 방까지 끌어들인 게 틀림없습니다. 살인범은 여기서 총을 쏘았습니다. 죽일 목적을 완수하기 위해 관리인의 목숨까지 동시에 빼앗았습니다. 우선 관리인의 시체를 비밀 층계에 숨겼습니다. 아리슨은 허파에 총상을 입고 쓰러졌습니다. 살인범은 벽장에서 석유통을 꺼내 아리슨의 옷에 석유를 붓고 나서 헝겊이나 걸레를 꺼내 정성들여 바닥의 핏자국을 닦아냈습니다. 만일 여기서 핏자국을 발견하게 되면 경찰 수사는 특히 이 방을 중심으로 면밀히 행해질 것이며, 그 결과 비밀 층계까지 폭로될 염려가 있으므로……."

"잠깐만 ! " 방코랑이 끼어들었다. "살인범은 왜 그렇게까지 비밀 층계가 발견될 것을 두려워했을까요 ? "

폰 아른하임은 어깨를 약간 으쓱하면서 대답했다.

"무엇 때문에 아리슨을 굳이 위층으로 옮겨갔는지 나로서는 아직은 설명하기가 힘듭니다. 그러나 이 핏자국을 보면 이것만은 짐작할 수가 있습니다. 살인범은 아리슨을 들쳐업고 비밀 층계를 올라가고 이어서 바깥 층계를 내려가 큰 홀로 나갔다는 것과, 그리고 석유를 뿌린 옷에 불을 붙였다는 것입니다. 잔학무도한 악마처럼 흉하게 비뚤어진 심리가 이성을 잃고 저지른 짓이라고밖에 생각할 수가 없겠지요.

아리슨은 결코 가벼운 체격이 아닙니다. 그런데도 살인범은 그를 들쳐업고 그 긴 층계를 올라가 갖은 애를 쓴 끝에 불덩어리로 만들어 성벽 아래로 굴러떨어뜨렸어요. 이것도 역시 단순한 변덕이라고 말할 수 있을 겁니다.

그리고 며칠 뒤 이 잔혹한 살인범은 다시 오래된 성으로 왔습니다. 관리인의 시체는 비밀 층계에서 끌려나와 탑 위의 방에 있는 높은 못에 매달리게 되었습니다.

이것은 나중에 한 일이었습니다. 이제 순서대로 아리슨의 죽음부터 검토해 가기로 합시다. 그 옷에 불을 붙인 뒤 살인범은 행동의 결과를 확인하기 위해서인지 잠시 동안 거기에 머물러 어떻게 되는가를 지켜보고 있었습니다. 그가 모습을 감춘 것은 집사인 호프만과 프리츠가 성문 앞 산길로 올라오는 것을 보았기 때문입니다. 그는 몸을 돌리기가 무섭게 곧 모습을 감추었습니다. 아마 비밀 층계를 이용하여 이 방으로 뛰어들지 않았나 생각됩니다. 호프만과 프리츠에게 들키는 것이 싫었기 때문이지요."

"그 점이 문제입니다!" 방코랑이 말참견을 했다. "내가 보기에 살인범은 이 방에 머물러 있지 않았습니다. 호프만과 프리츠가 성문에 닿았을 때, 그는 벌써 이곳을 벗어났음에 틀림없습니다. 두 하인은 강물결을 헤치고 돌아가는 모터보트 소리를 들었다고 말했습니다."

폰 아른하임은 한순간 망설이는 태도를 보였으나 곧 마음을 정하고 말했다.

"아, 그럴지도 모르지요! 그러나 그것은 그다지 중요한 문제가 아닙니다. 그는 비밀 층계로 달려 내려와서 이 문으로 방에 뛰어든 다음 다른 길로 해서 비탈길을 내려가다가 도중에 횃불을 집어던진 것으로 생각됩니다."

폰 아른하임은 수첩을 덮었다. 그는 의자에 버티고 앉아 자신의 말이 틀림없다고 스스로 만족해하는 표정으로 방코랑을 바라보았다. 방코랑은 감았던 눈을 뜨며 말했다.

"정말 멋진 추측입니다. 줄거리는 훌륭합니다. 안타깝게도 당신 스스로도 그것을 진실로 이해하고 있는 것 같지는 않습니다만……."

"뭐라고요? 그럼, 당신은 어떤 의견을 가지고 있지요?"

"내 의견 말입니까? 내 의견은 당신이 늘 하는 방법을 본받아 지금은 잠시 덮어두기로 하겠습니다. 그러나 가설을 세우면 이 미치광이같이 괴상한 사건을 누구나 이해가 가도록 설명해야 할 의무가 있습니다.

첫째, 어째서 피해자의 몸에 불을 붙여 사람들을 놀라게 할 필요가 있었는가? 둘째, 어째서 관리인의 시체를 살해된 며칠 뒤에 쇠사슬로 매달아둘 필요가 있었는가?"

"그 설명은 간단히 할 수 있지요." 폰 아른하임은 자기 손가락 끝을 가만히 바라보며 말했다. "나는 이 헌 신문 뭉치를 발견하고 내 주장이 옳다는 것을 확인하게 되었습니다."

방코랑이 곧 그 말을 받았다.

"솔직히 말씀드려 나는 나대로의 의견이 있습니다. 앞으로도 나대로의 수사를 계속할 생각입니다. 단서는 진흙투성이가 된 구두 한

켤레와 문 아래에 떨어져 있던 노트인데…… ."

폰 아른하임 남작이 수첩을 쳐들며 외쳤다.

"문 아래에 떨어져 있었던 노트라고요 ? 나는 아직 그런 말을 듣지 못했습니다 ! 누가 문 아래에 노트를 떨어뜨렸지요 ? "

"내가요. 그럼, 오늘밤은 이만 편히 쉬십시오, 폰 아른하임 남작."

우리는 어두컴컴한 통로 밖으로 나왔다. 폰 아른하임 남작은 뒤에 남아 테이블 앞에서 일어서려고도 하지 않았다. 석유 램프의 빨간 빛이 그의 옆얼굴을 창백하게 비추었다. 그의 외알박이 안경과 결투에서 받은 옛 상처 자국을…… . 그는 입 끝을 바짝 당겨 붙이고 두 손으로 수첩을 움켜쥐고 있었다. 무의식적이긴 하지만, 고양이가 먹이를 보고 날카로운 발톱을 세우고 있는 듯한 모습이었다. 밖으로 나오자 방코랑이 말했다.

"제프, 내가 예언을 해주지. 폰 아른하임 남작은 나를 앞지르고 싶은 생각으로 가득 차 있네. 자기의 계획대로 일찍이 명배우 마일런 아리슨이 화려했을 무렵 무대에서 관중을 깜짝 놀라게 했던 것처럼, 아니, 그 이상으로 모두를 놀라게 하고 싶어하는 걸세. 그의 성격은 나도 잘 알고 있네. 그는 우리 앞에서 연극을 한 거라네. 튜턴 인종이 세계에서 으뜸가는 민족이라는 것을 보여주고 싶은 거지. 그 훌륭한 연극을 구경하고 싶은 기분도 없지는 않네. 그러나 내게도 역시 반항심이라는 것이 있거든. 멍하니 그의 연기를 바라보고만 있을 수는 없지 않겠는가 ! "

나는 방코랑의 말을 들으며 옛날 이야기를 생각해 냈다. 냄비와 솥이 서로 상대방을 향해 자기보다 더 검다고 하며 비웃었다는 이야기였다.

그래서 나는 말했다.

"문 아래 떨어져 있었다는 노트는 무엇인가 ? "

"아, 그거 말인가? 아무것도 아닐세. 그렇게 말하여 그의 반응을 알아본 것 뿐이야. 제프, 아리슨과 관리인 바우어를 죽인 남자는 지금 강 건너 아리슨의 별장에서 편안히 잠들어 있는 중일세. 그러나 그가 편안히 자고 있으면 자고 있을수록 내 계획을 위해서는 좋지. 자, 어서 프리츠를 찾아내어 강을 건너 달래야지."

우리는 해골성을 떠났다. 뒤에서 올빼미 울음소리와 폭풍우의 울부짖음이 계속되고 있었다. 일찍이 마술사 메이르쟈가 괴상한 분위기를 풍기면서 밤마다 돌아다녔다는 그 방들의 깊은 어둠이 그대로 뒤에 남아 있었다. 발소리가 기분 나쁘게 울리는 통로, 가느다란 촛불의 불꽃이 약해지면 도리어 화려하게 일렁거려 보이는 천장, 화살을 쏘기 위한 구멍을 비롯하여 중세의 지혜를 모은 정교한 성채. 그 옛날 용사들의 핏자국도 지금은 쇠와 함께 녹슬어 분명히 알아볼 수가 없지만, 그 사이를 한발 한발 지나오는 동안 어느새 우리의 마음은 함성을 지르며 밀려오는 적군을 멀리 눈 아래로 굽어보는, 갑옷 입은 옛날 전사들의 심정으로 변해 있었다. 권총이 한방 울리는 정도로는 간단히 20세기로 되돌아오기 어려울 것 같았다. 활이며 화살이며 마구(馬具) 냄새가 아직도 코에 배어 있었다. 어둠에 잠긴 한쪽 구석에서는 쇠투구 부딪치는 소리가 들려오는 듯했다.

비탈길을 내려오기 시작하자 폭풍우가 한층 더 무섭게 성벽을 후려갈겼다. 프리츠의 탐조등이 발 밑을 비춰주었다. 나는 벼랑에서 미끄러질지도 모른다는 위험을 잊고 등 뒤의 옛 성을 한 번 돌아다보고 싶은 유혹에 지고 말았다. 바로 해골의 이빨에 해당되는 곳에서 희미한 빛이 노랗게 새어나오고 있었다. 그 나머지는 모두 검은빛에 갇혀 있었다. 그 순간 흉벽 위에 폰 아른하임 남작이 팔짱을 끼고 나타났다.

우리를 내려다보고 있는 것일까? 등 뒤에서 비치는 희미한 빛으로 방수 코트에 싸인 그의 모습이 시꺼멓게 보였다. 우리는 나무 사이를 헤치고 성나 몸부림치는 격류가 허옇게 물보라치고 있는 라인 강 기슭에 닿았다.

사랑의 미로

"제프, 내가 하는 말을 잘 듣게." 방코랑이 말했다.

우리는 가까스로 아리슨 별장의 아래층 홀에 돌아와 있었다. 그물을 씌운 전등 하나만이 우리가 돌아오기를 기다리고 있었다. 그물 사이로 새어나오는 빨간 불빛이 천장에 이상한 그림자를 만들었다. 이처럼 어둠침침한 홀에서 방코랑의 뒤를 바짝 따라오게 되자, 늘 눈에 익은 상대이기는 하지만 그 메피스토펠레스(^{파우스트 전}
설 중의 악마) 같은 옆얼굴이 무어라 말할 수 없이 기분 나쁘게 느껴졌다.

젖은 구두가 뒤꿈치에 달라붙은 것도 우울한 기분을 자아내는 원인이었다. 간신히 여기까지 닿기는 했으나, 지금도 눈을 감으면 우리가 탄 보트를 장난감처럼 가지고 놀던 라인 강의 격류가 귓전에서 무서운 소리를 내고 있는 듯한 착각을 일으켰다.

방코랑은 작은 목소리로 속삭였다.

"내 방은 마일런 아리슨이 쓰던 방으로 바꾸었네. 짐은 하인에게 옮겨놓도록 했지. 자네는 먼저 정해진 방으로 들어가게. 2층 복도 오른쪽 한가운데였지? 왼쪽 옆방이 레인 양의 방이고 오른쪽 옆이 폰 아른하임 남작의 방일세. 자네 방과 레인 양의 방 사이에는 문이 있네. 자네와 나는 층계를 올라가서 일부러 큰 소리로 잘 자라는 인사를 한 뒤 좌우로 각기 헤어지는 걸세. 방으로 들어가 10분쯤 지나거든 자네는 레인 양 방과 사이에 있는 문을 두들기게. 그녀가 큰 소리를 내지 않도록 미리 주의해 두기 바라네. 대단히 중대한 볼일이므로 다른 사람이 눈치채지 못하도록 하라고 일러두어야 하네. 무슨 볼일이냐고? 내가 급히 만나고 싶어한다고 전하게. 소리를 내어 집안 사람들이 알게 되면 좋지 않아. 알겠나?"

"알았네. 하지만 무엇 때문에 그런 일을 하는 거지?"

"이유 말인가? 그건 곧 알게 돼. 어쩌면 내가 엉뚱한 짐작을 했는지도 모르네. 그렇게 되면 공연한 소동을 일으켜 약간 난처해질 테지만, 그러나 아무튼 한 번 해볼 만한 가치가 있는 소동이라고 생각하네. 틀림없이 그녀는 뭔가 알고 있네. 그녀가 이야기할 생각만 있다면 이 복잡한 사건을 단숨에 해결하는 열쇠를 말해 줄 걸세. 나도 망설여지는 약삭빠른 짓이지만……. 그리고 또한 내가 만든 함정으로는 이것이 가장 악질적인 것으로 생각되지만, 그러나 이것만 해내게 되면 사건의 전모가……."

방코랑은 전등 불빛에 얼룩진 얼굴로 주위를 한 바퀴 빙 둘러보았다. 홀 구석구석은 짙은 어둠에 싸여 있었다.

"자, 시작하세."

저택 안은 이미 소리도 없이 잠들어 있었다. 우리는 일부러 발소리를 크게 내며 층계를 올라갔다. 2층으로 올라가자 방코랑은 큰 소리로 오늘 밤의 모험을 위로하고 나서 복도 모퉁이를 돌아 모습을 감췄다. 나는 방문을 열었다.

탁상 램프가 침대 옆에 켜져 있었다. 여행 가방 안은 깨끗이 정리되어 솔은 장롱 위에, 면도 용구는 욕실로 옮겨져 있었다. 파자마는 얌전히 개커서 침대 위에 놓여 있었다.

나는 젖은 구두를 벗고 실내복으로 갈아입었다. 팔걸이의자에 몸을 묻고 담배에 불을 붙여 물었다. 그리고 무섭게 창유리를 두드리는 빗줄기를 멍하니 바라보았다. 맨틀피스를 장식하고 있는 청동 시계의 긴바늘이 차츰 1시 30분에 다가가고 있었다. 이윽고 부르르 하고 가쁜 신음 소리를 내더니 땡! 하고 쓸쓸하게 한 번 쳤다. 그리고 다시 똑딱똑딱 단조로운 소리를 계속 내었다. 그 소리가 기묘하게도 불안을 불러일으키는 것 같았다.

벽지의 무늬로 눈길을 돌리자, 이것도 역시 신경질적인 사람이 고른 모양이어서 자꾸만 내 신경을 자극했다. 생각해 보면 나는 이 사건에서 멀쩡한 바보가 된 것 같았다. 그래도 그전에 런던에서 부딪쳤던 잭 케치 사건 때는 날카로운 머리를 움직여 사건 해결에 적잖이 도움을 주었었는데, 이번 사건의 경우는 전혀 영감이 떠오르지 않았다. 무능한 나 자신에 화가 치밀어올라 나도 모르게 욕을 내뱉었다. 그러는 가운데 졸음이 오기 시작했다. 나는 얼른 일어나 아까 방코랑이 부탁한 대로 샐리 레인의 방으로 통하는 문을 가만히 노크했다. 그녀는 아직 자고 있지 않았는지 곧 대답했다.

"누구세요?" 이어서 의자에서 몸을 일으킨 듯 나무 긁히는 소리가 들렸다.

"제프리 마르입니다. 이 문을 열어주십시오, 중요한 일이 있습니다."

빗장을 뽑는 소리가 나고 문이 열렸다. 어둠 속에서 샐리 레인이 얼굴을 내밀었다. 미인이라고는 할 수 없지만, 머리카락이 조금 흐트러져 있는 모습이 매력적이었다. 깜짝 놀란 까만 눈동자에 한쪽 눈썹이 치켜올라가 있었다. 귀여운 입술에서 '피이' 하는 듯한 소리가 새어나왔다.

"무슨 일이지요? 이렇게 늦게 여자의 방문을 노크하다니, 탐정님 답지 않은 짓이군요."

"장난이 아닙니다. 아주 진지한 일입니다. 할 이야기가 있으니 이리로 들어와 주시겠습니까? 소리를 내면 안 됩니다. 나는 절대로 ……."

"걱정하지 마세요, 그건 알고 있어요. 지금 곧 가겠어요."

샐리 레인은 인형이 걷는 것 같은 걸음으로 내 방에 들어왔다. 검정과 빨간색이 섞인 화려한 실내복을 입고, 빨간 슬리퍼를 신고 있었다.

"당신 저 문에," 샐리 레인은 복도로 나 있는 문을 턱으로 가리켰다. "자물쇠를 채워두었겠지요? 나는 이처럼 말괄량이이지만, 명예만은 소중히 하지 않으면 안 되니까요."

그녀는 거침없이 테이블로 다가가 그 끝에 걸터앉더니 두 손으로 한쪽 무릎을 끌어안았다. 그리고 그 자세로 몸을 아래위로 흔들어대며 못마땅한 듯이 나를 바라보았다.

"나는 자고 있지 않았어요. 불은 끄고 있었지만, 창문 옆에서 생각을 하고 있었어요. 볼일이란 무엇이지요?"

나는 방코랑의 말을 전했다. 그녀는 잠자코 듣고 있었는데, 그 동안에 차츰 저항의 불쾌감으로 얼굴 표정이 굳어져가는 것을 숨기지 못했다. 그래도 목소리만은 억누르며 말했다.

"당신 친구는 마치 멜로드라마 작가 같군요. 대체 나에게 무슨 볼일이 있다는 거지요?"

"글쎄요, 나도 잘 모릅니다."

"정말 모르세요? 아무튼 좋아요, 그렇게 믿겠어요. 나는 당신 친구분의 속셈을 훤히 들여다보고 있어요. 맞춰볼까요? 나를 이런 한밤중에 불러내어 꼬치꼬치 파고들어 내 비밀을 알아내려는 거예요, 말하자면 일종의 상냥한 고문이지요. 그분다운 수법이에요. 아프지 않고 자백하도록 만들려는 거예요. 부분 마취로 이를 뽑는 것과 같다고 할까요? 얼마나 아플까 걱정하고 있다가 뜻밖에도 쉽게 뺐기 때문에 안심하고 치과병원의 문을 나와서 이제 됐다고 생각하는 순간, 갑자기 마취 기운이 사라져 아파서 어쩔 줄 모르게 되는 것과도 같지요. 그분과 이야기하면 틀림없이 나중에 그런 기분을 맛보게 될 거예요. 하지만 좋아요. 가보기는 하겠어요."

나는 어깨를 으쓱하며 말했다.

"가고 안 가는 것은 당신 자유입니다. 하지만 되도록이면 가시는 것이 좋을 겁니다. 당신도 사건이 빨리 해결되기를 바라고 계실 테니까요."

"아니에요, 그렇지 않아요. 나는 특별히 해결 같은 걸 바라고 있지는 않아요. 하지만 좋아요. 가지 않겠다는 건 아니에요. 가겠어요. 반대로 그가 어디까지 알고 있는지 그걸 알아보고 싶은 거예요. 결국 협박당하리라는 것은 각오하고 있으니까요."

샐리는 내 얼굴을 보고 싱긋 웃으면서 말을 계속했다.

"지금까지 계속 생각해 온 일이지만, 당신이 이 사건을 담당하고 있었다면 훨씬 좋았을 텐데요. 나는 당신이 상대라면 비록 막다른 골목까지 쫓기더라도 빠져나갈 비결을 알고 있어요. 훌쩍훌쩍 우는 거예요. 그러면 당신은 아마 가엾게 생각하고 화제를 돌릴 게 틀림없어요. 다시 말해서 당신이라는 분은 결코 탐정으로는 맞지 않아요."

건방진 여자라는 생각이 들었지만 나도 건성으로 말해 주었다.

"나 자신도 그렇게 생각합니다."

"나는 지금 신경이 너무 날카로워져 있어요. 누군가가 갑자기 뛰어나와 '이봐!' 하고 소리치면 틀림없이 비명을 지를 거예요. 어찌된 일인지 나 스스로 자신의 기분을 누를 수가 없어요."

샐리는 빨간 슬리퍼로 타닥타닥 소리를 내고 있었다. 그녀의 얼굴 표정으로 보아 아직도 뭔가 생각에 잠겨 있는 듯했다. 나는 얼른 말했다.

"이렇게 늦은 시간에 당신 기분을 상하게 하다니, 아무래도 방코랑의 방법이 잘못된 것 같습니다. 만나지 않고 어떻게 되도록 내가 대신 전해 주어도 괜찮습니다. 문제의 비밀이라고 생각되는 것이 있으면 나에게 이야기해 주십시오."

그녀는 손을 들어 내 어깨를 탁 쳤다. 익살스러운 표정이, 위로 들린 듯한 예쁘장한 코에 약간 주름을 만들었다. 일부러 장난스럽게 웃는 눈동자에 고마워하는 듯한 빛이 엿보였다.

"당신에게 이야기해 봐야 소용없어요. 내가 가겠어요. 달리 방법이 없어요. 그가 오라고 했으니까요. 나는 당당히 토르카머더(토머스 데 토르카머더. 15세기 스페인 종교재판의 심문관) 앞에 나가주겠어요."

전등을 끄고 우리는 방을 나왔다. 발소리를 죽이며 등불이 희미하게 비치고 있는 홀을 지나서 오른쪽 복도 모퉁이를 돌아 방코랑의 방문을 밀었다. 방안은 커튼을 치고 휘장을 둘러 빛이 전혀 밖으로 새어나가지 않도록 되어 있었다.

방코랑은 옷차림을 단정히 하고 서 있었다. 옆의 타이프라이터 책상 위에 탁상 램프가 켜져 있었다. 우리가 들어가자 그는 양탄자를 둘둘 말아서 문 밑에 밀어붙여 그 틈을 막았다.

샐리 레인은 아무렇지도 않은 듯한 태도를 보이고 있었으나, 그것을 너무 의식하고 있는 듯 오히려 부자연스럽고 굳어져 보였다.

"이르신 대로 찾아왔어요. 호위를 데리고 말이에요. 이편이 현명하다고 생각했기 때문이지요. 이야기란 무엇이지요? 이런 한밤중에 할 이야기란?"

"당신을 구해드리고 싶습니다." 방코랑이 샐리 레인에게 의자를 권하면서 부드럽게 말했다. "호위는 없어도 되겠군요, 당신 자신이 이미 훌륭하게 호위 역할을 하고 있지 않습니까?"

"누구를 위해서지요? 무슨 뜻인지 전혀 알아들을 수가 없군요, 그렇게 우회적으로 말하는 방법은 요즘 젊은이에게 적당치 못해요."

"이제 곧 알게 될 겁니다. 내가 당신을 부른 것은 당신의 날카롭게 곤두선 신경을 가라앉혀 드리려 생각했기 때문입니다. 레인 양, 당신은 필요 이상으로 이 사건에 대해 고민하고 있습니다. 그것이 딱해서 그 불안을 덜어드리려고 생각한 겁니다. 사실 그것은 아무 근거 없는 일이니까요."

방코랑은 두 손을 크게 벌리고, 의자에서 몸을 내밀 듯이 하며 이야기하고 있었다. 동정의 빛을 온 얼굴에 띠며 무척 열심인 듯 보였지만 샐리 레인은 믿으려고 하지 않았다. 그러나 냉정을 유지하려는 그녀의 의도는 완전히 헛된 것이었다. 그녀는 두 손이 눈에 보일 정도로 떨고 있었다. 오랜 침묵이 계속되었다…….

"내 말을 믿으라고 해도 그렇게 간단히 믿지 않을 터이므로, 지금 당신 눈앞에 확실한 증거를 보여주겠소."

다시 침묵이 계속되었다. 방코랑의 태도는 진지해서 긴박한 기대가 냉정한 그의 태도 속에 깃들어 있음을 한눈에 뚜렷이 엿볼 수 있었다. 그도 굳이 숨기려 하지 않는 것이리라. 그것은 마치 둔한 북소리가 멀리서 울리고 있는 것 같았다.

샐리 레인은 의자 팔걸이에 걸터앉아 슬리퍼 신은 발을 흔들고 있었다. 눈은 날카롭게 방 구석구석을 훑어보고 있었다. 빗소리가 덧창을 지루하고 단조롭게 두들겼다. 까만 그녀의 머리가 고개를 돌릴 때마다 크게 흔들렸다. 의자 옆에 부딪는 슬리퍼 소리도 초조한 그녀의 기분을 나타내어 차츰 빨라져갔다. 시계의 초침 소리도 신경을 날카롭게 하려는 듯 높아져갔다.

"자, 대체 뭐예요? 나는 아침까지 이런 곳에서 기다리고 있을 수는 없어요!"

그때 무슨 소리가 난 것일까? 내 귀에는 아무 소리도 들리지 않았으나, 방코랑이 귀를 세우고 고개를 갸우뚱했다. 잠시 그러고 있더니 그는 천천히 일어나 샐리 레인의 팔을 움켜잡았다. 그녀는 깜짝 놀란 표정으로 방코랑을 쳐다보았다. 그는 태연히 여자를 문 쪽으로 끌고 갔다. 그녀가 뭐라고 말하려 하자, 방코랑은 잡은 손에 힘을 주어 이야기하지 못하게 했다.

"제프, 자네는 전등 옆에 서 있게. 내가 신호를 하면 곧 등을 끄는 걸세. 레인 양, 지금부터 놀라운 것을 보여줄 테니 정신 바짝 차리고 있어요. 알았습니까? 내가 문을 열면 홀 쪽을 잘 주의해 보시오."

"싫어요! 놓아주세요, 싫어요!"

여자는 공포에 쫓겨 비명을 질렀다. 하지만 그것은 정신을 가다듬어 속삭이는 듯한 낮은 비명이었다.

"나는 그런……."

그러나 그녀는 간신히 자신을 억눌렀다. 나는 전등 스위치에 손가락을 대고 있으면서도 심장이 무섭게 뛰어 금방이라도 터져 버릴 것만 같았다. 방문 앞에 서 있는 샐리 레인의 표정이 한층 더 공포심을 불러일으켰다. 빨강과 검정색이 섞인 눈에 띄는 실내복을 입고 보기 흉하게 얼굴 근육을 긴장시킨 그녀가 거친 숨을 내뿜는 것이 내가 있는 곳에서도 느껴졌다. 그녀의 팔을 움켜잡고 있는 방코랑의 손가락 끝에는 무서울 정도로 힘이 주어져 있어, 트럼프 한 벌쯤 찢을 수 있을 듯했다.

"자, 제프, 전등을 꺼주게!"

긴박한 듯한, 그러나 나직한 명령이 간신히 귀에 와 닿았다. 나는 곧 램프를 껐다. 방은 완전히 어둠에 싸였다. 공포에 찬 암흑이었다. 가만히 있으면 갑자기 뒤에서 뭔가 덮칠 것만 같아 자신도 모르게 머리를 감싸 버리고 싶은 무시무시한 순간이었다.

우리 세 사람의 거친 숨소리가 귀를 때렸다. 방코랑이 조용히 소리나지 않게 문을 열었다. 서서히 홀의 희미한 등불이 어렴풋이 눈에 비쳐왔다.

시선을 모을 필요도 없이 그 희미한 등불 아래 사람의 그림자 두 개가 떠올랐다. 남자와 여자의 그림자로 마주 끌어안은 채 움직이지 않았다. 언제까지나 그대로 가만히 있었다. 무엇을 하고 있는 것일까? 무엇을 보고 있는 것일까?

이윽고 두 그림자는 조용히 움직이기 시작하더니 소리 없이 멀리 사라져갔다. 멀리서 문이 닫히는 소리가 났다. 그리고 또 죽은 듯한 공허가 찾아왔다. 짙은 어둠과 깊은 침묵뿐 아무것도 의식에 떠오르지 않았다. 날카로운 파동이 암흑 속을 타고 와서 나의 피부를 찌르는 듯한 착각에 사로잡혔다. 마치 새로 난 상처를 외과의사가 핀셋으로 쿡쿡 찌르는 것 같았다.

깊은 침묵의 심연에서 갸날픈 외침 소리가 새어나왔다.

"당신은 정말 지독한 사람이군요! 나에게 이처럼 무서운 것을 보여주다니……."

꿈속에서 헛소리를 하는 듯한 목소리였다. 스스로 자신의 눈을 믿으려고 해도 믿어지지 않는 듯한 목소리였다. 너무도 뜻밖의 사실을 보고 놀라운 나머지 미친 듯한 웃음이 터져나오기 직전의 외침 소리였다.

"나는 알고 있어요! 모두 당신이 꾸민 일이에요. 일부러 나에게 보여주려고 말이에요."

"제프, 그만 됐네! 전등을 켜 주게." 방코랑이 말했다.

방안이 갑자기 환해졌다. 샐리 레인은 이미 팔걸이의자에 앉아 있었다. 얼굴빛이 창백하게 질려 있었으며 입술의 빨간빛도 속눈썹의 까만빛도 괴상망측한 느낌을 주었다. 그러나 그녀는 이미 침착을 되찾고 있었다. 얼굴은 아직도 창문을 바라보고 있으나 숨결은 완전히 정상적으로 돌아왔다.

방코랑은 문틈에 끼워두었던 양탄자를 발로 걷어차며 샐리 레인에게로 날카로운 눈길을 돌렸다.

"레인 양! 당신은 마일런 아리슨이 살해된 날 밤 직접 보았던 것을 지금까지 내내 숨겨왔소. 그날 밤 10시 조금 전에 당신은 서재에서 꾸벅꾸벅 졸고 있었소. 그때 살인 소동이 일어나 집사 호프만과 하인 프리츠가 강을 건너 사정을 알아보러 갔었지요. 그 소동으로 당신도 잠이 깨어 주차장으로 나가보았소. 그리고 거기에 잠시 서 있었는데 당신 이야기에 의하면 그 근처에서 아무도 보지 못했다고 했소.

그러나 레인 양, 나는 확신을 가지고 말하지만, 그때 당신은 강에서 올라오는 사나이를 보았을 거요. 몹시 흥분하여 숨을 몰아쉬며 올라오는 사나이를. 겁먹은 그 모습은 영락없이 사람을 죽이고 막 돌아오는 모습이었소. 그도 굳이 그것을 부인하지 않았지요. 부인하기는커녕 그런 암시가 담긴 말을 했소. 그는 당신에게 여기서 자기를 보았다고 말하지 말아달라고 부탁했소. 그래서 당신도 지금까지 그것을 숨기고 있었던 거요. 그러나 지금 내가 당신을 대신해서 분명히 말하겠소. 그 사나이는 마셜 던스텐 경이오!"

여자는 방코랑을 돌아보았다. 퀭하니 아무것도 보고 있지 않는 듯한 눈동자였다. 그러나 그녀는 힘찬 목소리로 말했다.

"새삼스럽게 당신에게 그런 설명을 할 이유가 있다고 생각지 않아요."

시계가 똑딱똑딱 초침을 새기고 있었다.

그녀는 꿈꾸는 듯한 말투로 지껄였다.

"이건 비열한 계략이었군요! 당신은 던스탠과 나에 대해 무엇인가를 알고 있을 거예요. 그걸 이용해서 나에게 그런 일을 보여주고, 그리하여 내 입을 열게 만들려는 거지요? 하지만 헛수고예요. 나는 그런 일로 던스탠을 배신할 여자가 아니에요."

그녀는 내 쪽을 보았다. 머뭇거리지 않는 날카로운 눈동자였다.

"제프리 씨, 당신도 지금 홀에서 일어난 일을 보셨지요? 보지 못했다면 내가 설명해 드리겠어요. 이소벨 드오네이가 던스탠의 방으로 들어간 거예요. 얼마나 지독한 여자일까요! 그처럼 얌전한 얼굴을 하고 있으면서!"

방코랑은 침착한 목소리로 말했다.

"레인 양, 당신은 터무니없는 오해를 하고 있습니다. 내가 방금 전의 일을 당신에게 보여준 것은 당신이 지금까지 잘못 알고 있었던 것을 바로잡아주기 위해서였습니다. 던스탠 경은 당신이 생각하고 있는 것과 달리 이 살인사건에 아무 관계도 없습니다. 아주 결백하다는 것을 가르쳐 드리지요.

당신은 그날 밤 살인이 일어난 직후 강에서 별장으로 이어진 산길을 올라오는 던스탠 경을 보았습니다. 그래서 당신은 그가 사건에 관계되어 있다고 믿었지요. 그런데 이상하게도 던스탠 경 자신이 그런 느낌을 주는 말을 내뱉었소. 그러나 그것은 거짓말이었습니다. 그는 일부러 거짓말을 한 겁니다. 사실 그때 그는 드오네이 부인과 밀회를 하고 있었지요. 아무리 내가 설명해도 좀처럼 믿어주지 않을 것 같아서 지금 증거를 당신 눈앞에 보여드린 겁니다. 바로 지금과 똑같이 살인이 일어난 날 밤 그 시각에도 두 사람은 만나고 있었습니다. 던스탠 경으로서는 무엇보다도 비밀로 해두지 않으면 안 되었던 거지요. 그런 사실이 세상에 드러나는 것보다는 차라리 살인혐의를 받는 편이 낫다고 생각했던 겁니다."

아주 조용한 방코랑의 목소리가 계속되었다. 비정할 정도로 차가운 목소리였다.

"그 증거로 그날 같은 시각에, 드오네이 씨의 방으로 이어지는 비상층계를 올라가는 사람 형체를 본 이가 있습니다. 그것은 드오네이 부인이 던스탠 경과의 밀회를 마치고 돌아가는 참이었지요. 부인은 저택 위쪽의 산길로 돌아왔던 겁니다. 두 사람은 당연한 일이지만 은밀한 사랑이 탄로나는 것을 죽기보다 더 무서워하고 있었던 겁니다. 드오네이 씨는 약의 힘으로 깊이 잠들어 있기 때문에 그의 눈에 띌 위험은 없었지만, 다른 사람에 의해 비밀이 새어나가게 되어도 두 사람의 운명에 중요한 영향을 미치는 점에서는 다를 바가 없지요. 그래서 당신의 입을 틀어막은 겁니다.

그러나 당신이 그를 덮어주게 되면 당신 자신에게 어려움이 미치게 됩니다. 폰 아른하임 남작의 귀에 들어가보십시오. 나처럼 간단한 심문으로 끝나지 않을 겁니다. 고문은 말할 것도 없고 던스탠 경과 함께 당신의 그 갸날픈 목에도 포승줄이 감기게 될지 모른다는 것을 각오해야 합니다."

그는 일부러 농담 비슷한 말투로 잔인한 말을 거침없이 그녀 앞에 내던졌다. 그녀도 역시 화가 치미는 듯 창백한 얼굴에 핏기가 확 번져올랐다. 뭔가 말하려는 듯 그녀는 한쪽 손을 눈앞에서 흔들어 보였다. 그녀는 한껏 독기를 혀끝에 담아 말했다.

"얼마나 얄미운 여자일까요! 들어보지도 못한 나쁜 여자예요. 그래요, 그 여자가 나쁜 거예요. 던스탠 탓이 아니에요. 나는 그를 나무랄 생각은 없어요. 그 여자가 유혹한 것이 틀림없어요. 기절하는 시늉을 해보이며……, 그것으로 던스탠의 마음을 농락한 거예요. 그이가 갸냘픈 여자를 좋아한다는 걸 알고 있기 때문에 그 점을 노려 유혹한 게 틀림없어요!"

샐리 레인은 미친 듯이 떠들어댔다. 무서우리만큼 굳은 결심으로 이마가 팽팽해져 있었다. 손으로 목 밑을 더듬어 실내복 단추를 하나 끌렀다. 그 밑에 백금 바탕의 약혼 반지가 끈으로 해서 목에 걸려 있었다. 그녀는 그것을 꺼내 흔들흔들 흔들어 보였다.

"좋아요, 나는 이 사실을 이 집안 사람들에게 알리겠어요. 하지만……."

갑자기 그녀의 눈에 새로운 빛이 떠올랐다.

"하지만 이상하군요! 당신이 어떻게 그런 비밀을 아셨지요? 이상하잖아요?"

"어떻게 내가 그 두 사람의 관계를 알아냈느냐 하는 것은 우선 잠시 비밀로 해둡시다. 지금 설명하기는 어려우니까요. 거기에는 이 살인사건을 해결하는 가장 중대한 열쇠가 숨겨져 있습니다. 그러나 던스탠 경에 대한 당신의 기분, 그 젊은 귀족에게 당신이 얼마나 열중해 있는가 하는 것은——말이 좀 지나쳤나요? 실례되는 점은 용서해 주시기 바랍니다——당신의 눈과 입을 주의해 보면, 아니, 특별히 주의할 것까지도 없이 누구나 짐작할 수 있답니다."

방코랑이 싱긋 웃어보였다.

"그리고 이소벨 드오네이 부인도……."

"나쁜 계집!"

"참아요, 레인 양! 지금은 모든 것을 참아야 합니다. 그 부인은 남편의 횡포 밑에서 마치 얼어붙어 꼼짝도 못하고 지내는 것 같지만, 마음 밑바닥에는 정열적으로 불타오르는 격렬함을 지닌 여자입니다."

방코랑은 잠시 천장을 올려다보며 생각에 잠겨 있었다.

"뜻밖이라고 생각하십니까? 나는 벌써부터 그걸 알고 있었습니다. 오늘 밤에도 드오네이 씨가 수면제 속에 독이라도 넣은 듯이 독설을 퍼부었을 때, 그녀가 어떤 눈을 하고 있었는지 아십니까? 방을 나갈 때 문께에서 돌아다본 그 눈……. 남편의 불쾌한 말에 그녀는 엄청난 충격을 받았습니다. 그와 동시에 그 한 마디로 남편에 대한 아내로서의 조심성도 완전히 사라지고 말았던 겁니다. 나는 전부터 그 부인의 마음속을 헤아리고 있었지만, 비록 몰랐다 하더라도 그 순간에 얼마쯤 짐작했을 겁니다. 그녀의 눈동자는 이렇게 말하고 있었습니다. '나는 연인이 있습니다. 지금까지 가슴속 깊숙이 숨기고 있었지만, 이제부터는 남편에게도 어려워하지 않겠습니다. 누구에게도 어려워하지 않겠어요. 세상이 다 안다 해도 조금도 두렵게 생각하지 않겠어요.'

레인 양, 그래서 나는 실험을 해보았습니다. 쪽지에 타이프라이터로 다음과 같이 쳤습니다. '2시까지 내 방에. 이 종이는 곧 태우시오.' 드오네이 씨가 수면제로 잠이 들었으리라 짐작하고 나는 그 쪽지를 문 밑으로 가만히 밀어 넣었습니다. 예상했던 대로 그녀는 그 시각에 던스탠 경의 방으로 몰래 들어갔습니다. 이로써 내 추리가 옳았다는 것이 확인된 셈입니다."

샐리 레인은 뚫어지게 방코랑의 얼굴을 노려보고 있었다. 그 표정은 공포에 가까웠다. 그래도 목소리만은 감정을 억누르고 말했다.

"알았어요. 그것으로 당신의 추리가 확인되었다는 말씀이군요. 당신은 정말 악마같이 교활한 사람이에요. 모든 것을 다 꿰뚫어보다니, 정말 악마를 그대로 닮았어요. 하지만 그 여자가 던스탠의 방까지 갔으니 편지가 가짜였다는 것이 발각될 텐데요? 그때는 어떻게 하실 생각이지요?"

방코랑은 일부러 공손히 머리를 숙여 보이며 말했다.

"그거야말로 내가 노린 점입니다. 그 점이 내가 노리고 있는 핵심입니다. 내가 그 두 사람 사이를 눈치챘다는 것을 알려놓고 나서 그들과 함께 사건에 대한 이야기를 해볼 생각입니다. 그들도 거기까지 꼬리를 잡힌 이상 새삼스럽게 그날 밤의 행동을 부인할 수는 없을 겁니다."

샐리는 잠시 잠자코 있다가 다시 말했다.

"좋아요, 모든 것을 다 이야기하겠어요. 당신이 생각한 그대로예요. 그날 밤 아래쪽 길에서 던스탠이 올라왔어요. 그리고 마치 살인사건과 관계 있는 듯한 얼굴로 나에게 이야기를 걸어왔어요."

"역시 그랬군요! 이제야 완전히 상황을 알게 되었습니다."

방코랑은 아주 기쁜 듯이 두 손을 마구 문질렀다. 샐리 레인은 자리에서 튀어오르듯이 일어나며 말했다. 자포자기에 가까운 말투였다.

"이제 볼일이 끝났나요? 그만 돌아가고 싶어요. 솔직히 말해서 지금 내 기분은 어디 먼 곳으로 가서 모든 것 다 잊고 푹 자고 싶어요. 그리고 그대로 죽어 버렸으면 좋겠어요. 아무튼 나와 던스탠에 대한 일은 다시 한번 마음을 가라앉힌 다음에 잘 생각해보겠어요. 이것으로 이제 볼일은 끝났겠지요?"

샐리 레인은 주위를 한 바퀴 둘러보았다. 마치 장님이 되어버린 듯한 태도였다. 입 언저리도 낙심한 듯 긴장이 풀리고, 두 손을 공연히 마주치고 있었다. 방코랑의 거침없는 태도를 보자 나 자신도 동정심이 생겨 그녀를 위해 불을 꺼주었다. 이로써 그녀는 싫어도 이 방을 나가야만 하게 되었다.

방코랑이 문을 열었다. 홀의 희미한 불빛이 비쳐들었다. 나는 어두컴컴한 속에서 샐리 레인의 손을 꽉 잡았다. 샐리는 발돋움을 하며 내 귓가에 속삭였다.

"당신은 친절하시군요, 고마워요."

빨강과 검정으로 된 실내복 자락을 펄럭이며 그녀는 가버렸다. 나는 잠시 꼼짝도 하지 않고 그 자리에 서 있었다. 뭔가 어두운 기분에 싸여 불쾌한 느낌이 가시지 않았다. 넋을 잃고 문 쪽을 바라보고 있는데 놀랍게도 거기에서 사람 형체가 갑자기 나타났다. 홀의 희미한 불빛으로 가볍게 물결치는 짧게 자른 금발머리와 외알박이 안경, 그리고 굳게 꽉 다문 입술이 눈에 들어왔다.

방코랑은 부드러운 소리로 외쳤다.

"폰 아른하임 남작, 하나도 빠뜨리지 않고 다 들으셨군요! 모든 것이 이렇게 된 겁니다."

폰 아른하임은 그대로 잠시 움직이지 않았다. 검은 그림자가 커다랗게 문에 비쳤다.

"그녀에게 모습을 보이고 싶지 않아 문 뒤에 숨어서 상황을 모조리 듣게 되었소. 이 문제에 대해서는 내일 아침 당신과 조용히 이야기해 보고 싶군요."

성냥을 긋는 소리가 났다. 방코랑이 담배에 불을 붙인 것이다. 그 불빛으로 악마를 닮은, 참으로 사악의 상징과 같은 방코랑의 옆얼굴이 희미하게 떠올랐다. 그리고 또다시 긴 침묵……. 이윽고 폰 아른하임이 조용히 문을 닫으며 말했다.

"그럼, 내일 아침에. 방코랑 씨, 편히 쉬십시오."

"편히 쉬십시오, 폰 아른하임 남작."

폰 아른하임 남작은 군대식으로 경례를 하고, 뚜벅뚜벅 발소리를 남기며 사라져갔다.

맥주와 마술

이튿날 아침, 언제 그랬더냐는 듯 폭풍우는 자취도 없이 사라지고 밝은 해가 빛나고 있었다. 나는 침대에서 일어나자 상쾌한 아침 공기를 마음껏 들이마셨다.

아래층으로 내려가니 정문이 열려 있었다. 그곳으로 주차장의 붉은 타일 위에 햇빛이 경쾌하게 뛰노는 것이 보였다. 그리고 햇빛은 문의 폭만큼 길다랗게 홀 바닥까지 흘러들어와 있었다. 이슬을 머금은 산들바람이 비 온 뒤의 향긋함을 몰고 왔다. 나는 주차장으로 나가 아침식사 전의 한때를 즐겼다.

씻은 듯이 맑은 공기 속에 집 안은 아직도 잠에서 깨어나지 않았다. 건너편 언덕으로 눈길을 보내자 맑게 갠 푸른 하늘에 떠 있는 새하얀 구름을 배경으로 해골성의 둥근 탑이 뚜렷하게 보였다. 밑으로는 어두운 잿빛의 바위산이 보이고, 그 바위산 기슭에는 올리브색을 띤 초록빛으로 번쩍이는 강물이 흐르고 있었다. 싱싱한 푸른 나뭇잎들은 신비한 마술의 힘으로 하룻밤새 태어난 듯이 보였다. 그 싱싱한 푸르름 속에서 바람에 흔들릴 때마다 햇빛이 뛰놀았다. 포도덩굴 사이에서는 새들이 노래부르고, 멀리 하류에서 모터보트의 엔진 소리가 은은하게 들려왔다.

어젯밤의 안개와 함께 우울함까지 깨끗이 씻어간 듯한 화창하고 아름다운 세계였다. 다람쥐 한 마리가 갈색 등을 꼬부리고 주차장으로 달려왔다. 먹을 것을 찾고 있는 모양이다. 귀여운 발톱을 움직거리면서 잠시 내 쪽을 겁먹은 눈으로 바라보고 있더니, 결국 믿을 수 없다고 판단했는지 그대로 도망치고 말았다. 나는 그 작은 짐승에게 말로 표현할 수 없으리만큼 강한 애정을 느꼈다.

나는 완전히 가라앉은 마음으로 식당으로 돌아왔다. 식당의 큰 창문으로도 역시 해가 가득 비쳐들고 있었다. 식탁에서는 폰 아른하임 남작이 혼자 식사하면서 신문을 읽고 있었다. 그는 내가 들어가자 예의바르게 일어나 아침 인사를 했다. 몸에 꼭 맞는 감청색 서지 옷을 입고 있는 그는 나와 마찬가지로 상쾌한 기분인 듯했다. 집사 호프만이 내 앞에 커피와 롤빵과 젤리를 갖다주었다. 나는 남작에게 이야기를 걸었다.

"신문에 뭔가 재미있는 뉴스라도 나와 있습니까?"

폰 아른하임 남작은 얼굴을 들었으나 다시 생각에 잠긴 듯한 시선을 신문에 던지면서 대답했다.

"그다지 중대한 뉴스는 없습니다."

이 독일인은 영국인이나 다름없이 아무 어려움 없이 영어를 할 수 있는 모양이었다.

"페르디난도 대공이 사라예보에서 암살되었습니다. 이 〈런던 타임스〉의 사설은 그다지 중대한 결과가 되지는 않을 거라고 하고 있군요…… 허허허, 마르 씨. 아시겠습니까? 실은 어젯밤에 발견한 신문을 뒤적거리고 있는 참입니다. 기분좋은 아침에 이런 옛날 신문을 들추고 있으니 나까지 늙은이가 된 것 같은 기분이 드는군요."

그러는 동안에 남작은 그 자리에 앉은 채 두 손을 잠시 쥐었다폈다 하며 무심코 밖을 내다보았다. 그러고 나서 그는 다시 말을 계속했다.

"그러나 마르 씨, 이 속에 흥미있는 기사가 실려 있습니다. 우리의 명배우 마일런 아리슨의 연기에 대한 칭찬의 연극평입니다. 희곡 이름은 처음 듣는 것이지만, 뭔가 참고가 되리라고 생각지 않습니까?"

나는 어깨를 으쓱했을 뿐 아무 대답도 할 수가 없었다.

"어떻습니까, 마르 씨, 당신의 의견은? 아무래도 당신은 이번 사건에 대해 입을 굳게 다문 채 아무 말도 하지 않기로 작정한 듯한데, 현명한 태도라고는 생각하지만 얼마쯤 의견을 말해 주어도 괜찮지 않겠습니까?"

"말하지 않으려는 것이 아닙니다. 사실은 말할 게 없어서지요, 의견은커녕 완전히 미궁에 빠져든 기분입니다. 좀더……."

폰 아른하임은 고개를 끄덕이며 말을 가로막았다.

"그렇게 말씀하시는 것은 역시 무언가 의견을 갖고 있기 때문입니다. 그런 생각은 방코랑 씨의 견해와 같은 것인가요?"

"방코랑은 속을 털어놓는 사람이 아닙니다. 어떤 생각을 하고 있는지 알 수가 없지요, 그가 의견이라는 것을 말했다 해도 그것이 과연……."

그때 문 쪽에서 큰 목소리가 울렸다.

"제프, 지나친 칭찬은 하지 않는 것이 좋을 것 같군."

방코랑이 식당으로 들어왔다. 그는 두 손을 문지르고 있었다. 밝은 색 웃옷을 입고 단추 구멍에는 꽃을 꽂았다.

"안녕히 주무셨습니까, 폰 아른하임 남작! 정말 좋은 아침이군요,

어젯밤에는 잘 주무셨는지요? 아니, 충분히 잘 주무신 것 같군요."

방코랑은 기분이 좋아서 노래를 부르기 시작했다.

"물결 소리 요란한 라인 강 기슭,
 바위산 드높이 외로운 성 솟아 있네."

폰 아른하임 남작이 말했다.

"당신은 잘 주무신 모양이군요, 방코랑 씨."

방코랑은 먼 옛날을 회상하듯 이마를 찌푸리며 대답했다.

"잘 자고 못 잔 건 어찌되었든 오늘 아침에 일어나 찬물로 샤워를 하고 커피를 한 잔 마시는 순간, 어젯밤에 그런 모습으로 헤매고 다닌 것이 마치 꿈 같은 기분이 들었습니다. 오늘은 날씨가 좋아 기분이 좋으시겠지요, 노래를 한 곡 불러드리고 싶은데 어떻습니까? 이래 봬도 젊었을 때부터 기막힌 바리톤이라고 창찬을 듣곤 했답니다."

"당신의 기분이 좋은 것은 날씨 때문이 아니겠지요? 어젯밤의 일은 나도 알고 있소만……."

"레인 양에 대해 말씀하시는 겁니까?"

"그리고 드오네이 부인과 마셜 던스탠 경에 대해서."

"이거 놀랐는데요! 당신은 모든 것을 다 알고 계시는군요. 뭐, 아무래도 좋습니다." 방코랑은 내뱉듯 말했다. "당신은 뜻밖이겠지만 이것이 요즈음 젊은이들이랍니다."

폰 아른하임은 커피 잔을 내려놓으며 말했다.

"그 두 사람을 엄중하게 조사할 생각입니다. 그러나 무엇을 기대할 수 있을지는 굉장히 의문스럽군요. 나는 드오네이 부인과 던스탠 청년이 이 살인사건에 관계가 있다고 생각되지 않거든요."

"조사의 주목적은 그런 것이 아니겠지요. 당신은 알고 있는 점을 아직 나에게 이야기해 주지 않았지만, 물론 당신은 잘 알고 계실 겁니다. 바로 그것이 결국 이 사건의 중대한 열쇠가 되는 거지요."

"중대한 열쇠라고요? 그건 터무니없는 말입니다!"

폰 아른하임 남작은 큰 몸짓으로 초조한 기분을 나타냈다.

"농담도 정도가 있습니다, 방코랑 씨. 이것은 단순한 강가의 밀회에 지나지 않습니다."

"아니, 그렇지 않습니다. 문제는 역시 거기에 있는 겁니다. 이 두 사람이 살인사건과 아무 관계가 없다고 레인 양에게 말해 두었지만, 그것은 다만 어린 여자의 마음을 흔들어 놓지 않으려는 생각에서였습니다. 나는 그렇게 단언할 만한 확신이 없습니다. 지금 당신은 단순한 강가의 밀회라고 말씀하셨는데, 구체적으로 말해서 그 장소는 어디였을까요? 두 사람은 선착장의 돌층계를 올라왔습니다. 그러나 그 돌층계 아래는 험한 벼랑으로 되어 있어서 그런 곳에서 밀회를 즐길 수는 없습니다. 비탈에 서 있는 나무라도 붙들고 사랑의 속삭임을 나누었다는 말씀이십니까?"

"모터보트가 아닐까요?"

폰 아른하임이 조용히 말했다.

"그렇게 생각할 수도 있지요. 그날 밤 물 위로 모터보트 소리가 두 번이나 들렸습니다. 한 번은 9시 30분에서 45분 사이로, 해골성까지 강을 건너고 있었지요. 그리고 또 한 번은 호프만과 프리츠가 횃불을 든 괴상한 사나이의 모습을 오래된 성 위에서 본 뒤의 일입니다. 그때 그들은 보트가 돌아가는 소리를 들었던 겁니다. 되돌아가 선착장에서 마셜 던스탠 경은 돌층계를 올라왔지요. 강에서 들린 보트 소리는 두 차례뿐이었습니다. 그중 한 번은 아리슨이 썼다고 보지 않으면 안 됩니다. 여기서 당연히 다음과 같은 의문이 생기게 되지요. 던스탠 청년과 드오네이 부인과 아리슨이 함께 강을 건넌 건 아닐까?"

폰 아른하임은 냅킨을 테이블 위로 내던지더니 자리에서 일어나 성큼성큼 창 옆으로 다가갔다. 가슴속이 끓어오르는 듯 손가락 끝으로 창유리를 두들기기 시작했다. 한동안 그러더니 이윽고 돌아보았다. 방코랑은 빵에 정성껏 버터를 바르고 있었다. 폰 아른하임은 힘주어 말하기 시작했다.

"나는 별로 성질이 비뚤어진 사람이 아닙니다. 그 점 오해 없기를 바랍니다. 아무튼 당신은 멋진 솜씨를 보여주었습니다. 하지만 유감스럽게도 방향을 잘못 잡았군요. 사건의 핵심을 찌르는 것을 잊고 있습니다. 나는 지금 이 옛 신문을 보면서 어떤 사실을 발견했습니다. 이것이 단서가 될지는 모릅니다. 나는 이제 단 한 가지만 증명이 되면 이 사건의 전모를 파헤칠 작정입니다. 당신에게도 조금 알려드릴까요? 맨 먼저 내 머리에 떠오른 것은 이 별장에 모인 관계자들이 모두 아리슨의 무대 경력을 아주 잘 알고 있다는 것입니다. 그러나 그의 누이동생인 공작부인까지도 그런 일에는 전혀 관심을 갖고 있지 않는 것 같더군요. 나는 이 점에 대해 지식을 가진 사람을 찾아내면 훨씬 사건 해결에 참고가 되리라고 생각합니다."

"그런 사람을 가르쳐 드릴까요?" 내가 옆에서 말했다. 그리고 나는 전날 이 별장으로 올 때 라인 강의 배 안에서 만난 신문 기자 브라이언 개리번에 대해 들려주었다. 폰 아른하임은 손뼉을 치며 말했다.

"개리번 씨라고요? 나도 그 이름을 알고 있습니다. 이 신문에서 방금 읽었지요. 아리슨의 연기평 가운데 개리번이라고 서명된 것이 있었습니다. 그는 메이르쟈의 홍보 담당이었지요. 정말 잘됐군요. 좋은 생각이 떠올랐습니다. 행운의 별이 비로소 우리를 위해 빛나고 있는 겁니다."

그는 흘끗 손목시계를 보았다.

"9시 15분이군. 아직 아무도 일어나지 않았겠지. 지금 곧 코블렌츠까지 갔다오겠소, 경찰 본부로 가서 관리인의 검시 결과를 들어보고 싶군요. 다른 사람의 심문은 모두 일어난 뒤에 하기로 합시다. 코블렌츠로 가는 길에 그 친구도 만나보고 싶은데, 마르 씨, 전화를 해주시겠습니까?"

나는 곧 일어나 트라우베 호텔로 전화를 했다. 오래 기다린 뒤 개리번의 졸린 듯한 목소리가 들려왔다. 아직 자고 있었던 모양이었다. 내 이야기를 듣자 그는 곧 긴장했다. 나는 신문사에는 아무 연락도 하지 말라고 부탁한 다음, 지금 곧 코블렌츠에서 만나고 싶다고 말했다. 약속을 하고 돌아와보니 방코랑과 폰 아른하임 남작은 이미 현관에서 모자를 들고 기다리고 있었다.

셋이 나란히 선착장으로 내려가자 프리츠가 뱃집에서 모터보트를 꺼내놓고 기다리고 있었다. 물 위로 증기선을 타고 나아가면서 나는 처음으로 밝은 태양 아래서 해골성과 그 성벽을 자세히 볼 수가 있었다. 그리고 그 둥근 지붕 꼭대기가 눈부실 정도로 번쩍거리고 있음을 발견했다. 나는 다른 사람에게 그것을 가리키면서 무엇이냐고 물었다.

"저건 말입니다," 프리츠가 보트를 조종하면서 유창한 영어로 설명했다. "유리입니다. 유리 지붕이 빛나고 있는 겁니다. 둥근 탑 꼭대기는 큰 방으로 되어 있는데, 지붕이 모두 유리로 되어 있답니다. 온실같이 꾸며져 있는 거지요. 관광객들이 궁금해하기 때문에 몸이 가벼운 아이들을 올려보내 조사를 하려고 해보았습니다만, 어떤 방이 어떤 모양을 하고 있는지 도저히 알아낼 수가 없었습니다."

폰 아른하임 남작은 눈부신 햇살의 반사를 손가락으로 가리면서 뒤

돌아보고 말했다.

"흐음, 과연 이상하군, 저런 곳이 유리 지붕으로 되어 있단 말이지. 확실히 조사해 둘 필요가 있겠는데. 저런 옛 성에는 아직도 기묘한 곳이 많이 있겠지. 철저히 조사해야 할 것 같아."

이야기는 그뿐이었다. 그 뒤로는 아무도 입을 열지 않았다. 모터보트는 미끄러지듯이 코블렌츠를 향해 달렸다. 어제와는 달리 크고 작은 갖가지 배들이 많이 떠 있었다. 윗옷을 벗어버린 사나이가 혼자서 젓고 있는 보트가 많았다. 어느 뱃사공이나 근육이 부풀어 오른 상반신을 솜씨 있게 움직이며 가볍게 배를 저어가고 있었다.

라인 강을 오르내리는 증기선이 어제 나를 태워온 것처럼 꺼먼 연기를 토하며 강줄기를 따라 올라왔다. 새하얀 페인트를 칠한 뱃전이 아침 햇살을 받아 눈부시게 반짝였다. 하얗게 칠한 난간에서는 많은 손님들이 머리를 나란히 하고 우리 보트를 향해 손을 흔들어 대었다. 이 강을 오르내리는 배에서는 이것이 옛날부터 전해내려오는 풍습인 듯했다. 나와 방코랑도 손을 흔들어 대답했다. 폰 아른하임 남작만이 얼굴도 들지 않고 혼자 그 묵은 신문을 탐독하고 있었다.

소풍을 가는 것으로 보이는 여학생들을 가득 실은 배가 올라왔다. 남자아이처럼 짧게 자른 금발, 송두리째 나와 있는 다리, 똑같이 배낭을 어깨에 멘 모습으로 큰 소리로 노래를 부르고 있었다. 슈토르첸 펠스로 가는 모양이었다.

어느덧 강폭이 크게 넓어졌다. 오른쪽 기슭으로 눈을 돌리자, 에렌블라이튼슈타인 성의 불타는 듯 붉은 돌벽이 밝고 푸른 하늘을 뚜렷이 가르고 있었다. 그곳을 지나자 곧 왼쪽 기슭에 코블렌츠 읍이 보이기 시작했다. 하얀색을 칠한 벽의 창문마다 새빨간 제라늄 화분이 놓여 있어 아름다웠다.

부둣가에서 개리번이 우리들을 기다리고 있었다. 회색 플란넬 옷을 입고 사람을 잡아 먹을 듯한 얼굴을 난간으로 쑥 내밀고서 우리들이 탄 보트가 가까이 다가가는 것을 바라보고 있었다. 그는 분명 조금 전의 전화로 흥분하여 우리의 보트가 도착하기를 애타게 기다리고 있었을 것이다. 그런 만큼 폰 아른하임 남작이 거의 무례하다고 생각될 정도로 난폭하게 대하자 무척 화가 치민 듯, 그 뒤로는 남작에게 줄곧 반항적인 눈길을 보내고 있었다.

폰 아른하임 남작이 말했다.

"우선 경찰에 들렀다 올 테니 그때까지 어딘가 적당한 곳에서 기다려주시오."

개리번은 얼른 입술을 축이며 말했다.

"맥주를 마시면서 기다리고 있지요. 오늘은 무더우니까 맥주가 좋습니다. 산책 도로 끝에 야외 맥주집이 있습니다. 당신들이 오신 길을 4백미터쯤 되돌아가게 되지만 말입니다."

"그게 좋겠소."

폰 아른하임 남작은 고개를 끄덕였다.

"당신이 말한 곳은 나도 알고 있소. 거기서 잠시 기다려주시오. 곧 돌아오겠소."

우리는 푸른 잎이 무성한 가로수 밑을 지나 산책 도로를 내려갔다. 개리번은 즐거운 듯이 휘파람을 불었다. 발을 끌면서 걷는 바람에 흙 먼지가 부옇게 날아올랐으나 전혀 마음에 두지 않을 정도로 기분이 좋아 있었다. 신문 기자로서 좀처럼 만나기 어려운 이런 기괴한 사건에 함께하게 해준 것을 다시없는 신의 은총으로 생각하고 감사하는 듯했다.

맥주집은 나무 사이에 빨간 식탁보를 덮은 테이블을 군데군데 놓아두고 있었는데, 그 나무그늘에서 돌난간 너머로 라인 강의 번쩍이는 물결을 볼 수 있었다. 우리는 난간에 잇닿은 테이블에 자리를 잡았다. 종업원이 오두막같이 지어진 건물에서 나타났다.

"피르젠 맥주 석 잔."

신문 기자는 주문을 하고 거침없는 말투로 우리를 향해 말했다.

"자, 유쾌하게 보냅시다. 이곳 요리사는 신기한 기술을 가지고 있답니다. 맥주 거품을 15센티미터나 높이 오르게 할 수 있지요. 어려운 비결이 있는 모양인데, 여간 재미있는 구경이 아닙니다. 그런데 마르 씨, 자세한 이야기를 들려주시겠습니까? 나에게 대체 어떤 볼일이 있는 겁니까?"

나를 대신해서 방코랑이 대답했다.

"당신을 만나고 싶어하는 것은 폰 아른하임 남작입니다. 물어보고 싶은 것이 있다고 합니다. 나도 이야기를 하고 싶은데, 그 이야기를 시작하기 전에 미리 일러두고 싶은 것이 있습니다. 이 사건에 대한 것은 얼마 동안 보도 금지가 되어 있으니까 폰 아른하임 남작의 허가 없이는 발표하지 말아달라는 것입니다."

"알고 있습니다. 그럼, 시작해 주실까요?"

"당신은 틀림없이 마술사 메이르쟈의 홍보 담당을 맡고 있었습니까?"

"꼭 3년 동안 맡았습니다. 1910년부터 1913년까지입니다. 그해에 메이르쟈가 죽었기 때문에 그만두게 되었지요."

"그는 좋은 고용주였습니까?"

개리번은 손을 내저으며 대답했다.

"천만에요! 아주 까다로운 노인이었습니다. 하기야 나는 그의 매니저에게 고용되었으니까 메이르쟈 자신과는 직접적인 관계가 없었습니다. 일 자체는 아주 간단한 것이었습니다. 내가 고용되기 전에는 그 매니저가 일을 맡아보고 있어서 그것을 본보기로 하면 간단한 일이었습니다."

"그랬겠지요. 하지만 결국 당신은 메이르쟈와 친해지게 되었겠지요?"

"그런 셈입니다. 특별히 친한 사이가 되었습니다. 왜냐하면 내가 '신비'라든가 '괴기' 같은 초자연적인 현상에 특별한 관심을 가지고 있다는 것을 그가 알았기 때문입니다. 이 방면에 대한 그의 장서는 엄청난 것이어서, 악마학과 마술역사에 대해서는 아마 세계 최고일 겁니다. 그는 늘 그 연구에 몰두해 있었습니다. 몇 달이고 연구를 계속하는 가운데 그의 괴상한 꿈이 형태를 이루게 되는 것이었습니다. 한 번 그의 장서를 보십시오. 머리카락이 곤두설 만큼 무서운 것들로 가득 차 있습니다. 지금도 해골성의 방 하나를 차지하고 있을 텐데, 보셨겠지요?"

"아직 못 보았습니다. 그 성안은 아직 일부분밖에 조사하지 못한 형편입니다. 그러나 특별히 보아야 할 필요가……."

이때 종업원이 맥주를 가져왔다. 브라이언 개리번은 단숨에 맥주를 들이켜고 나서 이야기를 계속했다.

"오히려 보지 않은 편이 좋을지도 모릅니다. 나는 보기보다는 장난기가 심하지 않습니다. 당신들을 정신병원에 뛰어든 것 같은 상태로 몰아넣고 뒤에서 손뼉을 치며 재미있어할 만한 장난기는 전혀 없습니다. 그래서 무리하게 권하지 않는 겁니다. 아무튼 메이르쟈는 기상천외한 일을 생각하는 사람이었습니다. 어릴 때의 꿈을 일생 동안 버리지 않았던 거지요. 그것도 의식적으로 그런 것이 아니라 원래 그런 사람으로 태어났던 겁니다.

그 사람은 피터 팬 같은 타입입니다. 그에게 환상적 취미는 그보다 더 강했을지도 모릅니다. 무심코 그에게서 도넛을 받아들고 베어무는 순간, 속에서 걸레가 나오기도 하고, 단추구멍에 예쁜 꽃이 있구나 하고 바라보노라면 거기서 물이 튀어나와 흠뻑 젖어버리는 등 잠시도 마음을 놓을 수가 없는 겁니다. 그는 이처럼 장난의 천재였습니다. 메이르쟈, 메이르쟈! 그렇습니다. 분명 이 이름은 그에게 꼭 들어맞는 것이었습니다."

"본명이 아니었습니까?"

"물론 본명이 아니지요. 스펜서의 《선녀여왕》(스펜서의 미완성의 대작인 장편) 을 서사시. 《The Faerie Queene》 읽어본 적이 있습니까? 메이르쟈란 그 장시 속에 나오는 인물입니다. 그는 투구 대신 언제나 사람의 해골을 뒤집어 쓰고 있었으며 전쟁에 나가면 타고 있는 말이 사나운 호랑이로 변해 버립니다. 우리의 메이르쟈도 역시 요정의 여왕 메이르쟈와 마찬가지로 호랑이를 도구로 사용하고 있었습니다. 그의 마술 가운데 이런 것이 있었지요, 무대에 큰 우리를 꺼내놓습니다. 그러면 그 안에서 사나운 벵골 산 호랑이가 처절하게 울부짖는 소리를 냅니다. 꽉 들어찬 관객들 앞에서 우리의 문이 활짝 열립니다. 사나운 호랑이는 소리를 한 번 높이 지르며 무대 전면의 조명을 향해 뛰어나옵니다."

신문 기자는 큰 몸짓을 섞어가며 이야기하고 있었다.

"메이르쟈는 그것을 보고 권총을 쏩니다. 그 순간 사나운 호랑이는 ──과연 믿을 수 있을까요! ──문득 공중으로 사라지고 마는 겁니다! 그러나 이 마술은 어느 곳에서나 문제를 일으켰습니다. 너무나 공포심을 갖게 한다는 거였지요, 어느 나라에서나 경찰들이 신경을 곤두세우고 흥행을 못하게 했습니다. 그 결과 마침내 그 마술은 자취를 감추고 말았지요, 나도 그것만은 어떤 비결인지 모릅니다. 아마 아무도 모를 겁니다."

"거울이 아니었을까요?" 내가 말했다. "거울을 이용한 것이 아니었을까요? 말하는 머리의 속임수와 마찬가지로……."

"내 눈으로 직접 알아내려고 기를 쓰고 살펴보았지만, 거울 같은 건 없었습니다. 특히 나 자신 이런 변을 당한 일이 있습니다. 그 오래된 성에 묵고 있을 때였는데 내가 어느 방에서 자고 있노라니 그 호랑이가 덤벼드는 것이었습니다. 아슬아슬한 순간 메이르쟈의 권총으로 사라지고 말았습니다만, 그 방에 거울 같은 건 하나도 없었습니다. 물론 마술이었지요. 그러나 그토록 무서웠던 일은 없습니다. 그 무렵 메이르쟈의 마술에 그처럼 흥미를 갖고 있지 않았더라면 홍보 담당이고 뭐고 그 자리에서 집어치우고 도망쳤을 겁니다. "

개리번은 몹시 쓴 듯이 맥주를 비웠다.

"키가 188센티미터나 되는 신체 늠름한 대장부, 깊숙이 타오르고 있는 회색 눈, 그것이 이따금 새까맣게 반짝일 때도 있지요. 새까만 눈썹에 넓은 이마. 거기다 곱슬곱슬한 빨간 머리카락이 어깨 근처까지 내리덮고 있지요. 몸을 조금 앞으로 숙이고 손을 축 늘어뜨린 모습은 아무리 보아도 커다란 유인원입니다. 싱긋 웃으면 담배로 더러워진 이가 보이지요. 담배는 그의 손가락에서 한시도 떠난 적이 없습니다. 이것이 메이르쟈의 초상입니다. 중세기였다면 당연히 화형을 당했을 그런 모습입니다. "

여기까지 이야기를 하고서 신문 기자는 테이블 위에 맥주잔을 탁 내려놓았다. 그는 의자 깊숙이 자세를 고쳐 앉더니 나뭇잎 사이를 통해 라인 강 위에서 빛나고 있는 태양을 쳐다보았다.

"개리번 씨." 잠시 뒤 방코랑이 말했다. "당신은 메이르쟈의 사생활에 대해 어느 정도 알고 계십니까? 그의 본명은 무엇입니까? 태어난 곳은? 국적은?"

"전혀 모릅니다. 그는 1909년에 거액의 재산을 가지고 아프리카에서 돌아왔습니다. 알고 있는 것은 그뿐으로 그외에는 어느 것도 분명하지 않습니다. 그는 세계 어디고 가보지 않은 곳이 없습니다. 10개국 말을 그 나라 사람과 똑같이 쓰고 있었습니다. 학식도 대단해서 스펜서는 물론 토머스 말로리 경에 대해 논하고, 베어울프에 대해서도 조예가 깊었습니다. 비토와 들라크루아, 또는 베사크 같은 사람과 이야기를 해도 아마 그만큼은……."

"오, 이거 놀랐는데요……." 방코랑이 말참견을 했다. "당신도 그 사람들에 대해서 잘 알고 있군요. 들라크루아의 《17세기 마술의 발달》은 일반 사람들이 잘 모르는 저서인데……."

신문 기자는 운두가 찌부러진 모자를 고쳐 썼다. 깊은 주름이 입 언저리에 두드러지게 나타났다. 그는 눈이 부신 듯 해를 쳐다보며 수줍은 얼굴로 말했다.

"옥스퍼드에서 알았습니다. 그 대학을 졸업했지요. 그 뒤 프랑스로 건너가 소르본 대학에서 공부하며 한때는 작가가 되려고 한 적도 있었지요. 책도 몇 권 써냈습니다."

그는 갑자기 쓸쓸한 표정을 띠며 아무 의미도 없는 도형을 테이블에 그렸다.

"나도 벌써 46살인데, 그동안 빈둥빈둥 놀고 지낸 형편이어서……. 아니, 공연한 넋두리를 늘어놓았군요. 메이르쟈에 대해 이야기하고 있었지요?"

"그밖에 더 알고 있는 건 없습니까?"

"네?…… 여자에 대해서 말입니까? 사생활에 대해서 알고 싶은 거겠지요?"

"그렇습니다."

"조금 알고 있기는 합니다만, 그러나 어디까지가 소문이고 어디까지가 진실인지는 장담할 수가 없습니다. 물론 메이르쟈에게도 아내가 있었습니다. 그뿐만 아니라 애인도 있었지요. 그러나 메이르쟈는 둘 다 절대 비밀로 하고 있었습니다. 요즘과는 달라서 그때만 해도 그런 재주쯤 쉽게 부릴 수 있었지요.

내가 알고 있는 바로는 애인이 아이를 낳은 모양입니다. 그 뒤 그는 그 여자를 버렸습니다. 여자는 어디선가 죽었다고 하더군요. 내가 그의 일을 맡게 되기 이전의 일입니다. 그의 홍보 담당으로 일할 무렵에는 나도 아직 어렸기 때문에 자세한 것은 알 수가 없습니다. 아내에 대해서는 전혀 모릅니다. 같이 산 적이 있었는지도 의문입니다. 물론 그것도 비밀 결혼입니다. 아마 여자의 부모들이 반대한 거겠지요. 그러나 그것도 그가 죽기 오래 전의 일은 아니었습니다."

"애인에게 아이가 있었다……. 흐음……. 그 애인이 누구였지요?" 방코랑이 중얼거리듯 말했다.

"이름은 모릅니다. 그러나 조사해 보면 알 수 있을 겁니다. 나도 한 번 만난 일이 있습니다. 두 사람이 헤어지고 난 후 한참 뒤의 일이었습니다. 1911년, 파리에서였다고 기억하고 있습니다. 나는 〈파리 헤럴드〉신문에서 일하고 있던 친구와 함께 장소는 확실히 기억하고 있지 못하지만 어떤 술집에 앉아 있었습니다. 그때 친구가 내 옆구리를 쿡 찌르며 말했습니다. '자네 친구 메이르쟈의 애인이 와 있군.'

여자는 압생트를 마시고 있었습니다. 형편없이 여윈 데다 차림도 초라했는데…… 그래도 타고난 미모라고 할까요, 탐스러운 금발과 함께 사람의 눈을 끌 만한 매력이 남아 있었습니다."

"아이는요?"

"그건 전혀 모릅니다. 하지만 잠깐 기다려 주십시오."

개리번은 주먹을 쥐어 천천히 테이블을 두들기면서 아득한 기억을 열심히 되살리려고 애썼다.

"그다지 옛날 이야기도 아닙니다. 나는 틀림없이 그 이야기를 딕 앤실에게서 들었습니다. 딕이라는 친구는 신문의 가십 난을 담당하고 있어 유명인의 아픈 곳을 찌르는 소문이라면 모르는 게 없었지요, 사실 이 사람에게 들통나 애타하는 유명 인사들이 수없이 많았으리라고 생각합니다. 이건 여담이지만, 그 이야기를 딕으로부터 들은 것은 신문사의 파티에서였다고 기억됩니다. 우리 두 사람은 상당히 취해 있었습니다. 그때 딕이 말했습니다. '여보게, 자네 메이르쟈의 숨겨놓은 자식을 알고 있나? 여러 해 전부터 알아내려고 연예계 사람들이 법석을 떨었지만, 모두 다 실패하고 결국 이제는 전설처럼 되고 말았지. 그러나 나는 그것을 알아냈다네.'

그래서 나는 이렇게 말했습니다. '자네같이 귀찮게 구는 사람이 있어서야 어디 사생아인들 함부로 낳겠나.'

그런 대화를 주고받은 끝에 딕이 나에게 그 이름을 일러주었습니다. 그는 이것을 알면 누구나 다 깜짝 놀랄 거라면서 자랑스럽게 싱글싱글 웃고 있었지요, '건방진 녀석! 그때는 나도 취해 있었기 때문에 시시한 걸 가지고 너무 뽐내지 마라, 적당히 하고 그만두지 않으면 머리에다 물을 뒤집어씌우겠다'고 했던 기억이 납니다. 네? 이름 말입니까? …… 그렇지, 중요한 것을 잊어버렸군……. 이거 난처하게 되었는데요, 도무지 생각이 안 납니다. 그 이름이 그처럼 중요합니까?"

"아마 그럴 겁니다. 확실히 말할 수는 없지만……."

"정말 꼭 필요하다면 언제라도 딕에게 전보를 쳐 물어보겠습니다."

이때 신문 기자는 우리들 등 너머 산책 도로 쪽을 쳐다보았다.

"여, 폰 아른하임 남작이 오는군요! 카나리아를 먹은 고양이 같은 표정인데요, 그런데 나에게 무엇을 물을 생각이지?"

살아 있는 햇불

폰 아른하임 남작은 우리에게 고개를 숙이더니 자리에 앉아 맥주를 주문했다. 그는 손에 든 묵은 신문 다발을 의자 옆에 놓았다. 그리고 는 테이블 위에서 두 손을 깍지끼며 엄숙한 말투로 입을 열었다.

"개리번 씨, 당신은 지금 이 사건에 입회한 단 한 사람의 신문 기자입니다. 그렇지요?"

개리번은 바로 정면에서 신문 기자라고 불리자 몹시 거북스러운지 눈을 깜박거렸으나 결국 시인했다.

"내가 보기에 아무래도 독일 신문계에 큰 변혁이 있었던 것 같군 요. 나는 대륙의 신문계에도 아는 사람이 많습니다……. 내 계획은 대륙의 지방색을 내용으로 기행문을 쓰는 것입니다. 살인사건과는 좀 인연이 먼 것이지요. 하지만 뭔가 사건이 새로운 방향으로 전개 되었다면 꼭 들려주시기 바랍니다."

"물론 사건은 새로운 사태로 전개되고 있습니다. 그러나 지금은 공 표할 수 없습니다. 하지만 당신이 꼭 원한다면, 잠깐만 기다리시 오. 특별히 당신에게만은 전모를 알려주어도 좋으니까. 지금 곧 본

사로 연락하고 싶다면 우선 다음과 같은 정도로 해두는 거요. '본 사건의 수사를 담당하고 있는 베를린 경찰 폰 아른하임의 발표에 따르면, 범인은 지금부터 24시간 안에 체포될 것이며, 외부적인 조건은 일체 관계없이 반드시 24시간 안에 체포될 것이다'라는 내용으로."

잠시 침묵이 흘렀다. 방코랑은 담배에 불을 붙이면서 생각에 잠겨 있었다.

개리번이 말했다. "내가 보기에는 이 사건에서는 명탐정 두 분이 서로 협력하고 계시는 것 같은데, 두 분의 공동 발표라고 해도 되겠습니까?"

폰 아른하임이 곧 대답했다. 꼭 다문 입술이 어느새 미소로 느슨해져 있었다.

"물론 괜찮소, 방코랑 씨만 승낙한다면. 아무튼 범인 체포는 오늘 밤 안에 하게 될 것이오. 그런데 서론은 이 정도로 하고 본론으로 들어갑시다. 마르 씨에게서 들었습니다만, 당신은 옛날에 마일런 아리슨 씨와 아주 친했다고요? 사실입니까?"

"네, 뭐 잘 알고 있었다고 하는 편이 좋겠지요."

"어떤 사람이었지요? 사이는 좋은 편이었습니까?"

"네, 좋았습니다. 좋은 사람이었습니다. 함께 술도 잘 마시곤 했지요. 서로 이름을 부르며 흉허물없이 지내는 사이였습니다. 세상에서는 그를 말할 수 없이 인색하며 고집불통이라고 보고 있지만, 나에게는 좋은 친구였습니다. 하기야 나는 그를 칭찬하는 사람들 중 선두에 서 있었지만 말입니다. 그리고 이건 미리 말해 두고 싶은데, 내가 본 바를 솔직히 말하자면 배우로서의 그는 뛰어난 존재는 아니었습니다. 다만 나는 그의 레퍼토리 가운데 탐정극 같은 것에 묘한 매력을 느끼고 있었습니다."

"마일런 아리슨은 마술사 메이르쟈의 친한 친구였다지요?"

"세상에서는 흔히 그렇게 말하고 있지만, 그러나 내가 보기에는 두 사람 모두 마음속에 강한 적의를 품고 있는 것 같았습니다. 이것이 문제점이지요. 전문가가 보는 눈과 일반 사람이 보는 눈이 다른 겁니다. 아리슨은 보기드문 미남에다가 목소리도 아름다워 여성들의 우상 같은 존재였습니다. 게다가 연기도 재치있고 무대 감각이 날카로워 더글러스 페어뱅크스처럼 민첩하게 돌아다니는 역할의 경우는 그야말로 그를 따를 만한 사람이 없을 정도였습니다. 다만 안타깝게도 위대한 배우가 되기에는 어딘가 한 가지 모자라는 점이 있었습니다. 그것을 마치 칼로 도려내듯 꼭 집어내는 사람이 메이르쟈였습니다."

작은 새들이 귀가 따가울 정도로 지저귀면서 머리 위를 덮은 나뭇가지 사이로 날개 소리를 내며 날아다녔다. 밝게 빛나는 강에서는 증기선 소리가 울려왔다. 구름 한 점 없는 코블렌츠의 하늘에 햇살이 뜨겁게 빛나 가만히 있어도 땀이 배어나올 듯이 더웠다. 라인 강 건너편 기슭에 줄지어 있는 흰 벽돌집 창문들이 번쩍번쩍 햇빛에 반사되어 눈이 아팠다. 폰 아른하임 남작은 조용히 맥주잔을 기울이고 있었다. 개리번은 이야기를 계속했다.

"내가 처음 메이르쟈와 만났을 때의 인상은 지금도 확실하게 눈 앞에 떠오릅니다. 1910년의 일이었습니다. 그 뒤 나는 메이르쟈 밑에서 일하게 되었는데, 이 일은 그보다 6개월쯤 전에 있었습니다. 아리슨의 흥행이 대성공을 거두었고 바로 그날 밤에 벌어진 일이었습니다.

연극은 18세기 제임스 2세가 폐위된 뒤 일어난, 자코바이트 당의 내란을 다룬 것이었습니다. 무대는 스코틀랜드 고지. 우여곡절 끝에 마침내 스코틀랜드 인들의 의거가 실패로 돌아간다는 내용의,

구성이 잘된 연극인데 줄곧 관객들을 조마조마하게 만들었습니다. 무대 위에서는 계속 날카로운 바람피리 소리가 울려퍼져 '스카이 보트 노래 (임금이라고 자칭한 찰스 에드워드 스튜어트가 1745년에 반란을 일으켰으나 크게 패한 다음 여자로 변장하여 서해안의 헤브리디스 군도 속의 스카이 섬으로 도망쳤던 사실을 노래한 것임)' 소리가 들려오도록 꾸며져 있었습니다. 아리슨은 물론 찰스 왕자로 분장하여 모든 사람의 박수를 받았지요.

나는 그것을 총연습 때 보았습니다. 그러나 공연 첫날밤 연극이 끝난 뒤의 파티에 아리슨이 일부러 나를 초대해 주었기 때문에 기꺼이 갔었습니다. 내가 들어갔을 때는 이미 흰 넥타이를 맨 사람들이 많이 모여 있었습니다. 휘황하게 빛나는 전등 불빛이 큰 거울에 비치는 방으로, 테이블 앞에는 방금 무대 화장을 지운 아리슨이 팬들의 축하에 답하고 있었습니다. 아직 의상을 입은 채였으며 장검도 차고 장화도 신고 있었습니다. 무대에 있을 때와 다른 점은 담배를 입에 물고 있는 것뿐이었지요. 방 안에는 꽃다발과 축하 전보들이 자리가 비좁을 정도로 널려 있었고, 사람들의 말소리와 분냄새로 가득 차 있어 구역질날 만큼 가슴이 답답했습니다.

아리슨은 성과가 어떻게 나타날지 초조해하는 신경질적인 프리마돈나처럼 연기에 대해 걱정하고 있었는데, 모두들 최대의 찬사를 보냈습니다. 그때 갑자기 방 안이 쥐죽은 듯이 조용해졌습니다.

누군가가 밖에서 요란하게 문을 두들기고 있었습니다. 문을 열자 길다란 망토를 걸친 사람이 빨간 머리카락을 탐스럽게 전등불에 번쩍이며 순금 손잡이가 달린 구식의 검은 지팡이 위로 몸을 숙이며 서 있었습니다.

그는 시계줄에 순금 도장을 늘어뜨리고 악마같이 사악한 큰 얼굴을 기분 나쁘게 내밀고 있었습니다. 키는 정확히 계산하면 아리슨과 별차이가 없을 테지만, 한가운데로 나오자 그 몸집이 방 안 전체를 덮어누르는 것처럼 생각되었습니다.

아리슨의 눈이 번쩍 빛났습니다. 그는 자세를 고쳐 천장을 우러러보듯 눈길을 주더니 담배 연기를 확 내뿜으며 흥분을 가라앉히고 말했습니다. '여, 메이르쟈 아닌가! 어떤가? 자네도 구경했나?'

그러나 사나이는 그 말을 하는 아리슨을 흘끗 바라보았을 뿐, 잠시 침묵을 지켰습니다. 이윽고 그는 입을 열었습니다. '틀렸어, 그게 뭔가! 서막부터 신통치 못하더니 막이 거듭될수록 점점 더하더군. 그래서는 앞으로 배우로서 가망이 없겠네.'"

개리번은 말을 끊고 고개를 저었다. 얼굴에 엷은 미소를 띠고 있었다. 그때의 광경을 회상하며 우리가 있는 것도 잊어버린 듯했다. 이윽고 그는 담뱃재를 난간 너머 강물 위로 털면서 말을 이었다.

"그때 아리슨은 얼른 손을 긴 칼자루로 가져갔습니다. 마치 무대에서와 같이 18세기로 되돌아간 것처럼 말입니다. 그러나 메이르쟈는 말을 끝내자 전등이 흔들릴 정도로 세게 문을 닫고 나가버렸습니다. 아리슨은 뒤에서 크게 웃었습니다. 웃음으로 날려 보내려 한 거겠지요. 팬들도 덩달아 왁자지껄 떠들며 그에게 아부했습니다. 그러나 이것은 아리슨에 대한 메이르쟈의 거짓없는 평가였던 것입니다."

폰 아른하임 남작은 눈을 가늘게 뜨고 고개를 끄덕였다.

"그러나 그 평가 문제로 두 사람 사이에 직접 싸움이 벌어지지는 않았군요?"

"꼭 한번⋯⋯, 정말 싸움이 벌어지는 게 아닌가 생각한 적이 있었습니다."

"어떻게 된 거지요?"

"파티에서 여흥을 돋구기 위해 아리슨이 메이르쟈의 무대를 흉내낸 적이 있었습니다. 의상도 화장도 제대로 갖추고 말입니다. 그런데 이것이 놀랄 정도로 똑같았습니다. 전에도 그가 흉내를 잘 낸다는 말은 들어왔었지만, 정말 기막힌 것이어서 크게 박수를 받았지요. 한참 동안 웃음과 외침 소리가 그치지 않을 정도였습니다. 그때 뒤쪽에서 메이르쟈 자신이 담배를 빨아들이며 아리슨이 하는 짓을 가만히 지켜보고 있는 것을 누군가가 보았습니다."

"흐음……."

갑자기 폰 아른하임 남작이 몰두하는 표정을 보였다. 몸을 앞으로 내밀고 손가락 마디로 테이블을 톡톡 두들기면서 그는 말했다.

"그래서 어떻게 되었지요?"

"그뿐입니다. 아무 일도 일어나지는 않았습니다. 메이르쟈는 담배를 또 한번 빨아들이더니 또렷한 목소리로 말했습니다. '섣부른 수작을 하고 후회는 하지 말게!'라고요. 나는 그 순간 무서운 전율을 느꼈습니다. 그가 손을 한번 쳐들면 이 방 안의 모든 사람이 당장 돼지나 뭐로 탈바꿈하지 않을까 걱정스러웠지요. 그러나 얼굴을 들고 보니 그의 모습은 이미 거기에 없었습니다."

개리번은 손가락을 울렸다. 우리가 다같이 자리를 고쳐 앉았기 때문에 의자가 덜거덕거리며 흔들렸다. 종업원이 마침 맥주를 가지고 왔다. 신문 기자는 다시 흥미있게 이야기를 계속했다.

"내가 본 바에 의하면, 그 두 사람의 성격은 이상할 정도로 비슷했습니다. 속으로는 서로 반감을 가지고 있으면서도 굉장히 닮은 겁니다. 쌍둥이가 칼을 휘두르며 싸우는 것처럼 서로 상대방의 솜씨를 잘 알고 있기 때문에 공격도 방어도 마음먹은 대로 할 수가 없는 거지요. 그러나 편견없이 말하지만 메이르쟈는 아주 큰 인물이었습니다. 그 사람 앞에 가면 왠지 까닭은 알 수 없지만 뭐라고 할까, 위대한 생명력에 압도되는 듯한 기분이 들곤 했습니다. 그가 세상을 떠난 뒤에도 그 인상은 아직도 계속되고 있습니다. 언제 또 그가 갑자기 우리 눈앞에……. 그의 아이가 있다면 그가 새로운 모습으로…….."

개리번은 점점 말수가 적어졌다. 말솜씨 좋은 신문 기자가 차츰 기백이 없는 서푼짜리 글쟁이로 변하고, 다시 또 바뀌어 묵묵히 연구실에서 현미경을 들여다보는 과학자처럼 말이 없어졌다. 난간 밑으로 고깃배가 지나갔다. 개리번은 모자를 벗어 헝클어진 붉은 머리카락을 드러냈다. 그는 입을 다문 채 나뭇가지를 쳐다보았다. 그리고 술잔을 노려보다가 다시 강 위를 바라보았다. 폰 아른하임 남작이 말했다.

"우리는 과학이니 형이상학 같은 것을 토론하기 위해서 모인 것이 아닙니다. 다만 사실을 모으고 싶을 뿐으로…….."

"그야 그렇지요." 개리번이 원래의 그로 되돌아가서 말했다. "실례했습니다, 다시 새로 시작하지요."

"나는 여기 묵은 신문 다발을 가지고 왔습니다. 마일런 아리슨의 연기평이 실려 있더군요. 대부분 당신이 쓴 것이었소. 그런데 그 가운데서 특히 눈에 띈 것이 있소. 그것에 의하면, 아리슨은 오랫동안 하나의 꿈을 가지고 있었던 것 같더군요. 평생을 건 꿈…….. 야심적인 무대를 만들고 싶어했던 모양이오."

"그렇습니다."

"독일의 하인리히 에르크만 울프가 쓴 작품인 〈청동 수염〉이 그것이오. 보통 무대에서는 올릴 수 없는 대규모 연극이었나 봅니다. 결국 공연되지 못하고 끝난 모양이지만, 등장 인물이 거의 천 명에 이르고, 시대는 로마 제국의 네로 황제 때……, 당신은 이것을 읽은 적이 있겠지요?"

"아리슨에게서 이야기를 들었습니다만, 직접 작품을 읽어보지는 못했습니다. 공연 비용이 너무 많이 들어 후원자를 찾아낼 수가 없었던 겁니다. 그러나 당신 말씀대로 그것이 아리슨의 평생 꿈이었습니다. 집념이라고 하는 편이 맞을지도 모르겠군요."

폰 아른하임이 신문지로 눈길을 보내면서 말했다.

"아리슨은 물론 주역인 칸타누스 루포로 나올 작정이었소, 로마의 젊은 귀족으로, 그리스도 교도의 지도자가 되었다가 결국 네로에게 사형 선고를 받지요, 틀림없이 그랬을 거요."

"확실히 기억하고 있지는 못합니다만 아마 그랬던 것으로 생각됩니다. 그래, 생각이 나는군요, 원형 경기장 장면이 있었습니다. 그런 무대는 영화 못잖은 무대가 될 수 있습니다."

폰 아른하임은 만족감을 감추지 못했다. 그는 묵은 신문을 얌전히 접었다. 승리감이 타이어에 바람을 집어넣은 듯 온몸에 가득 찬 것 같았다. 폰 아른하임은 말했다.

"개리번 씨, 크게 참고가 되었소, 깊이 감사드립니다. 그리고 당신 이야기로 그들의 성격이며 처지 등이 확실해져서 더욱 도움이 되었소, 그럼……."

남작은 수첩을 한 장 찢어 얼른 몇 마디 써서 개리번 앞으로 내던졌다.

"이걸 콘라드 경감에게 보여주면 되오, 지장이 없는 한 정보를 전해주도록 써두었소, 그리고 곧 기사를 본사로 보내는 게 좋을 거요, 그리고 저, 당신은 해골성 내부에 대해 잘 알고 있겠지요?"

"캄캄한 속에서도 알 수 있을 정도지요."

"그렇다면 잘됐군요."

그는 기쁜 듯이 우리 두 사람을 보았다.

"자, 오늘 밤 나는 한 가지 실연(實演)할 일이 있습니다. 틀림없이 당신들을 깜짝 놀라게 할 것으로 생각합니다. 개리번 씨, 당신도 와주시기 바랍니다. 오늘 밤 저녁 식사 뒤에 아리슨 별장까지 와주십시오, 우리 다같이 해골성에서 하룻밤을 지내보고 싶습니다. 그럼, 지금은 이 정도로 하고……."

방코랑은 테이블에 앉은 직후부터 거의 입을 열지 않았다. 폰 아른하임 남작과 신문 기자 개리번의 이야기를 잠자코 듣고 있을 뿐이었다. 그는 담배를 난간 밖으로 내던지고 명상에서 깨어난 것처럼 일어났다. 눈을 크게 뜨고 남작의 얼굴을 바라보더니 생각난 듯이 나를 돌아보며 일그러진 듯한 표정으로 말했다.

"어떤가, 제프, 내가 말한 대로지? 남작은 그걸 실연할 생각임에 틀림없네."

그리고 그는 얼른 큰 목소리로 덧붙였다.

"아마 그게 가장 좋은 방법이긴 하겠지만……."

"뭐가 가장 좋은 방법이라는 거지요?"

폰 아른하임 남작이 놀란 듯이 방코랑을 쳐다보며 말했다.

"아니, 혼자서 한 말입니다."

"당신은 내가 연극에 대해 묻는 것을 듣고 있었습니까?"

방코랑은 이제 전혀 놀란 모습을 보이지 않았다. 사건 추이를 헤매다 간신히 빠져나온 것처럼 보였다. 폰 아른하임도 그것을 잘 알고 있는 모양이었다.

방코랑이 말했다.

"당신에게 진 모양이오. 솔직히 말해 나는 헤매고 있었습니다."

폰 아른하임도 일어나서 웃옷 단추를 채웠다. 짧게 자른 머리에 회색 중절모를 멋을 부려서 조금 비스듬히 얹었다.

"당신은 아직 중요한 점을 알지 못하고 있는 거요. 그러나 나는 다행히 그걸 파악했기 때문에 사건 전모를 완전히 알았지요. 하지만 좀더 비밀로 해두기로 하겠습니다. 자, 좋으시다면 돌아가기로 할까요? 아직 좀더 조사하고 싶은 일이 있어서 말입니다."

두 탐정이 앞장서서 산책로를 걷기 시작했다. 나는 개리번과 함께 조금 뒤쳐져서 따라갔다. 신문 기자는 갑자기 앞으로 수그린 듯한 어깨를 흔들면서 긴 팔을 축 늘어뜨리고 있었다. 그러더니 갑자기 얼굴을 들고 명랑하게 휘파람을 불기 시작했다. 그 휘파람 소리를 들었을 때 나는 자신도 모르게 깜짝 놀랐다.

"〈아마릴리스〉로군요."

그는 내 목소리에 싱긋 웃으며 대답했다.

"아, 나도 신문에서 읽었습니다. 살인이 벌어지고 있는 동안 내내 이 곡이 연주되고 있었다더군요. 이름은 잊어버렸습니다만……. 나는 지금 흥미를 가지고 바라보고 있답니다. 어느 쪽이 이길까 하고."

"저 두 사람 말입니까?"

"나는 잘 알고 있습니다. 저 두 사람은 겉으로는 사이좋게 공동전선을 펴고 있는 것 같지만, 속으로는 서로가 상대를 앞지르려고 기회를 노리고 있습니다. 따라서 아주 재미있는 구경거리가 되겠지요. 브라이언 개리번이 해도 좋다면 기꺼이 그 판정을 내리는 일을 맡겠습니다. 자, 그만 호텔로 돌아가서 특종 전보라도 칠까. 그럼, 나중에 또 봅시다."

그곳에서의 산책은 즐거웠다. 군데군데 길 양쪽이 큰 돌담으로 되어 있고 포도덩굴이 기어올라가 있었다. 테라스가 보이는 널따란 정원이 들여다보이기도 했다. 옛날 색슨 귀족들의 별장 자리일 것이다. 산책로를 가로질러 돌다리가 놓인 곳도 있었다. 그곳으로 들어가니 금방 땀이 가실 정도로 시원했다. 그 중간쯤에 사자 모양의 등롱이 드리워져 있었다. 밤이 되면 여기에 등불이 켜지는 모양이다. 육교 아래서는 발자국 소리가 메아리쳤다.

대체로 이 오랜 코블렌츠는 메아리가 많은 거리였다. 페인트를 칠한 아름다운 별장이 제라늄과 함께 거리를 밝고 화사하게 꾸미고 있기는 하지만, 그 안쪽에는 다 쓰러져가는 탑각 머리의 낡은 건물이 보였다. 종이 울릴 때마다 사람들이 죽어간다. 카이사르가 라인 강에 다리를 놓은 뒤로 계속되어 내려오고 있는 풍습이다. 그러나 지금은 눈부시게 밝은 해가 빛나고 있었다. 터널 안만은 어둠침침하지만……. 거기서 나는 분명히 뒤에서 울리는 발소리를 들었다. 개리번은 큰 걸음걸이로 멀어져가고 있었다. 아직도 〈아마릴리스〉를 휘파람으로 불고 있는 모양이었다. 작은 돌이 발 밑에서 무너지며 소리를 냈다. 나는 깜짝 놀라 돌아다보았다. 그러나 발소리는 환청이었다. 어두컴컴한 다리 밑의 메아리가 나를 속인 것이다. 실제로 들리고 있는 것은 〈아마릴리스〉 곡뿐이었다.

브라이언 개리번의 모습이 보이지 않게 되었는데도 아직 휘파람 소리가 들려온다. 나는 그것이 마음에 걸려 라인 거리에서는 하마터면 차에 치일 뻔했다. 바람이 조용히 불고 있었다. 지금도 분명히 생각나지만, 발소리가 오랫동안 뚜벅뚜벅 계속 들리고 있었다. 나는 그것이 〈아마릴리스〉의 휘파람 소리에 이끌려나오는 것처럼 생각되었다.

담배 가게를 발견하자 나는 방코랑과 폰 아른하임 남작에게 조금만 기다려 달라고 부탁하고 가게 안으로 들어갔다. 가게문이 닫힌 순간 환청이 그쳤다. 나는 안심하고 담배를 사가지고 밖으로 나왔다. 큰길에서 아이들이 큰 소리로 떠들며 놀고 있었다. 상품 진열창에는 자잘한 선물들이 진열되어 있었는데, 놋쇠로 만든, 윌리엄 대왕의 말을 타고 있는 상(像)이 강한 햇빛을 정면으로 받아 사람의 발길이 끊어진 대낮의 거리를 반사하고 있었다.

모터보트가 증기 소리를 내며 우리들을 기다리고 있었다. 보트가 강물결을 헤치고 달리기 시작하자 방코랑이 말했다.

"이번에 또 한 가지 자네에게 수고해 달라고 부탁해야겠군. 던스탠 경으로 하여금 이야기를 꺼내게 하고 싶네. 대놓고 질문을 하면 좀처럼 입을 열지 않을 것 같아 자네에게 부탁하는 걸세. 남작은 알고 계시는지 모릅니다만, 이 친구는 그런 재주를 가지고 있답니다. 누구든지 자신도 모르게 마음을 놓고 무엇이든 지껄이고 말게 되는 거지요. 이소벨 드오네이 부인에게도 이야기를 시킬 필요가 있지만, 아무튼 던스탠 청년이 가장 중요하네. 그가 자기 처지를 설명하는 것을 꼭 들어두어야 하네. 그런데 제프, 대낮의 환상은 어떠했나?"

나는 중얼중얼 입 속으로 대답했다. 프리츠가 보트 위에 방수 포장을 걸쳐놓았기 때문에 보트 위쪽 반은 기분좋게 그늘이 졌다. 그리고 오랫동안 아무도 입을 열지 않았다. 폰 아른하임 남작은 손으로 턱을 괴고 생각에 잠겨 있었다. 아리슨 별장의 선착장이 보이기 시작했다. 남작이 비로소 입을 열었다.

"여기서는 아무도 엿들을 염려가 없으므로 한 가지 이야기해 드렸으면 하는데……."

그 목소리에는 약간 허풍스러운 울림이 있었다. 보트에 부딪치는 물결이 물보라를 튀겼다. 이윽고 귓가에서 남작이 말하기 시작했다.

"당신들은 아마 생각지 못했을 테지만 내가 상대하고 있는 것은 생각보다 무서운 살인귀입니다. 바그너의 오페라에서나 볼 수 있는 그런…… 아시겠소? 아까 브라이언 개리번 씨의 이야기를 생각해보시기 바랍니다. 아리슨은 〈청동수염〉이라는 연극에서 그리스도 교도의 지도자 역할을 맡고 싶어했지요."

방코랑은 아무 대답도 하지 않았다. 말없이 폰 아른하임의 얼굴을 바라보고 있었다. 외알박이 안경이 오후의 태양에 번쩍번쩍 빛나고 있었다. 모터보트는 엔진 소리를 내며 달렸다.

"그 역은 사형을 선고받도록 되어 있지요."

"흐음……."

"〈청동 수염〉은 그리스도 교도에게 어떤 형벌을 내렸지요?" 남작이 물었다.

"아, 그렇다! ······사자다! " 나는 외쳤다. 안경 속에서 폰 아른하임 남작의 눈길이 불길처럼 타올랐다. 몸을 앞으로 쑥 내밀 듯 하며 그가 말했다.

"그렇소. 그리고는? "

"그리고는······. " 나는 계속해서 말했다. "그들의 몸에 송진을 바르고 불을 붙였지요. 인간 횃불을 만든 겁니다. "

나는 말하는 동안 자신도 모르게 목소리가 커졌다. 아무도 입을 열지 않았다. 이윽고 남작이 말했다.

"아리슨은 그가 여러 해 동안 희망했던 대로 된 거요. "

우리가 탄 보트는 언덕을 미끄러져 내려가 선착장에 닿았다.

던스탠 경의 고백

　점심 식사는 그다지 유쾌한 것이 못 되었다. 르바셀과 던스탠 청년과 공작부인은 내려왔으나 그 밖의 사람은 아무도 식당에 나타나지 않았다. 공작부인이 혼자 떠들어대고 있었다. 자칫하면 틈새로 바람이 새듯 식탁의 대화가 끊기곤 했으므로, 부인이 혼자 떠들어대며 그것을 메우고 있었다. 그러나 아무도 별로 귀를 기울이려 하지 않았다. 겨우 방코랑이 테이블을 마주하고 앉아서 상대하고 있을 뿐이었다.

　공작부인은 무턱대고 포도주를 마시어 조금 취해 있었다. 젊은 던스탠 경은 깊은 생각에 잠긴 듯 어느 접시에도 손을 대려고 하지 않았다. 한번은 손을 잘못 움직여 무릎에 물잔을 엎지르기도 했다. 르바셀은 그와 반대로 잘 먹는 프랑스 인의 취향을 유감없이 발휘하고 있었다. 나오는 접시마다 머리를 들이민 채 말하는 시간도 아까운 듯이 칼을 계속 놀리고 있었다.

　폰 아른하임 남작도 식사에 무관심한 것은 마찬가지였으며, 그는 테이블에 둘러앉은 한 사람 한 사람의 얼굴을 날카로운 눈길로 둘러보고 또 둘러보고 했다. 그러나 던스탠은 폰 아른하임 남작의 눈총을 받으면서도 전혀 정신을 차릴 기운이 없는 것 같았다.

　그러는 동안 술기운이 돌기 시작한 공작부인이 어울리지도 않는 이야기를 꺼냈다. 아무리 하층 사회 사람이라도 입에 담기를 꺼려 할 만큼 상스러운 이야기였다. 나는 내심 사람들의 반응이 궁금했다. 구체적으로 설명하면, 먼저 방코랑이 울부짖는 듯한 신음 소리를 냈다. 르바셀은 얼굴을 들어 약간 미소지어 보였을 뿐, 곧 다시 열심히 먹는 일에 몰두했다. 폰 아른하임 남작은 전혀 듣지 않는 듯한 얼굴로 점잔을 빼고 있었다. 젊은 던스탠 경만이 얼굴빛이 달라졌다. 그는 분명히 충격을 받아 당황하고 있었다. 그러나 반드시 그 말 때문만은 아닌 듯했다. 손이 떨려 냅킨을 누르고 있을 수 없을 정도였다. 던스탠 경의 심상치 않은 표정을 보면, 거기에 뭔가 보다 깊은 이유가 있다는 것을 누구나 상상할 수 있을 것이다. 공작부인이 꺼낸 화제는 흔히 있는 이야기로, 갑자기 집에 돌아온 남편이 아내의 부정을 발견하고 놀란다는 것이었다.

　식사가 끝나자 공작부인은 뚱뚱한 몸을 일으켜 세웠다. 부인은 지팡이로 마룻바닥을 탕탕 치면서 방코랑에게 체스를 하자고 청했다. 나는 부인의 의도를 짐작하고 있었다. 체스를 핑계삼아 2층의 조용한 곳으로 자리를 바꾸어 아까의 이야기를 계속할 생각임에 틀림없었다. 우리 프랑스 인 친구는 이런 이야기를 무진장으로 많이 알고 있다. 르바셀은 인사도 하는 둥 마는 둥 하고 자기 방으로 물러갔다. 폰 아른하임은 아무도 눈치채지 못하게 던스탠에게 눈짓을 하더니 2층으로 올라갔다. 그러나 이 청년 귀족은 그의 뜻을 알아차렸는지 못 알아차렸는지 내가 바라는 대로 행동해 주었다. 즉 일단 2층으로 올라가려다가 잠시 머뭇거리더니 서재 쪽으로 돌아갔던 것이다. 그는 조금 뒤 책을 한 권 들고 나타나 베란다로 나갔다. 내가 그와 이야기하는 동안 폰 아른하임이 이소벨 드오네이에게 질문하면 결과는 결국 마찬가지일 것이다.

주차장 위에는 붉은색과 흰색이 섞인 얼룩무늬의 커다란 볕가리개가 쳐져 있었다. 던스탠 경은 한쪽 구석에 있는 등나무 침대의자에 몸을 쭉 뻗고 앉아 강물을 굽어보았다. 낡아서 색이 바랜 운동복을 입고 목에 스카프를 두른 차림이었다. 두 다리를 연신 포갰다풀었다 하고 있었으나, 가지고 온 책은 펴보려고도 하지 않고 옆에 놓아둔 채였다. 사실 그가 보지 않아서 다행이었다. 왜냐하면 어떻게 된 것인지는 몰라도 그가 꺼내온 것은 브러드쇼 철도 안내서였던 것이다. 물론 나는 그것을 알아챈 듯한 눈치를 보이지 않았다.

나는 말을 걸었다.

"던스탠 씨, 이 근처에 테니스코트가 없습니까? 솜씨를 한 번 겨루어보았으면 합니다만."

던스탠 경은 스카프 속에서 대답했다.

"나도 역시 근처에 테니스코트가 있었으면 하고 생각하던 참입니다. 마침 좋은 상대가 있어서 말입니다." 던스탠 경은 여전히 다리를 번갈아 포갰다풀었다 하고 있었다. "체조장이라면 있습니다만, 요즘 체조용 곤봉을 휘두르는 사람이 어디 있겠습니까? 나 같은 사람은 그걸 보는 순간 누군가에게 부딪치고 싶어질 겁니다. 뭔가 우리들이 할 수 있는 재미있는 일이 없을까요?……그렇지!"

던스탠 경은 갑자기 생기가 나는 듯 내 얼굴을 쳐다보았다.

"한 잔하지 않겠습니까?"

그는 확실히 아직 젊다. 지나칠 만큼 젊다. 그러한 그를 이런 기분으로까지 몰고 간 데 대해 나는 무엇보다도 먼저 동정심을 느꼈다. 그래서 일부러 명랑한 말투로 말했다.

"이렇게 해가 높이 떠올라 있으니 술마실 기분도 나지 않는데요,

이처럼 더운 여름날 오후에 취하게 되면 더위와 햇빛으로 머리와 시력을 상하게 될 겁니다."

"하긴 그 말씀을 듣고 보니 그렇군요. 거기까지는 미처 생각지 못했는데. 뭔가 달리 할 만한……"

던스탠 경은 어떻게 할 것인지 잠시 동안 마음을 정하지 못하고 생각에 잠겨 있었다. 여전히 다리를 번갈아 포갰다풀었다 하는 작업을 계속하면서.

나는 또 한 가지 제안을 내놓았다. "어떻습니까, 던스탠 씨. 모터보트를 빌려 슈토르 펠스까지 가보지 않겠소? 당신이 조종할 수 있다면 말입니다. 나는 전혀 조종할 줄 모르거든요."

"조종은 문제없습니다. 집에 작은 보트를 한 척 가지고 있을 정도이지요."

던스탠 경은 문득 깜짝 놀란 듯한 얼굴로 내 쪽을 보았다. 그러나 나는 아무것도 눈치채지 못한 것처럼 일부러 멍하니 지평선 쪽을 바라보고 있었다.

던스탠 경이 얼른 말했다.

"하지만 나는 싫습니다. 보트 같은 건 보는 것조차 싫어졌습니다. 그만두십시다."

그러고 나서 우리는 이것도 싫다 저것도 싫다 하고 한참 이야기했다. 예를 들어 당구는 지루하니 그만두자는 등 여러 가지 이야기를 한 끝에 누가 말을 꺼냈는지 이 별장 뒷산에 올라가보자는 제안이 나왔다. 그는 곧 찬성했다. 그의 말에 따르면 선착장 바로 위에 작고 험한 길이 별장 옆을 누비듯이 뒷산으로 향해 나 있다는 것이었다. 그는 아마 사건이 일어난 날 밤 이소벨 드오네이가 그 길을 걸어 방으로 돌아간 것을 잊으려 해도 잊을 수 없는 모양이었다.

우리는 주차장에서 층계를 내려가 작은 길로 오르는 곳을 찾아갔다. 그러고 나서 깎아지른 듯한 벼랑을 숨을 헐떡이며 오르기 시작했다. 길을 오르면서 나는 이 산길이 저택 옆에서 2층 발코니로 통하는 바깥 층계와 나란히 지나가고 있다는 것을 알았다. 다시 조금 오르자 나무숲 속으로 들어가 있었다. 아랫 가지는 아직도 빗방울을 가득 머금고 있어서 서늘할 정도로 시원하게 느껴졌다. 마침내 우리가 닿은 곳은 강 위로 쑥 올라온 듯한 빈터였는데 낮은 돌담이 주위를 빙 둘러싸고 있었다. 여기까지 오르자 나는 생각했다.

'살인이 있던 날 밤 던스탠과 이소벨 드오네이가 여기까지 올라왔다는 추측은 취소해도 좋다. 오늘처럼 비에 젖어 진흙에 발이 빠지는 때만이 아니라 비록 길이 말라 있는 날일지라도, 이렇게 험하고 바위가 많고 발판이 나빠서는 도저히 여자가 오를 수 있는 곳이 못 된다. 더구나 밤에는 생각하는 것조차 무리다. 여기저기 가시덤불이 길을 덮고 있고, 15미터의 낭떠러지가 눈 아래 일직선으로 내려다보이는 곳도 한 곳 있다. 이런 대낮에 나처럼 튼튼한 남자도 오르기 힘든데, 더구나 이소벨 드오네이같이 갸날픈 여자가 밤길을 여기까지 올라왔다는 것은 생각하는 것조차 비상식적이다.'

산 위의 빈터는 너도밤나무와 보리수가 가지를 마주 얽어 저절로 지붕을 만들어놓았다. 그 나무들 사이로 내려다보면 웅대한 라인 강을 마음껏 감상할 수 있었다. 잎 사이사이로 뚫고 새어드는 햇살은 바다 빛처럼 푸르러, 해질 무렵과 분간할 수 없을 정도로 어두컴컴했다. 젖은 흙과 이끼 냄새가 물씬 풍겼다. 우리가 가까이 가자 정체모를 작은 동물들이 부스럭 소리를 내며 도망쳤다. 던스탠은 낮은 돌담에 걸터앉아 무릎을 끌어안았다. 덤불 속에서 까마귀가 까악까악 긁는 듯한 울음 소리를 냈다. 나뭇가지에서는 딱따구리가 희미한 소리를 내었다. 여기까지 오자 라인 강의 물소리도 들리지 않았다. 모든 것이 꾸벅꾸벅 조는 듯이 조용했다.

"여자를 데리고 오기에는 다시 없이 좋은 곳이군요. 길이 좀 험하긴 하지만……."

"글쎄요, 뭐 그렇게 말할 수도 있지만……."

던스탠 경은 내 쪽으로 얼굴을 돌렸다. 내 말을 교양 없게 생각한 것이리라. 그러나 나는 모르는 체하고 말을 계속했다.

"하지만 그보다도 강 맞은편 기슭에는 조용하고 후미진 적당한 곳이 있을 겁니다."

내 말이 끝나자 곧 나뭇가지를 스쳐가던 바람도 딱 멎어버린 것 같았다. 덤불을 움직이던 소리도 멎어 버렸다. 나는 일부러 그쪽을 보지 않도록 했다. 그러나 눈 한쪽 끝으로 보니, 그의 긴 손가락이 돌담 가장자리를 힘껏 잡고 있었다. 기분 나쁜 침묵. 그와 나란히 돌담 끝에 걸터앉으면서 나는 시계를 꺼냈다.

"아니, 벌써 2시로군."

"그 시계는 틀립니다!" 그는 얼른 말을 꺼냈다. 내가 화제를 바꾸어서 마음이 놓이는 모양이었다. "내 시계는 아직 1시 30분밖에……."

그리고 그는 갑자기 입을 다물었다.

나는 얼굴을 들지 않았으나 햇빛으로 내 시계 유리 위에 비친 그의 모습이 보였다. 또다시 무서운 침묵에 휩싸였다. 쥐죽은 듯한 정적 속에서 시계만이 놀랄 만큼 큰 소리를 내며 시간을 새기고 있었다. 그는 모든 사정을 알았다. 내가 그를 여기까지 데리고 나온 이유를 안 것이다. 그는 분노로 숨을 헐떡였다. 소리없이 헐떡이고 있었다. 격노가 서서히 솟는 것 같았다. 갑자기 그는 벌떡 일어났다.

"침착하시오." 나는 고자세로 나가 그의 콧대를 꺾었다. "당신과 나는 팔 힘이 틀리지요. 당신 한 사람쯤 문제없이 이 돌담 밖으로 집어던질 수 있소."

"기막힌 악당이군! 그 편지는 당신이 썼지요?"

"터무니 없는 오해요, 나는 그런 짓을 하지 않소."

"그럼, 대체 누구의 짓이란 말이오?"

격정에 사로잡혀 그는 어느새 간직해 두어야 할 비밀까지 잊고 말았다. 파국을 앞에 놓고 그는 콧방울을 벌름거리며 팔을 내두르고 있었다. 남자로서는 약해빠진 두 팔이었지만 한껏 분노를 담아 푸른 운동복 소매가 위엄 있게 보였다. 나는 그의 어깨를 힘껏 잡고 그의 눈을 들여다보았다. 핏발이 선 어두운 눈동자였다.

"분명 악랄한 속임수였소." 나는 말했다. "누가 했든 방법이 좀 좋지 않았소. 나는 당신을 위해 도망칠 길을 마련해 주겠소."

"도망칠 길? 새삼스럽게 도망칠 길이라니, 좀 우습군. 나는 이 일에 대해 별장 안 사람들이 모두 안다고 생각하고 있는데……."

"아무도 모르고 있소." 나는 형편상 거짓말을 했다. "알고 있는 건 방코랑과 나뿐이오. 그리고 방코랑은 입이 무거운 점에서는 신뢰해도 좋은 사람이오. 필요없는 말은 절대로 하지 않소. 남의 비밀을 쥐고 있는 것으로 말하자면 프랑스가 아무리 넓다고 해도 그만한 사람이 없을 겁니다. 그런 그가 말을 함부로 지껄인다면 큰일이지요. 오늘밤부터 잠을 제대로 못 잘 사람이 프랑스에 속속 나올 게 틀림없습니다. 다행히도 그가 입이 무겁기 때문에 무사한 거지요. 당신 같은 처지에 몰린 사람도 결코 없었던 건 아니니까 이제 기운을 내시오."

젊은 던스탠은 내 말을 의아한 표정으로 듣고 있었다. 나는 또다시 그의 마음을 가라앉히기 위해 말해 주었다.

"당신은 마치 잼을 먹고 싶은 어린아이가 그만 손을 내밀어 훔치고 난 다음 순경에게 끌려가나 않을까 부들부들 떨고 있는 것 같구려."

그러나 그는 여전히 떨면서 다시 돌담에 걸터앉았다.

"정말 다른 사람들은 모릅니까? 나는 그 뒤로 계속 걱정이 되어 밤에도 마음놓고 잠을 자지 못하는 형편입니다."

"걱정 마시오, 아무도 모르니까."

"그런데, 당신이 지금……" 그는 머뭇머뭇하면서 물었다. "별로 대단한 일이 아니라고 한 것은 무슨 뜻입니까?"

나는 대충 말을 얼버무렸다. 그는 더욱 갈피를 못 잡아 머리가 어지러운 모양이었다.

"그럼, 결국 어떻게 되는 거지요?"

내가 그에게 설명해 주고 싶었던 말은 지금 우리가 이렇게 법석을 떠는 것은 살인사건을 해결하기 위해서이지 어느 유부녀의 부정을 들추어내기 위해서가 아니라는 것이었다. 그러나 이것을 그에게 납득시키는 데는 무척 힘이 들었다. 하기는 그것도 무리가 아니다. 간통죄로 체포되는 편이 교수대에 올라가는 것보다 훨씬 낫다고 이해시키겠다는 것이지만, 당사자로서는 둘 다 난처한 일일 수밖에 없기 때문이었다.

나는 증거로 그날 밤 모터보트 소리를 들은 것을 강조했다. 그와 동시에 만일 거기에 대해 그가 분명히 증명할 수만 있다면 결코 걱정할 필요가 없다고 덧붙이는 것을 잊지 않았다. 그날 밤 행동을 솔직히 이야기해 주기 바란다. 뒤처리는 내가 맡겠다. 조만간에 결국은 이야기해야 할 일이 아닌가…….

"결국 말이오," 나는 말을 끝맺었다. "당신과 드오네이 부인이 그날 밤 모터보트를 타고 강으로 나갔다고 생각해도 좋겠지요?"

"당신에게는 모든 것을 다 이야기하겠습니다. 그러나 그 탐정에게만은 알리고 싶지 않습니다. 나는 도저히 그러고 싶지 않습니다. 이유야 어찌되었든 왠지 그러고 싶은 생각이 들지 않습니다."

"그런 일이라면 걱정하지 않아도 좋소, 내가 적당히 힘써 드리겠소, 그를 만나거나 할 필요도 없습니다."

나의 말을 듣고 그는 비로소 마음을 놓는 듯했다. 그는 중얼거리듯 말했다.

"그러나 여기에는 아직도 당신들이 알지 못하는 사실이 있습니다. 새삼스럽게 숨겨봐야 아무 소용없겠지요. 나는 그 부인에게 빠졌습니다. 그 여자를 단념할 수가 없었습니다. 단념할 생각도 없습니다."

던스탠은 눈을 반짝이며 내 얼굴을 바라보았다. 그리고 불끈 쥔 주먹으로 돌담을 마구 두들기고 있었다.

"그런 못난 남편 때문에 훌륭한 여성이 얼마나 딱한 꼴을 당해야 하는가, 이것만 알아준다면 당신도 내 마음을 곧 이해할……."

옛날부터 내려오는 달콤한 사랑의 노래다. 본인들은 아마 이보다 더 진지한 문제가 없겠지만. 그리고 얼마나 기쁘게 노래를 부르고 있는가! 북쪽은 황량한 그린랜드 고지로부터 남쪽은 불로 지지는 듯 뜨거운 아프리카 태양이 내리쬐는 오아시스에 이르기까지 사랑하는 젊은이들의 마음이란 다를 바가 없다. 그가 읊는 사랑의 노래를 나는 주의를 기울여 듣고 있었다.

인생은 결코 평범한 것이 아니다. 멜로드라마가 오히려 진실에 가까운 것이 아닐까? 던스탠 경의 이야기 가운데 이런 말이 있었다. "만일 그 녀석이 그녀를 때리기라도 한다면……." 그러나 나는 알고 있다. 학대받는 가련한 아내들은 차라리 그녀의 남편이 때리기를 기다리고 있다는 것을. 기다리고 있다가 얻어맞지 않을 때면 그녀들은 도리어 의아해할 정도라는 것을.

이치야 어찌 되었든 사실은 그런 것이다. 따라서 나는 남편 쪽도 충분히 동정할 수 있었다. 그리고 구식 판단 기준에서 볼 때 제롬 드 오네이는 결코 잔혹한 사람이 아니었다. 생각하기에 따라서는 가장 악질이라고 말할 수 있을지 모르지만, 그는 결국 조금 인색하고 조금 거만한 데 지나지 않았다.

던스탠은 말을 계속했다.

"내가 그녀와 처음 만난 것은 1년쯤 전의 일로, 장소는 벨기에의 브뤼셀이었습니다. 그때는 그대로 지냈습니다. 그녀에 대해서도 곧 잊고 말았습니다. 그런데 지난 주일 나는 아리슨을 만나기 위해 이 별장으로 찾아왔습니다. 그가 공연을 계획하고 있는 새 작품의 무대장치에 대해 의논하기 위해서였지요. 여기에 와서야 나는 이소벨 드오네이도 이 별장에 머물고 있다는 것을 알았습니다. 내 마음은 이 별장에서 묵게 된 첫날, 드오네이 부인의 손에서 커피 잔을 받았을 때 비로소 움직였던 겁니다. 그녀의 손이 내 손에 닿았을 때 나는 문득 얼굴이 빨개지는 것을 느꼈습니다. 바보 같다고 웃을지 모릅니다만, 나에게는 무서운 진실이었습니다."

던스탠의 말투가 빨라지고 그와 동시에 전혀 앞뒤가 맞지 않는 이야기로 변해갔다.

"그런데 난처하게도 이 별장에는 나와 약혼한 여자도 와 있었습니다. 아시는지 모르지만 샐리 레인이 나의 약혼녀입니다. 당신이 샐리에게 말하리라고 생각지 않기 때문에 모든 것을 숨김없이 말씀드리겠습니다. 나는 당혹스러웠습니다. 사태를 수습하려 했으나 이소벨에 대한 마음을 샐리에게 털어놓을 용기가 없었습니다. 그러나 언제까지나 비밀로 할 수 있는 성질의 일이 아니라는 것은 알고 있었습니다.

그런데 그날 밤, 살인이 일어난 날 밤, 드오네이 씨가 수면제를 먹고 깊이 잠들기를 기다렸다가 그녀는 아래층으로 내려왔습니다. 처음에는 물론 주차장에 앉아 이야기를 주고받을 정도의 마음뿐이었습니다. 그런데 그때 아마 내 머리가 어떻게 된 모양입니다. 문득 이런 말을 해버렸던 겁니다. '보트로 강을 건너가 보지 않겠습니까?' 아까 당신이 보신 대로 건너편 기슭에는 작지만 후미진 곳이 있고, 거기서 산 중턱 나무 있는 곳까지 작은 길이 있습니다. 그 길은 여자들도 쉽게 오를 수 있지요. 그래서 우리는 모터보트를 내어……."

"잠깐만, 그 모터보트에 마일런 아리슨이 같이 탔습니까?"

던스탠은 깜짝 놀란 듯이 나를 노려보았다.

"뭐라고요? 그를 같이 태울 이유가 없지 않습니까! 지금 대체 아리슨의 이야기를 왜 하는 겁니까?"

"아시겠소, 던스탠 씨?" 나는 조용히 설명을 덧붙였다. "이상한 말을 꺼내 기분이 상했을지도 모릅니다만, 나로서는 그것을 묻지 않을 수가 없었습니다. 하기는 오늘 온종일 당신에게 그 이유를 막연히 설명하고 있었지만 말이오. 그런데도 역시 당신이 지금 말했소. '지금 대체 아리슨의 이야기를 왜 하는 겁니까?'라고. 모르시겠소? 그것이 중요한 겁니다! 마일런 아리슨은 그날 밤 어떤 수단으로 강을 건너 해골성으로 갔소. 그런데 모터보트 소리는 한 번밖에 들리지 않았던거요."

"옳아! 그렇다면 모터보트가 아니라 노젓는 보트였을지도 모르지요."

"공교롭게도 노젓는 보트는 한 척밖에 없소. 그런데 그것은 호프만과 프리츠가 쓰고 있었지요."

던스탠 경이 외쳤다. "그러나 어찌되었든, 아리슨은 같이 타지 않았습니다. 내가 그런 바보로 보입니까? 무슨 까닭으로 그에게 보트를 같이 타자고 권하겠……."

그는 떠들어대다가 문득 말을 그쳤다. 내 얼굴 표정이 너무 갑자기 변했기 때문에 둔감한 그도 놀란 것이리라. 나는 그때 그의 말을 들으면서 천천히 돌담에서 일어나 있었다. 순간 문득 생각난 일이 있었던 것이다. 머릿속을 번개처럼 지나가는 것이 있었다. 어떤 방법으로 아리슨이 라인 강을 건널 수 있었던 것인가? 왜 이것을 여태껏 짐작조차 하지 못했던가! 얼마나 머리가 둔한 것인가!

"구두다!" 나는 느닷없이 큰 소리로 말했다. "그 구두를 보면……."

"어떤 구두 말입니까?" 젊은이는 깜짝 놀라 소리쳤다.

나는 대답하지 않았다. 설명할 필요도 없이 누가 보든 명백한 일이었다. 아리슨의 방에서 발견된 그 장화. 복사뼈 윗부분까지 검푸른 진흙이 묻어 있지 않았던가! 해골성 산길을 오른 것만으로 그렇게 진흙이 묻을 리가 없다. 내가 그 뒤 올라갔을 때는 쏟아지는 비로 길이 질척거리고 있었지만, 내 구두에는 새까만 진흙이 조금 눌어붙었을 뿐이었다. 나는 아득한 기억을 불러일으켰다. 그것과 같은 색깔의 진흙을 나는 옛날에 본 일이 있다. 내가 아직 소년이었을 무렵, 아저씨네 집 정원에서 연못을 치우고 있을 때의 일이었다. 강바닥의 진흙……. 그렇다, 강바닥에 길이 있을 것이다!

대개의 옛 성에는 지하도가 있기 마련이다. 성이 적군에 포위되었을 때 그 포위망을 벗어나는 오직 하나의 방법은 지하도였다. 이 해골성에도 강바닥을 빠져나가는 비밀 통로가 준비되어 있는 것이 오히려 정상이 아닐까. 그 나가는 문은 다른 곳이 아니라 아리슨의 별장으로 통해 있을 것이다. 이것으로 슬리퍼가 분실된 이유도 설명이 된다. 아리슨은 지하도로 들어가기 전에 틀림없이 슬리퍼를 벗고 장화로 바꿔 신었을 것이다. 돌아왔을 때 곧 슬리퍼로 바꿔 신으면 진흙으로 방바닥이 더러워지는 일이 없기 때문이다.

그날 밤에도 언제나 하던 대로 정성들여 준비를 갖추고 떠났지만, 그 길로 그는 영영 돌아오지 못하게 된 것이다. 이런 경위는 뒤에 남은 증거를 보면 알 수 있다. 옷장에 걸려 있는 더러워진 웃옷, 비망록을 집필한다며 문을 단단히 닫고 자물쇠를 채워둔 일……

이렇게 써 내려가니 길지만, 사실은 한순간 이런 일들이 머릿속을 번쩍 지나간 것이다. 세밀한 부분까지 생각해 보면 각기 적당한 위치에 들어가 있어 내 추측이 맞았다는 것을 증명해 주었다. 집사 호프만이 성벽 위에서 보았다는 횃불을 든 괴상한 인물……. 프리츠와 집사의 설명에 의하면 그 인물은 성문을 달려 빠져나와 산기슭을 내려와서 하인들이 옛 성에 닿기 전에 보트를 띄운 것이 되지만, 생각해 보면 말도 안 되는 이야기다. 그렇게 도망쳤다면 도중에서 집사 일행과 마주치지 않았을 리가 없다. 더구나 마주칠까 두려워해서 일부러 산길을 피해 가시덤불이 무성한 벼랑을 달려 내려갔다면 미끄러져 목이 부러지는 게 고작이었을 것이다. 다행히 무사했다 하더라도 상당히 심한 소리를 내어 반드시 발견되었을 게 틀림없다.

따라서 그는 강 밑바닥 길을 통해 돌아온 것이다. 여기까지 생각하자 지금까지 마음에 두지 않고 지나쳐 버린 일들이 하나하나 중대한 의미를 지니고 나타났다. 나는 아리슨의 거실과 침실 사이에 있는 칸막이 방을 생각해 냈다. 진흙으로 더러워진 양탄자와 바닥에 떨어져 있던 녹색 덩어리가 눈앞에 떠올라왔다. 그것이 지하도 입구인 것이다!

그러나 그 더러운 자국은 아리슨이 남긴 것이 아니다. 괴상한 인물이 돌아왔을 때의 흔적일 것이다. 무서운 사건이 일어난 날 밤 그 인물은 그 근처에서 아리슨이 지하도로 들어가는 것을 보고 있었다. 그는 아리슨의 책상 서랍에서 권총을 꺼내들고 아리슨의 뒤를 밟았다. 그리고는 라인 강 밑을 빠져나가 건너편에서 범행을 저지른 뒤 다시 이리로 돌아온 것이다.

방코랑은 이 사실을 모두 꿰뚫어보고 있었다! 그러나 아무리 그라

해도 이 사실들을 어젯밤 금방 꿰뚫어본 것은 아니리라. 우리는 모두 그 되돌아온 모터보트 소리에 속은 것이다. 그 보트에는 던스탠 경과 그 애인이 타고 있었을 뿐인데……

"구두가 어떻게 되었다는 겁니까?" 젊은 귀족이 의아한 듯 물었다.

"회오리, 내 머리에 회오리바람이 불었던 거요. 하지만 그런 것은 상관하지 말고 이야기를 계속해 주시오."

"더 이상 할 이야기가 없습니다. 나는 우리들이 한 일을 분명히 털어놓지 않았습니까? 강을 건너 모터보트를 선창에 붙들어매고……. 아니, 당신은 또 어떻게 되었군요!"

어떻게 되었다는 말을 들어도 어쩔 수 없다. 나는 분명히 다시 흥분에 휩싸였다. 새로운 계시를 받은 것이다. 호프만의 증언에도 있었지만, 사건이 일어난 날 밤 그들이 보트를 저어 해골성으로 향했을 때 선창에 모터보트가 매어져 있는 것을 보았는데, 별장 사람들이 언제나 매는 곳과 정반대의 위치에 있었다고 하지 않았던가! 이 사실만으로도 그 모터보트에 아리슨이 타고 있지 않았다는 것이 증명된다. 방코랑은 이 한가지 사실로 진상을 깨달았을 게 틀림없다.

던스탠은 말을 계속했다.

"누군지는 모르지만, 그리고 무엇을 하고 있는지는 모르지만, 나는 그때 괴상한 남자가 땅 속에서 나오는 것을 보았습니다. 나는……."

"뭐라고요? 언제 무엇을 보았다고요?"

"땅 속에서 어떤 남자가 나왔습니다. 나는 깜짝 놀랐습니다. 놀라는 게 당연하지요. 아무튼 한순간 까무러칠 정도로 놀랐습니다. 그 남자는 뭔가 커다란 것을 잡아끌고 있었습니다. 밀렵꾼인가, 그때는 그렇게 생각했습니다. 설마 땅 속에서 사람이 솟아날 리야 없겠지만, 그러나 틀림없이……. ”

“좀더 자세히 들려주시오, 될 수 있는 한 좀더 구체적으로……. ”

젊은 귀족의 얼굴이 갈수록 빨개졌다. 처음에는 호소하는 듯한 표정을 보이더니 갑자기 그것이 분노의 빛으로 바뀌어 볼의 근육이 실룩실룩 경련을 일으켰다.

“어째서 내가 그런 것까지 설명해야 합니까! 그 이야기를 들어서 무슨 도움이 된다는 겁니까! 쓸데없는 일입니다. 사랑이라는 것은 보다 신성한 겁니다. 당신들이 참견할 일이 아닙니다. ”

나는 급히 될 수 있는 한 그의 흥분을 가라앉히려고 말했다.

“물론 그렇지요, 그건 나도 잘 알고 있습니다. 자세히 듣고 싶다고 말한 것은 당신들의 아름다운 로맨스에 대해서가 아닙니다. 땅 속에서 나타났다는 남자에 대해 좀더 자세히 듣고 싶을 뿐입니다. 그것만 들으면 충분합니다. ”

“알겠습니다, 말씀드리지요. 우리는 그때 언덕 중턱에 있는 작은 숲 속에서 쉬고 있었습니다. 거기까지는 아까 이야기했었지요. 달 밝은 밤이었습니다. 우리 두 사람은 큰 너도밤나무 아래의 약간 경사진 곳에 누워 있었습니다. 나는 행복에 취해 있었습니다. 나무도, 밤도, 이 세상 모든 것에서 멀리 떨어진 곳으로 왔다는 느낌도 모두 나를 취하게 만들기 위한 무대 장치였습니다. 무엇보다도 내 마음을 황홀하게 해준 것은 내가 이처럼 그녀에게 가장 가까운 존재가 될 수 있다는 생각이었습니다. ”

던스탠은 두 손을 불끈 쥐었다.

“그 황홀한 순간에 갑자기 뼛속까지 부서진 듯한 느낌이 드는 일이 일어난 겁니다……. 나는 누워 있었는데, 무심코 고개를 들었습니다. 그야말로 몸이 오싹해졌습니다. 6미터쯤 떨어진 곳에 조그만 덤불이 있었습니다. 그리고 그 뒤에 막 땅 속에서 나온 한 남자가

서 있었습니다. 우리 쪽으로 등을 돌리고 허리를 구부린 듯한 자세였습니다. 뭔가 무거운 것을 땅 위로 잡아끌고 있는 것 같았습니다. 가시덤불에 잡아 긁히고 찢기며……. 그래도 그는 뭔가 노래 비슷한 것을 흥얼거리고 있었습니다.

놀라서 보고 있노라니 갑자기 그가 지워진 듯이 사라져 버렸습니다. 어디로 갔는지 모릅니다. 그 순간 난 심장이 멎는 것만 같았습니다. 이소벨도 누구에게 들킨 줄 알고 무서워 떨었습니다. 외침 소리는 지르지 않았지만 울음을 터뜨릴 것 같은 표정이었습니다. '돌아가야겠어요, 되도록 빨리……' 하고 그녀는 말했습니다. 나도 똑같은 생각이었지만, 우리 두 사람 다 움직일 수가 없었습니다. 언제까지나 언제까지나 여러 가지 일이 일어날 수 있는 가능성에 두려워 떨면서…….

그때였습니다, 그 무서운 비명을 들은 것은……. 공포의 감정은 그쪽으로 옮겨졌습니다. 우리들의 귀에는 무서운 절규가 똑똑히 들렸습니다. 위를 쳐다보자 무서운 불길에 휩싸인 사람이 성터를 달리며 돌아다니고 있었습니다. 이소벨도 일어날 수 없을 정도로 놀랐습니다. 나는 어떻게든 그녀를 모터보트까지 데리고 가려고 애썼습니다. 결국 내가 그녀를 끌어안아야 했었습니다. 선착장까지 오자 문제의 보트가 별장 쪽에서 저어나오는 것이 보였습니다. 그래서 우리는 호프만과 프리츠가 도착하기까지 덤불에 숨어 기다리고 있었습니다. 손전등 빛을 받았을 때 그만 들키고 만 걸로 체념했었습니다만, 그들이 비탈길을 올라간 것을 확인한 다음 우리는 보트에 오르기가 무섭게 도망쳐 돌아왔습니다. 이소벨은 저택 뒤쪽으로 숨어들어가고, 나는 주차장으로 향하는 길로 올라갔습니다. 다행히 그녀는 남편의 잠을 깨우지 않고 방으로 돌아갈 수 있었습니다."

던스탠 경의 이야기가 거기까지 이르렀을 때 우리 두 사람은 사람의 기척을 느꼈다. 고사리 덤불이 부스럭 소리를 내며 흔들렸다. 그리고 작은 돌을 밟는 소리가 들렸다. 분명 근처에 누군가가 숨어 있었다. 사실 산길을 다 올라온 곳에 있는 유난히 큰 보리수나무 그늘에서 눈도 깜박이지 않고 우리를 보고 있는 남자가 있었다. 제롬 드오네이였다!

해골성으로 가는 길

어떤 소동이 일어날 것인가……. 나는 놀라움에 숨을 삼켰다. 드오네이는 던스탠 청년의 이야기 중 적어도 뒷부분은 들었을 게 틀림없다. 나는 얼른 낮은 돌담에서 나무가 밖으로 무성하게 뻗쳐나간 좁은 골짜기를, 깊숙이 입을 벌린 골짜기를 내려다보았다. 그 아래로 내던지면 어떤 사람이라도 목이 부러지고 말 것이다. 오랜 동안 세 사람 모두 입을 열지 않았다. 잎새 사이로 새어나온 한 가닥 햇빛이 진흙투성이가 된 드오네이 구두 끝을 비추었다. 멀리서 딱따구리가 소리를 내고 있었다.

그리고 나서 나는 이상한 광경을 보게 되었다. 드오네이는 언제까지나 움직이지 않았다. 어두운 표정으로 턱을 약간 아래로 숙이고 두 손을 주머니에 찌른 채 가만히 서 있었다. 그러나 그 볼에 미소의 그림자가 떠올라 있는 것이 아닌가! 입 언저리는 경련을 일으킨 듯 일그러졌으나, 다시없이 평온한 상태라고 말할 수 있었다. 무겁게 드리워진 눈꺼풀 아래에서 내다보고 있는 눈도 밝은 빛을 띠고 있는 것 같았다. 나뭇잎 끝을 뚫고 새어드는 미풍이 기분좋았다. 던스탠이 먼저 침묵을 깨뜨렸다.

"드오네이 씨, 좀더 가까이 오시지요!"

"날씨가 좋군요 마셜 던스탠 경." 드오네이는 영어로 말했다. 발음이 좋지 않았으나 아주 유창했다. "당신을 찾고 있던 참이오. 집사에게 당신들 둘이 이쪽으로 갔다는 말을 듣고 찾아왔지요. 저, 내 아내에 대한 일로 잠깐 당신에게 이야기해 두고 싶은 것이 있어서 말이오."

드오네이는 두세 걸음 다가왔다. 화려한 골프 옷에 빨강과 녹색이 섞인 천박해 보이는 양말을 신은 차림이었다. 우리는 아직도 어떤 의도가 숨어 있는지 짐작조차 할 수 없었다.

"폰 아른하임 남작이 아내를 심문하고 있었소. 나는 우연히 한창 심문하고 있을 때 방으로 들어가서 여러 가지 알지 못했던 사실을 듣게 되었지요."

순간 던스탠의 얼굴이 파래졌다. 그러나 오히려 반항하듯 상대의 얼굴을 빤히 보고 말했다.

"끝내는 당신에게도 말을 해야 될 줄 알고 있었습니다."

"그럼, 거리낌없이 두세 가지 솔직한 질문을 하기로 하지요."

드오네이는 한쪽 손을 크게 내저으면서 뱃심 좋은 태도를 취해 보이려고 했다. 그러나 이상할 정도로 기름진 모습에 일부러 평온을 꾸며보이는 얼굴과 어울리지 않는 점도 없지 않았다.

"나는 당신한테 질문할 권리가 있을 테니까……. 당신은 내 아내를 사랑하고 있소?"

"사랑하고 있습니다." 던스탠 경은 확고하게 대답했다.

"그럼, 아내가 만일…… 자유로운 몸이 된다면 결혼할 생각이오?"

"결혼하겠습니다."

"그래요? 그렇다면 다행이군요. 결혼해 주시오."

드오네이의 말투는 약간 흥분되어 있었다. 과장된 태도가 갑자기 누그러졌다.

"그렇게 해주면 나도 짐을 덜게 되는 셈이오. 나는 처음부터 그 여자에게 골치를 앓고 있었소. 그녀는 내 집 주부로서는 전혀 맞지 않지요. 허영심이 강해 옷만 해입으려 하고, 사업이 바쁜데도 여행을 하자고 조르고, 손님을 초대해도 대접 하나 제대로 못하거든요. 그리고 또…… 이것은 부부의 비밀이겠지만 그녀는 아기를 낳을 수가 없소. 결국 간단히 말해서 그녀는 대표적인 악처요. 나는 벌써부터 이혼을 원하고 있었소. 그런데 공교롭게도 너무 정숙해서, 하하하, 좀처럼 내 뜻대로 되지 않았지요. 섣불리 내쫓으면 내 명예가 훼손당하게 될지도 모르기 때문에 말이오."

드오네이는 구두 끝을 가만히 내려다보면서 말하고 있었다. 나는 시계를 보고 말했다.

"벌써 3시 30분이 되었군요. 시간이 꽤 많이 흘렀으니, 그럼 먼저 실례하겠습니다."

"그렇게 해주시겠소?" 드오네이가 말했다. "당신은 역시 눈치가 빠른 사람이군요. 나는 아직 이 영국 친구와 구체적인 문제에 대해 상의할 일이 있어서……."

나는 먼저 산에서 내려왔다. 뒤에 남은 두 사람은 각각 자기 좋은 대로 돌담 옆에 서 있었다. 산길을 내려오면서 나는 드오네이의 이상한 태도가 수상하게 느껴졌다. 대체 이 벨기에의 부호는 어떤 성장 과정을 거친 사람일까? 어떻게 화도 내지 않고 저토록 침착할 수 있을까? 음험하고 비굴한 성격의 사람일지도 모른다. 그건 그렇고 그가 저런 태도를 취해 주었기 때문에 사태의 급박함을 면할 수 있었다. 그가 세상의 여느 남편들처럼 행동했다면 도저히 나 혼자서는 수

습할 수가 없었을 것이다. 경우에 따라서는 저 산꼭대기 빈터에서 때 아닌 결투 장면이 벌어졌을지도 모른다. 그러나 무사히 끝나 무엇보다도 다행이었다. 그뿐인가! 방금 드오네이가 한 말처럼 양쪽 다 일단 만족할 만한 결과가 될지도 모른다. 누구나 다……, 아니 한 사람만 빼놓고, 그 한 사람이란 짓궂게도 남보다 배나 쾌활하고 지나칠 정도로 소탈한 아가씨 샐리 레인이었다. 그러니까 오직 한 사람의 어깨에 비극을 짊어지우게 된 것이다.

그러나 여기서 생각해 봐야 할 일이 있다. 드오네이는 처음부터 이런 결말을 노리고 있었던 게 아닐까? 그날 밤만 하더라도 사실 그는 수면제를 먹지도 않고 자는 척하며 그의 의혹을 확인하려 꾀했던 게 아니었을까? 그의 부인이 몰래 방을 나간 동안 그가 혼자 침실에서 편안히 잠자고 있었다고 누가 보증할 수 있겠는가? 어찌되었든 나는 곧 방코랑을 만나 이 새로운 사태의 전개를 보고해야 한다. 그리고 저 강 맞은편 기슭의 땅 밑에서 나타난 남자에 대해서도…….

내가 별장으로 들어갔을 때, 아래층 홀에는 아무도 없었다. 나는 곧 2층으로 올라갔다. 그러자 공작부인 방에서 떠들썩한 이야기 소리가 들렸다.

노크하고 안으로 들어가니 방코랑이 공작부인과 르바셸을 상대로 테이블에 둘러앉아서 트럼프 놀이를 하고 있었다. 방코랑이 클럽 카드를 다섯 장 나란히 늘어놓고 있는 참이었다. 그의 앞에는 칩이 수북이 쌓여 있었다. 르바셸은 은근한 태도를 잃지 않았으나 상대방 카드를 보고 못마땅한 표정을 지었다. 공작부인은 분한 듯이 시가에 불을 붙이면서 거침없이 방코랑에게 독설을 퍼붓고 있었다. 부인은 나를 보자 곧 소리쳤다.

"어세오세요, 마르 씨. 이 이상한 구레나룻 아저씨가……." 그녀는 살찐 둘째 손가락으로 방코랑을 가리켰다.

"혼자서 이기고 있답니다. 얼마나 얄미운지 모르겠어요. 어물어물 하다간 모조리 털리고 코르셋 하나만 남게 될지도 몰라요. 오늘은 한 번도 좋은 패가 들어오지 않아 싫증이 났어요! 자, 그리로 앉으세요, 거기 의자가 있지요?"

공작부인은 잔을 든 오른손을 입 가까이에서 멈추었다. 그녀는 의자 뒤에 새침한 얼굴로 서 있는 하녀를 보고 말했다.

"플리다, 진 술잔을 하나 더 가지고 오렴. 술이라도 마시지 않으면 ……. 그 사람은 지금 잔뜩 버티고 있겠지. 그건 그렇고, 그 사람이 뭔가 냄새를 맡은 모양이지요?"

"그 사람이라니요?" 나는 물었다.

방코랑이 카드를 섞던 손을 멈추고 얼굴을 들었다.

"우리 모두 함께 모이도록 폰 아른하임 남작의 초청을 받았다네. 오늘 밤 해골성에 모이라는군. 그래서 지금 아리슨 부인이 새로운 제안을 한 참이라네. 이왕 강을 건너 떠날 바에는 메이르샤의 식당에서 호화스러운 파티라도 열면 어떻겠느냐고."

"그래요." 공작부인이 얼른 말을 받았다. "그 외알박이 안경 신사가 연극을 꾸밀 작정이라면 우리도 거기에 맞서서 하인들을 총동원시켜 보다 멋지게 그를 놀래게 해주자는 거예요. 한 사람도 빠짐없이 모두 다 성으로 가는 거예요. 그래, 당신들이 코블렌츠에서 만나고 온 신문쟁이는 이름이 뭐지요?"

"개리번이라고 합니다." 내가 대답했다.

"그렇지, 개리번 씨……. 당신은 곧 그에게 전화해서 파티에 함께 가자고 말해 주세요. 그 외알박이 안경 신사는 우리에게 으스대기만 해서 견딜 수가 없어요. 그러니까 신문 기자라도 있는 편이 좋아요. 나는 원래 경찰은 아주 싫어하지만 신문 기자라면 비교적 좋아해요. 술을 대접하고 싶어요. 저런, 방코랑 씨, 카드 돌리는 것을 멈추면 안 돼요, 빨리 돌리세요!"

그때 문을 요란스럽게 두들기더니 폰 아른하임 남작이 나타났다. 그는 흥분해 있었다. 들어오기가 무섭게 또렷한 말투로 말했다.

"실례지만 방코랑 씨와 마르 씨에게만 급히 의논할 일이 있습니다. 아주 중대한 일이어서……." 그는 말하다 말고 공작부인을 가만히 바라보았다. "그렇군요, 아리슨 부인. 당신도 참석해 주십시오."

르바셸이 투덜거리며 일어났다. 그는 어두운 이마를 들어 안주인에게 한 번 고개를 끄덕이며 말했다.

"그럼, 계산은 다음에 하겠습니다, 공작부인. 연습 시간이 되었기 때문에 나는 이만 실례하겠습니다."

공작부인은 하녀에게도 눈짓으로 물러가게 했다. 네 사람만이 남게 되자 아리슨 부인이 말했다.

"이제 되었지요? 그런데 이야기란 뭔가요?"

그녀의 태도는 성급했다. 폰 아른하임 남작은 부인의 얼굴을 똑바로 보며 말했다.

"방금 들은 일입니다만, 이 저택에 비밀 통로가 있다고 하는군요."

마침내 그도 안 것이다! 방코랑은 미소를 짓고 있었다. 공작부인은 진심으로 놀란 표정이었다.

"비밀 통로라니요?" 아리슨 부인은 놀란 눈으로 남작을 뚫어지게 쳐다보았다. "이상하군요, 누군가가 당신을 속인 거예요. 나는 이 별장에 산 지 상당히 오래되었지만 그런 통로에 대한 이야기는 들은 적이 없어요. 대체 누가 그런 말을 하던가요?"

"누구에게서 들은 것이 아니라 그 증거를 잡았습니다."

공작부인은 이맛살을 찌푸리며 대답했다.

"뭐라구요? 나는 이 집에 이미 18년 동안이나 살았어요. 그러나 이런 이야기는 처음 들어요. 만일 그런 통로가 정말로 있다면 지금까지 몰랐던 것이 다행일지도 모르겠군요. 그래, 그 통로가 어디에 있다는 거지요? 통해 있는 곳이 어디랍니까?"

"돌아가신 당신 오라버니의 방에 있으리라고 생각합니다. 통해 있는 곳은 물론 강바닥을 지나 해골성이겠지요."

폰 아른하임 남작은 짓궂은 눈길로 방코랑을 바라보았다.

"방코랑 씨, 이제야 나는 겨우 당신이 노리고 있는 것을 알았습니다. 그 진흙투성이의 구두 말이오. 좀더 일찍 그것을 캐고 들었어야 했는데……"

애거사 아리슨이 피식 하고 입을 울렸다. 그녀는 눈을 가늘게 뜨고 중얼거렸다.

"그래요, 없다고 단정할 수는 없겠지요……. 네, 정말 있을지도 몰라요. 아마도 마일런 아리슨 오라버니가 만들었을 거예요. 그분다운 일이에요."

그러나 폰 아른하임 남작은 고개를 내저었다.

"모르긴 해도 당신 생각은 잘못된 것 같습니다. 강바닥을 지나는 통로는 몇 세기 전에 만들어졌으리라 생각됩니다. 해골성은 15세기에 지은 것으로 추측되고 있는데, 초대 성주는 마법사라는 혐의로 결국 화형을 당했지요. 그는 적군에게 포위되었을 때마다 아주 교묘하게 성안에서 모습을 감췄다고 합니다. 이 기록에 의해서도 비밀 통로가 있었다고 짐작됩니다. 아마 틀림없으리라고 생각합니다. 방코랑 씨, 이것도 당신이 일찍부터 말한 거지요. 이 사건을 해결하는 유일한 실마리는 오래된 성의 복잡하고 정밀한 구조를 먼저 연구하는데 있다고."

"그렇게 말했지요. 어젯밤에 나는 그 점을 당신에게 말씀드렸습니다. 성안에 저토록 세밀하고 정교한 방어 시설을 갖추어 놓은 건축물에, 땅 밑으로 빠져나가는 비밀 통로가 없을 리 없습니다. 적의 대군에 열 겹 스무 겹 포위되었을 때 몰래 라인 강 바닥을 뚫고 탈출하려는 것은 누구나 생각할 수 있는 방법이겠지요."

"그리고 또 나는 당신이 밤이면 이쪽 방에서 혼자 지내고 싶어한 이유도 알았습니다."

이야기하고 있는 동안 독일의 명탐정 폰 아른하임의 눈에 차츰 적대감이 타오르기 시작했다. 그는 의자 등받이를 힘껏 치면서 말했다.

"그러나 방코랑 씨, 지금은 친구끼리 서로 속이고 있을 상황이 아니오! 솔직히 말해주시오. 당신은 비밀 지하도를 발견했습니까?"

방코랑은 포커 카드를 힘없이 섞으면서 대답했다.

"아리슨의 침실과 거실 사이에 구석진 곳이 있습니다. 그곳 말고는 지하도 입구로 달리 생각할 만한 데가 없습니다. 그러나 나는 감히 당신에게 도전하지만, 과연 그 입구가 열릴까요?"

"따지고 있어봐야 아무 소용없잖아요!" 공작부인이 성급하게 소리쳤다. "가보십시다. 빨리 현장으로 가서 찾아보는 거예요! 나도 참 멍청이였군요. 이 집에 비밀리에 빠져나가는 길이 있는 줄도 모르고 있었다니! 대체 무엇 때문에 마일런은 나에게도 가르쳐 주지 않았을까? 그 점이 나로서는 가장 이상하게 생각돼요."

폰 아른하임이 조용히 말했다.

"그에게는 물론 남에게 말할 수 없는 이유가 있었습니다. 그는 그것을 당신들 모두에게 숨겼지요. 거기에는 물론 이유가 있습니다."

방코랑이 카드를 섞고 있다가 눈을 들고 물었다.

"그런데 이 새로운 발견이 당신의 수사 이론에 어떻게 도움이 되지요?"

"그것을 지금부터 조사해 보는 겁니다."

폰 아른하임 남작이 벌떡 일어났다.

"자, 갑시다!"

우리 네 사람은 홀로 나갔다. 공작부인은 지팡이에 의지하여 발을 옮기면서 줄곧 뭐라고 중얼거리고 있었다. 홀에는 햇빛이 흘러들고 있었으나 밝은 느낌은 전혀 없었다. 기분 나쁘고 음침한 분위기가 구석구석까지 숨어들어와 있는 듯한 느낌이었다. 아래층에서는 르바셀이 다시 바이올린을 켜기 시작했다. 브람스의 작품 5번 헝가리 무곡이었다. 화려하기는 하나 어딘지 고풍스럽고 죽음까지 생각나게 하는 리듬이었다.

우리가 2층 복도를 안으로 꺾어들었을 때, 그 근처 위 어느 방에선가 여자의 흐느낌 소리가 새어나왔다. 어느 방인지 확실히 말할 수는 없었으나, 그 소리를 듣자 이상한 전율이 등골을 스쳐갔다. 햇빛이 밝게 넘치고 있는 홀, 푸른 하늘 아래 잔물결을 반짝이고 있는 라인강, 이 속에서 들리는 숨죽인 흐느낌 소리…….

"여러분, 들어보십시오!"

방코랑이 말했다. 우리는 복도의 모퉁이에서 무심코 발을 멈췄다. 애거사 아리슨이 곧 말했다.

"저 바이올린 연주가 또 시작된 거로군요! 나는 저 소리만 들으면 도무지 조바심이 나서 견딜 수가 없어요."

방코랑이 대답했다.

"그 소리가 아닙니다. 아리슨의 방에 누가 있는 것 같습니다."

그날 우리들의 처지를 상징하는 듯한 무서운 불안이 등 뒤로 다가왔다. 폰 아른하임 남작이 달려갈 듯한 자세를 취했다. 그것을 계기로 우리는 일제히 아리슨의 방으로 뛰어들었다. 맨 먼저 문을 열고 뛰어든 것은 역시 폰 아른하임 남작이었다.

햇빛이 높은 창문으로 비쳐들고 있을 뿐이었다. 그 햇빛 속에 잔먼지가 뛰놀고, 먼지 쌓인 책상 위에 놓인 타이프라이터의 니켈 부분이 번쩍번쩍 빛나고 있었다. 의자팔걸이에는 여전히 끽연 가운이 걸쳐져 있었다. 그날 밤 아리슨이 비밀 통로로 들어갈 때 벗어 던지고 간 그대로 있었다. 방 안은 숨막힐 정도로 무더웠다.

폰 아른하임은 무섭게 활동하기 시작했다. 안으로 뛰어들자 곧 침실 문을 열고 들어갔다. 그러나 곧 발로 마룻바닥을 차올리듯이 하면서 모습을 나타냈다.

"아무도 없습니다. 지금은 아무도 없는데, 방금 전까지도 분명히……."

나는 잠자코 창유리의 먼지 자국을 바라보고 있었다. 양탄자의 다갈색과 금빛 무늬를 눈으로 쫓고 있었던 것이다. 말할 수 없이 더웠지만 떨림이 멎지 않았다. 바이올린 소리가 계속되고 있었다. 폰 아른하임은 안쪽 칸막이방을 가르는 커튼을 젖히고 그 안의 널빤지 틈을 관찰하고 있었다.

그는 줄곧 그곳을 두들기면서 말했다.

"여기가 틀림없는데, 이 울림 소리로는 빈 것 같지 않구먼. 마치 벽돌벽을 두들기고 있는 것 같군요. 비밀 통로는 반드시 여기 있을 텐데……. 정말 안타까운 일이오! 참으로 용케 숨겨두었지만, 나는 끝까지 찾아내고 말 테다!"

"도끼라도 가져오게 할까요?" 공작부인이 입을 열었다. "벽을 모두 두들겨 부수면 되지 않겠어요?"

"어림도 없는 소리요." 방코랑이 옆에서 말했다.

"이 널빤지는 상당히 두껍습니다. 그리고 이 안으로는 들보가 지나고 있는 것 같습니다. 지붕으로 연결된 거겠지요. 농담은 그만두고, 이 안은 진짜 벽돌입니다. 이 수사는 이론적으로 할 필요가 있습니다."

그리고 나서 우리는 한 시간 가까이 연구했다. 밀어보기도 하고,

안의 소리를 들어보기도 하고, 두 번 세 번 근처를 잡아 흔들어보기도 하고, 널빤지를 따라 손가락을 밀어보기도 했다. 머리를 짜냈으나 모두 헛일이었다. 떡갈나무 판자는 꼼짝도 하지 않았다. 마침내 흥분한 나머지 얼굴이 새빨개진 공작부인은 서재 쪽으로 지친 몸을 끌고 갔다.

"아!" 공작부인은 내뱉듯이 말했다. "당신들은 그다지 영리하지 못하군요. 아무래도 도끼나 쇠지렛대라도 가지고 오는 편이 낫겠어요. 나 같으면 그렇게 해보겠는데……."

폰 아른하임이 기분 나쁜 듯 말했다.

"이 방에서 입구가 발견되지 않으면 건너편으로 가서 찾아볼 수 밖에 없소. 그곳에는 분명한 증거가 있소——횃불이! 집사 호프만이 본 성벽 위의 남자가 통로에 횃불을 내던지고 사라졌다면, 그 근처에 입구가 있을 게 틀림없소. 어쩌면 관리인의 방일지도 모르오. 그렇군, 관리인 방에서 찾는 편이 발견될 가능성이 많을 것 같은데……."

"잠깐 기다려주십시오." 나는 흥분한 나머지 들뜬 목소리로 던스탠 경에게서 들은 사실을 이야기해 주었다. 나는 조심스럽게 이야기한 사람의 이름은 알려지지 않도록 주의해서 설명했다. 괴상한 사나이가 달빛 아래 뭔가 잡아끌면서 오는 모습을 눈 앞에 떠오르듯이 생생하게 그렸다. 폰 아른하임은 기뻐서 껑충 뛰었다. 그는 두 손을 마주 비비고 고개를 끄덕이며 말했다.

"그래, 틀림없어. 들으셨는지 모르지만, 나는 그 여자를 심문했습니다. 그러나 땅 속에서 나타난 사람에 대해서는 한마디도 하지 않았지요. 하지만 지금 마르 씨의 이야기로 모든 것이 이해가 갑니다. 이 지하 통로의 출구는 분명히 강 건너편 기슭에 있습니다. 그곳에서 또 다른 비밀 통로가 성안으로 연결되어 있는 겁니다. 같은 수법으로 강 밑을 통하는 지하도를 파고 또다시 언덕 위까지 파올린다는 건 대단한 공사로, 우선 곤란하다고 봐도 좋겠지요. 그런데 문제를 맞은쪽 조사로 옮기기로 하면……."

"너무 놀라게 하지 말아요!" 공작부인이 지팡이를 내두르면서 항의했다. 그녀는 코끝까지 흘러내린 안경 너머로 유심히 우리들을 바라보며 말했다.

"아무래도 이야기가 너무 비약된 것 같군요. 나보고 말하라면 지금 이야기는 정말 우습다고 하겠어요. 누가 보았다는 거지요? 대체 누가 강 건너편에 있었다는 거예요? 당신들 탐정이란 분들은 여러 가지로 공연한 머리를 쓰게 만드는군요."

우리는 설명도 하고 추측도 하면서 그 흥분을 가라앉히려고 했다. 그러나 그녀는 지팡이를 내두르면서 여전히 소리를 질렀다. 나를 향해 젊은 사람이 형편없는 거짓말쟁이라고 꾸짖는가 하면, 다른 사람들에게는 있지도 않는 지하도 따위를 들먹여 소중한 포커 내기를 망쳐놓았다고 소리치며 누구 할 것 없이 모두 머리가 돌았다고 비웃었다.

폰 아른하임 남작은 강 건너 맞은편 기슭을 조사할 테니, 우리도 함께 가자고 권했다. 그러나 웬일인지 방코랑은 거절했다. 그럼에도 불구하고 폰 아른하임은 기막히게 기분이 좋았다. 그의 눈에는 어떤 결과가 되든 결승점이 가까이 다가오고 있는 듯했다. 그는 약간 거만한 태도로 그 자리에서 모임을 해산하고 급히 모자를 집어들었다. 애거사 아리슨은 자기 방으로 돌아가고, 나와 방코랑은 함께 층계를 내려가 주차장으로 나가서 등의자에 앉았다. 긴 여름날 오후의 햇빛이 라인 강 물결을 비스듬히 비추고 있었다. 방코랑이 굵게 한숨을 내쉬며 말했다.

"담배 한 개비 피우겠나, 제프? 아까는 나도 조마조마했었네. 그

두 사람은 여간내기들이 아니므로, 정말 찾아내는 게 아닌가 싶어서……."

나는 일어나서 흘끗 방코랑을 보았다. "그럼, 자네는 알고 있단 말인가?"

"물론이지. 그러나 그걸 찾아내는 데 어제 하룻밤이 걸렸다네. 그리고 발견한 뒤에도 그 안을 더듬어 조사하느라고 결국 밤을 새웠지."

나는 계속해서 여러 가지를 물었다.

"모두들 상상한 대로 입구는 그 안쪽 칸막이방에 있다네. 그러나 문을 여는 방법은 침실 쪽에서 찾아냈지. 정말 교묘한 장치였네. 그 벽에는 장식용 귀신머리가 붙어 있는데, 그중 하나를 비틀면 이쪽 방의 벽 널빤지에 구멍이 뚫리네. 정성들여 기름을 친 장치로 돌판자 하나가 미끄러져 열리게 되는데, 안팎 양쪽에서 자물쇠를 채우게 되어 있더군."

"거기까지 알고 있으면서 왜 가르쳐주지 않나!"

방코랑은 손가락 끝으로 의자팔걸이를 두드리면서 대답했다.

"그 이유 말인가? 지금은 남작에게 통로 안에 무엇이 있는지 알리고 싶지 않기 때문일세. 결국 폰 아른하임 남작은 사건 진상은 이렇다면서 해결을 우리 앞에 자랑할 테지. 그러나 만일 누군가가 통로 안의 모습을 알고 있으면, 그의 이른바 '진상'이라는 것이 잘못임을 뚜렷이 알게 될 걸세. 따라서 누군가가 반드시 폭로하고 말겠지. 그렇게 되면 재미가 좀 없거든. 일단은 폰 아른하임 남작의 해결이 옳은 것으로 해두고 싶은 걸세. 지금은 그것이 최상의 방법인 것 같네."

나는 의기소침해서 말했다.

"나는 도무지 이해가 안 가는군. 물론 나 자신이 빈틈없는 재주꾼

이라고 생각하는 건 아니지만, 그래도 내가 이해할 수 없다는 것은
아무래도……. "

"아니, 조금도 비관할 건 없네, 제프. 이제 곧 알게 될 테니까. 나
는 다시 2층에 갔다 와야 하네. 아직 해야 할 일이 좀 있어서. 잠
시 동안 아무것도 묻지 말게. 지금 곧 빗자루와 가죽 장화가 필요
한데……. "

긴 오후의 해도 마침내 라인 강 서쪽으로 잠기기 시작했다. 나뭇잎
끝에서부터 온 들판으로 차츰 푸른 빛이 희미해지기 시작했다. 후텁
지근하던 바람이 어느새 서늘해지기 시작했다.

뒤얽힌 그물눈

그날 밤 일을 지금 돌이켜볼 때 아직도 이해가 안 되는 일이 꼭 한 가지 있다. 어째서 그때 우리는 한 사람 예외없이 그토록 미친 듯이 쾌활한 기분에 휩싸여 있었는가 하는 것이다. 그날 밤 해골성의 유리 천장 방에서 이루 말할 수 없이 호화스러운 파티가 벌어지고, 그것이 마지막에 그토록 공포에 찬 장면으로 끝날 때까지 우리는 줄곧 이상할 정도로 들뜬 기분에 사로잡혀 있었다. 당연히 음울한 기분에 잠겨 있어야 할 상황에서 웃고 떠들어댈 기분이 계속될 수 있었던 것은 무엇 때문이었을까?

그러나 좀더 파고들어가 보면 이러한 현상은 이 경우에만 국한된게 아니다. 사람의 심리란 가끔 이처럼 도착(倒錯) 상태를 보이는 법이다. 아무튼 그런 까닭에, 나뿐만 아니라 파티에 참석한 모든 사람들이 같은 기분이었던 것 같았다. 이날 밤의 기묘하기 이를 데 없는 파티에서 우리는 의자를 나란히 하고, 무서운 '죽음'이 참석해 있는데도 불구하고 모두 그 화려한 분위기에 젖어 있었던 것이다.

물론 그 '죽음'은 태도가 은근하고 예의가 발라 이날 밤손님으로서의 자격은 만점이었다. 구체적으로 말하자면 폰 아른하임 남작으로 상징되어 있었다. 그는 외알박이 안경을 번쩍이고 연미복을 입었으며 아주 흠잡을 데 없는 태도였다.

우리는 분별없이 마구 잔을 들었다. 한 식탁에 흉악무도한 살인귀가 태연한 얼굴로 참석해 있다고 생각하자, 정도에 넘치게 마시지 않고는 견딜 수가 없었던 것이다. 무섭고 기분 나쁜 분위기가 한층 더 그런 생각을 부채질했다. 누구나 취하도록 마시지 않고는 견딜 수 없었던 것은 사실이었으나, 원인은 물론 각 사람마다 달랐다.

참석자들의 태도를 각각 기록해 보겠다.

우선 방코랑은 전에 없이 점잔을 빼고 앉아 있었다. 그러나 아무리 그일지라도 주위 분위기의 영향을 받는 게 틀림없었다.

공작부인은 아주 원기왕성했다. 도전하는 사람만 있다면 아침까지라도 상대해 주겠다는 기세로 버티고 있었다.

폰 아른하임 남작은 이미 승리가 자기 손에 들어와 있다는 자신감으로 점점 더 침착해져서, 쥐를 노리는 고양이가 가만히 도사리고 앉아 그 움직임을 지켜보고 있는 듯한 태도였다. 쭉 뻗친 금빛 코밑수염 아래의 일그러진 입이 미소를 머금고, 밝은 녹색 눈동자가 반짝반짝 빛났다.

바이올리니스트 르바셀은 그 장소의 분위기에 맞게 삶과 죽음에 대한 자신의 견해를 길게 늘어놓고는 스스로 만족한 듯 고개를 끄덕이고 있었다.

다음은 제롬 드오네이. 그는 태어날 때부터 냉정한 이성인이었으며 빈틈없는 도박꾼이었다는데, 역시 그도 오늘밤에는 이 장소의 분위기에 흔들린 모양인지 흥분된 빛을 감추지 못했다. 그 증거로 큰 눈이 번쩍번쩍 빛나고 있었다.

젊은 던스탠 경은 한층 더했다. 안절부절 침착하지 못했으며 그가 하는 말에 두서가 없었다. 그러면서도 쾌활하게 계속 지껄이고 있는 것은 이소벨 드오네이에 대한 일이 자기가 바라는 쪽으로 해결될 전망이 비친 때문이리라. 다시 말해서 그녀는 이제 드오네이 집안의 주부가 아닌 것이다. 그렇게 생각하며 바라보자 그녀가 전에 없이 화려하고 아름다워 보였다.

신문 기자 개리번은 가장 생기있게 행동하고 있었다. 원래부터 괴이한 일과 살인사건을 좋아하는 그에게 이밤, 이 죽음의 파티처럼 그의 취미에 꼭 들어맞는 모임도 없을 것이다.

아니, 또 한 사람 있었다. 가장 흥분하고 가장 격정적으로 행동하고 있는 사람, 말할 것도 없이 샐리 레인이었다. 이날 밤 이 정도의 배우들이 모인 죽음의 파티 자리에 함께 앉아 축하의 잔을 드는 자들로서 이보다 더 어울리는 사람들을 모으기는 아마 불가능하다 해도 지나친 말이 아니리라.

그 날은 오후 내내 파티 준비로 온 집안이 부산스러웠다. 모터보트와 노젓는 보트가 쉴새없이 해골성과 별장 사이를 왔다갔다하며, 집사 호프만과 하인 프리츠와 하녀 플리다, 그리고 처음 보는 두세 명의 하인들을 태워날랐다. 요리사들은 코블렌츠 읍에서 불러왔다. 식탁보와 은식기와 과일술과 식탁을 장식하는 꽃까지 모조리 보트로 나르느라고 부산스러웠다. 건너편 오래된 성에서도 준비가 대단했을 게 틀림없다. 조리실 굴뚝도 죽은 관리인이 정성들여 늘 청소해 두었다는데 또 손질을 하고 있었다.

파티 시간에는 완전히 밤의 장막이 내려져 있었다. 낮 동안 더위가 대단했지만, 해가 지자 역시 싸늘한 기운이 스며들었다. 축축한 바람이 어디에선지 모르게 불어 들어오고, 창 밖에서는 귀뚜라미가 울고 있었다. 달이 떠올랐다. 캄캄한 밤하늘과 구별할 수 없었던 소나무 가지가 희미하게 잿빛으로 빛났다.

나는 옷을 갈아입기 시작했다. 저택 안팎은 소리가 크게 나지는 않았지만, 아직도 뭔가 부산한 기척이었다. 나는 평소보다 훨씬 정성들여 머리를 빗었다. 넥타이도 신경써서 맸다. 무슨 생각에서였는지는 모르지만, 일부러 파리에서 가져온 다이아몬드 넥타이 핀을 꺼내 꽂았다. 그 밤을 오래된 성에서 보낼 준비를 하라는 전갈이 있었기 때문에 필요한 물건들을 모조리 가방에 넣어 침대 밑에 넣었다. 아마 집사 호프만이 가져다줄 것이다.

식사 시간은 상당히 늦게 정해져 있었다. 내가 방을 나선 것은 9시가 지나서였다. 그때 홀 정면 창문으로 본 광경이 이상하게 내 주의를 끌었다. 나는 한발 한발 다가가며 그것을 바라보았다. 그것은 밤하늘에 떠오른 해골성의 모습이었다. 밤의 라인 강을 항해하는 사람들도 얼떨결에 놀라 소리를 지르며 유심히 바라보았을 것이다. 거대한 해골이 휘황찬란한 장식등으로 빛나고 있었다. 두 눈에 해당되는 부분인 크고 높다란 타원형 창문의 유리가 보랏빛으로 보였다. 코 부분은 삼각형으로 노란 등불이 비치고 있었다. 그리고 턱 근처, 이빨 모양의 부분은 긴 복도의 입구로 되어 있어 어디나 다 마찬가지로 강렬한 빛을 내뿜고 있었다.

등불이 조금이라도 움직이면 곧 해골의 모양에 변화를 가져왔다. 한쪽 눈이 약간 깜박인 것처럼 보일 때도 있었다. 입 언저리가 싱긋 기분나쁜 웃음을 지은 듯한 때도 있었다. 그런가 하면 갑자기 거친 표정이 얼굴 전체에 번지며 죽음 같은 정적이 해골 전체를 덮어누를 때도 있었다. 흉벽에서는 횃불이 벌겋게 타오르고 있어 그 근처를 돌아다니는 사람의 그림자가 또렷이 보였다. 그들 모자에도 불이 번쩍 번쩍 비치고 있어 몹시 이상했으나 별것은 아니었다. 그 모자는 쇠로 만든 것이었다. 흉벽을 돌아다니는 자들은 경찰관들이었다.

달이 높이 떠오름에 따라 해골성의 모습은 은회색으로 바뀌어갔다.

거대한 모습으로 주위를 둘러보며 뭔가를 기다리고 있는 듯했다. 사실 이 옛 성은 몇 세기라는 오랜 세월 동안 라인의 물줄기를 굽어보고 있었다. 괴기와 격정과 얼마쯤의 유머를 가지고 우뚝 서 있었던 것이다.

콩알만한 사람의 그림자가 성안의 이 방 저 방을 돌아다니는 모습도 보였다. 글자 그대로 그것은 해골 속에 우글거리는 구더기 같았다. 좀더 아름답게 시인다운 표현을 쓰자면 작은 사람이 붉은 무도곡을 춤추고 있다고나 할까? 어찌 되었든 폰 아른하임 남작은 기막힌 연출가이다! 아무리 프랑스의 명탐정 방코랑이라 해도 지금은 그가 꾸며놓은 무대 앞에 몸을 웅크리고 있지 않을 수 없는 형편이었다.

나는 아래층으로 내려갔다. 음악실에서 누군가가 피아노를 치고 있었다. 서재에서는 칵테일 셰이커를 유쾌한 듯이 흔들고 있는 소리가 들렸다.

서재에서는 굉장히 놀라운 일이 기다리고 있었다. 방 안에 들어서자마자 내 눈에 비친 것은 나와 마찬가지로 칵테일 셰이커 소리로 상징되는 이상한 흥분에 휩싸인 사람들의 모습이었다. 우리는 모두 한 배에 타고 있는 친구들인 것이다. 그렇게 생각하자 묘하게도 여느 궤도를 벗어난 사람들이 그 나름대로 정답게 느껴졌다.

내가 맨 먼저 발을 옮긴 곳은 술방이었다. 거기서는 이소벨 드오네이가 칵테일 셰이커를 흔들고 있었는데, 아무리 보아도 그녀라고 믿어지지 않았다. 볼이 발갛게 달아올라 있고, 갈색 눈동자가 반짝반짝 빛났으며, 가끔 머리를 뒤로 발딱 젖혔다. 주먹이 뛰놀 듯이 힘차게 좌우로 움직이고 있었다. 그녀는 까만 야회복을 입고 있었다. 살이 훤히 비치고 가슴이 굉장히 많이 파인 옷이었다. 옷의 장식품이 등불에 반짝였으며 반들반들한 어깨가 섬세한 아름다움을 풍겨주었다. 엷은 빛깔의 굽슬굽슬한 머리카락이 빨갛게 물든 두 볼에 늘어져 있어

다시 태어난 듯 생기있는 모습이었다.

그녀가 소리쳤다.

"들어오세요, 마르 씨! 자, 거기 앉으셔서 칵테일을 한 잔 드시겠어요? 이건 '금빛 새벽'이라는 거예요. 나는 늘 이걸 만들지요. 진이 반, 오렌지 주스가 4분의 1, 나머지 4분의 1은 살구 브랜디예요."

나는 방 안을 한 바퀴 둘러보며 말했다.

"꼭 마셔보고 싶군요."

구석의 긴 의자에서 눈이 번쩍 뜨일 만한 녹색 야회복을 입은 샐리 레인이 크게 손을 흔들어 나를 불렀다. 한쪽 눈썹이 벌써 다른 쪽보다 훨씬 올라가 붙었으며 두 손가락으로 술잔 손잡이를 간신히 붙잡고 있었다.

"나의 연인!" 그녀는 큰 소리로 나를 불렀다. "이리로 오세요. 내 옆에 앉으세요. 나는 지금까지 당신을 시시한 삼류 문인으로 생각하고 있었는데, 그 머리 모양만은 아주 멋있군요. 마음에 들었어요……. 개리번 씨, 당신은 어떻게 생각하세요?"

개리번이 또 내 눈을 놀라게 했다. 어디서 어떻게 구했는지 몸에 꼭 맞는 연미복을 말끔히 차려입어 어느 곳 하나 빈틈이 없었다. 늘씬한 그 모습에는 위엄까지 갖추어져 있었다. 얼굴을 깨끗이 면도하고 머리 손질도 정성스럽게 했다. 엷은 미소를 두 볼에 떠올리며 그는 홀짝홀짝 칵테일을 마시고 있었다.

"그렇게 뚫어지게 보지 마십시오, 마르 씨." 개리번은 나를 보자 마치 충고라도 하듯 말했다. "당신은 내가 어디서 이 옷을 구했는지 이상하게 생각하는 모양이니, 설명해 드리지요. 실은 코블렌츠의 장의사에게서 빌려온 거랍니다. 개리번 집안 사람들은 언제나 이런 면에서 머리가 빨리 돌아가니까요."

"아, 그랬었군요!" 샐리 레인이 말했다. "이제 알았어요. 당신은 틀림없이 며칠 안으로 별장의 장례식에 참석하게 될 거라면서 장의사를 구슬렸겠지요. 과연 당신은 머리가 좋군요. 자, 나 또 한 잔 주세요."

내가 이소벨 드오네이의 손에서 칵테일 잔을 받아들려고 했을 때였다. 그녀의 손이 한순간 머뭇거렸다. 보니 문 앞에 제롬 드오네이가 모습을 나타냈다. 나에게 술잔을 건네는 이소벨 드오네이의 손이 약간 흔들리고 있었다. 그녀의 눈은 내 어깨너머 뒤를 보더니 다시 나에게로 향했다. 그 눈빛이 강렬했다. 나는 금방 알아차렸다. 그녀는 완전히 딴 사람이 되어 있었던 것이다. 지금 그 눈에는 제롬 드오네이를 무서워하는 빛이 조금도 보이지 않았다.

"여, 이소벨!" 드오네이는 프랑스 어로 말을 걸었다. "오늘밤에는 유난히 아름다워 보이는군."

드오네이는 웃고 있었다. 바로 조금 전까지 우리를 감싸고 있던 공포 분위기는 지운 듯이 사라졌다.

"당신, 술 드시겠어요?"

이소벨은 냉정하게 영어로 대답하며 자신의 말이 가져다준 효과에 만족해하는 것처럼 보였다. 두 볼을 더욱 빨갛게 물들이며 귀여운 표정을 지어보이고 있었다. 드오네이는 그녀에게로 다가가 내미는 칵테일 잔을 받아들었다. 잔을 건네주며 그녀는 입술에 엷은 미소를 떠올렸다. 드오네이는 잔을 받아들고 가볍게 고개를 숙였다. 나는 그 순간의 그녀처럼 아름다운 여자를 본 적이 없다.

그러나 나는 곧 개리번에게로 눈길을 옮겼다. 그런데 이 신문 기자의 얼굴에 아주 이상한 표정이 떠올라 있었다. 그는 그 이상한 표정으로 드오네이와 눈인사를 나누었다. 드오네이도 분명히 깜짝 놀라는 모습이었다.

"전에 어디선가 뵌 일이 있는 것 같은데……." 드오네이가 큰 턱을 문지르면서 말했다.

"그런 일은 없을 겁니다."

"그래요?" 벨기에의 대부호 드오네이는 입속으로 중얼거렸다. "어쩌면 내가 잘못 생각했는지도 모르겠군요. 아마 그렇겠지요. 나는 당신을 보고 다른 아는 사람을 생각해 낸 모양입니다. 누구인지는 아직 생각이 나지 않지만……."

"칵테일을 만들고 있나요?"

부르짖는 듯한 공작부인의 목소리가 문 쪽에서 울렸다. 뚱뚱한 몸을 꼭 달라붙는 검은 야회복으로 감싸고 비틀거리듯이 들어왔다. 목에 진주목걸이를 했는데, 그것이 살로 파고들어 마치 목매는 줄을 감아놓은 것 같았다. 머리는 빙빙 감아올려 빗어 결혼 케익을 연상케 했다. 방 안의 사람들은 그녀가 들어오는 모습을 보자 일제히 떠들어댔다. 칵테일 셰이커의 움직임이 자꾸만 눈을 끌었다. 큰 셰이커였으나 곧 비어 버려 자꾸만 술을 새로 부어야만 했다. 벽에서는 마일런 아리슨의 초상화에 등불이 비쳐, 그 무겁고 엄숙한 모습이 우리를 조용히 바라보고 있었다.

던스탠 경이 들어왔다. 생각 탓인지, 눈썹 사이에 우울한 빛을 띠고 손둘 곳을 몰라 망설이고 있는 느낌이었다. 그는 흘끗 샐리 레인에게로 눈길을 보냈다. 그녀는 조금 전까지 긴 의자에 묻혀 있었으나 나에게 칵테일 잔을 건네주기 위해 내 의자 팔걸이에 걸터앉은 참이었다. 그러고 나서 그는 제롬 드오네이를 쳐다보았다. 드오네이가 그에게로 다가가 인사했다. 이상한 인사였다. 마음을 터놓는 듯하면서도 사악할 정도로 냉소에 찬 인사였다. 속마음은 알 수 없지만, 젊은 던스탠의 마음을 초조하게 만든 건 확실했다.

아무튼 드오네이는 아내에게 눈길을 주지 않으려 애쓰고 있었으나 역시 생각대로 안 되는 듯했다. 이소벨은 미친 듯이 술을 마시고 있었다. 나는 그때 이렇게 생각한 것을 기억하고 있다. 이 파티는 곤드레가 되지 않는 한 끝나지 않겠군. 그리고 이소벨 드오네라는 여자는 당연히 발 밑을 조심해야겠어. 나는 미친 사람들을 가득 싣고 안개에 뒤덮인 밤바다를 항해하는 배를 다시금 그려보았다.

샐리 레인이 힘껏 내 귓부리를 잡아당겼다. 자기 옆으로 끌어당겨 놓고 같이 더 마시려는 것이었다.

"당신은 내가 하는 말을 듣고 있지 않군요. 뭔가 기쁜 일이라도 있나요?"

방코랑과 폰 아른하임 남작이 문 앞에 모습을 나타냈다. 이들도 역시 번쩍거리는 예복을 단정하게 차려입고 있었다. 독일인이 특히 더 두드러져 보였다. 천해 보일 정도로 차려 입고 엷은 금빛 코밑수염을 밀랍으로 빳빳하게 한 모습은 수염을 곤추세우고 있는 고양이를 연상케 했다. 야옹야옹 울어대며 근처를 돌아다니는 고양이를.

방코랑은 진주 넥타이핀을 한 메피스토펠레스였다. 그는 예의바른 태도로 폰 아른하임 남작에게 시가를 내밀고 있었다. 남작은 시가를 받아들고 작은 목소리로 뭔가 속삭였다. 방코랑이 고개를 끄덕였다. 그리고 두 사람은 나란히 칵테일을 받아들려고 다가왔다. 그것은 도전적인 모습이었다.

엄숙한 표정으로 방코랑과 남작은 잔을 받아들었다.

"저, 마르 씨!" 샐리 레인이 내 귓전에 속삭였다. 방 안의 소음으로 목소리가 똑똑히 들리지는 않았지만 가엾을 정도로 격렬한 울림이 담겨 있었다.

"부탁이 있어요. 오늘 밤 나를 주의해서 돌봐주지 않겠어요? 어쩌면 오늘밤에 바보 같은 짓을 저지를 것만 같아 견딜 수가 없어요."

공작부인은 향수 냄새를 풍기며 뚱뚱한 몸으로 돌아다니고 있었다.

개리번이 그녀에게 스코틀랜드 이야기를 들려주고 있었다. 던스탠 경이 우물쭈물 돌아다니다가 아무렇지도 않은 듯한 태도로 이소벨 드오네이 곁으로 다가가 작은 목소리로 뭔가 속삭이고 있었다. 아마 날씨 이야기겠지. 적어도 나는 그렇게 믿고 싶었다.

모터보트가 여러 가지 짐을 수북이 싣고 선착장에 대기하고 있었다. 나는 고동 소리를 들은 듯한 느낌이 들었다. 그러나 그것은 고동 소리가 아니었다. 실은 공작부인이 소리지른 것이었다.

"어때요, 내 생각이? 보트에 칵테일을 싣자는 거예요, 대체 몇 시쯤 출발하지요?"

"그거 좋은 생각인데요." 휴대용 녹음기의 상태를 살피고 있던 드오네이가 얼른 동의했다. "그럭저럭 배도 고픈데. 아니, 정말로 배가 고프군. 이제 모두들 모였나?"

그의 말투에는 누구나 다 무심코 돌아볼 정도로 이상한 느낌이 담겨 있었다. '이제 모두들 모였나?' 하는 말 자체에 특별한 뜻이 담긴 것처럼 생각되지는 않았지만, 말투가 분명 이상했다. 사악함이 자꾸만 번져나오는 듯하여 모두들 저절로 조용해졌다. 샐리 레인이 내 의자 팔걸이에 앉아 몸을 자꾸 움직여서 드오네이의 얼굴이 잘 보이지 않았지만, 그래도 그 목소리는 나를 오싹하게 만드는 울림을 띠고 있었다. 그의 아내와 던스탠 경은 창문 옆 큰 의자에 나란히 앉아 꼼짝도 하지 않았다. 발 밑의 페르시아 양탄자를 짓밟고 있을 뿐이었다. 방코랑과 폰 아른하임은 칵테일 테이블 옆에 서 있었다. 폰 아른하임 남작은 한쪽 손으로 잔을 들어올리다가 역시 그대로 정지하고 말았다. 개리번도 공작부인의 의자 너머로 자기의 저서인 《라인 강의 전설》을 내밀다가 역시 움직이지 않았다. 모든 것이 죽은 듯한 침묵에 휩싸였다. 누군가가 말했다.

"르바셀 씨만 아직 안 왔군요."

그것에 대답하듯 조용하게, 그러나 그 말에 도전하듯 바이올린 소리가 날카롭게 흘러왔다. 뭔가 그 밑바닥에 무거운 엇갈림이 깔려 있는 듯한 소리였다. 그런데 잠자코 듣고 있노라니 금방 달라져 화려한 가락으로 변했다. 작은 대목과 대목이 아주 가볍게 울려퍼지며 율동적인 무도곡 리듬을 연주하기 시작했다. 〈아마릴리스〉였다.

샐리 레인은 잔을 놓으려다가 그만 엎지르고 말았다. 왜 이렇게까지 정신없이 칵테일을 마셔야 하는지, 우리들 마음속에 숨겨져 있는 이유를 이제야 비로소 깨달았다. 결국 우리는 이 무서운 현실에서 벗어나기를 바라고 있었던 것이다. 폰 아른하임 남작이 잔을 칵테일 테이블에 놓았을 때도 큰 소리가 났다.

던스탠 경이 억눌린 듯한 목소리로 중얼거렸다.

"이거 놀랐는데!"

무엇에 놀랐는지는 모르지만, 그것이 그의 항의였다. 그러나 다른 사람은 한마디도 하지 않았다. 르바셀은 무얼 하는 것일까, 무슨 생각에서 하필이면 이 자리에서 그 곡을 연주하고 있는 것일까?

서재 문이 열리고 르바셀이 들어왔다. 그런데도 눈에 보이지 않는 곳에서 바이올린 줄이 울며 가벼운 리듬이 흘렀다.

누군가가 말했다.

"이게 어떻게 된 거지!"

제롬 드오네이가 기분 나쁜 소리로 웃어댔다.

나는 르바셀을 쳐다보았다. 그는 냉정하고 아주 침착했다. 얼굴에 미소까지 띠고 있었다. 그의 모습은 내 마음을 혼란의 못 속으로 집어던졌다. 전등불이 검은 머리를 비추고 에메랄드 장식 단추와 손가락의 반지를 비추어 번쩍였다.

르바셀은 분명히 말했다.

"저건 하이페츠의 레코드입니다. 음악실에서 빅트롤러^(빅터 회사의 축음기)가

돌고 있는 거지요. 내가 지금 걸어두고 나왔습니다. 네? 그 이유 말입니까? 내가 이 살인사건과 아무 관계도 없다는 것을 알려주고 싶었기 때문입니다."

르바셀은 앞으로 나왔다. 그리고 갈색으로 그을린 갸름한 얼굴을 제롬 드오네이 쪽으로 돌리며 말을 계속했다.

"당신들 가운데는 배우 기질이 풍부한 사람이 너무 많은 것 같습니다. 오늘도 드오네이 씨가 나에게 이런 실례되는 말을 했답니다. 나에게는 알리바이가 있는 것으로 되어 있지만, 그런 괴상한 일은 조금도 믿을 수가 없다고요. 왜냐하면 나는 축음기를 가지고 있으므로 자물쇠를 채운 방 안에 그걸 걸어놓으면 그 동안에 무슨 짓이라도 해치울 수 있다는 겁니다."

르바셀은 도전하듯 주먹을 휘둘러보였다.

"멜로드라마에 흔히 있는 수법이지요. 별로 감탄할 만한 트릭도 아닙니다. 이런 생각이 얼마나 시시하고 무익한 것인지 말해 주고 싶습니다. 만일 내가 살인을 저질렀다 하더라도 이런 케케묵은 트릭에 의지해야 할 정도로 어리석고 못나지는 않았다는 점을 말해 두고 싶습니다. 축음기란 몇 시간이고 저 혼자 레코드를 돌리고 있을 수 없다는 점을 말씀드리고 싶은 겁니다."

깊은 침묵 속에서 르바셀은 문을 가리켰다.

"여러분, 내가 여기서 특별히 주의해 주고 싶은 것은, 지금 여러분은 내가 말한 사실을 모두 알고 있다는 듯한 표정을 짓고 계시는데, 과연 여러분이 어느 정도의 주의력을 가지고 있느냐 하는 것이 문제입니다. 저것을 듣고 내가 연주하는 것과 구별이 가십니까? 잘 들어보십시오, 피아노가 반주를 하고 있지요……."

르바셀은 미소지으면서 마지막으로 말을 맺었다.

"누구든 나에게 칵테일을 만들어 주시지 않겠습니까?"

레코드와 그의 연주를 구별하기 위해 특별히 귀를 기울일 필요도 없었다. 우리도 모두 그만한 귀는 있었다. 처음부터 누구의 가슴에나 그런 의혹이 깃들어 있었다. 르바셀은 그것을 간단한 몸짓으로 털어버렸다. 우리는 아무도 말을 하지 않았다. 드오네이는 꼼짝도 하지 않고 스핑크스 같은 얼굴로 우두커니 서 있었다. 그러나 주먹을 불끈 쥐고 있었다. 이소벨 드오네이가 얼른 일어나 르바셀에게 칵테일을 건네주었다. 르바셀은 잔을 받아들었다. 반지가 잔에 부딪쳐 달그락 소리가 났다. 반짝이는 그의 눈동자가 뭔가를 비웃듯이 방 안을 둘러보았다.

옛 성에서의 파티

환상의 포로가 된 나는 차가운 바람에 머리카락을 휘날리며 해골성 흉벽 위에 서 있었다. 이곳에서 돌아다보면 아치가 마치 해골의 이빨 같이 보였다. 안쪽이 큰 홀의 중앙에 해당되는데, 그곳의 철문이 열려 있었다. 전에 왔을 때 그 철문을 몰라보았던 것은 돌벽과 마찬가지로 회색으로 칠해져 있어 손전등 빛으로는 구별이 되지 않기 때문이었다. 그러나 오늘밤은 지금까지와는 완전히 달라 휘황하게 빛나는 홀의 등불로, 생각지 못한 세계가 그곳에 나타나 있는 것이다.

나는 흉벽 위에 서서 생각에 잠겨 있었다. 달빛이 밝은 밤하늘 아래 쏜살같이 라인 강을 따라 실어다 준 모터보트에 대한 것을……, 샐리 레인이 까만 겉옷 옷깃에 두르고 있는 새하얀 모피가 흔들릴 때마다 내 턱을 간질이던 것을……, 이소벨 드오네이의 금빛 슬리퍼를……, 물에 부서지던 달그림자를……, 그리고 무엇보다도 강 중류에서 바라본 해골성의 모습, 두 눈에 해당되는 거대한 창문들에 불이 들어와서 바닷빛으로 빛나던 그 모습을……

모든 것이 미친 것 같았다. 공작부인이 엔진 소리를 누비며 쉰 듯한 목소리로 크게 노래를 부르기 시작했다.

"밤마다 비바람이 몰아치며……. "

또 한 척의 보트가 괴상한 모습으로 달리기 시작했다. 맞은편 기슭의 선착장에도 횃불이 죽 늘어서 있어 대낮처럼 밝았다. 누군가가 저승길 강이라는 말을 내뱉었다. 부인들은 언덕으로 올라가기 위해 실내화 위에 덧구두를 신었다. 웃으면서 떠들어대기는 했지만 모두의 가슴에 공포가 찾아들고 있었다.

흉벽 위의 내 양옆에서 횃불이 활활 타오르고 있었다. 멀리 성벽 아래 어두컴컴하고 희미하게 보이는 근처에는 녹색 제복과 검은 헬멧을 쓴 사람들이 서성거리고 있었다. 경비를 하고 있는 경찰들인 모양이었다.

나는 다시 돌아서서 철문을 지나 홀로 통하는 중앙 복도로 들어갔다. 전날 밤 우리는 이 복도를 지나 오색유리로 장식된 창문과 나사 모양의 층계에서 괴기취미를 만끽했었는데, 홀에 불이 들어온 오늘 밤에 보니 결코 그것이 이 옛 성 무대 장치의 중심은 아니었다. 그보다 더 사람의 눈길을 끄는 것이 새로 나타난 것이다.

중앙 복도는 놀랄 만큼 넓었으나 장식은 너무도 간단했다. 정면에 폭넓은 층계가 보였다. 그것을 오르면 홀로 나온다. 마룻바닥에도 층계에도 검은색 양탄자가 푹신하게 깔려 있었다. 벽에서 튀어나와 있는 촛대에서 타오르는 촛불이 이 홀의 단 하나뿐인 조명이었으며, 그밖에는 불빛이 하나도 없었다. 층계 중간쯤에 15세기 밀라노 풍의 갑옷과 투구가 한 벌 놓여 있었다. 투구에 달린 눈썹 가리개에 촛불이 비쳐 번쩍번쩍 빛나고 있었다.

층계를 오르면서 나는 다시 까닭도 없이 심한 공포에 휩싸였다. 그때 안 일이지만, 낮에는 노란 유리창으로 들어오는 햇빛만을 의지하고 있는 모양이었다. 즉 그것은 정면에서 옛 성을 보았을 때 바로 해골의 코에 해당되는 부분이었다. 밤이 되면 천장에서 늘어진 쇠사슬 끝에 촛불이 켜진다. 방은 넓고 크지만 어딘지 모르게 황량한 느낌이어서 붉은 머리카락을 흩뜨린 유령을 연상케 했다. 층계 중간까지 내려오자 방금 말한 투구와 갑옷 옆에서 어떤 그림자가 꿈틀했다. 나는 자신도 모르게 등골이 오싹해지는 것을 느꼈다.

"한참 찾았어요." 샐리 레인의 목소리였다. "어째서 당신은 다른 사람들과 따로 행동하고 있지요? 모두들 위층에 모여 있어요. 벌써 상당히 취해 있어요. 자, 어서 가요."

검은 갑옷과 커다란 그림자 밑에서 샐리 레인의 모습은 비참할 정도로 조그맣게 보였다. 노란 촛불 밑에서 그녀의 루주 자국이 이상하게 빛났다. 크고 검은 눈동자가 내 얼굴을 바라보고 있었다. 그녀는 손에 잔을 두 개 들고 있었는데, 그중 하나를 나에게 건네주었다. 나는 그것을 다 마셨다. 칵테일은 '금빛 새벽'이었다. 내 몸은 기분좋게 따뜻해지기 시작했다.

샐리 레인은 갑옷 그늘에서 속삭였다. "이제 모든 게 끝이에요. 그는 곤드레가 되어 모든 것을 자백하고 말았어요. 하지만 나는 조금도 상관없어요. 정말 아무렇지도 않아요."

나는 갑옷 받침대 위에 얼른 잔을 놓고 두 손으로 샐리 레인의 얼굴을 힘껏 안았다.

"어머나, 안 돼요! 그런 짓은 조심하지 않으면 안 돼요." 샐리 레인은 눈도 깜박이지 않고 말했다. "또다시 불에 데이는 일은 하지 않겠어요."

잠자코 있으니 가슴을 찌르는 듯한 아픔이 느껴졌다. 이 여자에게는 섣불리 마음을 줄 수가 없다. 언제나 무서울 정도로 진지해지는 성격이기 때문이다. 지금 경솔하게 행동했다가 어떤 결과가 될지 알 수 없다……

"자아, 위층으로 갑시다." 이번에는 내 쪽에서 재촉했다. 층계를 빙빙 돌면서 올라갔다. 식당으로 쓰는 층을 지나 해골의 정수리에 해당되는 방에 닿았다. 순간 요란한 소리가 귀청을 찔렀다. 우리는 너무도 시끄러운 소리에 어이가 없어 잠시 동안 문 앞에 우두커니 서 있었다.

천장은 둥근 지붕으로 되어 있었으며 전면에 유리를 끼워두었다. 정교하게 조각한 흑단나무 기둥이 그것을 받치고 있었다. 검정 마룻바닥에는 금빛으로 황소, 사자, 게, 처녀, 산양 등 12별자리의 상징을 모자이크처럼 새긴 듯했으나, 그 위에 모피 깔개를 여기저기 깔아놓아 별자리를 확실히 알아볼 수가 없었다. 아리슨 별장의 홀과 이상할 정도로 비슷했다. 모피의 짐승 머리 부분은 흰 이를 그대로 드러내놓고 있어 우리 속에 들짐승의 시체가 쓰러져 있는 듯했다.

사람들은 그 위에 제각기 흩어져 있었다. 둥근 천장에서 커다란 촛대 다발이 네 개 드리워져 마루를 비추고 있었다. 그러나 그것만으로는 방 안 조명이 충분하지 못하여 구석구석까지 빛이 닿지 않았다. 촛불 테두리를 벗어난 곳은 어디나 모두 어두웠다.

이소벨 드오네이와 르바셀이 방 한가운데 놓인 터키풍의 긴 의자 위에 배를 깔고 엎드려 있었다. 튜니스 같은 곳에서 흔히 팔고 있는 커다란 보랏빛 유리 술병에서 계속 술을 따라 기세 좋게 마시고 있었다. 르바셀은 아주 기분이 좋아 보였다. 그는 이소벨에게 아름답다고 열심히 칭찬하고 있었다. 그녀도 그처럼 칭찬을 받자 얼굴이 뜨거운지 볼이 빨개져 그의 말을 막으려고 애썼다.

던스탠 경은 한쪽 손에 잔을 들고 얼굴에 결심의 빛을 노골적으로 나타내며 쉴새없이 방 안을 왔다갔다하고 있었다. 정신없이 뭔가를 찾아다니는 것 같았으나, 자기 자신도 그것이 무엇인지 모르는 듯했다. 누군가가 한쪽 구석 어두컴컴한 곳에서 피아노를 치고 있었다.

우스울 정도로 가락이 맞지 않았다. 몇 사람이 그 소리에 맞추어 벌떡 일어나더니 피아노 주위로 모여들어서 입을 모아 노래부르기 시작했다. 방코랑과 개리번과 공작부인 세 사람이었다.

이러한 비상 사태에 방코랑까지 이토록 완전히 도취된 기분에 젖어 있을 줄은 생각조차 하지 못했다. 평소의 그와는 너무도 달랐다. 아니면 마냥 흥겨워 날뛰는 것같이 보이는 그의 가슴속에 어떤 계략이 숨겨져 있는 것인지……? 그는 언제나 가슴속에 비밀 계략을 간직하고 있었다. 나는 속으로 이상하게 생각하면서 그 모습을 바라보고 있었다. 그의 속셈을 짐작하지 못한 채 나는 다시 칵테일을 한 잔 마셨다. 문득 얼굴을 들자 한쪽 구석에 있는 래커 칠을 한 장식 선반 위에 양초가 하나 오도카니 켜져 있었다. 그 불빛에 얼굴을 물들이면서 폰 아른하임 남작이 팔장을 끼고 서 있었다.

샐리 레인이 기쁨의 소리를 지르며 내 옆에서 떨어져 피아노 주위에 모여든 세 사람과 함께 나란히 섰다. 나는 촛불 아래에 서 있는 폰 아른하임 남작 옆으로 다가갔다. 그때도 까닭모를 전율이 내 등골을 스쳐갔다. 남작의 얼굴 표정은 얼어붙어 있었다. 죽음을 생각케 하는 차가운 눈이, 녹색으로 빛나는 길게 찢어진 눈이 조용히 주위를 둘러보고 있었다. 노란 촛불 빛을 받으며 높은 책상을 뒤로 하고 자신만이 방 안의 소음에서 떨어져 있었다. 피아노를 둘러싸고 떠들어대는 사람들과 냉정 그 자체인 듯한 이 관찰자를 비교해 보니, 이상할 정도로 마음이 초조해져서 나까지 침착성을 잃어가는 것 같았다. 짧게 깎은 금발머리와 면도 자국이, 파르스름한 얼굴이 음험하다고 생각될 만큼 날카로워 보였다. 나는 남작이 어쩐지 무섭고 기분나쁘게 느껴져 견딜 수가 없었다. 그러나 그 옆으로 다가가면서 기발한 생각이 무서움을 떨쳐버렸다.

"폰 아른하임 남작, 오늘 밤 파티는 대체로 성공이 예상되는 것 같군요."

그러자 남작은 귀찮은 듯이 고개를 들면서 대답했다.

"아마도 성공적이 될 것이라는 점은 이쪽 가슴에 와닿았을 때부터 예상할 수 있었지요. 밤이 깊어 감에 따라 한층 그것이 확실해질 겁니다."

한순간 방 안은 침묵에 휩싸였다. 젊은 던스탠 경이 잔을 엎지르지 않도록 조심해서 술잔을 들고서 우리들 옆을 지나갔다. 그는 바닥에 호랑이의 머리 부분의 모피를 밟자 깜짝 놀라 우뚝 멈춰섰으나, 발부리를 흘긋 보았을 뿐 곧 다시 근처를 서성거리며 다녔다.

시끄러운 소리가 다시 높아졌다. 귀청을 뚫을 듯한 울림이었다. 그들이 다시 노래를 부르기 시작한 것이다. 던스탠 경이 또 다가왔다. 혹성이 궤도를 달리고 있는 것 같았다. 그는 우리들 앞까지 오자 걸음을 멈추고 분명한 말투로 말했다.

"아름답고 푸른 다뉴브."

이윽고 그도 노래를 부르기 시작했다. 그러나 폰 아른하임이라는 사람은 이 세상의 어느 누구보다도 내 기분을 초조하게 만드는 존재였다. 식탁 위에 녹색 액체를 담은 술잔이 하나 놓여 있었다. 누군가가 술잔을 두고 간 것을 잊어버린 것이리라. 나는 그것을 약간 입에 흘려넣었다. 틀림없는 진짜 페르노였다. 나는 그것을 단숨에 들이켰다. 폰 아른하임 남작은 여전히 팔짱을 낀 채 차가운 눈으로 방 안을 살펴보고 있었다.

"그런데 여러분!" 소음 속을 누비고 신문 기자 개리번의 목소리가 울려퍼졌다.

"이곳에 모인 우리들은 이상하게도 다섯 나라를 대표하고 있군요. 영국, 독일, 벨기에, 프랑스, 그리고 지금 나타난 미국. 이렇게 해서 꼭 다섯 나라가 됩니다. 그래서 말인데, 국가를 불러보면 어떻겠습니까? 우리 다같이 각 나라의 국가를 하나하나 불러나가는 겁니다. 방코랑 씨, 당신 목소리가 가장 좋은 것 같군요, 아니, 그보다도 노래를 부를 수 있는 것은 당신 한 사람뿐일지도 모릅니다. 그러니 당신에게 지휘를 부탁합니다. 자, 아셨지요? 부탁합니다. 우선 처음에는 독일 국가, 〈라인의 수비〉부터 시작할까요!"

말이 끝나자마자 '찬성!'이라고 외치는 사람이 있었다. 금방 방 안에 노랫소리가 가득 차고 분위기가 더욱 격렬해졌다.

한쪽 구석에서는 르바셀이 이소벨 드오네이의 귀에다 대고 부르짖듯이 떠들어대는 소리가 들렸다.

"얼마나 멋진가! 정말 훌륭해!"

가끔 생각지도 않은 천둥 소리가 멀리서 울려, 가락이 맞지 않는 피아노 소리에 예상 밖의 장중함을 더해 주었다. 나는 그런 모습을 지켜보면서 폰 아른하임 남작에게 말했다.

"파티 전부터 이런 소동이라면 앞으로 어떻게 될지 알 만합니다. 그런데 그럭저럭 식사 시간이 되지 않았습니까?"

"준비가 되면 집사 호프만이 알리러 올 거요." 남작이 대답했다.

"모두 다 모인 것 같습니다만……."

그러나 한 사람이 부족한 것 같았다. 누구일까? 깊이 생각할 것도 없이 금방 알 수 있었다.

"그렇지, 드오네이 씨의 모습이 보이지 않는군요. 어떻게 된 걸까요?"

남작의 길게 찢어진 눈의 녹색 눈동자가 흘끗 내 쪽을 향했다.

"드오네이 씨는 오늘 밤 파티에 참석할 수가 없소."

"못 나온다고요?"

폰 아른하임은 엄숙한 얼굴로 고개를 끄덕였다. 나는 그의 태도를 지켜보고 있는 동안 무서운 사건의 예고를 받은 것처럼 온몸에 전율이 스치고 달리는 것을 느꼈다.

"그렇소, 드오네이 씨는 죽었소!" 남작은 차갑게 말했다.

여기서 잠시 펜을 놓고 쉬기로 하겠다……. 사실 나의 사고 작용은 이때 한순간 멈춰 버렸다. 눈도 귀도 완전히 기능을 잃고 말았다. 예를 들어 단두대에서 목이 잘려 떨어졌을 때처럼 모든 의식이 단절되었다. 속이 뒤집혀 올라오고 눈앞의 등불이 한순간 희미하게 흐려보였다.

깜짝 놀라 내가 의식을 되찾았을 때 맨 먼저 눈에 들어온 것은, 끝이 쭉 뻗쳐올라간 폰 아른하임 남작의 금빛 수염과 저쪽 구석의 피아노를 둘러싼 사람들이 야만에 가까운 목소리로 벨기에 국가 〈라 브라밤손느〉를 노래하고 있는 모습이었다. 폰 아른하임 남작은 용의주도하게 주의를 덧붙여 두는 것을 잊지 않았다.

"그러나 마르 씨, 잠깐만 입을 다물고 있어 주시오. 잠시 동안 아무에게도 알리지 않을 작정이니까……."

"그렇다면 새로운 살인 사건이 일어날 염려라도……."

"아니, 그렇지 않습니다. 그건 터무니없이 지나친 생각입니다. 제롬 드오네이 씨의 사인은 심장 때문입니다. 그는 원래 심장병을 앓고 있었지요. 나는 아까 그를 심문했었는데, 설마 그 때문에 죽은 건 아니겠지만……."

"대체 어디서…… 언제 죽었습니까?"

"큰 소리를 내지 마시오. 이건 아무에게도 말해선 안 되오. 내 계획은 지금 착착 진행되고 있으니까. 미리 말해 두지만, 파티가 끝나고 커피가 나오기 전까지 나는 반드시 살인귀를 잡고야 말겠소."

"오늘 밤 식탁에서 범인을 체포하겠다는 말씀입니까? 드오네이 씨가 죽었다면 그는 범인이 아니었던 셈이군요?"

"그렇지요, 그는 아리슨을 죽이지 않았습니다. 지금 말할 수 있는 것은 이 말 뿐이오, 이제 아무것도 묻지 마시오, 시체는 별실에 놓아두었지요, 이불도 잘 덮어두었소, 아무튼 사람들에게는 좀더 나중에 알릴 생각이오."

폰 아른하임 남작은 곧 자리를 떠났다. 사건의 양상은 이처럼 서서히 우리 눈앞에서 전개되어 갔으나, 내 머리로는 거기에 담긴 참뜻의 무서움을 바로 이해할 수가 없었다. 그러나 아무튼 이 무슨 뜻밖의 일인가! 나와 같은 식탁에서 신나게 포크를 놀릴 것으로 생각했던 한 사람이 지금 다른 방에서 이불에 덮인 채 차갑게 누워 있다니……. 이불에 덮인 채! 그것에 비교하여 다른 사람들의 미쳐 날뛰는 모습은 어떤가?

유리 천장 밑에서 한 영혼이 '오, 하느님!' 하며 하늘로 올라가 버렸다는데, 피아노는 미친 듯이 소리를 지르고 칵테일 셰이커는 요란하게 흔들리고 있었다. 예술가 르바셀은 이소벨 드오네이의 귀에 얼굴을 갖다대고 부르짖고 있다.

"얼마나 멋진가! 정말 훌륭해!"

세계적으로 이름 난 대부호, 전 유럽 금융 시장의 왕자인 드오네이가 마치 시계가 설 때처럼 소리를 멈추고 가버린 것이다. 그는 지금 이 오래된 성 어느 방에서 흰 이불에 덮인 채 누워 있다. 몇 시간 뒤에는 우선 브뤼셀의 경제계가 혼란 상태에 빠질 것이다. 핏발선 눈들이 주식 시세 표시기에서 나오는 테이프의 흐름에 빨려들겠지.

그러나 그 시체가 비록 위대한 왕이라 할지라도 지금 잠시 동안은 우리들의 포도주와 과일 케이크의 방해가 되지 않도록 치워 둬야 한다. 그때까지 그의 유해는 안전하게 지켜지지 않으면 안 될 것이다, 흰 이불 아래서……. 아마 이때 나는 몹시 우울한 얼굴을 하고 있었을 것이다. 휘청거리는 걸음걸이로 식탁으로 다가갔다. 그 위에는 온갖 술병들이 테이블이 좁을 정도로 늘어놓여 있었다. 나는 타바스코

소스가 아니라 훨씬 더 알코올 성분이 많은, 찌릿하고 혀를 파고드는 페르노를 찾았다. 그 병을 아주 쉽게 찾아냈다. 그리고 잔과 사이펀, 부서진 얼음 조각까지 쉽게 갖출 수 있었다. 병에는 이런 상표들이 인쇄되어 있었다. '아뮬레트', '피콩', '듀보네' 등등. 목마를 때 마실 수 있는 것은 하나도 없었다. 나는 다시 진 병에 붙어 있는 낡은 사진을 자세히 들여다보았다.

대마술사 메이르쟈였다. 내가 그를 본 것은 아직 어렸을 때였는데, 문제의 사진을 보는 순간 곧 그를 알아보았다. 무대 분장을 한 사진이었기 때문이다. 숱이 많은 붉은 머리카락이 어깨까지 드리워진 메이르쟈. 그 옆에 한 여자가 같이 찍혀 있었다. 나는 그것을 보고 개리번한테 들은 이야기가 생각났다. 메이르쟈의 옛 애인, 그리고 그 두 사람 사이에 태어난 어린아이에 대해……

마술사 메이르쟈의 애인은 선이 뚜렷한 미모를 보여주고 있었다. 번쩍이는 듯한 검은 머리를 그 무렵의 유행에 따라 뒤로 높이 빗어올리고 있었다. 나이는 여자로서 한창때라고 할까, 35살쯤 되어 보였다. 그러나 사진을 본 순간 나는 문득 이상한 기분에 사로잡혔다. 이 부인은 분명 누군가와 꼭 닮았다. 그 아들인가? ……자식……옳아, 아이가 어머니를 닮은 것은 당연한 일이다. 그러나 문제는 그가 꼭 나와 친한 사람 가운데 누구인 것 같은 느낌이 드는 점이었다. 그것도 어쩌면 지금 이곳에서 얼굴을 맞대고 있는 사람 중 하나일 것 같았다. 메이르쟈의 아이가 어른이 되어 지금 이 파티에 참석하고 있는 것이다. 나는 그렇다는 확신을 가졌다. 틀림없이 이 여자와 꼭닮은 얼굴을 몇 분 전에 보았다. 남자인가, 여자인가?

술을 마시면서 잔을 들고 있는 내 손 끝이 약간 떨렸다. 그런데 어떻게 해서 이 낡은 사진이 하필이면 오늘 밤 이 자리에 나타난 것일까? 그것도 이미 변색된 사진을 일부러 재생시킨 것 같았다.

던스탠 경은 식탁 주위를 빙빙 돌아다니고 있었다. 그는 가끔 흐릿하니 취한 눈을 내게로 돌리고 물었다.

"마르 씨, 당신도 취했습니까?"

취하지 않았으면 더 마시라고 권할 생각인 모양이었다. 자신은 지나칠 정도로 취해 있었다. 그도 그것을 분명히 알고 있었다. 귀찮게 굴며 달라붙기 전에 나는 어떻게든 그에게서 벗어나려고 했다. 그러나 그는 계속 나를 마시게 하려고 했다. 큰 잔에 가득 따라 가지고는 끈질기게 권했다.

"자, 마르 씨, 기분좋게 쭉 들이켜십시오."

나는 너무 귀찮아 술잔을 받아들고 단숨에 마셔 버렸다. 취한 사람으로 생각할 수 없는 날카로운 눈초리가 내 손을 가만히 지켜보고 있더니 겨우 만족한 듯 비틀거리며 멀어져 갔다.

그 뒤에도 내 머릿속은 그 사진 생각으로 가득 차 있었다. 그러나 계속 마신 페르노가 마침내 내 몸 속에서 강렬한 알코올을 발산하기 시작했다. 지금은 모두 피아노 주위를 둘러싸고 있었다. 르바셀까지 그쪽으로 다가갔다. 식탁 앞에 서서 죽 놓여진 병을 노려보고 있는 것은 나 혼자뿐이었다. 내 눈 앞에는 마술사 메이르쟈의 어렴풋한 모습이 붉은 머리카락을 흩날리며 또렷하게 떠올랐다.

"……어젯밤에는 취했었네." 피아노 옆에서 목소리들이 부르짖었다.

"그 전날 밤에도 곤드레였네, 나는 모르네, 이 하룻밤을 술로 지새며……."

그러나 집사 호프만이 식사 준비가 다 되었다고 알리러 오자 순간 모두들 조용해졌다. 던스탠 경과 이소벨 드오네이 외에는 모두들 긴장해서 닥쳐올 새로운 사태에 대한 기대로 흥분된 빛을 띠고 있었다.

식탁에 자리잡고 앉아서도 어딘지 어색한 태도여서, 분위기는 착

가라앉아 버렸다. 그래도 이소벨 드오네이만은 전과 다름없이 사교성을 발휘하고 있었다. 아니, 전과 다름 없을 정도가 아니라 특히 그날 밤에는 두드러져 보였다. 우아한 태도와 능숙한 접대에 지금까지 보지 못한 매력까지 더해서 하찮은 말 하나하나에까지 반짝이는 기지가 돋보였다. 남편의 죽음을 들으면 과연 어떠한 태도를 취할 것인가!

폰 아른하임 남작이 갑자기 엄숙한 표정으로 말했다.

"여러분께 잠시 알려 드리겠는데, 유감스럽게도 드오네이 씨는 오늘 저녁 식사를 우리와 함께 들 수 없게 되었습니다. 갑자기 장거리 전화가 걸려왔기 때문입니다."

나는 폰 아른하임 남작의 얼굴을 몰래 곁눈질로 살펴보고 있었다. 그다지 유쾌한 구경거리는 아니었다. 입을 여는 사람은 아무도 없었다. 그러나 누구나 다 대부호의 일상 생활을 머리에 떠올리며 있을 법한 일이라고 생각하는 듯했다. 나 자신도 아까 드오네이의 모습을 보았을 때 일을 생각하고 있었다. 그는 그때 복도를 걷고 있었다. 바로 투구와 갑옷이 장식되어 있는 곳에서 나와 딱 마주쳤다. 폰 아른하임 남작이 그와 나란히 걸어가며 그의 어깨에 손을 얹고 싱글벙글 웃으면서 말을 걸고 있었다.

앞에서 말했듯이 식당은 홀에서 정면을 향해 층계를 하나 내려간 곳에 있었다. 대리석과 벽면을 장식한 나선 층계를 통해 들어가도록 되어 있었다. 층계 여기저기에 옛날과 현대의 명작으로 불릴 수 있는 그림들이 놀랄 만큼 아무렇게나 세워져 있었다. 코레조의 〈잠자는 비너스〉며 루벤스의 〈사포〉도 그 속에 들어 있었다. 거의 다 나체화로서, 어두컴컴한 가운데서 보면 풍만하고 아름다운 관능미가 몸을 파고드는 것 같은 중압감을 주었다. 층계를 다 내려가자 쇠창살 문을 열고 우리는 식당으로 들어갔다. 방 안은 온통 검은색이었다. 타원형 창문들만 활짝 열려 있었다. 보랏빛 유리가 문 밖의 빛을 차단해 주었다.

엄청나게 높은 곳까지 검은 상복같이 어두운 비로드 휘장이 둘러쳐져 있어 낮이 오히려 더 컴컴했다. 그러나 밤이 되면 조금 과장해서 말하는 것이지만 백 개쯤 되는 촛불이 천장에서 드리워지는 청자촛대에 켜지게 되어 일찍이 이 옛 성이 화려했을 당시의 호사를 상상하게 된다. 촛대는 모두 두 마리의 큰 용이 마주 싸우는 모양을 조각한 것이었다. 식탁 한가운데에는 빨간 꽃이 가득 꽂힌 꽃병이 하나 놓여 있었다. 방 네 구석에는 백단(白檀) 연기가 향로에서 그윽한 향을 풍기며 소용돌이쳐 오르고 있었다. 식탁은 타원형으로, 다음과 같이 열 명의 자리가 마련되어 있었다.

폰 아른하임 남작

나   방코랑

샐리 레인   이소벨 드오네이

개리번   던스탠

르바셀   제롬 드오네이

공작부인

아무튼 제롬 드오네이를 제외한 나머지 사람들은 자리에 앉아 일단 정숙하게 저녁 식사를 시작했다. 식탁 한가운데에 놓인 청자 꽃병에는 이국풍의 진홍색 양귀비꽃이 활활 불타고 있었다. 촛불이 타원형 창문의 보라색 유리에 비쳐 무섭고 기분 나쁜 빛을 반사하고 있었다. 이소벨 드오네이는 아까부터 장난스러운 눈길을 흘끗흘끗 던스탠 경에게로 보내고 있었다. 상대인 던스탠 경은 이마에 흩어진 곱슬머리를 쓸어올리며 기쁜 듯이 포도주를 입에 대고 미소지었다. 공작부인은 검객 같은 몸짓으로 냅킨을 휘두르고 있었다. 그녀는 줄곧 교활한 시선을 르바셸에게 던지고 있었다. 르바셸은 지금부터 벌어질 사건에 대한 기대로 마음속의 흥분을 감추지 못하는 태도였다. 신문 기자 개리번은 내가 앉은 곳에서는 그의 얼굴이 잘 보이지 않았으나 얼룩투성이의 손으로 신경질적으로 식기를 만지작거리고 있는 듯했다.

갑자기 샐리 레인이 외쳤다.

"난 싫어! 대체 무슨 이유로 우리가 이런 일을 당해야 하는 거지요?"

우리는 모두 깜짝 놀라 일어났다.

"나는 더이상 못 견디겠어요, 숨이 막혀 죽어버릴 것만 같아요."

그녀는 식탁 한가운데를 가리켰다. 나는 처음 알게 되었지만 양귀비 꽃병 옆에는 큰 케이크가 자리잡고 있었다. 하얀 사탕으로 옷을 입히고 파란 물망초로 가장자리를 두른 것이 오히려 기괴함을 풍기고 있었다. 과연 샐리 레인의 말대로 이것은 정말 숨막힐 것만 같은 상태였다. 온 방 안에 무겁고 답답한 공기가 가득 차 있었다. 갑자기 목 둘레가 칼라로 죄어지는 듯한 느낌이 들고, 백단 향내가 내리누를 듯이 풍겨왔다. 나는 흘끗 시선을 움직여 폰 아른하임의 우스꽝스러운 미소를 보고, 식탁 위를 보고, 빈 의자를 보았다. 높직한 스페인식 가죽 의자로, 당연히 거기에는 제롬 드오네이가 앉게 되어 있었다.

이소벨 드오네이는 미소짓고 있었다. 핏줄이 내비칠 듯한 흰 팔을 식탁 위에 올려놓고 테이블 너머 저쪽으로 넘나간 듯한 시선을 던지면서 그녀가 말했다.

"괜찮아요, 걱정하지 않아도 돼요. 탐정님들이 찾고 있는 것은 나예요, 내가 했어요, 정말이에요! 제롬도 역시 내가 죽였어요, 그래서 그는 이 자리에 나올 수가 없는 거예요."

이소벨 드오네이의 말이 긴장을 풀어주었다. 칵테일에 취했기 때문인지 아니면 일부러 우리들이 쾌활함을 되찾도록 하기 위해서 한 것인지 그 말의 참뜻을 알 수 없지만, 그녀의 한마디로 딱딱하게 굳어졌던 모두의 마음이 곧 풀어진 것만은 사실이었다. 순간 사람들은 전처럼 웃고 떠들기 시작했다.

르바셀이 흰 이를 드러내 보이고 허풍스럽게 한쪽 손을 휘두르며 소리쳤다.

"뭐라고요? 진범은 나요, 방금 제롬 드오네이 씨도 저쪽 흙벽에서 내던져 버렸지요, 왜냐고요? 그건 이렇습니다."

르바셀은 드오네이 살해 동기를 그럴듯하게 늘어놓고 있었다. 그러자 공작부인도 지지 않고 참견했다.

"저런, 그랬나요? 당신에게 그만 선수를 빼앗겨 버렸군요, 실은 나도 그 사람을 죽이려고 생각했었거든요, 하지만 당신 솔직히 말하세요, 아직 죽이지는 않았겠지요? 그렇다면 내게 맡겨요, 마르씨, 도와주시겠지요?"

왁자지껄 떠들어대는 가운데 제롬 드오네이의 의자가 동그마니 빈자리로 놓여 있는 것이 무섭고 기분 나쁠 정도로 암시적이었다. 그러나 모두들 그의 죽음을 농담삼아 웃으며 즐기고 있는 것은 경제계의 거물은 그리 쉽게 죽지 않는다는 확신, 그리고 마치 큰 천사들이 영원한 생명을 가지고 있는 것과 마찬가지라는 기묘한 확신을 갖고 있기 때문이리라.

수프 접시가 들어왔다. 게 수프로 이보다 훌륭한 것은 없다고 해도 좋을 만큼 맛있었다. 그러나 아직도 비어 있는 의자를 보자 모두들 식욕이 나지 않는 모양이었다. 수프와 함께 1915년산 백포도주가 나왔다. 심부름꾼들이 허깨비처럼 나타나서 고양이처럼 발자국 소리를 전혀 내지 않고 사람들 어깨너머로 번쩍번쩍 빛나는 술병을 기울여 따르고 다녔다. 수프 접시에서 피어오르는 냄새와 백단의 양귀비꽃

향내가 한데 어울려 우리의 넋을 따뜻한 욕망에라도 적시듯 관능적인 기분으로 몰고갔다. 처음 얼마 동안은 내 앞에 놓인 의자를 보고 있으면 유령이 와서 앉지 않을까 하고 무서운 생각이 들었으나 차츰 그런 무서움도 사라졌다. 드오네이는 이 오래된 성 어느 방에선가 이불에 덮인 채 누워 있다.

접시 부딪히는 소리가 높아져 갔다. 생선 접시가 나왔다. 백포도주로 삶은 가재 요리였다. 샐리 레인은 포크를 움직이면서 낙지의 호색적인 생활에 대해 있을 법하지도 않은 이야기를 한바탕 늘어놓고 있었다. 녹색 드레스를 입고 있어 여느 때의 그녀보다 훨씬 더 발랄해 보였다. 두 눈도 거기에 어울리게 반짝반짝 빛나고 있었다. 여러 가지 대화가 촛불 주위에 소용돌이쳤다.

누군가가 소리쳤다.

"르바셀 씨, 노래를 부르고 싶은데 반주 좀 부탁합니다. 아무 거라도 좋소, 가락이 높은 것이면 더 좋겠는데. 〈푸른 다뉴브 강〉이 어떨까요? 푸르고 아름다운 다뉴브 강에 배를 띄우고……. "

"나야말로 소원이오, 좀 조용히 해주었으면 좋겠소. "

"그건 그렇고, 공작부인, 당신은 같은 리듬을 계속해서 듣게 되면 어떤 기분이 듭니까? 미쳐 버릴 것 같은 생각이 들지 않습니까? 그리고 같은 리듬만이 아니라 두세 가지를 번갈아서 연주할 경우는 어떻습니까? "

고기 접시가 나왔을 때 갑자기 시끄럽던 이야기 소리가 뚝 끊겼다. 누군가가 술잔으로 식탁을 쾅 내리쳤기 때문이다. 아마도 개리번의 짓일 것이다. 잠깐 사이를 두고 샐리 레인이 이야기하기 시작했다.

"자, 누구든 다 들어주세요, " 그녀는 손가락을 튀기면서 소리쳤다. "이제야 알겠어요……. 이 사건의 진상을…… 절대로 틀림없다고 생각해요! "

르바셀이 옆자리에서 참견을 했다. "그래요? 예부터 유명한, 여성이 갖는 직감이라는 겁니까?"

"그런게 아니에요, 그럴듯하고 훌륭한 추리예요! 우리는 지금까지 서로 상대를 수상하게 여겨왔는데, 범인이란 언제나 가장 혐의를 받지 않는 곳에 있기 마련이에요. 그래서 나는 결론을 얻었어요, 이 사건의 범인은 폰 아른하임 남작이라고 말이에요, 안 그래요? 그는 자신이 이 파티를 계획하고, 디저트가 끝나면 자기의 죄를 고백할 생각일 거예요."

다시 와자지껄 떠드는 소리가 계속되었다. 그러나 이 요란한 소리 밑바닥에는 기묘한 충격의 느낌이 깔려 있었다. 마치 하느님에 대한 모독의 말이 튀어나온 것을 들었을 때처럼……

나는 눈을 들어 빈 의자를 바라보고 다시 폰 아른하임 남작을 보았다. 남작은 팔꿈치를 짚고 그 위에 턱을 괸 채 말없이 앉아 있었다. 두 눈을 가느다랗게 뜨고서……

"그리고 또 이유가 있어요, 내가 아까 마지막으로 드오네이 씨를 보았을 때 그는 폰 아른하임 남작과 같이 있었어요, 자, 이것으로 사정이 밝혀진 게 아니겠어요?"

말할 것도 없이 샐리는 농담을 하고 있는 게 틀림없었다. 그러나 그 한마디로 웃음소리가 딱 가라앉고 말았다. 이제는 누구나 다 눈치를 챘다. 포도주 기운이 기분좋게 온몸에 돌고 있긴 했으나 전화를 받으러 간 셈치고는 시간이 너무 오래 걸리는 듯했기 때문이다.

샐리의 새된 목소리가 우리의 귀에 울렸다. 나는 그녀의 팔을 붙잡고 나무라듯 말했다.

"좀 잠자코 있어요!"

그러나 결과는 더 나빴다. 빈자리가 갑자기 비뚤어지게 보였다. 흥이 깨진 가운데 모두들 입을 다물고 말았다. 이소벨 드오네이가 샐리에게로 날카로운 시선을 돌리고 있는 것이 보였다. 젊은 던스탠 경의 혀 꼬부라진 목소리가 연못 속에 돌을 던진 것처럼 울렸다. 던스탠 경은 몸을 식탁 위로 내밀고 폰 아른하임의 깨끗이 면도한 얼굴을 손가락으로 가리키면서 말했다.

"남작, 당신은 언제 머리를 깎았습니까?"

누군가가 신경질적으로 웃어댔다. 그러나 그것도 한순간뿐, 다시 식탁은 깊은 침묵에 잠겼다. 이소벨 드오네이가 느닷없이 외쳤다.

"자, 어서 시작하세요!"

그러자 던스탠이 취해 있다고 생각되지 않을 만큼 분명한 목소리로 지껄이기 시작했다.

"살인이 난 그날 밤, 나는 강을 건너 이쪽 기슭에 와 있었소. 그리고 나는 그때 이 눈으로 직접 보았소. 땅속에서 누군가가 나타났던 거요. 아시겠소? 땅속에서 솟아난 것처럼 나타났단 말이오! 그는 뭔가를 잡아끌고 있었소. 지금 와서 생각해 보니 그건 시체였소. 그때는 미처 못 봤지만, 시체였음에 틀림없소."

그는 주먹을 불끈 쥐고 식탁을 내리치면서 계속 지껄였다. 이소벨 드오네이의 숨결이 거칠어졌다.

"이제부터가 중요한데, 나는 그 점에 대해 방금 생각해 보았소. 나는 확신을 가지고 이렇게 말할 수 있소. 그 살인범은 아리슨의 별장에 초대되어 이 파티에 참석한 우리들 가운데는 없다고 말이오. 땅속에서 나타난 사나이는…… 우리들의 한패가 될 수 없지요."

기분 나쁜 침묵을 깨고 방코랑이 비로소 입을 열었다.

"어째서지요? 그 이유는?"

던스탠은 자세를 고쳐 앉더니 식탁을 한 바퀴 빙 둘러보았다.

"그 사나이는 붉고 긴 머리카락을 나부끼고 있었기 때문입니다."

범인의 정체

폰 아른하임 남작이 자리에서 일어났다. 젊은 귀족의 말은 그를 깜짝 놀라게는 했으나, 그래도 이날 밤 연출을 맡은 사람으로서의 태도를 흩뜨리지 않았다. 작기는 하지만 뼈대가 있는 몸을 조금 앞으로 내밀고 녹색 눈으로 식탁을 둘러보면서 그는 또박또박 말했다.

"흐음……, 그렇다면 살인을 저지른 것은 붉은 머리의 사나이겠군요, 그럼, 마술사 메이르쟈란 말이오?"

식탁에서 이변이 일어났다. 여기저기서 와자지껄 하는 소리가 새어나왔다. 단순히 숨찬 소리나 신음 소리가 아니었다. 숨 한번 내쉬는 동안에 새까만 비밀에 싸인 공포가 무더기로 튀어나왔다고나 할까…….

샐리 레인은 술잔 손잡이를 잡은 손을 앞으로 내밀고 있었다. 그 술잔이 요리 접시에 부딪쳐 달그락 소리를 내며 온 방 안의 침묵에 이상할 정도로 귀에 거슬리는 떨림을 주었다. 르바셸도 역시 이상한 태도였다. 그는 창백한 얼굴로 떨고 있었다.

평정을 잃지 않고 있는 사람은 폰 아른하임 남작뿐일지도 모른다.

외알박이 안경을 번쩍거리면서 그는 똑바로 서 있었다. 손가락을 모두 펴서 식탁 위에 붙였다. 그는 지금 영어로 이야기하고 있었는데, 그 말을 듣고 있는 사람들은 최면술에 걸린 듯이 고개를 움직일 수조차 없는 느낌이었다.

"아무도 움직여서는 안 됩니다. 내가 이야기를 마칠 때까지 한 마디도 해서는 안 됩니다. 오늘 저녁 여러분을 이 오래된 성으로 초대한 것은, 꼭 보여드리고 싶은 것이 있었기 때문입니다. 여기 참석해 있는 우리의 방코랑 씨는 보기 드물게 뛰어난 재주를 가진 사람입니다. 지금까지 실패라는 것을 몰랐다고 해도 좋을 겁니다. 이분도 역시 오늘 저녁 여기서 파티를 여는 데 참여하고 계십니다.

나는 전부터 방코랑 씨에게 깊은 신뢰감을 가지고 있었습니다. 지난날 전쟁 당시 방코랑 씨와 나는 이런 범죄 소동보다 훨씬 중요한 국가적인 사건에서 서로 두뇌 경쟁을 벌인 일이 있습니다. 내가 잊을 수 없는 것은, 그때 나에게 한 말입니다. 그것이 지금도 내 머릿속에 남아 잊혀지지 않습니다."

남작은 방코랑에게로 날카로운 시선을 던졌다. 방코랑의 얼굴은 완전히 무표정했다. 그는 내 어깨너머로 침침한 방 구석구석을 노려보고 있을 뿐 꼼짝도 하지 않았다.

"방코랑 씨는 그때 나에게 이렇게 말했습니다. '친구여, 당신은 참으로 뛰어난 재주를 가진 분이오. 그러나 마지막에는 당신이 실패할 운명에 있소. 왜냐하면 당신에게는 상상력이 없기 때문이오.'

나는 지금도 이 말이 귀에서 사라지지 않고 있습니다. 무엇 때문에 이 자리에서 이런 묵은 이야기를 꺼내놓느냐 하면, 지난날 그 말에 담긴 정신이 지금 우리가 쫓고 쫓기고 있는 수수께끼를 푸는 열쇠이기 때문입니다."

폰 아른하임은 주먹을 불끈 쥐고 식탁을 쾅 쳤다.

"인간 세상의 부침(浮沈)이란 임기응변의 말 한마디로 크나큰 영향을 받는 것입니다. 무심코 흘린 말 한마디가 생각조차 못한 무서운 해독을 남기는 수도 있습니다. 잊어버릴 무렵쯤 그 해독이 튀어나와 상대도 자신도 모두 망치게 되는 겁니다. 사관 학교 학생들이 바보 같은 코르시카 사람을 놀려대며 재미있게 웃은 일이 뒷날 거꾸로 나폴레옹의 포화(砲火) 앞에 놓이는 원인이 되었던 거지요.

젊은 사람의 더듬거리는 말투를 비웃었던 일이 웅변가 데모스테네스를 탄생시켰던 겁니다. 지금 우리도 역시 차가운 비웃음이 가져온 결과의 무서움을 직접 맛보는 기회를 갖게 된 셈입니다.

바로 20년 전의 일입니다. 마일런 아리슨이 연극 흥행에 성공했던 첫날 밤, 분장실로 그를 찾아온 사람이 있었습니다. 메이르쟈라는 사나이였지요. 그는 아리슨을 보고 솔직하게 말해 버렸습니다. 아리슨은 배우로서 전혀 존재 가치가 없다, 알맹이 없는 관객의 박수 소리에 언제까지나 취해 있지 말고, 소질이 없는 거니까 배우를 그만두는 것이 어떻겠느냐라는 말이었지요. 그 뒤 두 사람 사이에는 끝없는 혈투가 무서운 양상으로 전개되었습니다. 아리슨이 밤마다 가위에 눌려 계속 시달리고 있었던 것은 그 때문이었지요……."

폰 아른하임 남작은 약간 몸짓을 해보이며 말을 계속했다.

"너무 자세한 설명은 그만두겠습니다. 이런 일로 아리슨은 메이르쟈를 진심으로 미워하게 되었습니다. 메이르쟈는 성격상 상당히 속이 검은 사람이어서, 그때까지만 해도 아리슨을 속이고 위협하고 해서 상당한 다이아몬드를 빼앗아갔습니다. 나는 오늘 베를린에서 서류를 가져오게 하여 그 사실을 자세히 알 수 있었습니다만, 그것을 여기에서 이야기하여 여러분을 지루하게 할 생각은 없습니다.

그러나 아리슨을 미칠 정도로 안타깝게 만든 것은 그의 재산을 빼앗았기 때문이 아닙니다. 그의 예술가로서의 긍지에 관한 것이었습니다. 아리슨은 메이르쟈로부터 예술가로서의 소질에 대해 늘 냉소를 받고 있었는데, 명배우로 자처하고 있던 그로서는 죽기보다 듣기 싫은 일이었기 때문입니다.

제롬 드오네이의 울분은 보다 현실적인 것이었습니다. 메이르쟈는 그로부터 많은 액수의 보석을 속여 빼앗았는데, 안타깝게도 법적으로 소송을 제기할 만한 증거가 없었던 겁니다. 그들은 각각 자기 재산을 자기 손으로 지켜야만 했습니다. 예술가 아리슨은 누구보다 정열적이었지만, 실업가 드오네이는 냉정함을 자랑하고 있었습니다. 성격이 다른 두 사람은 마음을 합쳐 메이르쟈를 살해할 계획을 세웠습니다. 나는 여기까지의 일은 눈에 보이듯이 뚜렷하게 추측할 수 있었습니다. 이렇게 말하는 것도 실은 아이러니컬하게 들릴지 모르지만, 나에게는 상상력이 없기 때문입니다."

나는 이미 누구의 얼굴도 눈에 들어오지 않았다. 눈에 비치는 것은 오직 긴장되어 덮쳐누를 듯이 우리를 위압하고 있는 폰 아른하임 남작의 희멀건 얼굴뿐이었다. 천장까지 이어진 보라색 유리창이 남작의 등 뒤를 장식하고 있었다. 상복같이 검은 벽 휘장과 머리 위로 늘어진 촛대의 불빛……. 이런 것들을 배경으로 하여 폰 아른하임 남작의 모습이 온 방 안을 누르고 있었다.

"그 두 사람은 이 세상에서 일찍이 일어난 범죄 가운데서도 가장 잔인하고 가장 흉악한 것을 꾀했습니다. 두 사람 다 어쩌면 사악의 화신이었다고 해도 좋을 겁니다. 드오네이의 냉혹한 이성을 만족시키고, 동시에 아리슨의 드라마에 대한 병적인 욕망도 채울 수 있는 계획이었습니다.

다시 말하지만, 나는 공상가가 아니기 때문에 오히려 그들의 계획을 정확하게 추측할 수가 있었던 겁니다. 여러분은 메이르쟈의 죽음이 알려졌을 때의 상황을 기억하고 계신지요? 차칸에는 메이르쟈 혼자뿐으로 같이 탄 사람은 아무도 없었습니다. 그 점에 대한 차장의 증언은 우선 믿어도 좋습니다.

차 안에서 돌연 그의 모습이 사라지고 그 뒤 라인 강에 그의 시체가 떠올랐습니다. 사고로 굴러떨어졌는지도 모르지요, 투신 자살이 아니었다고 장담할 수도 없습니다. 그러나 어느 모로 보든 그 죽음을 살인이라고 하는 건 잘못이라고 단언할 수 있습니다.

사실은 이렇습니다. 그 사건이 일어나기 며칠 전 메이르쟈는 이미 그들에 의해 해골성에 감금되어 있었습니다. 원래 괴팍스러운 성격의 메이르쟈는 일상 생활에서도 외부 세계를 될 수 있는 한 피하고, 여행을 떠날 경우에는 절대 비밀로 해두고 있었습니다. 하인들도 언제나 그의 소식을 확실히 모르고 있었습니다. 메이르쟈는 제롬 드오네이와 마일런 아리슨에 의하여 성안에 만들어둔 많은 비밀 장소 가운데 한 곳에 감금되어 있었습니다. 그 비밀방이 그 자신이 설계해서 만든 것이어서 아이러니하다고 말할 수도 있겠지요, 그들은 메이르쟈로부터 시계와 도장 등 몸에 지닌 것을 빼앗았습니다. 그가 늘 손에 끼고 다니던 행운의 반지까지도 빼앗고 말았습니다. 메이르쟈 자신의 성격, 그리고 그때까지의 그의 생활 태도가 세상 누구에게도 그가 감금되었을 거라는 의심을 갖게 하지 않았던 겁니다.

여러분은 그날 기차에 타고 있던 사람이 누구였는지 상상할 수 있습니까? 누가 그토록 악마 못잖게 교묘한 수법으로 메이르쟈처럼 꾸밀 수가 있었겠습니까?"

개리번이 소리쳤다. "아, 그렇군! 아리슨이다. 그 사람일 줄 알았다. 그가……."

폰 아른하임이 설명을 계속했다.

"그렇습니다. 아리슨이 혼자 차 안에 앉아 있었던 겁니다. 명배우로 불리는 그로서 사람의 눈을 속여 메이르쟈로 꾸미는 것쯤은 아주 쉬운 일이었습니다. 차장도, 그밖에 스치고 지나간 몇 명의 승객들도 무대에 오른 메이르쟈를 보았을 뿐입니다. 파운데이션을 바르고 무대 화장을 한 대마술사에게 박수를 보냈을 뿐입니다.

배우로서의 수련을 쌓은 아리슨이 기차 창문에서 뛰어내리는 일은 누워서 떡 먹기였겠지요. 한군데 긁힌 곳도 없이 탈출한 그는 곧 변장을 풀고 사라져 버렸습니다. 라인 강에 떠오른 것은 해부실에서 훔쳐내어 미리 메이르쟈의 반지와 시계와 도장 등을 지니게 해두었던 다른 사람의 시체였습니다. 드오네이와 아리슨이 그날 밤몰래 그 시체를 강에 던졌습니다.

이렇게 하여 그들은 감쪽같이 살인을 범했습니다. 메이르쟈의 유언장도 나왔고, 그리고 여러분도 기억하고 있겠지만 그 사건에 증인으로 출두한 사람은 마일런 아리슨과 제롬 드오네이 두 사람뿐이었습니다. 경찰의 눈을 속이는 것은 더없이 간단한 일이지요. 어떻습니까, 완벽한 범행이었다고 말할 수 있지 않습니까? 그리고 나서 메이르쟈를 몰래 죽여 시체를 땅속 깊숙이 묻어 버리면 두 사람은 절대로 안전하다고 볼 수 있지요.

그런데 문제는 그 뒤에 있어났습니다. 마일런 아리슨은 처음의 계획에 만족할 수 없게 된 겁니다. 그는 가장 잔인하고 무서운 악마 같은 복수를 마술사의 몸에 더해주고 싶은 욕구를 억누를 수 없었습니다. 무대에서 그는 망토를 두르고 단검을 손에 쥐고서 음모와 술수에 가득 찬 사극을 연기하고 있었는데, 이것이 그대로 그의 성격을 나타내주고 있었습니다. 말하자면 그는 시대를 잘못 타고 태어난 셈이지요. 나이를 그만큼 먹었음에도 불구하고 어린아이 같은 잔학성이 그의 핏속에 들끓고 있었던 겁니다."

아무도 입을 열지 않았다. 던스탠 경마저 지금은 술기운이 완전히 가셔 이상하리만큼 핏발 선 눈으로 요리 접시를 바라보고 있었다. 나는 식탁 너머로 방코랑의 얼굴을 바라보았다. 그의 표정으로 폰 아른하임의 설명이 옳다는 것을 알았다.

폰 아른하임은 이야기를 계속했다.

"빈약하다고 무시당한 나의 상상력은 다음과 같은 광경까지 내 눈 앞에 그려냈습니다. 나는 그날 밤 라인 강 근처와 이 옛 성에――어쩌면 이 방이었으리라고 생각됩니다만――꿈틀거리며 돌아다니는 사람의 그림자를 지금도 뚜렷이 눈앞에 그릴 수가 있습니다.

메이르쟈의 장례식이 거행되었습니다. 관은 슬픔에 잠긴 사람들의 손으로 조용히 운반되어 갔습니다. 실크해트의 행렬이 죽 늘어섰고, 화환의 향기가 젖은 공기를 한층 무겁게 했습니다. 신부에게는 두 친한 친구의 손으로 충분한 사례금이 치러졌습니다. 이리하여 해골성 창문에는 어두운 커튼이 드리워졌지만, 성주인 메이르쟈의 영혼은 아직 하늘로 오르지 못했습니다. 그 뒤에도 여전히 감금된 채 오래 살아 있었음에 틀림없습니다.

빈틈이 없는 제롬 드오네이와 마일런 아리슨은 경솔한 행동을 하지 않았습니다. 경솔한 행동은 세상 사람들의 의혹을 부르는 원인입니다.

장례식을 무사히 마치고 마지막 조가(弔歌)까지 불렀습니다. 아무리 뜬소문을 좋아하는 사람들이라 해도 언젠가는 호기심에 찬 눈빛을 누그러뜨릴 때가 오겠지 하고 두 사람은 서두르지 않고 조용히 기다리고 있었습니다.

그 동안에 만일 메이르쟈가 살아 있다는 사실이 폭로되더라도 두 사람은 이렇게 말하며 오히려 세상을 웃어줄 작정이었습니다. '오랫동안 관객의 눈을 속여온 마술사에게 친구 두 사람이 세상을 대신해서 거꾸로 한 방 먹여주었을 뿐이다'라고, 메이르쟈로 하여금 울상을 짓게 함과 동시에 세상을 깜짝 놀라게 해 줄 목적이지만, 끝내는 죄가 되지 않는 농담에 지나지 않습니다. 비록 경찰에 불려 다니게 되더라도, 자기들은 관객을 대신해서 이 보기 드문 마술사 에게 세상을 너무 깔보지 말라는 교훈을 준 것뿐이라고 태연히 늘 어놓고 끝내버릴 생각이었습니다.

그런데 이야기는 그로부터 더욱 진전됐습니다. 무대는 바로 이 방이었지요. 보랏빛 창유리, 시꺼멓게 드리워진 벽 휘장, 반들반들 하게 닦은 테이블 위에는 촛불이 하나 켜져 있었습니다. 손님과 하 인들을 모두 멀리하고 이 방에는 다만 캠프 의자 하나뿐, 꽃향기가 가득 풍기고 있었습니다.

밤은 깊어가고 창유리에는 줄곧 비가 뿌려졌습니다.

어떻습니까, 우리 친구 방코랑 씨, 설마 이 상상이 너무 생생하 다고 공격하지는 않겠지요?

제롬 드오네이는 촛불을 앞에 놓고 조용히 혼자 앉아 있었고, 아 리슨은 이때 그들 계획의 마무리를 짓기 위해 용기를 내서 지하도 로 내려갔습니다. 드오네이는 목을 길게 빼고 결과를 지루하게 기 다리고 있었습니다.

그 때문인지 이날 밤만은 그도 술잔에 손을 대지 않았습니다. 대 체로 이 계획에서는 냉정하고 이론적인 드오네이가 계획을 세우고 실행은 모두 아리슨이 맡았던 겁니다.

이윽고 층계에 발소리가 들리고 방문이 열리더니 아리슨이 웃는 얼굴로 들어왔습니다. 드오네이는 눈을 들어 결과를 물었습니다. 이런 경우에도 늘 자신이 배우라는 것을 의식하고 있는 아리슨은 크게 손을 벌려 모든 일이 제대로 끝났음을 알렸습니다. 성안은 쥐 죽은 듯 조용하고 빗줄기만이 창문을 귀찮게 때렸습니다."

갑자기 공작부인이 눈앞의 접시를 밀어붙였다. 아무 말도 하지는 않았지만 폰 아른하임이 말하는 오라버니의 행동은 그녀의 신경을 날카롭게 만든 모양이었다. 르바셀은 그 매력적인 눈을 반짝이고 있었다. 나는 이소벨 드오네이의 창백하리만큼 긴장된 옆얼굴을 지켜보았다.

"아리슨은 드오네이에게 포로를 죽이고 왔다고 말했습니다. 현실주의자인 드오네이는 일찌감치 깨끗이 해치워야 한다고 주장할 것이 뻔했기 때문이지요.

그러나 그때 아리슨의 머리에는 미친 듯한 사악한 생각이 꽉 차 있어 완전히 이성을 잃었던 겁니다. 말하자면 그는 뭔가에 홀려 있었습니다.

그로부터 17년 가까이 메이르쟈는 해골성 깊숙이 갇혀 있게 되었습니다. 아리슨은 밤마다 라인 강 밑으로 그를 찾아갔습니다. 탑 안의 한 방, 창문도 없고 튼튼한 문의 판자가 미끄러지며 열리게 되어 있었습니다. 벽에 장치해 둔 차꼬에는 아주 최근에 기름을 친 흔적까지 있습니다. 주위에 흩어져 있는 헌 신문지는 모두 배우로서의 아리슨을 칭찬한 기사가 실린 것으로 포로의 고통을 더해 주기 위해 아리슨이 직접 문 사이로 읽어주었습니다. 머리가 반쯤 돈 관리인이 시키는 대로 음식을 날라다주고 있었습니다.

무엇 때문에 아리슨은 17년 동안이나 그 마술사를 포로로 가둬 두었을까요? 아리슨의 복수심이 그 오랜 세월이 지난 뒤에도 여전히 줄어들기는커녕 오히려 점점 더해 갔던 것은 어찌된 까닭일까요? 권총을 한 방 쏘면 그 불길한 비밀이 드러날 염려도 없어지고 마는데, 왜 언제까지나 위험을 남겨두고 있었을까요? 대전중에 이 독일의 옛 성을 찾아오기 위해 영국 국적까지 내던진 것은 무엇 때문일까요? 이유는 단 한가지 메이르쟈를 굴복시키는 데 실패했기 때문이었습니다!

그는 메이르쟈를 굶주린 개처럼 벽에 달아매 두었습니다. 창문 하나 없는 방에 가둬두고 공기마저 차단시켰습니다. 썩은 방과 짚 침대만을 주어 그의 육체를 상하게 하고 시력을 빼앗는 데 성공했습니다. 그런데도 메이르쟈는 여전히 도도한 태도로 큰소리를 치며, 마술사로서의 권위를 주장했던 겁니다. 잠시도 그를 발 아래 굴복시킬 수가 없었습니다.

밤이었습니다. 쉰 듯한 냄새가 풍기는 층계를 각등 불빛이 기어 갔습니다. 미닫이 문짝이 조금 열려 있었습니다. 아무리 울부짖어도 두꺼운 벽을 통해 밖으로 새어나갈 염려는 없었습니다. 관리인 바우어는 벽에 기대 서서 크게 웃고 있었습니다. 아리슨은 널빤지 사이로 들여다보았습니다.

방 안에서는 지푸라기가 버석버석 소리를 내고, 차꼬가 절그렁거렸습니다. 이상한 냄새가 코를 찔렀습니다. 그러나 들려오는 것은 높은 웃음 소리였습니다.

메이르쟈가 말했습니다. 지옥에나 떨어져라! 엉터리 배우 녀석, 뒈져버려라!"

폰 아른하임 남작은 손바닥이 하얗게 되도록 온몸의 무게를 테이블 위에 지탱하면서 자신의 웅변 효과를 즐기고 있었다. 내 눈앞에는 마술사 메이르쟈의 큰 몸이 떠올랐다.

"클로이거! 리버! 이리로 데리고 와!" 폰 아른하임이 소리쳤다.

그는 손을 들어 안쪽 입구를 향해 손짓하였다. 세 사람의 그림자가 다가왔다. 그중 두 사람은 녹색 제복에 검은 헬멧을 쓰고 있었다. 말할 것도 없이 경찰관이었다. 그러나 두 사람 사이에 제3의 인물이 끼어 있었다.

원숭이 같은 팔, 새빨간 머리카락이 어깨에 흩어져 있고, 이글거리는 눈이 짙은 회색으로 빛났다. 촛불 속에서 세 사람이 다가왔다.

나는 반사적으로 벌떡 일어났다. 의자가 넘어졌다. 개리번과 르바셀도 나와 동시에 일어났다. 내 위장이 놀라서 소리를 냈다.

두 경찰관의 부축을 받고 있는 것은 틀림없이 사람이었다. 꾀죄죄하기는 했으나 잘생긴 사나이임을 짐작할 수 있었다. 시대에 뒤떨어진 자루같이 헐렁한 옷을 입고 있었다. 셀룰로이드 칼라가 너무 커서, 반은 뒤틀린 듯 비뚤어져 보였다. 그러나 커다란 구두만은 새것으로 기분 나쁠 정도로 노랗게 빛났다.

자세히 보니 목 언저리에서 깎아올린 빨간 머리카락에 흰 머리가 많이 섞여 있었다. 큰 얼굴에는 깊은 주름으로 가득했고, 광대뼈가 툭 불거져 나왔으며, 뾰족한 매부리코가 입술 근처까지 내려와 있었다. 움푹 팬 눈 속에서 눈동자가 보기 흉한 벌레처럼 빛나고 있었으나, 시력은 이미 옛날에 잃어버린 듯 아무 의미도 없이 계속 깜박이고 있었다. 걸을 때마다 두 경찰관이 부축하는 팔 사이에서 좌우로 어깨가 크게 흔들거렸다.

호화스러운 양탄자 위에서 노란 구두가 소리를 내며 울렸다. 사나이는 퀭한 눈을 번갈아 두 경찰관에게로 돌리면서 뭔가 계속 중얼거렸다. 대마술사 메이르쟈, 타락한 천사 메이르쟈였다!

던스탠 경이 벌떡 일어났다. 그는 굳어진 얼굴로 자기 의자를 가리켰다. 이소벨 드오네이는 몸을 움츠리고 부들부들 떨면서 의자에 쓰러졌다. 한 경찰관이 던스탠 경의 의자를 끌어당기자 또 한 사람이 부드럽게 메이르쟈에게 앉으라고 권했다. 노인은 생각보다 순순히 고개를 끄덕이며 의자에 앉더니 호화스러운 식탁에 손을 올려놓았다. 세브르에서 구워낸 도자기, 은으로 선을 두른 술잔들, 새빨간 양귀비가 꽂힌 꽃병……. 그는 희미한 시선으로 이러한 것들을 바라보고 있었다. 이윽고 턱 근처가 일그러지며 이 없는 입속에서 가쁜 숨결이 거칠게 뿜어져나와 방 안의 침묵을 깨뜨렸다.

"여러분!" 폰 아른하임 남작이 말했다. "그다지 신경 쓸 건 없습니다. 이 사람은 이미 먼 옛날에 의식능력을 잃었습니다. 시력도 거의 잃어버렸습니다. 여기가 어딘지도 모릅니다. 아리슨을 흉벽까지 끌어올린 것은 그의 마지막 정신과 힘이 불러일으킨 기적이라고 해도 좋을 겁니다. 여러 해 동안 쌓이고 뭉친 무서운 증오가 가져온 행동으로 그 사건이 있은 다음부터 완전히 폐인이 되어버린 겁니다."

메이르쟈의 머리는 끊임없이 식탁 위에서 흔들리고 있어, 마치 남작의 말에 고개를 끄덕이며 긍정을 나타내고 있는 것 같았다. 생각 탓인지 축 늘어진 얼굴 표정도 기분 나쁠 정도로 조용했다.

그의 막연한 시선이 식탁 위의 케이크로 갔다. 쾡한 눈이 번쩍 빛났다. 케이크 위에 하얗게 입혀진 것이 교수대 모양으로 보인 것이리라. 그는 볼에 어렴풋한 미소를 띠며 떨리는 손가락을 뻗어 그것을 잡아떼려고 했다. 창백한 손등에 보라색 혈관이 굵게 기어가고 있었다.

"예쁘군! 예뻐!" 그는 목쉰 소리를 냈다.

"메이르쟈! 내 말이 들리오?" 폰 아른하임 남작이 목소리를 높였다.

사나이의 목이 약간 움직였다. 그러나 얼굴에는 의아한 빛이 떠올랐을 뿐이었다.

"예쁜데!"

아직도 그는 되풀이하고 있었다. 혼자 줄곧 고개를 끄덕이며 혼자 즐기고 있는 것 같았다. 답답한 방 안 공기에 이상한 냄새가 배기 시작했다. 나는 이러한 썩은 냄새를 뉴욕의 어느 병원에서 한 번 맡은 일이 있다.

샐리 레인이 도저히 견딜 수 없었던지 내 목 주위에 손을 얹고 어깨에 얼굴을 파묻었다. 그녀는 들리지 않을 정도로 낮게 흐느끼고 있는 듯했다.

"데리고 나가주세요, 이 사람을! 어서요!"

"폰 아른하임 남작" 하고 나는 말했다. "메이르쟈는……."

"그렇습니다. 그는 암을 앓고 있습니다. 체포한다 해도 감옥으로 보낼 수는 없을 겁니다. 정신병원으로 보낼 필요도 없습니다. 병상태가 이렇게 진전되고 있다면 오히려 위험하다고 보는 것이 당연하겠지요."

메이르쟈는 여전히 고개를 끄덕이고 있었다. 만족한 듯한 표정이 얼굴에서 사라지지 않았다.

이소벨 드오네이가 남작을 향해 소리쳤다.

"왜 이 사람을 이 자리에 데려왔지요?"

이소벨 드오네이는 방코랑의 뒤로 몸을 피했다. 던스탠이 가만히 그녀의 옆으로 다가가서 잠자코 그 허리로 손을 돌렸다. 젊은 귀족의 눈에도 이상할 만큼 강한 동정의 빛이 타오르고 있었다.

"내버려 두어요!"

갑자기 식탁 끝에서 공작부인의 목소리가 울렸다. 그녀는 큰 입을 꽉 다물고 안경 속에서 두 눈을 부릅뜨고 있었다.

"떠들 건 없어요. 내가 타이르면 이 사람은 얌전히 있어요. 호프만, 술을 가져와! 제일 고급으로……."

"위암입니다, 아리슨 부인." 폰 아른하임 남작이 조용히 말했다. "드오네이 부인, 걱정하실 건 없습니다. 전염병은 아니니까요. 그리고 곧 우리 쪽으로 데리고 갈 겁니다."

"어떻게 하시겠다는 겁니까?" 르바셀이 입을 열었다.

폰 아른하임은 다시 그의 웅변을 계속했다.

"여러분, 지금 보신 바와 같습니다. 이 사람의 생명력은 복수의 목적을 이룸과 동시에 다 불타 없어진 겁니다. 여러분은 모르고 계실 테지만, 일찍이 마일런 아리슨은 로마 황제 네로의 포악함을 그린 연극을 무대에 올리려 한 일이 있습니다. 물론 그는 주연으로 네로에게 화형을 당하는 그리스도 교도의 역할을 맡으려고 했습니다. 메이르쟈는 그것을 잊지 않았습니다. 그리하여 아리슨으로 하여금 그 희망을 이루게 해준 것입니다."

폭군 네로라는 말이 메이르쟈의 혼돈된 머릿속에 무언가 반짝이는 것을 던진 모양이었다. 그 눈이 번쩍 하고 빛나는 것 같았다. 외침 소리 비슷한 소리가 이 없는 입속에서 튀어나왔다.

"메이르쟈!" 남작이 소리쳤다.

가엾은 폐인은 흐릿한 눈을 들어 천천히 방 안을 둘러보았다. 그의 머릿속에서는 소리없는 대화가 오가고 있는 모양이었다. 그는 떨리는 손으로 가슴을 치면서 줄곧 고개를 끄덕이고 있었다. 이따금 어깨를 뒤로 젖히기도 했다.

갑자기 생각지도 못할 만큼 재빨리 그는 팔을 뻗었다. 눈앞에 있는 던스탠 경의 술잔을 집어든 것이다.

잔을 들어 마시자 붉은 포도주가 입에서 가슴으로 흘렀다. 목구멍으로는 조금밖에 들어가지 않았다.

그래도 그는 얼마 안 되는 알코올로 생기가 났는지 비틀거리며 일어났다. 굽은 허리를 쭉 펴고, 옛날에 올려다볼 정도로 컸던 키와 잃어버린 권위를 되찾으려 애쓰는 것 같았다. 눈길을 사람의 머리 위로 똑바로 보내면서 자꾸만 한쪽 손을 높이 흔들어댔다.

그러는 동안 시력이 약간 자리가 잡힌 듯 느닷없이 옆에 놓인 공작부인의 핸드백을 열고 안에서 트럼프 상자를 꺼냈다. 그녀는 언제나 상대가 있으면 곧 포커를 할 수 있도록 핸드백에 늘 트럼프를 넣고 다녔다.

"무슨 짓을 하려는 걸까요? 못하게 하세요!" 샐리 레인이 신경질적인 목소리로 외쳤다.

마술사는 무디고 흐린 눈을 좀더 또렷하게 떴다. 식탁 위의 잔이 소리를 내며 흔들거렸다.

다시 폰 아른하임이 소리쳤다.

"메이르쟈!"

메이르쟈의 입에서 까닭모를 중얼거림이 새어나오며 그의 한쪽 손이 재빨리 움직였다. 손가락 사이에 트럼프의 부채가 화려하게 펼쳐졌다. 무딘 그의 눈동자에 갑자기 생기가 돌며 승리의 빛이 떠올랐다. 그러나 그것도 한순간, 곧 두 어깨가 비참하게 떨리며 고개가 폭 떨구어졌다. 부들부들 경련을 일으키는 마술사의 손가락 사이에서 트럼프가 비오듯 흩어졌다.

그는 여전히 식탁 위를 노려보며 오랫동안 서 있었다. 옛날 모습을 다 잃어버린 서투름을 부끄러워하는지 어느새 목에서 흐느낌 소리가 새어나왔다. 이윽고 그것은 무서운 통곡으로 바뀌고, 굵은 눈물 방울이 두 눈에 넘쳐흘렀다.

폰 아른하임의 웃음

공작부인, 폰 아른하임 남작, 그리고 내가 유리 천장 밑에서 기다리고 있었다. 방코랑과 신문 기자 개리번이 식탁에 쓰러진 메이르쟈를 안아 일으켜 두 경관과 함께 나간 뒤 아직 돌아오지 않은 것이다.

밤이 깊어졌다. 큰 시계가 2시를 쳤다. 촛불에는 촛농이 쌓이며 노란 불꽃이 폭폭 숨을 내쉬고 있었다. 마지막 발버둥을 치고 있는 것이다. 방 네 구석으로 그림자가 스며들며, 거무스름해진 천장 유리를 통해 별의 반짝임을 볼 수 있었다.

폰 아른하임 남작은 오색으로 수놓인 긴 의자에 몸을 묻고 앉아 창백하게 빛나는 별빛을 바라보고 있었다. 셰리 주를 마시며 쉴새없이 담배를 피웠다. 공작부인은 넋나간 표정으로 트럼프를 섞고 있었다.

이윽고 폰 아른하임 남작이 자랑스러운 듯이 말했다.

"방코랑 씨에게는 이 사건을 해결할 만한 상상력이 없었던 거요. 처음부터 메이르쟈가 살아 있다는 것을 믿을 수가 없었던 모양이오. 그 사람의 의견을 들었더라면 터무니없이 실패할 뻔했지요."

남작은 동그랗게 담배 연기를 뿜어올렸다.

"하지만 그는 훌륭한 무사입니다. 나의 성공을 축하하는 것을 잊지 않는 것은 과연 그다운 일이지요.

물론 나는 이처럼 어렵게 생각하지 않고도 결론을 내릴 수가 있었습니다. 그 실마리는 사건이 일어난 날 옛 성 흙벽 위에 횃불을 든 괴상한 사람의 형체가 있었다는 점이지요. 그가 아리슨에게 불을 붙인 다음 옛 성을 탈출했다면 벼랑 아래로 달려내려오는 모습을 두 하인에게 들키지 않을 수 없었을 겁니다. 호프만과 프리츠가 달려갔을 때 그 괴상한 형체는 성안을 떠나지 않았다고 단정해도 결코 지나친 생각이 아닐 겁니다.

비밀 통로가 발견되어도 이 추론을 바꿀 필요는 없습니다. 이 비밀 통로를 알고 있는 사람이라면 해골성 구석구석까지 잘 알고 있는 메이르쟈를 생각하는 것이 당연하겠지요. 그리고 이러한 추측은 또 한 가지 문제도 동시에 해결해 줍니다. 즉 어째서 흉기인 권총이 아리슨의 옷장에 있는 웃옷에 되돌아와 있었던가? 이 의문도 역시 메이르쟈가 한 짓이라고 생각하면 이해가 됩니다. 그리고 오늘 오후 붙잡을 수는 없었지만 아리슨의 방에서 누군가의 발소리가 들린 일도 메이르쟈가 돌아다니고 있었던 거라고 생각하면 이해가 되지요. 내가 곧 강을 건너온 것은 이쪽에서 출구를 찾기 위해서였습니다. 그리고 경관을 많이 동원하여 쉽게 그것을 찾아냈습니다.

언덕 중턱에 교묘하게 가려진 넓은 돌뚜껑이 있었지요. 그것을 들어내자 땅 속으로 내려가는 층계가 있고, 천장에도 돌을 박아넣은 비밀 통로가 강 밑으로 뚫려 있었습니다. 별로 깊게 파서 뚫은 건 아니지만, 15세기쯤에 만든 것으로는 꽤 큰 규모의 공사였을 겁니다. 아무튼 아직까지 무너지지 않고 엄연히 존재해 있으니까 말입니다.

안으로 들어가보니 통로는 질척거리는 진흙탕이었는데, 입구 가까이에 메이르쟈가 쓰러져 있었습니다. 안아 일으켜도 말을 거의 못했지요. 경찰 의사의 진단에 의하면 앞으로 1주일쯤 살 거라고 하더군요."

"가엾게도……."

공작부인이 트럼프를 섞던 손을 뻗고 가만히 그것을 바라보았다.

"살아 있는 동안 알뜰히 돌보아 주어야겠군요."

그리고 나서 그녀는 감상을 떨쳐 버리려는 듯 몸을 부르르 떨었다.

"하지만 남작님, 잠깐 물어볼 일이 있어요. 당신은 그 비밀 통로의 끝, 즉 우리 별장 쪽의 출구도 알았나요? 우리가 오늘 오후 샅샅이 조사해 보았을 때 어째서 발견되지 않았을까요?"

"유감스럽게도 시간이 부족했습니다. 나는 메이르쟈를 조사하는 데만 열중해서 거기까지는 미처 생각하지 못했습니다."

"그랬었군요. 그래서요?" 내가 남작의 다음 설명을 재촉했다.

"한 가지 아직 석연치 않은 점이 있는데……, 비밀 통로를 조사했을 때 발목까지 빠질 듯한 진창에 메이르쟈의 발자국이 나 있었습니다. 그리고 당연한 일이지만, 아리슨 별장 근처에서 빗자루로 진흙을 쓴 흔적도 있었지요. 마치 메이르쟈가 자기 발자국을 지워 버리려고 쓸어 둔 것처럼 보였습니다."

"빗자루라고요?" 나는 놀라서 소리쳤다.

남작은 천천히 머리를 내 쪽으로 돌리며 대답했다.

"네, 그렇습니다. 마르 씨! 빗자루라는 말을 듣고 놀라신 것 같은데, 뭔가 마음에 짚이는 것이 있습니까?"

"아니, 아닙니다! 별로." 나는 말 끝을 얼버무렸다. "약간 생각나는 일이 있습니다만, 아무것도 아닐지도 모릅니다. 어서 이야기를 계속하십시오."

"그리고 모제르 총 탄환을 세 발 발견했습니다. 발사된 탄환은, 통로의 진흙에 묻혀 있었지요. 이것으로 사건의 전모가 짐작되겠지요? 어떤 방법으로인지 메이르쟈는 탈출 기회를 잡았던 겁니다. 그 경위는 알 길이 없지만, 아마 지키는 사람이 방심한 틈을 탔겠지요. 기회를 잡은 메이르쟈는 느닷없이 관리인의 머리를 내리쳤습니다. 탄환을 쏜 것은 그 뒤의 일이었습니다. 틀림없이 메이르쟈는 관리인을 뒤에서 덮쳐 먼저 그를 기절시켰을 겁니다.

메이르쟈는 이 기회가 오기를 십몇 년이나 끈질기게 기다리고 있었습니다. 이리하여 그는 자유의 몸이 되자 곧 비밀 통로에서 적의 별장으로 쳐들어가……. "

이때 내가 외쳤다.

"먼저 물어보고 싶은 것이 있습니다. 틀림없이 이곳에는 비밀 통로가 두 곳 있다고 생각되는데 하나는 성에서 언덕 중턱으로 연결된 것이고, 다른 하나는 언덕 중턱에서 강 밑을 뚫고 별장으로 통해 있는 것입니다. "

폰 아른하임 남작은 고개를 끄덕이며 브랜디를 조금 맛보았다.

"말씀한 대로입니다. 기억하고 계실 테지만, 이 해골성에는 벽이 이중으로 되어 있어 벽 사이에 층계가 있습니다. 방 안에서 보는 창문은 겉치레일 뿐입니다. 이 점은 관리인의 시체를 조사한 날 밤 방코랑 씨가 발견한 그대로입니다.

언덕 중턱으로 빠져나오는 통로는 관리인 방의 벽장이 입구로 되어 있더군요. 메이르쟈는 관리인 방에서 그 벽 속의 층계를 빠져나왔습니다. 석유통에 걸려넘어진 것은 그때의 일이었겠지요. 그는 그 길로 우선 언덕 아래로 내려와 다시 강 밑을 빠져나갔던 겁니다. 그에게 등불은 아무 소용이 없었지요. 여러 해 동안 갇혀 지낸 생활에서 그는 이미 시력을 잃어버렸으니까요.

메이르쟈의 마음은 한결같은 복수심으로 불타고 있었습니다. 그

동안 그의 가슴속에 늘 아리슨을 화형에 처할 생각이 있었던 것인지, 아니면 석유통에 걸려 넘어졌을 때 문득 생각난 것인지 거기까지는 나도 알 수 없지만, 어찌 되었든 그는 지하도로 들어갔습니다."

촛불이 또 하나 확 타올랐다가 꺼졌다. 한층 어두워 그림자가 짙어졌다. 무한히 높은 곳에서 별이 빛나고 있었다.

"메이르쟈는 4백 년 동안 사람 눈에 띄지 않고 강물 아래 버티고 있는 지하도를 걸어가고 있었습니다. 도중 어둠 속에서 손전등 빛이 빛났습니다. 맞은편에서 아리슨이 다가왔던 겁니다. 그는 매일 밤처럼 메이르쟈를 비웃어 주기 위해 옛 성을 찾아온 것입니다.

메이르쟈는 발소리를 듣고 옆에 웅크리고 있었는데, 갑자기 불빛이 그를 잡았습니다. 메이르쟈는 소리를 쳤습니다. 무서운 부르짖음이었겠지요, 여러 해 동안 어둠에 묻혀 피땀을 흘리며 고문의 고통을 참고 견뎌온 부르짖음이었습니다! 아리슨은 메이르쟈가 그의 눈앞에 붉은 머리털과 원숭이 같은 손을 확 내밀었을 때, 심장이 딱 멎어 버리는 듯한 생각이 들었겠지요, 강 밑 비밀 통로의 진창 속에서 무서운 죽음이 얼굴을 내민 겁니다. 아리슨은 해골성을 찾아갈 때면 늘 권총을 가지고 갔습니다만, 이때만은 메이르쟈의 습격을 받기 전에 그것을 뽑아들 여유가 없었습니다."

공작부인이 이때 핸드백에서 시가를 꺼내 구두 뒤축에다 성냥을 그어 불을 붙이면서 말했다.

"남작님, 당신 이야기는 마치 탐정소설을 읽고 있는 것 같군요, 그 설명 가운데 한 가지 이해가 가지 않는 점이 있어요, 메이르쟈는 무엇 때문에 별장까지 찾아와서 권총을 마일런의 웃옷 주머니에 넣어 두었을까요?"

"그런 미친 사람의 머리에 떠오른 행동을 일일이 이해가 되도록 설명할 수는 없지요."

이때 나도 한마디 참견을 했다.

"또 한 가지 알 수 없는 일이 있습니다. 드오네이 씨도 사건에 관계되어 있다면, 어째서 메이르쟈는 그를 뒤쫓지 않았을까요?"

폰 아른하임 남작은 내 쪽을 바라보며 차근차근 설명해 주는 말투로 이야기했다.

"마르 씨, 아직 설명을 빠뜨린 곳이 있었군요. 제롬 드오네이 씨에 대한 문제 말입니다. 메이르쟈는 별장을 돌아다니며 일일이 찾아온 손님의 얼굴을 들여다본 건 아닙니다. 따라서 신이 아닌 그로서는 드오네이 씨가 묵고 있다는 것을 몰랐던 겁니다. 그리고 아리슨을 살해한 뒤 옛 성 깊숙이 숨어 있었기 때문에 그 벨기에의 부호에게까지 복수의 손을 뻗칠 수는 없었습니다. 그는 다만 참을 수 없이 고통을 주어 온 관리인의 시체를 벽에 높이 매달아놓고 비웃어주는 것이 고작이었지요."

남작은 문득 말을 끊었다. 복도로 난 문이 열렸기 때문이다. 높은 천장까지 닿은 문이 조용히 열리며 노란 불빛을 받은 방코랑의 모습이 드러났다. 방코랑은 폰 아른하임 남작에게 눈인사를 했다. 방코랑은 브랜디를 훌쩍 들이마시더니 일어섰다.

방코랑이 천천히 입을 열었다. "드오네이 씨에 대한 진상은 내가 설명하겠습니다. 여러분, 나와 같이 가보실까요."

우리는 좁은 홀을 지나 나선 층계를 내려가서 아래층 큰 홀을 굽어보는 긴 복도로 나왔다. 이번에는 공작부인의 발걸음도 가벼웠다.

긴 복도로 들어서자 방코랑은 발길을 멈췄다. 이곳에서도 촛불이 거의 다 타버려 꺼지려 하고 있었지만 아직 완전히 꺼지지는 않았다. 해골의 코에 해당되는 그 노란 유리창 뒤의, 쇠로 만든 샹들리에 위에서 촛불이 마지막 불꽃을 떨고 있었다. 복도 한쪽은 넓은 층계로 되어 있고, 한가운데에는 까만 양탄자가 깔려 있었다. 층계로 불어 올라오는 바람이 자꾸만 촛불을 일렁이게 했다. 중세기의 갑옷 투구가 날이 넓은 칼을 불끈 쥐고 있는 것같이 보였다.

마침 두 경찰관이 들것 대신 병풍을 집어들고 가는 중이었다. 병풍 위에 시체가 놓여 있는지 에나멜 가죽 구두 끝이 보였다. 은실로 수 놓은 큰 솔이 그 위에 덮여 있었다. 이소벨 드오네이가 성큼성큼 다가왔다. 한쪽 손으로 손수건을 입 언저리에 댄 채 아름다운 얼굴에 어두운 표정을 짓고 병풍 위를 들여다보았다. 뒤에서 던스탠 경이 서성거리고 있었으나 마침내 그도 이소벨의 뒤를 따랐다. 아마 그의 심정은 의지력만큼 강인하지 못한 모양이다.

폰 아른하임 남작이 중얼거리듯 말했다.

"나는 잠시 실험을 해보았소. 내 추리가 옳은가 확인할 생각으로 말이오. 나는 아무렇지도 않은 얼굴로 제롬 드오네이를 유인했지요. 방을 조사해 보려는데 함께 와서 도와주지 않겠느냐고 말이에요.

나는 그를 어느 방으로 데리고 갔습니다. 촛불이 없는 깜깜한 방으로. 지금도 분명히 생각이 나지만, 그는 담배에 불을 붙이려고 했습니다. 나는 불을 가지고 오라고 소리쳤지요. 경찰관 두 사람이 촛불을 들고 들어왔습니다. 그래서 제롬 드오네이 씨는 메이르쟈가 의자에 앉아 있는 것을 본 것입니다! 가만히 자기를 노려보고 있는 메이르쟈를. 나는 그의 심장이 상당히 강하다고 생각했었는데, 그렇지 않았습니다. 의지력과는 상당히 차이가 있었던 모양입니다."

나는 난간에 기대 유해와 사람들을 배웅하고 있었다. 공작부인은 그 무거운 손을 내 어깨에 얹어놓았다. 폰 아른하임 남작은 우리에게 눈인사를 하고 나서 시체를 강 건너로 옮기는 일을 명령하려고 서둘러 아래층으로 내려갔다.

"배웅이 끝나는 대로 다시 위층으로 올라갑시다." 뒤에서 방코랑이 말했다. "개리번 씨, 당신은 이 사건을 신문에 발표하게 되겠지만, 이밖에도 덧붙여 둘 일이 아직 많이 있습니다."

제롬 드오네이의 유해가 정문을 나갈 때 바람이 휘몰아쳐 에나멜 가죽 구두 끝이 빛났다. 나는 벼랑 아래까지 운반해 내리는 것은 큰일이라는 생각을 하고 있었다. 던스탠 경이 이소벨 드오이네의 손을 잡고 그 뒤를 따라갔다. 촛불이 하나 깜빡이다가 꺼졌다.

이윽고 우리는 촛불을 의지하여 유리 천장의 방으로 다시 올라갔다.

"나는 저 사람이 아주 싫었어요." 공작부인이 조용히 말했다. "그러나 이제 됐어요, 그도 결국은 죽었으니까⋯⋯. 누구 포커 하실 분 없어요?"

그녀와 방코랑과 나는 다시 유리 천장의 방으로 돌아왔다. 촛불은 두세 개밖에 남아 있지 않았다. 달이 구름 사이로 나와 창백한 빛을 내뿜었다. 그 때문인지 양탄자가 짐승의 가죽처럼 빛이 났다. 까만 기둥의 행렬이 조용히 움직이고 있는 듯한 느낌이었다. 공작부인은 메마른 기침을 하면서 카드를 들여다보았다.

문을 닫자 침묵이 더욱 깊어졌다. 우리는 마치 유리로 만든 배를 타고 대양으로 노저어 나온 것 같았다.

방코랑은 이상하게 눈을 가늘게 뜨고 창백한 달빛을 바라보았다. 이윽고 그는 통통한 손가락으로 무심히 카드를 만지작거리는 공작부인에게로 눈길을 돌리며 조용히 말했다.

"아리슨 부인, 어째서 당신은 오라버니를 쏘았지요?"

방코랑의 웃음

씻은 듯한 밤하늘, 꺼져가는 촛불, 카드를 만지작거리고 있는 통통한 손가락, 그 손가락이 가늘게 떨리며 카드가 폭포수처럼 발밑으로 떨어졌다. 다이아몬드의 8이 한 장 공작부인의 무릎에 남아 있었다.

침묵……. 이윽고 아리슨 부인은 얼굴을 들었다. 갑자기 할머니처럼 여윈 얼굴이 되었다. 달빛이 잿빛 머리카락을 비추었다. 아리슨 부인은 안경 너머로 방코랑을 지켜보면서 말했다.

"당신은 알고 있었군요. 하지만 각오는 하고 있었어요. 당신처럼 빈틈없는 사람이 이 사실을 모른 채 지나갈 리가 없으니까요. 폰 아른하임 남작은 아무리 잘난 체 해도 마음놓고 있었어요. 하지만 정말 용케 알아내셨군요. 감탄할 정도예요."

"그렇겠지요. 남작의 설명도 어느 정도는 옳았던 겁니다." 방코랑이 조용히 말했다.

"하지만 나는……." 공작부인은 달을 쳐다보면서 말을 이었다. "끝내 알려지게 되리라고 각오하고 있었어요. 이제는 나도 웬만큼 나이도 들었고, 즐겁고 재미있게 실컷 세상을 살아온 뒤라 아무 미련도 없어요.

　메이르쟈에 대해서는 이미 단념하고 있었어요. 하지만 폰 아른하임 남작이 지하도를 조사했다고 말했을 때, 거기에 남아 있는 내 발자국이 발견되지 않았을까 하고 걱정했어요. 그러나 들어보니 그는 해골성 쪽에 있는 입구밖에 조사하지 않은 모양이어서 안심했지요."

　방코랑은 고개를 끄덕이며 듣고 있었다. 그런 모습을 보고 나는 그가 이 여자에게 깊은 동정심을 품고 있는 것을 짐작했다.

　다시 방코랑이 말했다.

　"그 사람에게 당신 발자국이 들킬 염려는 없습니다. 내가 그 장화 발자국을 빗자루로 깨끗이 쓸어 두었으니까요."

　"네?"

　그것은 외침 소리가 아니었다. 한숨같이 새어나온 소리였다. 공작 부인은 근시인 눈으로 가만히 방코랑을 지켜보았다.

　방코랑은 소리내어 웃었다.

　"아니, 괜찮습니다. 나는 당신의 비밀을 평생 마음속에 숨겨둘 생각입니다. 제프도 입 밖에 내지 않을 겁니다. 메이르쟈는 아리슨을 흉벽까지 끌고 가서 불을 붙였지만, 그는 그것을 나쁜 짓으로 생각지 않았습니다. 누구에게도 지탄받지 않을 정당한 일이라고 믿고 있었습니다. 당신도 자신이 한 일을 후회하지는 않을 겁니다."

　방코랑은 의자에 앉았다. 그 동작을 보고 나는 비로소 나 자신도 이미 의자에 앉아 있음을 깨달았다. 제롬 드오네이를 죽음으로까지 몰고 간 놀라움이 나에게도 닥쳐온 셈이다. 애거사 아리슨은 무의식 중에 몸을 굽혀 흩어진 카드를 줍기 시작했다. 잠시 동안 그녀의 거친 숨소리만이 들려오고 있었다.

　오랜 침묵. 달은 마술의 배처럼 별이 반짝이는 하늘 높이 노저어 나가 있었다.

애거사 아리슨은 힘없이 말을 꺼냈다.

"나는, 나는 꼭 그런 짓을 할 생각은 아니었어요. 총을 쏘고 교도소에 들어간다는 건 생각만 해도 끔찍한 일이니까요. 언제나 나는 침착하라고 젊은이들에게 타이르고 있지요. 그런 내가 감정에 몰려 그런 짓을 할 줄이야……."

애거사 아리슨은 내 쪽으로 얼른 눈길을 돌렸다.

"당신도 이상하다고 생각하시겠지요? 어제도 내 방에서 당신과 그런 이야기를 했어요. 사람이란 어른이 되어야 한다고 말이에요. 그렇게 말한 본인이 그만 잊고 말았어요. 하지만 어쩔 수 없었어요. 느닷없이 얼굴을 쥐어박힌 거나 마찬가지였으니까요. 나는 마일런이 그 사람을 가둬놓고 있는 것을 발견했던 거예요. 네, 나는……."

"메이르쟈의 부인이었지요?" 방코랑이 조용히 물었다.

공작부인은 의자 속에서 몸을 흔들어대며 오히려 밝은 말투로 말했다.

"당신은 무엇이든 다 알고 있군요. 하지만 어떻게 그걸 아셨지요?"

"사진을 발견했습니다. 당신 방을 조사하다가. 아니, 허락없이 멋대로 방을 뒤져서 미안합니다. 실은 다른 것을 찾아내고 싶었는데, 그 사진을 발견했습니다. 그리고 그와 동시에 보다 깊은 내용까지 알게 되었습니다. 신문 기자 개리번 씨도 이야기했습니다만, 메이르쟈의 결혼은 부인 쪽 집안이 반대했기 때문에 공표하지 않았다는 것을 우리는 알고 있었습니다. 당신 오라버니가 반대한 것은 당연한 일이었지요.

찾아낸 사진을 원래 있던 곳에 그대로 두었다가 폰 아른하임 남작에게 발각되면 곤란할 것 같아, 내가 여기 가지고 왔습니다. 그러나 제프가 그것을 보고……."

나는 생각해 냈다. 사진 속의 인물은 어디선가 본 기억이 있는 얼굴이라고 생각했던 것을……. 그것은 젊고 아름다웠던 무렵의 애거사 아리슨의 얼굴이었다.

"그럼, 그 사진은 메이르쟈의 애인이 아니었군!"

"그야 물론이지. 개리번 씨도 분명히 말하지 않았나. 메이르쟈의 애인은 금발이었다고. 그러나 사진의 얼굴은 까만 머리였네. 거기에 당연히 생각이 미쳐야 했던 걸세. 틀림없이 신문 기자가 메이르쟈의 비밀 결혼에 대해 이야기했을 텐데……."

공작부인은 손수건으로 코를 풀었다.

"나도 그때는 아름다웠어요. 메이르쟈가 죽고 나서, 죽은 것으로 생각하고 있었던 거지만, 전혀 화장에 관심이 없어졌어요. 하지만 당신은 어떻게 그걸 알았지요?"

"나도 처음에는 폰 아른하임 남작과 같은 생각이었습니다. 특히 메이르쟈의 죽음에 대해서는 완전히 그와 같은 의견이었습니다. 내 머리에도 그와 똑같은 영감이 떠올랐습니다. 어디로 가는지, 별로 중요한 볼일도 없는 것 같은 여행……. 화려함을 좋아하는 메이르쟈가 수행원도 없이 혼자 떠났다는 것은 도저히 믿어지지 않는 일이었으니까요."

"하지만 방코랑!" 나는 곧 항의했다. "자네는 전에 죽음을 가장했다는 주장은 믿을 만한 것이 못 된다고 말하지 않았었나!"

"아니, 내가 한 말의 뜻은 메이르쟈 자신이 자기 죽음을 가장할 이유가 전혀 없다는 것이었네. 제프, 그 사건에는 보다 복잡한 연극이 들어 있었던 걸세. 훨씬 더 악마의 수법을 연상케 하는 잔인함이 있었네. 그 사실에서 남작은 메이르쟈 범인설을 끄집어냈지. '메이르쟈는 분명 살아 있다. 아리슨을 지하도에서 옛 성으로 옮겨와 불을 붙여 흉벽에 내던진 것은 메이르쟈다.' 그러나 모제르 총의 방아쇠를 당긴 것은 메이르쟈의 손가락이 아니었네."

공작부인은 시가를 꺼내 물었다. 방코랑이 그녀를 위해 불을 붙여 주었다. 성냥불이 타오르며 한순간 길게 찢어진 탐구심에 빛나고 있는 방코랑의 눈을 비췄다. 방코랑은 다시 말을 계속했다.

"나는 폰 아른하임 남작이 중대한 사실을 무심코 지나쳐 버린 것에 놀랐습니다. 그것은 그 자신이 수사 당시 지적했던 문제입니다. 모제르 총의 방아쇠를 당긴 손은 장갑을 끼고 있었다는 것, 메이르쟈가 장갑을 끼었을 리는 없습니다. 첫째, 그가 감금되었을 때만 해도 아직 범죄수사상 지문제도가 실시되지 않았으니까요. 그때 눈치 챈 사람들은 알고 있겠지만, 범인은 손가락이 짧아서 방아쇠를 당기는 데 애를 먹었습니다. 메이르쟈같이 큰 사람의 짓이 아니라는 것은 그 사실만으로도 충분히 추측할 수 있었지요……."

그는 어깨를 으쓱해 보였다.

"성안 흰 벽에 묻어 있는 핏자국을 조사했을 때, 나는 곧 짐작이 갔습니다. 이 사건에는 두 사람이 관계되어 있다고, 한 사람은 아리슨을 쏘고, 또 한 사람은 그 뒤 그를 운반해 온 겁니다. 나는 수사를 비밀 통로로 집중시켰습니다. 우선 벽에 묻은 핏자국의 높이입니다. 그때 제프에게도 말했지만, 키 큰 사람이 아리슨을 어깨에 둘러메고 운반한 겁니다. 아리슨도 키가 컸기 때문에 어깨에 얹혀서도 손이 바닥에서 91센티미터나 떨어진 곳에 닿았지요. 이 사실은 총의 방아쇠를 당긴 짧은 손가락과 맞지 않습니다. 그래서 나는 이 사건에 두 사람이 관계되어 있다고 생각한 겁니다."

애거사 아리슨은 자신의 짧은 손가락을 가만히 내려다보고 있었다.

"별장에 있는 누군가가 범인임에 틀림없다는 것을 나는 처음 모제르 총을 발견했을 때 알았습니다. 아무리 비약하여 생각해 보아도,

이른바 폰 아른하임 남작의 이른바 '상상력'으로도 메이르쟈가 모제르 총을 아리슨의 웃옷 주머니에 되돌려 놓았다고는 생각할 수 없었을 겁니다.

나는 폰 아른하임 남작에게 설명을 요구했으나 아무 대답도 얻지 못했습니다. 비밀 통로 입구에는 조그만 진흙덩어리가 하나 떨어져 있을 뿐이었습니다. 메이르쟈는 바꿔 신을 구두 같은 것을 가지고 있을 리가 없습니다. 메이르쟈가 그 방으로 들어가 아리슨의 호주머니에 권총을 넣었다면, 그 방바닥은 틀림없이 돼지우리처럼 더러워져 있었을 겁니다. 그렇다면 아무리 얼빠진 콘라드 경감이라도 반드시 그것을 발견했겠지요.

다시 추리를 진행시켜 보면 범인은 별장에 있는 사람이라는 결론이 나옵니다. 그것도 별장에 묵은 손님에게는 그럴 자격이 없습니다. 왜냐하면 우연히 찾아온 손님이 그런 비밀 통로의 입구를 알고 있을 리 없기 때문입니다. 권총만 하더라도 아리슨이 서랍 깊숙이 숨겨두고 있었기 때문에, 손님이 그것을 알고 있었다는 것은 우스운 이야기입니다. 그리고 또 한 가지, 아리슨은 비밀 통로로 들어갈 때 반드시 문을 안에서 잠가 두었던 모양이므로 그 뒤를 쫓아간 범인도 같은 열쇠를 가지고 있어야 합니다. 만일 열쇠가 하나뿐이라면 미리 준비 기간을 두고 또 하나의 열쇠를 만들 시간을 가졌던 사람이 범인이라고 생각하는 것이 당연하겠지요. 그러나 손님들 모두 하루밤에 머물러 있지 않았습니다.

여기에 또 한 가지 잊어서는 안 될 중대한 사실이 있습니다. 폰 아른하임 남작쯤 되는 사람도 그 중대한 사실을 미처 보지 못했습니다만 비밀 통로로 들어갈 때 아리슨은 언제나 방문에 자물쇠를 채워 두었을 게 틀림없습니다. 그런데 그 비극이 있은 뒤 아리슨의 시체를 별장으로 운반해 올 때 그의 방문에는 자물쇠가 채워져 있지 않았습니다. 만일 채워져 있었다면 집사 호프만이 불에 탄 구두를 벗겨 벽장에 집어넣을 수 없었겠지요. 누군가 그 사이에 자물쇠를 연 겁니다. 누구일까요? 해답은 말할 필요도 없습니다. 집 안에 있는 사람으로 또 하나의 열쇠를 가지고 아리슨의 뒤를 따라 비밀 통로로 들어간 사람입니다. 이상과 같이 말한 사실에서 다음과 같은 결론이 나옵니다. 첫째로 살인자는 별장 안의 사람이며, 둘째로 살인자는 찾아온 손님이 아니라 별장에 살고 있는 사람이라는 것."

촛불이 또 하나 꺼졌다. 이 넓은 방에 남은 촛불은 네 개인가 다섯 개밖에 안 되었다. 공작부인은 꼼짝도 하지 않고 홀린 듯이 방코랑의 입 언저리를 지켜보고 있었다.

"하지만 방코랑!" 다시 내가 항의를 했다. "지금 말한 조건이라면 제롬 드오네이 씨에게도 해당될 수 있네. 그 사람은 옛날부터 별장에 드나들었으므로 집의 구조를 잘 알고 있었을 테고, 미리 맞는 열쇠를 만들 여유도 있었을 걸세. 그리고 손가락도 뭉툭하니 짧은 데다 그날 밤 그의 아내는 던스탠 경과 밀회를 하느라고 방을 비워두었기 때문에 그에게는 확실한 알리바이가 없는 셈일세. 그렇지……. 그래, 방코랑, 그는 자네까지도 자동차 사고를 꾸며 죽이려고 하지 않았나!"

방코랑은 고개를 끄덕이며 대답했다.

"자네 의견도 나쁘지 않네. 나도 그렇게 생각한 적이 있지. 그러나 잘 생각해 보면 아무래도 이치에 맞지 않는 데가 있다네. 제롬 드오네이가 메이르쟈와 협력하는 일은 있을 수 없는 걸세. 비밀 통로에서 만일 두 사람이 마주쳤다고 해보게. 드오네이가 메이르쟈를 죽이든 메이르쟈가 드오네이를 죽이든, 아무튼 두 사람 다 무사히 살아남을 수 없네. 얼굴을 본 것만으로도 둘 중 누군가가 놀라 죽었을지 모르지.

따라서 그 의견은 잘못된 것으로 보아도 좋네. 드오네이가 자동차 사고를 내려고 했던 것은 내가 메이르쟈의 죽음에 대한 진상을 눈치챘다고 짐작했기 때문이었네. 그토록 대담한 그도 깜짝 놀랐던 모양일세. 바로 그 순간 자신도 모르게 운전하던 손이 뒤틀렸던 걸세……."

방코랑은 이야기를 서두르기 시작했다.

"체스를 두는 것도 아니니, 언제까지 이런 이야기를 해봐야 아무 소용 없네. 이제 그만 결론을 냅시다. 그런데 아리슨 부인, 나는 당신을 의심하자 곧 지하도를 찾아 증거를 잡았습니다. 당신 구두 자국은 한 번만 보면 곧 알 수 있지요. 더구나 진흙 속에 당신이 늘 짚고 다니는 지팡이 자국이 있었습니다. 진흙으로 더러워진 구두도 당신 침실의 벽장에 숨겨져 있었습니다. 당신은 지하도를 나와 곧 슬리퍼로 바꿔신었지요. 나는 그 구두를 보자 곧 라인 강물에 던져 버렸습니다. 이제는 다만 당신이 사람을 죽인 동기를 알아낼 필요가 남았을 뿐입니다. 그러나 그것도 그 사진을 발견하자 알 수 있었습니다."

아리슨 부인은 역시 입을 다문 채 방코랑의 얼굴을 바라보고 있었다. 시가 불만이 살아 있는 것처럼 밝았다.

"이상하군요. 이렇게 당신 이야기를 듣고 있노라니 어쩐지 꿈을 꾸고 있는 것 같아요. 나에게는 분명한 알리바이가 있는 것으로 되어 있어요. 성 위에서 오라버니가 횃불처럼 타오르고 있을 때 나는 하녀 플리다와 포커를 하고 있었으니까요. 겨우 15분 정도이긴 하지만 방을 비우기는 했어요. 줄곧 포커를 하고 있었던 건 아니에요. 아까 폰 아른하임 남작이 아주 감상적인 목소리로 메이르쟈가 비밀 통로에서 마일런을 죽였다고 설명하는 것을 듣고 나는 미친 듯이 소리를 지르고 싶었어요. 하지만 이 나이에 점잖지 못한 짓인 것 같아서 참았지요."

아리슨 부인은 방코랑을 흘끗 곁눈질하여 보았다.

"방코랑 씨, 나는 사람을 죽인 범인임에는 틀림없지만, 당신이 만난 사람들 가운데 가장 특이한 존재가 아닐까요? 정말이에요. 내 기분은 이렇게 되기 전과 조금도 다르지 않아요."

아리슨 부인은 정좌한 부처님같이 웅크리고 앉아 꼼짝도 하지 않았다. 손에 든 시가의 불이 깜빡거렸다. 연기는 한없이 올라가 결국 흐릿해지더니 무수한 별이 빛나는 밤하늘로 사라져갔다.

아리슨 부인은 갑자기 축 늘어진 볼을 긴장시켰다. 그리고 손을 뻗어 도망치는 것을 잡으려는 듯이 무섭게 허공을 움켜잡았다.

"이 손이, 내 이 손이 권총을 잡고 오라버니를 쏘았어요. 내가 신경질적이 되는 것도 무리가 아니겠지요. 하지만 그때의 내 마음은 커다란 허수아비를 쏘는 것 같았어요. 인형쯤으로, 생명이 있는 것으로는 생각되지 않았어요. 마치 축음기가 걸어가고 있는 듯한 느낌이었지요. 태엽을 감으면 울리기 시작하지만 태엽이 풀리면 금방 뚝 그치고 마는 물체로 보였던 거예요. 머리가 이상해졌던 걸까요?

지하도 한가운데에서 우리는 서로 손전등 빛을 마주 비췄어요. 내 손에 권총이 들려 있는 걸 보자 오라버니는 그 자리에 맥없이 주저앉고 말았어요. 나……, 나는 조금도 나쁜 짓을 했다는 생각이 들지 않아요. 다만 너무나 지쳐 버린 느낌이에요."

그녀의 정성들여 물결치게 빗어올린 회색 머리가 갑자기 흔들리며 고개가 떨구어졌다. 그녀는 속삭이듯 말을 계속했다.

"나는 메이르쟈를 사랑했어요. 그이를 정말로 이해했던 것은 나 혼자였을지도 몰라요. 그이를 평범한 세상의 눈으로 본다면 무서울 정도로 악인이었겠지요. 하지만 나에게는 그런 건 아무래도 좋았어요. 그이는 훌륭한 사람이었지요. 그이의 가슴속에는 뜨겁게 타오르는 세찬 불길이 있었어요 ! 어떤 일을 하든 아무도 그이만큼 해낼 수는 없었어요. 그이는 위대했어요.

나는 그때 35살, 그 사람이 좋아서 견딜 수가 없었어요. 지금 생각하면 이상할 정도로 빠지고 말았어요. 그로부터 20년이 지난 지금은 이제 그렇게 생각지 않아요. 20년 동안이나 계속 불타고 있을 수는 없는 일이잖아요 ? 그러므로 내가 마일런을 쏜 것은 그를 사랑하기 때문이 아니었어요. 하지만……. "
그녀는 말을 더듬거렸다.
"하지만 그때 쏘지 않으면 안 된다고 느끼게 하는 무언가가 있었어요. 비밀 통로를 발견한 것은 우연이었어요. 지금부터 꼭 2주일쯤 전, 밤이 되자 나는 다음날 찾아올 손님들에 대해 상의할 생각으로 마일런의 방을 찾아갔었지요. 그런데 어찌된 일인지 오라버니가 보이지 않아 일단 돌아오려고 했었어요. 그러나 이튿날 손님들을 맞을 때 할 목걸이가 마일런의 금고 속에 있는 것을 생각해 내고 가져가서 줄을 갈아야겠다고 마음먹었어요.

금고가 오라버니의 침실 널빤지 뒤에 숨겨져 있다는 것은 알고 있었지만, 어떻게 널빤지를 열어야 하는지 몰라서 근처를 밀기도 하고 잡아당겨보기도 하며 여러 모로 손대보았어요. 그러자 갑자기 이상한 소리가 나며 옆방에서 움푹 들어간 뒤쪽으로 커다란 구멍이 나타났던 거예요.

물론 나도 처음부터 그것을 눈치챈 건 아니에요. 하지만 잘 생각해 보니 모든 것이 이상했어요. 마일런은 가끔 모습을 감추는데, 어디를 돌아다니는 건지 구두가 말할 수 없이 더러워지는 일이 있었거든요.

나는 다시 방으로 돌아와 장화를 가지고 가서 비밀 통로 입구에서 바꿔 신었어요. 마일런이 늘 서랍에 권총을 숨겨두고 있었던 걸 생각해 내고 그것과 손전등을 집어 들었지만, 그때는 별로 뭘 어떻게 해야겠다는 생각은 없었어요.

　강 밑으로 한참 걸어가자 층계가 나왔는데, 그리로 올라가니 바로 건너편 언덕 중턱으로 나왔어요. 거기서 나는 생각했어요. 성으로 연결된 통로가 또 하나 어디엔가 숨겨져 있을 거라고. 하지만 그 입구를 찾는 것은 여느 사람으로서는 거의 불가능한 일이었어요. 그런데 그때 나는 손쉽게 찾아낼 수 있었어요. 무당처럼 무엇에 홀린 정신 상태였던 모양이에요. 지금은 아무리 돈을 산더미처럼 준다 해도 도저히 그런 힘이 나오지 않을 거예요. 나는 정신없이 앞으로 앞으로 나아갔어요.

　두 번째 비밀 통로를 빠져나가자 그곳은 성의 관리인 방이었어요. 나는 숨이 차서 도저히 서 있을 수가 없었어요. 벽에 몸을 기대고 한숨돌렸지요. 발은 진흙투성이고, 옆구리가 결리고 아파서 견딜 수 없었어요. 그런데 어디선가 사람의 목소리가 들렸어요. 아무리 둘러보아도 사람이 없는데, 낮은 목소리로 흥얼거리는 노랫소리가 들렸어요. 그래서 나는 벽이 이중이며 오색 유리창 뒤에 또 하나의 통로가 있다는 것을 알아차렸지요. 그 벽 사이의 층계를 관리인이 조명등을 한쪽 손에 들고서 올라가고 있는 것이었어요. 귀가 먼 주제에 노래를 부르고 있었어요. 그 노래의 가사를 듣자……."

그녀는 두 손으로 머리를 쥐어뜯었다.

"'개에게 먹일 것, 메이르쟈에게 먹일 것!'

　그는 양철 먹이통과 컵을 들고 노래를 부르며 층계를 올라가고 있었어요. 낮기는 했지만 소름끼치는 목소리였어요. 나는 조명등 뒤로 살금살금 쫓아갔어요. 귀가 먼 그에게는 내 발자국 소리가 들리지 않았던 거예요.

나와 바우어는 자꾸만 위로 올라갔어요. 내 옆구리는 송곳으로 쑤시는 것처럼 아팠어요. 그래도 나는 계속 올라갔어요.

층계를 다 오르자 바우어는 조명등을 바닥에 놓고 큰 문을 향해 개를 부르듯이 휘파람을 불었어요. 그는 뭐라고 말하며 먹이통을 덜그렁거리면서 열쇠다발에서 열쇠를 꺼내 문을 열고 안으로 들어갔어요. 안에서 쇠사슬 소리가 절그렁절그렁 들려왔어요. 들여다보니 바우어는 조명등을 옆에 놓고 방구석의 짚덤불을 긴 막대기로 쿡쿡 찌르고 있었어요."

이때의 애거사 아리슨의 표정은 조금 전 폰 아른하임 남작의 공로담을 듣고 있을 때의 그 비웃는 듯한 얼굴의 그녀와는 너무도 거리가 먼 모습이었다. 시가의 불이 꺼진 것도 모르고 그녀는 정신없이 쉰 듯한 목소리로 외쳐댔다. 어떻게 해서든 그때의 기분을 이해시켜야겠다는 바람에 사로잡혀서……

"나는 무언가가 가슴에서 치밀어오르는 듯했어요. 뱃속은 찬데도 몸만이 이상하게 뜨거웠어요. 그런 중에도 마음은 가라앉아 포커 수를 생각하고 있을 때처럼 아주 냉정했지요.

이해할 수 있을지 모르겠군요. 지금 생각해도 정말 이상하게 느껴지는 것은, 그때 내가 생각하고 있었던 일이에요. 왠지 모르지만 나는 그때 20년 전 어느 날 밤의 일을 생각해 냈어요.

나는 그날 밤 메이르쟈와 함께 런던의 댄스홀에 갔어요. 그이는 한 번도 춤을 춘 일이 없어 구경만 하고 있었지요. 그래서 나는 여자 탈의실에서 거울 앞에 서 있었어요. 주위에서 여자들이 떠들어대고, 밖에서는 악단이 왈츠를 연주하고 있었어요. 나는 노란 바탕에 허리 주위에 빨간 장미꽃을 수놓은 드레스를 입고, 흥분으로 볼이 빨개져 있었어요. 나 스스로도 아름답다는 생각이 들었어요.

추억에 잠겨 나도 모르게 소리를 냈던 모양이에요. 갑자기 바우어가 돌아다보더니 불빛을 내 얼굴에 똑바로 비췄어요. 그러나 그가 움직이는 것보다 빨리 내 손에는 권총이 쥐어져 있었어요. 두 방의 총알을 그의 눈썹 사이에 쏘았지요.

그때 나는 미쳐 버렸었나 봐요. 나는 거기에 주저앉아 무릎 위에 메이르쟈의 머리를 안고 언제까지나 어루만지고 있었어요.

그이는 말할 기운도 없는 듯 괴로운 숨만 내쉬고 있었어요. 어떻게든 이 성에서 빠져나가야 한다고 생각한 순간, 나는 문득 그 동안의 사정을 깨달았던 거예요. 이렇게 참혹하게 그를 다룬 데는 오라버니 마일런이 관계되어 있으리라는 것을요. 바로 이때 마일런을 죽여야 한다고 결심했던 거예요."

그녀의 거친 숨결이 컴컴한 온 방 안에 가득 찼다.

"이것도 역시 인간의 이상한 기분일지 모르지만. 아니, 조금도 이상할 건 없어요. 나는 그때 짐승처럼 비참한 메이르쟈에게 내가 일찍이 그의 아내였던 애거사 아리슨이라는 걸 알리고 싶지 않았어요. 지금의 나는 마치 마귀할멈이나 빨래하는 노파로밖에 보이지 않으니까요. 그이와 헤어진 뒤의 20년이 나를 이렇게 만든 거예요.

나는 그이의 쇠고랑을 풀어주었어요. 바우어의 시체는 방 한쪽 구석에 뉘어 두고 곧 별장으로 돌아가려고 했어요. 그이에게 먹을 것을 많이 가져다주려고……. 그리고 나는 그때 마음속으로 결심했어요. 마일런 아리슨은 내 손으로 죽여야 한다고.

그날 밤에는 그냥 조용히 돌아와 구두를 바꿔 신고 권총을 잘 닦아 서랍에 넣어두었어요. 흥분으로 아침까지 잠을 이룰 수가 없었어요.

그리고 나는 비누로 마일런의 방 열쇠 모양을 떠서 가만히 기회를 엿보고 있었어요. 사건이 일어났던 날 밤, 오라버니가 권총 탄환이 두 발 발사된 것을 알아차리면 어쩌나 하고 나는 그것만 걱정하고 있었어요. 그러나 그건 문제 없었어요. 왜냐하면 그는 결코 모제르 총을 가지고 다닌 일이 없었기 때문이지요.

그래서 나는 구두를 갈아신고 긴 외투를 입은 뒤 손전등까지 준비해서 그가 지하도로 들어가는 것을 보자 곧 권총을 들고 뒤쫓았지요.

오라버니는 생각했던 것보다 빠른 걸음으로 비밀 통로를 빠져나가고 있었어요. 내가 있는 힘을 다해 비틀비틀 뒤를 쫓자 도중에 내 손전등 빛을 보았는지 오라버니가 놀라 뒤를 돌아보았어요.

그는 턱시도 차림 그대로 구두만 갈아신고, 바지를 높이 걷어올리고 있었어요. 그는 깜짝 놀라 소리쳤어요.

"애거사!"

그 목소리는 낮은 천장에 울려 대포 소리처럼 들렸어요. 하지만 나는 냉정하게 이렇게 말했어요(그녀는 여기서 갑자기 목소리를 죽였다).

'오라버니! 어째서 오라버니는 그런 가혹한 짓을 했지요? 이건 메이르쟈의 보복이에요!'

이렇게 말함과 동시에 내 손에서 권총이 불을 뿜었어요. 나 자신도 깜짝 놀랄 만큼 큰 소리였어요. 연기도 지독해서 눈을 뜰 수 없었어요.

하지만 그 속에서도 오라버니의 가슴에서 피가 펑펑 솟는 것이 분명히 보였어요.

오라버니는 '개새끼!' 하고 외치더니 주머니칼이 접혀지듯 벽으로 쓰러졌어요. 그때 내 귀에 발소리가 들렸어요. 진흙이 꿀럭꿀럭 소리를 내고 있었어요. 메이르쟈가 조명등을 들고 이쪽으로 오고 있었던 거예요.

그이는 내 손으로 복수가 이뤄진 것을 알자 크게 소리를 한 번 질렀어요. 머리에서 발끝까지 온통 진흙투성이였는데, 그래도 눈을 반짝이며 기쁜 듯 외치고 있었지요. 나는 그 소리를 듣자 곧 손전등을 끄고 정신없이 돌아왔어요. 그 뒤 어떤 일이 일어났는지는 전혀 몰라요. 내 뒤에서 메이르쟈는 계속 외치고 있었어요.

'네로처럼 할까? 어때, 네로로 하면?'

비밀 통로를 나왔을 때는 아직 9시 반이 되지 않았어요. 제정신이 아니었지만, 구두를 갈아신을 만한 여유는 있었어요. 권총은 마일런의 호주머니에 넣어두었어요. 거기라면 아무도 수상하게 여기지 않을 거라고 생각했기 때문이에요. 지금 돌이켜보면 이상한 생각이었다고 여겨지지만 사실 그때 나는 완전히 머리가 이상해졌던 게 틀림없어요. 내 방으로 돌아올 때까지 다행히 아무에게도 들키지 않았어요. 진흙투성이가 된 스커트를 갈아입고 장화를 벽장 구석에 처넣었어요. 그리고 플리다가 들어왔을 때는 이미 창 옆 테이블에 앉아 혼자 트럼프 떼기에 열중해 있는 시늉을 하고 있었어요. 술을 여섯 잔 마셨더니 팔의 떨림도 멈췄지요.

그리고 10시 10분쯤 되었을 때 강 건너편 성에서 그 소동이 벌어졌던 거예요.

메이르쟈가 무슨 소리를 중얼거리고 무슨 짓을 했는지 나는 전혀 몰라요. 알려고 하지도 않았어요. 모르는 편이 결국 다행이었다고 생각해요."

마지막 촛불이 유리 천장에 반짝 비치더니 곧 꺼져버렸다. 다 타버린 초의 쉰 듯한 냄새가 우리 주위에서 무겁고 답답하게 맴돌고 있었다.

나는 흐르는 별 아래 저승으로 빠져들어가는 듯한 착각에 사로잡혔다. 메이르쟈가 관리인을 들쳐업고 돌아다니는 모습이 보였다. 애거사 아리슨의 거친 숨소리도 어느새 가라앉고 이윽고 지친 듯한 고요함이 방 안으로 숨어들었다. 구석구석의 흑단나무 기둥이 신비의 바다에 뜬 유령선의 돛대처럼 떠올랐다. 애거사 아리슨의 얼굴은 보이지 않았지만 수그린 머리에서 머리카락이 흔들리고 있었다.

방코랑이 날카롭게 외쳤다.

"아리슨 부인, 걱정할 필요 없습니다. 당신이 무사하도록 만들어두었습니다. 자, 기운을 내십시오, 누가 옵니다!"

신비의 바다에 돌이 던져졌다. 방코랑은 힘차게 일어나 성냥을 그어서 새로운 초에 하나하나 불을 붙여 일곱 개의 가지가 뻗어나온 촛대에 그것을 꽂았다. 애거사 아리슨이 앉아 있는 긴의자 옆에도 촛불을 켜놓았다.

그때 문이 열렸다. 나는 얼른 애거사 아리슨을 쳐다보았다. 그녀는 굵은 한숨을 한 번 내쉬더니 커다란 눈으로 나를 바라보았다. 어느새 그녀는 여느 때의 기운을 되찾고 있었다.

그녀는 큰 소리로 말했다. "이제 됐군요! 자, 시작합시다. 포커를 할 사람은 누구누구지요? 아, 샐리 양, 들어와요! 당신 포커 하겠어요?"

샐리 레인이 촛불 빛 속으로 조용히 들어왔다. 지친 듯한 얼굴이었다. 녹색 야회복이 구겨져 있고, 그녀 자신도 침착하지 못하게 방 안을 두리번거리고 있었다. 애거사 아리슨이 얼른 말했다.

"아니, 샐리 양. 어떻게 된 거예요? 당신은 또 그 젊은 애인 일을 생각하고 있는 건가요? 공연한 걱정은 집어치우고 포커나 하는 게 좋을 거예요. 우울한 기분이 금방 달아날 테니까요."

"당신은 몰라요." 샐리가 못마땅한 듯 대답했다. "하지만 걱정하지 않아도 돼요."

"이 귀여운 아가씨에게 술을 한 잔 갖다드려요." 공작부인은 명랑한 목소리로 말했다. "페르노가 모두 넉 잔 필요한 셈이군. 탄산수와 레몬을 곁들여서 말이야. 자, 테이블을 정돈하고! 나는 이 탐정님에게 아까 내기에 진 빚을 갚고 말겠어요. 다른 사람들은 어떻게 되었을까요?"

샐리 레인이 그 말에 대답했다.

"지금 아래층에서는 폰 아른하임 남작이 자랑스러운 듯이 신문 기자들을 모아놓고 수사 결과를 발표하고 있어요. 르바셀 씨는 골동품실에서 기막히게 훌륭한 바이올린을 발견했다면서 좋아하고 있어요. 이소벨과 던스탠…… 모두 각자 열중해 있어요. 하지만 상관없어요. 나는 당신과 포커를 하겠어요. 술도 주세요. 아무 거라도 좋으니까 마실 것 좀 주세요. 취하고 싶어요. 어머나! 르바셀 씨가 벌써 연주하기 시작하는군요."

샐리는 얼굴을 찡그리며 문을 닫으러 갔다. 그러나 바이올린 소리는 여전히 들려왔다. 공작부인은 뚱뚱한 몸을 촛불이 켜진 테이블 위로 내밀고 카드를 섞기 시작했다. 야무진 손놀림이었다. 나는 그 테이블에 페르노 술잔을 네 개 놓았다. 바이올린 선율이 아래층에서 흘러와 이상하게 가라앉은 듯한 울림이 바늘처럼 내 눈을 찔렀다. 가벼운 멜로디를 따라 마냥 짓눌려 있던 힘이 방 안에 차가운 불꽃을 올리고 있었다.

공작부인이 말했다.

"내가 먼저 나눠주겠어요. 지게 되면 물주는 교대로 해요. 잭의 원 페어 이상으로 승부가 끝나는 거예요."

샐리가 술잔을 든 손을 내리며 말했다.

"저 곡이 뭐지요? 언젠가 들은 적이 있는데……."

"그런 건 아무래도 좋아요."

공작부인은 조용히 미소 띤 얼굴을 보이면서 카드를 나누었다.

"샐리 양, 포커에 정신을 쏟아요. 잭의 원 페어 이상이에요."

"나도 당신들 세대에 태어났더라면 얼마나 좋았을까요. 빅토리아 시대의 기분, 질서있는 생활, 견딜 수 없을 정도로 좋은 시대였다고 생각돼요……. 담배를 좀 집어 주세요!"

"자, 나는 걸었소."

방코랑이 하얀 칩을 테이블 가운데로 밀어냈다. 눈꺼풀이 무겁게 늘어져 있었다. 코밑수염과 턱수염 사이의 이상하게 일그러진 입술을 촛불 빛이 돋보이게 비춰 주었다. 바이올린 소리가 새어들어왔다.

"저 곡은," 나는 손에 든 두 장의 퀸을 바라보며 말했다. "'유모레스크'입니다. 자, 나도 걸었소!"

나는 방코랑과 같은 액수의 칩을 쌓았다.

"나도 걸겠어요."

샐리 레인도 메어치듯이 칩을 내밀고 공작부인에게 말을 걸었다.

"공작부인, 만일 당신이 나와 같은 처지에 놓여 있다면 어떻게 하시겠어요? 소동을 한 번 피우지 않을 수 없겠지요. 하지만 지금은 달라요. 새로운 시대니까요. 우리 젊은이들은 빅토리아 시대 사람들처럼 그렇게 심각하게 생각하고 싶지 않은 거예요. 아, 하는 수 없지!"

"그럴지도 모르겠군요."

공작부인은 페르노를 천천히 들이마셨다.

"그럼, 시작하겠어요. 다들 좋아요?"

STRICTLY DIPLOMATIC
뛰는 자와 나는 자

뛰는 자와 나는 자

더모트는 이제 요양을 거의 끝내가고 있었다. 그는 평생 이렇게 몸이 좋다고 느껴본 적이 없었다. 고리버들로 만든 의자 등받이에 몸을 기댄 채 근육의 긴장을 풀고는 숨을 깊이 들이마셨다. 발밑으로 프랑스와 벨기에 사이의 평평한 땅이 비스듬히 강 쪽으로 뻗어 있다. 플린더스 강은 강둑의 그림자가 반사되어 짙은 녹색으로 유유히 흐르고, 800미터쯤 떨어진 곳에는 도시의 집들이 자리잡고 있다. 온천장의 커다란 유리 지붕이 가을 햇빛 속에서 희뿌연 빛을 띠었다. 더모트는 정자의 끝 쪽에 앉아 있었다. 정자 뒤로는 차양이 걷혀진 호텔의 뒷면이 자리잡고 있었다.

호텔에서는 이제 차양을 거두어 두고 있었다. 또 침실들도 대부분 폐쇄하고, 지금은 몇 안 되는 손님들만이 테라스에서 빈둥거렸다. 벌써 서늘한 기운이 바람에서 느껴졌다.

이제 더모트도 다시 일과 런던의 소음 속으로 돌아가야만 하는 것이다. 그러나 지금은 그것이 오히려 기대되고 기다려졌다. 한 달 전만 해도 마치 악몽 같았는데……버스가 곧장 자신에게로 달려들고,

집이 무너지고, 처음 가보는 장소에 와 있고, 마구 달아나는……그런 악몽…….

그런 악몽 같은 일에도 불구하고 더모트는 당장 쉬고 싶지 않았다.

"난 지금 휴가를 갈 수가 없어!"

더모트는 친구인 의사한테 그렇게 말했었다. 그러자 의사가 코웃음을 쳤다.

"휴가? 자넨 병 때문에 요양하는 것을 휴가라고 부르나? 자네 문제는 간단해. 과로야. 요새 흔히 직장인들이 불평을 해대는 그 과로 말이야. 왜 좀 긴장을 풀지 않는 거야? 힘들지 않아?"

"아니, 난 과로하고 있지 않네."

"자넨 너무 양심적이군."

의사가 좀 부러운 듯이 말했다. 더모트는 가능한 한 솔직하게 말하려고 애를 썼다.

"아니야. 그건 양심적이고 비양심적이고, 그런 게 아니야. 잠시만 손에서 일을 놓아도, 다시 일을 손에 잡기까지는 내내 일 걱정만 하게 돼. 나도 어쩔 수가 없어. 난 원래 그렇게 생겨먹은 사람인가 봐. 긴장을 풀 수가 없어. 심지어는 술을 먹어도 취하질 않아."

의사가 재미없다는 말투로 물었다.

"사랑에 빠져본 적도 없나?"

"열아홉 이후로는 없어. 사랑이란 게 선반에 있는 약상자를 내려서 약을 꺼내 먹듯이 할 수 있는 건 아니지 않나. 남들은 모르지만, 나는 그런 식으로 사랑은 하지 못해."

의사가 더모트를 유심히 뜯어보며 말했다.

"그래? 하여간 자네가 그 긴장에서 헤어나오지 못한다면, 난 한창 잘 나가다가 건강 때문에 목숨을 잃은 변호사 한 사람을 친구로 두는 셈이 될 걸세. 이 점 분명히 경고해 두네. 자넨 이번 주에 영국을 떠나 유럽 대륙으로 가게. 내가 온천장을 하나 소개해 주지. 일 생 카테린이라는 온천장이야. 그 온천물에 목욕을 좀 한다고 해서 자네한테 해가 되는 건 없을 거야. 그리고 골프 좀 치면 기분이 아 주 좋아질 걸세."

앤드루 더모트의 오랜 친구인 의사는 여기서 말을 끊고 짓궂게 씩 웃더니 다시 말을 이었다.

"자네한테 필요한 건 모험일세. 영화에나 나올 것 같은 멋진 모험 말이야. 내가 듣기에는 일 생 카테린 근처는 국경도 없고 총 같은 것들만 난무한다더군. 아마 카지노에는 비취 귀걸이를 달고 눈을 내리깐 아름다운 스파이들로 득실거릴 거야. 그 속에서 자네가 지 금 늙은 영감태기가 되어가고 있다는 사실을 한번 잊도록 해보게. 그 아름다운 스파이들 가운데 하나를 골라잡아서 한번 즐겨보는 거 야. 자네한테는 그게 세상에서 가장 좋은 치료약일세."

호텔 뒤의 풀밭에 혼자 앉은 더모트는 큰소리로 웃었다. 그 의사 친구 말이 맞는 것도 같았다. 더모트의 지금 상태는 어떻게 보면 그 친구 말보다 조금 모자란 것도 같았고, 또 어떻게 보면 한 발 더 나 간 것도 같았다. 더모트는 사랑에 빠져 있었던 것이다.

베티 웨더릴만큼 스파이와 거리가 먼 여자도 상상하기 힘들 것이 다. 심지어 최소한 표면상으로는 유럽 나머지 부분에 스며들고 있는 긴장조차도 일 생 카테린에서는 찾아 볼 수 없었다. 일 생 카테린은 굼뜨고 친근하면서도 다소 재미없는 곳이었다. 온천장에서는 샘물이 솟아오르고, 사람들은 운동기구에 열심히 매달려 있었다.

더모트는 그 온천장 주변을 보면서, 저기에는 운동기구밖에 없는데 그 의사 친구가 말한 총 같은 것들은 뭘 보고 이야기한 걸까 하고 궁 금해 했다. 더모트는 마음도 편안해지고 아주 자유로운 기분이었다.

한때는 번쩍거렸을 집들 사이에 난 도로에서 들리는 소리라고는 자전거가 찌르릉거리는 소리뿐이었다. 밤에 포도주를 주문하면 악대가 숲 속의 불빛 아래서 연주를 해주기도 했다. 카지노에서 몇 푼 돈을 걸어보는 것도 재미있는 일이었다. 어떤 벨기에 사람은 아예 종이 봉지에 먹을 것을 싸들고 카지노에 들어가려다 걸리기도 하였다.

더모트는 이곳에 도착한 다음날 아침에 베티 웨더릴을 처음 보았다.

아침식사 시간이었다. 호텔에는 손님이 그리 많지 않았다. 치즈를 먹고 있는 네덜란드 사람 하나, 대여섯 명의 영국인들, 외국 공사 한 사람, 조용한 프랑스 부부 한 쌍, 그 정도였다. 그리고 창가의 햇빛이 드는 탁자에 그 건강해 보이는 여인이 앉아 있었던 것이다.

더모트는 아직 여행의 피로가 풀리지 않은 상태였다. 그가 베티 웨더릴을 처음 보았을 때 그녀의 그 건강한 모습에 부러움 비슷한 것을 느꼈다. 그 건강한 기운이 더모트 자신에게까지 뻗쳐오는 느낌이었다. 더모트는 그녀가 친근해 보이는 입과 햇볕에 그을린 피부를 가지고 있다는 인상을 받았다. 그리고 뭔가 정열적인 에너지를 가진 여인 같기도 했고, 순박한 분위기를 가진 여인 같기도 했다. 그런 그녀의 분위기가 마치 덜그럭거리는 커피 잔들처럼 더모트를 혼란스럽게 하였다. 더모트는 계속 고개를 돌려 그녀를 바라보았다. 자신도 이유를 모르는 채 더모트는 한참 있다가 다시 그녀 쪽을 바라보곤 하였다. 더모트는 그날 골프를 지독하게 못 쳤다.

다음날 아침 더모트는 다시 그녀를 보았다. 그들은 계산대에서 우표를 사다가 눈길이 마주쳤다. 둘 다 약간 미소를 지었지만 더모트는 당황해 하면서 그녀와 마주치기 직전에 그녀의 머리카락 빛깔이 금발이었는지 밤색이었는지를 기억해내려고 애썼다. 실제로 보니 그녀의 머리카락은 밝은 갈색이었다.

그날 오후의 골프 성적은 전날보다 더 나빴다. 기분이 씁쓸했다. 이제 서른다섯밖에 안 된 남자가 벽에 붙은 낡은 포스터처럼 낡아빠지고 꾸깃꾸깃해졌다니, 어이가 없는 일이었다. 자신이 신경쇠약증에 걸린 멍청이라고 생각하면서 더모트는 다시 그녀 생각에 빠져들었다. 다음날 오전 그들은 아침 인사를 나누기까지 했다. 셋째 날, 더모트는 더욱 용기를 내어 그녀 옆의 식탁에 가서 앉았다.

"난 어쩔 수가 없어요."

더모트는 그녀가 웃음을 터뜨리며 하는 말을 들으면서 자기도 무슨 말을 해야겠다고 마음을 먹었다. 더모트는 바람둥이가 아니었기 때문에, 그런 마음을 먹는다는 것 자체가 매우 용기를 필요로 하는 일이었다. 그러나 둘 다 서로가 옆에 있다는 것을 알고 있기 때문에, 이 순간 대화가 이루어지지 않는다면 매우 어색할 것처럼 느껴졌다. 더모트가 고개를 들자 그녀의 눈이 그를 바라보고 있었다.

"뭐가요?" 더모트가 빠른 목소리로 물었다.

"대륙식 아침식사를 제대로 시켜본 적이 없어요. 그러지 말아야 한다는 걸 알면서도, 깜빡 잊고 매일 베이컨과 달걀을 주문해 버린다니까요."

그녀는 마치 오랜 친구에게 자기의 중요한 문제라도 의논하듯이 스스럼없이 말했다.

그 뒤로 그들은 빠르게 가까워졌다.

그녀의 이름이 베티 웨더릴이었다. 베티는 28살로 브라이튼 출신이었다. 그녀에게 참 어울리지 않았지만 그녀의 원래 직업은 학교 교사였다. 그런데 그녀 말에 따르면, 조그마한 유산을 물려받게 되어서, 돈을 좀 써보려고 이곳에 온 것이라고 했다.

더모트는 말하는 것이나, 행동하는 것이나, 어떤 말을 듣고 대꾸하는 것이나 이제까지 그녀처럼 그렇게 분명한 여자를 만나본 적이 없었다.

그날 오후 그들은 장터에 갔다. 거기서 그들은 핫도그를 사먹고, 전자 피아노에서 나오는 헐떡거리는 음악을 들으며 목마를 탔다. 그 날 밤에는 둘 다 정장을 하고 카지노에 갔다. 앤드루 더모트는 룰렛에 돈을 걸면서 마치 자기가 도박판에서 잔뼈가 굵은 노름꾼 같다는 느낌이 들었다. 순간 기분 좋은 충격을 느끼며 더모트는 중얼거렸다.

"아, 내가 살아 있구나."

베티는 호텔에서 인기가 있었다. 호텔 경영주인 갠트 씨도 그녀에 대해서 잘 알고 있었고 또 호의를 가지고 있었다. 심지어는 실바니아 대사관의 반데르베르 박사도 그녀가 지나갈 때마다 기분 좋다는 듯이 목쉰 소리로 껄껄거릴 정도였다.

그러나 그녀에게도 어려움이 없는 것은 아니었다. 여권에 좀 문제가 있어서 그녀는 경찰서에 몇 번 다녀왔다고 말했다. 그녀는 무척 화가 나서 얼굴을 붉힌 채 경찰서 문을 나서곤 했다.

더모트는 자신이 사랑에 빠져 있다는 것을 알고 있었다. 그 사랑하는 마음 때문에 더모트는 오늘 이 활기 없고 구름이 햇빛을 가린 가을 오후 5시 반에, 호텔 뒤편 잔디밭 탁자 앞에 앉아서도 즐거웠다. 그는 베티를 기다리고 있었다. 풀밭에는 작은 탁자들이 점점이 놓여 있었고 그곳에는 더모트 혼자뿐이었다. 먹다 남은 차와 샌드위치가 쟁반 위에 쌓여 있었다. 그는 배가 잔뜩 불렀다. 바깥에는 어떤 긴장이 감돌아도 일 생 카테린은 조용했다. 이곳에는 어떤 검은 그림자도 없었다.

순간 더모트는 깜짝 놀랐다.

"안녕! 늦어서 미안해요."

베티였다. 그녀는 정자에서 이쪽으로 달려오고 있었다. 숨을 헐떡거리면서도 얼굴에는 미소를 짓고 있었다. 그녀가 흥분했을 때면 늘

짓는 미소였다. 베티는 재빠르게 잔디밭을 둘러보았다. 음식 찌꺼기들을 치우는 여종업원 한 사람뿐이었다. 더모트가 자리에서 일어서며 말했다.

"늦지 않았습니다. 당신 오늘 시내로 차를 마시러 갈 거라고 그랬잖소. 그래서 내가 먼저 나오게 된 거지요, 뭐."

베티는 딴 데 정신을 팔고 있는 것 같았다. 더모트는 의아한 눈빛으로 베티를 바라보며 물었다.

"그랬었죠?"

"네? 뭘 한다고 그랬다고요?"

"차를 마신다고 하지 않았소?"

"아, 물론 그랬죠."

더모트는 왠지 모르게 싸늘한 불안감이 다가오는 것을 느꼈다. 그의 악몽은 치료된 상태였다. 그런데 그 악몽의 한 귀퉁이가 다시 돌아오고 있는 것 같았다. 왜일까? 단지 분위기가 갑자기 틀려졌기 때문인가, 아니면 그녀의 눈빛이 뭔가 달라졌기 때문인가? 더모트는 베티를 위해 의자를 뒤로 빼주었다.

"차 한 잔 더 하실래요? 아니면 샌드위치로 할까요?"

"뭐, 아무거나……"

더모트는 별일도 아닌 것에 자기가 괜한 의미를 부여하고 있다고 생각했다. 그러나 그녀가 평소와는 뭔가 다르다는 느낌은 지워 버릴 수가 없었다. 더모트는 여종업원에게 주문을 했다. 여종업원은 탁자에 있던 쟁반을 치우더니 정자로 사라졌다. 베티는 핸드백에서 담배를 꺼냈다. 더모트가 불을 붙여주려는 순간, 담배가 그녀의 손가락에서 떨어져 탁자 위로 굴러갔다.

"이런!"

베티가 작은 소리로 외쳤다. 더모트는 약간 떨어져서 베티의 눈을 보고 있었다. 보통 때보다 좀더 나이가 들고 현명해 보였다. 담갈색의 눈이었다. 햇볕에 그을린 얼굴과 대조되어 눈의 흰자위가 더욱 선명해 보였다. 무거운 눈꺼풀이 깜박거리고 있었다.

"무슨 문제가 있습니까?" 더모트가 물었다.

"아무 문제도 없어요." 베티가 고개를 젓더니, 말을 이었다. "다만⋯⋯이야기를 좀 나누고 싶었어요. 저 여기를 떠나야 할 것 같아요."

"언제요?"

"오늘 밤에요."

더모트는 허리를 폈다. 마치 자기 맞은편에 낯선 사람이 앉아 있는 것 같았다. 이제껏 세운 계획이 다 허물어지는 소리가 들렸다.

"꼭 그래야 한다면 그렇게 해야겠지요. 사실은 나도 내주 초에는 떠나야 합니다. 둘이 함께 떠날 수 있기를 바랐는데⋯⋯."

베티가 약간 단호한 목소리로 말했다.

"그럴 수 없어요. 바로 떠나야 합니다. 내가 얼마나 못된 여자인지 설명해 드릴 수 있으면 좋겠어요. 하지만 지금 말씀드릴 수 있는 건, 제가 여기 있는 게 안전하지 못하다는 거예요."

"안전요? 이곳에서요?"

베티는 더모트의 말을 듣고 있지 않았다. 훗날 더모트의 기억에 이 모습이 오랫동안 남아 있긴 했지만, 베티는 그날 하얀 옷에 하얀 핸드백을 들고 있었다. 베티는 다시 핸드백을 열고 다급한 표정으로 핸드백 안에서 뭔가를 찾았다.

베티가 날카로운 소리로 말했다.

"맙소사, 제 콤팩트 못 보셨어요? 빨간 띠를 두른 상아색 콤팩트인데."

베티는 좌우를 두리번거리면서 말을 이었다.

"제가 아까 핸드백을 열 때 혹시 떨어지지 않았나요?"

"아닐걸요, 난 못 보았는데."

"그럼 제 방에 놓아두고 왔나 보군요. 실례해요. 금방 돌아올게요."

베티는 자리에서 일어나더니 핸드백을 닫았다.

더모트도 일어났다. 그 순간 더모트가 화가 났다고 말하는 것은 정확한 표현이 못 된다. 왜냐하면 더모트는 어떤 감정도 쉽게 표현하지 못하는 부드러운 성격의 사람이었기 때문이다. 그러나 지금 몇 분 동안에 자신이 이해할 수 없는 어떤 세계로 들어가는 문이 열린 것 같은 느낌이 들었다.

"이봐요, 베티. 난 당신한테 무슨 일이 있는지 모르고 있습니다. 하지만 좀 알아야겠어요. 만일 잘못된 게 없다면, 나한테 그냥 말하면 끝나는 거 아니오? 또 만일……."

"금방 돌아올게요."

베티는 더모트가 내민 손을 무시하고 서둘러 정자로 돌아갔다.

더모트는 한숨을 쉬며 자리에 앉아 그녀의 뒷모습을 노려보았다. 햇빛이 구름에 가려져 하늘은 잿빛이었다. 잔디밭 탁자 위에 덮인 탁자보도 거무스름한 색으로 빛이 바래 보였다. 그 탁자보가 산들바람에 가볍게 나부끼고 있었다.

더모트는 정자를 뚫어져라 바라보았다. 그것은 매우 특별한 종류의 정자였다. 그 정자는 이 쉬샤르 호텔의 주인인 갠트 씨가 이탈리아에서 수입한 것인데, 그는 그것을 매우 자랑하고 있었다. 그 기다란 정자는 뒤로 20미터쯤 쭉 뻗으며, 호텔의 뒤쪽 테라스와 이어져 있었다. 그리고 20미터 정도의 정자 둘레는 덩굴 잎으로 빽빽이 덮여 있어서, 정자 안은 마치 굴속 같은 느낌을 주었다. 여름이면 그 덩굴에 분홍빛 꽃들이 무성하게 피어났다. 그 곁을 따라 탁자들이 죽 늘어서 있었으며, 위쪽으로부터 빛을 비추었다. 밤에는 정자 안에 중국식 등

불들이 켜졌다. 이러한 낭만적인 풍경이 이 호텔의 자랑거리였다. 하지만 지금 이 순간에는 빛도 없이 덩굴 잎들만 빽빽이 덮여 있어 답답한 느낌을 주었다. 기분 나쁜 굴을 들여다보는 듯한 느낌이었다.

"살인하기 좋은 장소네요."

언젠가 베티가 이렇게 말하며 웃음을 터뜨린 적이 있었다.

앤드루 더모트는 자기 손목시계의 초침이 가는 소리를 들을 수 있었다. 어서 베티가 돌아오기를 기다리는 마음뿐이었다.

더모트는 담배에 불을 붙여 꽁초가 될 때까지 피웠다. 좀처럼 베티는 돌아오지 않았다. 더모트는 일어나서 서늘한 느낌을 주는 잔디 위를 어슬렁거렸다. 그리고는 처음으로 베티가 앉아 있던 의자를 바라보았다. 고리버들로 만든 의자였다. 그 의자 위에 빨간 띠가 둘러진 상아색 콤팩트가 놓여 있는 것이 선명하게 눈에 들어왔다.

'저게 저기 있었군! 베티는 너무 당황해서 미처 저것을 보지 못했을 거야. 아마 지금도 자기 방을 뒤지고 있겠지.'

더모트는 콤팩트를 집어들고 베티가 간 길을 따라갔다.

정자 안은 매우 어두웠다. 덩굴 잎들 사이로 희미하게 부서진 햇빛만이 간신히 뚫고 들어올 뿐이었다. 아치형의 굴은 높이가 3미터 정도였고 바닥은 모래였다. 정자 안에는 꽃 썩는 냄새로 가득했다. 이걸 박태기나무라고 부르던가? 더모트는 정자 안이 텅 비어 있는 것을 보고 왠지 안심이 되었다. 그리고 발걸음을 재촉하여 굴 끝을 빠져나가 다시 빛 속으로 들어갔다. 그곳은 붉은색 바닥의 테라스였다. 창문 아래로 상당히 많은 탁자가 놓여 있었다.

"더모트 씨, 안녕하시오?"

상냥한 목소리가 들려왔다. 더모트는 발걸음의 속도를 줄였다. 하마터면 그는 실바니아 대사관의 헨리크 반데르베르 박사와 부딪쳐 넘어질 뻔했다. 박사는 정자 가까이에 앉아서 맛있게 담배를 피우고 있었다. 반데르베르 박사가 두꺼운 안경 너머로 더모트를 바라보고 있었다.

"하하하!"

반데르베르 박사는 별다른 이유도 없이 큰소리로 웃었다. 그것은 그의 습관이었다.

"안녕하십니까, 반데르베르 박사님?"

더모트의 불안증은 다 치료된 상태였으나, 이제 다시 그는 자기가 신경쇠약에 걸려 멍청이가 됐다는 생각에 빠져들고 있었다.

"죄송합니다. 하마터면 제가 박사님을 넘어뜨릴 뻔했군요. 그런데, 웨더릴 양은 내려왔습니까?"

반데르베르 박사는 자기 영어 실력에 자신감을 갖고 있었다. 그가 더모트의 뒷말을 받았다.

"내려와요?"

반데르베르 박사는 의아하다는 듯이 눈썹을 당겨내렸다.

"그녀가 방에서 내려왔난 말입니다."

"그 숙녀분은 당신과 함께 있지 않았소? 난 웨더릴 양이 15분인가, 20분인가 전에 저리로 가는 걸 보았는데."

반데르베르 박사가 손가락으로 정자를 가리키며 말했다.

"예, 저도 그건 압니다. 그런데 웨더릴 양은 콤팩트를 가져온다고 다시 이곳으로 왔거든요."

반데르베르 박사는 이번에는 자신의 영어 실력에 불안감을 느꼈다.

"뭐라고요?"

"콤팩트를 가지러 다시 왔다고 했습니다. 이런 거 말입니다."

더모트는 콤팩트를 들어올려 반데르베르 박사에게 보여주며 말을 계속했다.

"웨더릴 양은 저 정자를 통해 다시 이쪽으로……"

반데르베르 박사가 말을 막으며 힘 있는 말투로 말했다.

"내가 댁의 말을 제대로 이해했는지는 모르오만, 내가 여기 앉아 있는 동안은 아무도 저 정자를 통해 이쪽으로 지나가지 않았소."

"그럴 리가?"

"뭐라고요?"

더모트는 상황을 이해할 수 있을 것 같았다.

"박사님이 여기 계속 앉아 계셨던 것은 아니지요?"

그러자 반데르베르 박사는 시계를 꺼내 흔들며 말했다.

"더모트 씨, 나는 여기 1시간 이상 앉아 있었소. 1시간 이상요! 나는 날마다 이맘때면 항상 여기 나와 앉아 담배를 피웁니다, 알겠소?"

"그런데요, 박사님?"

"그 숙녀분이 여기를 지나 저 아래로 내려가는 것은 보았소. 하지만 그녀가 다시 이리 돌아오는 것은 보지 못했단 말이오. 그녀뿐만 아니라 다른 누구도 이리 돌아오는 것은 보지 못했소. 내가 앉아 있는 동안 이 테라스에서 본 사람이라고는 당신이 마신 찻잔을 들고 온 여종업원 한 사람뿐이었소."

정자 그늘에 가려져 늘 어둑어둑한 테라스는 저녁 어스름과 더불어 더욱 어두워 가고 있었다.

더모트는 냉정하고 날카롭게 말했다.

"반데르베르 박사님, 제 말을 좀 들어보십시오."

반데르베르 박사의 안경이 최면에 걸린 듯 더모트를 올려다보았다. 더모트가 말을 계속했다.

"제 말을 정확히 이해하세요. 저도 그 여종업원이 쟁반을 들고 이 정자로 지나가는 것은 보았습니다. 그때 웨더릴 양은 저와 함께 있었습니다. 저는 그 뒷일을 이야기하는 겁니다. 그 몇 분 뒤의 일,

을, 요! 박사님, 한 10분쯤 전에 웨더릴 양이 이리로 지나가는 것을 못 보셨습니까?"

"못 보았소."

"틀림없이 보셨을 텐데요! 저는 저기 앉아서 웨더릴 양이 이 정자로 들어가는 것을 보았습니다. 이 정자 입구에서 눈을 뗀 적이 없습니다. 그런데 웨더릴 양이 여기로 지나가지 않았다니! 직접 박사님 눈으로 보셨을 텐데! 그녀는 틀림없이 이 테라스 쪽으로 나왔습니다."

그러자 반데르베르 박사도 위엄있게 탁자를 두들기며 말했다.

"그래서! 그래서 어떻게 되었다는 거요? 난 당신이 그 숙녀한테 무슨 일이 일어났다고 생각하는 건지 알 수가 없소. 귀신이 데려갔다는 거요, 아니면 원자로 분해되어 버렸다는 거요?"

반데르베르 박사의 얼굴은 피가 몰려 검붉어졌다.

"난 더 이상 이 이야기는 하고 싶지 않소. 한 마디만 말해 두겠소." 박사는 그 두툼한 목을 앞으로 쭉 뽑으며 말했다. "아무도 이 정자를 통해 테라스로 지나가지 않았소!"

그날 밤 9시쯤, 쉬샤르 호텔은 공포 분위기에 휩싸여 있었다.

그때까지 갠트 씨는 경찰을 부르기를 꺼렸다. 그는 처음에 사람들이 모두 농담을 하고 있다고 생각했다. 그는 한번 어깨를 으쓱하고 나서 방마다 다 뒤져 보았다. 그는 베티 웨더릴이 호텔에도, 호텔 뜰에도 없다는 것을 확인했다. 만일 더모트와 반데르베르 박사의 증언이 모두 옳은 것이라면, 베티 웨더릴은 정자로 들어갔다가 연기처럼 사라져 버린 것이 되는 셈이다. 그런데 더모트와 반데르베르 박사, 두 사람 다 자기 주장을 굽히려 하지 않았다.

웨더릴 양이 정자 중간에서 덩굴을 뚫고 옆으로 빠져나가지 않은 것은 분명했다. 덩굴은 땅바닥에서부터 꼭대기까지 마치 철사로 엮은 새장처럼 정자를 덮고 있었으며, 그 덩굴은 기둥을 빙글빙글 돌아 서로 꼬여 있었기 때문에, 그것을 자르지 않는 한 뚫고 나가는 것은 불가능했다. 그런데 정자 어디에도 덩굴이 잘린 흔적은 없었다. 한 짐꾼이 정자 밑에 지하통로가 있을지도 모른다고 했지만, 그러나 그건 터무니없는 이야기였다. 더모트가 정자 안으로 들어갔을 때 베티가 정자 안 어딘가에 숨는다는 것도 불가능한 일이었다. 정자 안에는 전혀 숨을 데가 없었다.

정자 안에 숨을 데가 없다는 사실은, 그 잎으로 뒤덮인 굴에 중국식 등불이 켜진 다음 갠트 씨가 사다리에 올라서서 덩굴 벽을 미친 듯이 흔들어 본 다음에 더욱 분명해졌다. 갠트 씨 뒤에는 호텔 직원들이 반쯤 모여 있었다. 이런 일은 호텔 내부의 문제라고 할 수 있었기 때문에, 일이 없는 직원들은 다들 나와서 거들어야 했다.

사실 알리스 마르샹은 이 사건에서 눈에 안 보이는 주인공이었다. 알리스는 베티가 사라지기 15분쯤 전에 차와 샌드위치 주문을 받았던 그 여종업원이다. 그러나 알리스는 그 주문을 이행하지 않았다. 주방장이 오후 차 시간이 이미 지났다고 음식을 만들려 하지 않았기 때문이다.

더모트를 제외하고는 알리스가 베티 웨더릴을 실제로 본 마지막 사람이었다. 알리스는 검은 작업복을 입고 말쑥하게 앞치마를 두른, 분홍빛 뺨에 검은 눈을 가진 여자였다. 그녀는 아무 사고 없이 정자를 통과했다. 그녀는 갠트 씨에게 어떻게 자기가 더모트 씨한테서 차와 샌드위치 주문을 받았는가를 요란하게 몸짓을 섞어가며 설명했다. 또 자기가 마술사처럼 그 큰 쟁반 위에 보자기를 하나 덮어 들고 정자를 통과해 호텔로 들어왔다는 것을 자세하게 묘사하여 설명했다.

"그때 반데르베르 박사를 보았나?"

"봤어요."

"반데르베르 박사는 어디 계셨지?"

"테라스의 작은 탁자 앞에 앉아 계셨어요. 담배를 피우고 계셨지요. 그리고 호주머니에 넣고 다니는 뿔손잡이가 달린 커다란 칼을 작은 숫돌에 갈고 계셨어요."

그때 반데르베르 박사가 끼어들었다. 훌륭한 프랑스 말이었다.

"그건 새빨간 거짓말이오."

중국식 등불이 죽 늘어선 정자 안은 매우 따뜻했다. 반데르베르 박사는 벽을 등지고 서 있었다. 프랑스 어로 말을 하는 반데르베르 박사는 더 이상 소처럼 느릿느릿해 보이지 않았다. 그의 관자놀이 근처의 불거진 핏줄 옆에 땀방울이 솟아 있었다. 두꺼운 안경 뒤의 그의 눈빛을 보고 앤드루 더모트는 몸이 오싹해지는 것을 느꼈다.

알리스는 그 검은 눈으로 사람들을 빙 둘러보며 비명을 지르듯 말했다.

"내가 말한 건 사실이에요. 난 부엌으로 들어가서도 내 동생인 크로틸드한테, 그리고 지나와 오데트에게도 그 이야기를 해주었어요. 반데르베르 박사님은 나를 보자 칼을 호주머니에 집어넣었어요. 아주 빠르게요!"

갠트 씨가 신경질적으로 서둘러서 말했다.

"칼에는 여러 용도가 있지요. 경찰에 연락을 하는 것이 좋을 것 같습니다. 당신은 변호사이지요, 더모트 씨? 제 제안에 동의하십니까?"

더모트는 동의했다.

더모트는 정신을 집중하려고 애를 쓰고 있었다. 그는 그의 직업의 밑천이라고도 할 수 있는 차가운 이성이 서서히 되돌아오는 것을 느꼈다. 더모트는 앞장서서 일을 진두지휘하기 시작했다. 이 실제적 상황은 악몽을 다시 불러일으키는 대신에, 오히려 차분함을 가져다주었다. 그는 이제 문제를 정확하게 볼 수 있었다. 더군다나 한 무리의 사복 형사들과 함께 그 유명한 예심판사 레피나스가 오자 문제는 더욱 명확해졌다.

레피나스는 정자를 조사하고 난 뒤, 갠트의 사무실에서 사람들을 만났다. 레피나스는 키가 크고 여윈 사람으로 뺨이 홀쭉하고 얼굴에는 우울한 표정을 띠고 있었다. 가슴에는 프랑스 명예훈장을 달고 있었고, 그는 그의 눈초리를 받는 사람이 불편함을 느낄 정도로 빈틈없는 눈초리로 사람들을 응시하였다.

레피나스가 입을 열었다.

"여러분들은 마치 기적 같은 일이 벌어졌다는 것을 알고 계십니다. 하지만 나는 현실주의자입니다. 나는 기적을 믿지 않습니다."

더모트가 냉정한 말투로 대꾸했다. 그는 조심스럽게 프랑스 어를 사용하고 있었다.

"그건 마음에 드는 이야기군요, 그렇다면 판사께서는 이 사건을 설명할 수 있는 이론을 세우셨을 것 같은데요?"

"이론이 아니라 확실한 사실입니다,"

레피나스의 빈틈없는 눈초리가 더모트를 향했다. 레피나스가 말을 이었다.

"우리가 조사해 본 결과, 웨더릴 양이 어떤 비밀스러운 방법을 써서 정자를 떠난 것이 아님이 분명해졌습니다. 그런데 더모트 씨와 반데르베르 박사는 서로 다른 이야기를 합니다."

레피나스가 반데르베르 박사 쪽을 바라보았다가 다시 더모트 쪽으로 시선을 옮겼다. 계속해서 그가 말했다.

"따라서 두 분 중 한 분은 거짓말을 하고 있음이 분명합니다."

이때 반데르베르 박사가 나섰다. 그는 의미심장한 눈초리로 딱딱하게 말했다.

"레피나스 판사가 혹시 실수를 할까봐 미리 알려드리겠습니다. 나는 실바니아 국왕 폐하를 대신하는 사람으로서 면책 특권을 가지고 있습니다."

"난 면책 특권에는 관심이 없습니다. 내게 관심이 있는 것은 당신이 법을 어겼느냐 아니냐 하는 것입니다."

"나는 법을 어기지 않았소! 나는 거짓말을 한 적이 없단 말이오!"

반데르베르가 얼굴을 붉히며 말했다. 레피나스가 손을 들어올려 말을 막았다.

"다시 말씀드리지만 당신의 이야기와 더모트 씨의 이야기, 둘 중의 하나는 사실이 아닙니다. 만일 웨더릴 양이 정자 속으로 들어간 적이 없다면 더모트 씨가 허위진술을 한 겁니다. 반대로 그녀가 정자 속으로 들어간 것이라면, 당신은 무슨 이유에선가 자기가 본 사실을 부인하고 있는 것입니다. 나는 지금……."

레피나스는 다시 손을 들어 입을 열려고 하는 반데르베르를 저지했다.

"반데르베르 박사, 나는 지금 당신에게 웨더릴 양이 나한테 말한 사실을 알려드리고 싶습니다. 웨더릴 양은 반데르베르 박사 당신이 자기를 죽일지도 모른다고 말했었습니다."

갑자기 침묵이 흘렀다. 그 혼잡한 방에 걸려 있는 시계의 초침 소리가 들릴 정도였다.

"죽인다고?" 반데르베르가 반문했다.

"그렇게 말했습니다."

"하지만 나는 그 여자를 알지도 못하오!"

"그녀는 분명히 당신을 알았습니다." 레피나스가 말했다. 그의 홀

쪽한 얼굴은 이 논쟁으로 인해 생기를 띠고 있었다. 레피나스는 가슴의 장미꽃 모양의 훈장을 만지면서 한 걸음 앞으로 나왔다.

"웨더릴 양은 경찰서로 나를 몇 번 찾아왔습니다. 그녀는 나한테 당신의 과거의 살인 행적에 대해서 이야기해 주더군요. 하지만 나는 그녀를 믿지 않기로 했었습니다. 그녀의 말을 믿으면 내가 상당히 큰 책임을 져야만 했기 때문입니다. 책임 말입니다! 하지만 이런 일이 일어났으니, 이제 나는 최소한의 책임을 져야 합니다. 괜찮으시다면 한 가지 더 묻겠습니다. 여종업원이 말하는, 뿔로 된 자루가 달린 칼에 대해서는 뭐라고 말씀하시겠습니까?"

반데르베르는 쉰 목소리로 말했다.

"나는 그런 칼을 가지고 있어본 적이 없소. 난 그런 칼을 보지도 못했소. 당신이란 작자는 정말 개……."

"아, 말을 다 끝맺으실 필요는 없습니다. 우리가 대신 끝을 맺어 드리겠습니다."

레피나스가 손가락질을 하자, 사복 형사 한 사람이 신문지에 싼 물건을 들고 방으로 들어왔다.

레피나스가 계속 말을 했다.

"우리의 정자 수색은 갠트 씨가 하신 수색보다는 훨씬 더 철저했습니다. 반데르베르 박사가 앉아 있던 곳에서 얼마 떨어지지 않은 모래 바닥에 이것이 묻혀 있더군요."

신문지에 싸인 날카롭게 반짝이는 칼날에는 모래알만 묻어 있는 것이 아니었다. 다른 것도 묻어 있었다. 레피나스는 그것을 가리키며 말했다.

"사람 피입니다."

11시에 앤드루 더모트는 방을 나올 수 있었다.

나중에 경찰은 그가 훌륭하게 증언을 해 주었다고 칭찬했다. 그의 답변은 침착하고 짧고 요령있는 것이었다. 그리고 자기 나라와는 다른 영국에서의 법적 절차에 대해서도 자세하고 좋은 충고를 해주었다는 이야기였다.

그러나 더모트 자신은 자기가 무슨 말을 했는지 잘 기억할 수 없었다. 그는 그저 바깥으로 나가고 싶었으며, 베티에 대해 더 이상 생각하고 싶지 않았을 뿐이었다.

더모트는 호텔 앞쪽 테라스에 서 있었다. 칼이 묻혀 있었던 정자와는 반대편이니까, 그곳으로부터 가장 먼 장소에 와 있다고 할 수 있었다. 800미터쯤 떨어진 곳에 도시 중심가의 불빛들이 죽음처럼 창백하게 빛나고 있었다. 차가운 바람이 테라스를 쓸고 지나갔다.

경찰은 반데르베르를 앞 계단으로 데려와 차에 실었다. 그의 손목에는 수갑이 채워져 있었다. 그리고는 너무 심하게 다리를 휘청거렸기 때문에 경찰은 거의 밀다시피 해서 그를 차에 밀어넣었다.

차는 굉음을 내며 출발했다. 뒤꽁무니에서 시커먼 연기를 뿜고 있었다. 레피나스는 차에 타지 않고 호텔에 남아서 반데르베르의 방을 뒤지고 있었다. 왜 평범한 호텔에서 해질 무렵에 갑작스럽고 의미도 없는 살인이 일어났는지 그에 대한 단서를 찾기 위해서였다.

앤드루 더모트는 손을 관자놀이에 대고 꽉 눌렀다.

'그래, 이제 끝난 일이야.'

더모트는 테라스에 앉았다. 작고 둥근 탁자는 붉은색이었다. 그 색깔이 마음에 들지 않았으나 더모트는 그냥 앉아서 평소에 잘 마시지도 못하는 브랜디를 주문했다. 정자에 지하통로가 있을지도 모른다고 말했던 종업원이 브랜디를 가져왔다. 그는 이번에는 또 장황하게 살인 동기에 대한 자신의 추측을 늘어놓으려고 했다. 더모트는 그를 쫓아버렸다.

베티는 가야만 한다고 했다……'간다'는 말이 잘 어울리지 않지만

……도대체 그게 무슨 의미였을까? 왜? 왜? 반데르베르는 살인광은 아닐 것이다. 게다가 더모트의 법률가적 본능은 이번 살인이 너무 빈틈이 많다는 것에 의혹을 느끼고 있었다. 만일 반데르베르가 살인을 했다면, 무엇 때문에 처음부터 베티가 정자에서 나오지 않았다고 불필요한 거짓말을 했을까? 그리고 그냥 자기 방에 가 있다가 자기는 아무것도 보지 못했다고 말하지, 뭐하러 계속 정자 앞에 앉아서 자신에게 의심이 가게 되는 것을 자초했을까?

그러나 더모트는 베티의 시체가 어디에 있을지에 대해서는 전혀 의심을 품고 있지 않았다.

만일 반데르베르가 사실을 말했던 것이라면?

말도 안 된다! 반데르베르가 사실을 말했을 리 없다. 어떻게 사람이 그 굴속에서 비누거품처럼 사라질 수 있는가?

머지않아 이 바람 부는 황량한 테라스의 불들이 꺼질 것이다. 쉬샤르 호텔은 겨울에는 일찍 문을 닫는다. 오늘 밤은 겨울보다 더 빨리 호텔 문을 닫을 것이다. 더모트의 등 뒤 불이 켜진 창문으로, 라운지, 흡연실, 그리고 그가 처음 베티를 보았던 식당이 보였다. 종업원이 마루바닥을 쾅쾅 소리나게 걸어다니며, 처음에는 식당, 그 다음에는 라운지의 불을 끄고 있었다. 더모트는 이제 자기 방으로 올라가서 잠을 자야만 했다.

더모트는 일어나서 두꺼운 카펫이 깔린 홀로 걸어 들어갔지만, 곧장 자기 방으로 올라갈 수가 없었다. 그는 한번 더 그 정자를 보아야 한다는 의무감과도 같은 느낌을 피할 수가 없었다.

이제 정자는 진짜 굴이 되어 있었다. 20미터에 이르는 시커먼 형체 속에, 중국식 등불들이 천장으로 빛을 뿌리고 있었다. 칼을 찾아낸 곳에는 모래가 파헤쳐져 있었고 그 옆에는 삽이 두 자루 세워져 있었다. 아마도 다음날 아침 더 파보기 위해서 그냥 내버려 둔 것 같았다. 그 삽이 무엇을 찾아내기 위해 거기 세워진 것인가를 깨닫는 순간, 더모트의 마음은 갑자기 암흑처럼 어두워졌다. 그리고 그 암흑의 밑바닥으로 굴러떨어지는 느낌을 받았다.

더모트는 그런 상태에서 거의 정신을 잃은 채 서 있었기 때문에 처음에는 발자국 소리를 듣지 못했다. 이윽고 고개를 돌리자, 두 사람이 더모트가 있는 쪽으로 다가오고 있는 것이 보였다. 그러나 그들은 각기 다른 유리문을 통해 나왔다. 그 두 사람은 서로를 발견하는 순간 멈추어서더니 서로를 노려보았다.

한 사람은 예심판사 레피나스였다.

그리고 다른 한 사람은 베티 웨더릴이었다.

턱뼈가 더욱 두드러져 보이는 레피나스는 서류가방과 여행용 가방을 손에 들고 있었는데, 갑자기 레피나스는 그것을 둘 다 손에서 떨어뜨렸다.

레피나스가 큰소리로 말했다.

"자, 이제 그 우스꽝스럽고 변명할 여지가 없는 트릭에 대해 설명을 해주시겠습니까?"

베티가 더모트를 보고 말했다.

"전 그럴 수밖에 없었어요. 정말이지 그럴 수밖에……."

베티는 더모트를 보고 미소를 짓지 않았다. 더모트는 커다란 안도감을 느끼며, 곧 둘이 함께 웃음을 터뜨리겠지 하고 생각하였다. 그러나 더모트는 갑자기 베티가 자기로부터 떨어져 있으며, 자기는 그녀를 가까이할 수가 없다는 것을 알았다.

"잠깐."

레피나스가 둘 사이에 끼어들며 냉정한 목소리로 말했다.

"더모트 씨, 당신이 웨더릴 양에게 설명을 해달라고……."

"아닙니다. 그녀가 원치 않는……."

레피나스가 목소리를 높였다.

"사실 나는 당신에게 웨더릴 양이 어떻게 트릭을 사용했는지 말씀 드리려고 데려온 것입니다. 내가 모르는 것은 왜 그녀가 그런 트릭을 사용했느냐 하는 것입니다."

베티가 고개를 돌리며 물었다.

"당신이 그 방법을 아셨다고요?"

"난 당신이 알리스 마르샹의 도움을 받아 그 어리석은 짓을 한 것을 알고 있습니다. 알리스는 정말 혼나야 할 여자지요. 10분 전에 알리스가 자기 방에서 지폐 뭉치를 흔들면서 좋아하고 있는 것을 발견했습니다. 알리스의 그런 행동은 당연히 설명을 필요로 하는 것이겠지요."

그리고는 엄한 목소리로 레피나스는 말을 이었다.

"알리스는 방금 내게 설명을 해주었습니다."

레피나스는 더모트를 바라보았다.

"내가 일이 어떻게 된 것인지를 설명해 드리지요. 당신은 확인만 해주시면 됩니다. 웨더릴 양은 당신한테 앉아 있을 탁자까지 구체적으로 지적하면서, 여기서 만나자고 했지요? 그리고 그녀는 차를 마신 뒤에 오겠다고 했지요?"

"그렇습니다."

"5시 반에 웨더릴 양은 정자를 통해 약속 장소로 왔지요? 물론 반 데르베르 박사가 평소와 다름없는 시간에 담배를 피우기 위해 평소와 다름없는 그 자리에 앉아 있다는 것을 확인한 뒤였지요?"

"5시 반에 왔습니다."

"웨더릴 양은 금방 차 한 잔을 더 마시겠다고 했지요?"

"내가 그러라고 했습니다."

"알리스는 그때 분명한 이유도 없이 그곳을 돌아다니고 있었지요?

그리고 알리스 외에 다른 사람은 없었지요?"

"그렇습니다."

"당신은 알리스에게 주문을 했습니다. 알리스는 당신의 쟁반, 아주 큰 쟁반을 들고 그 위에 보자기를 씌웠지요?"

"맞습니다."

"그런 다음 알리스는 당신 자리를 떠나 정자를 통해 사라졌습니다. 그때 웨더릴 양은 담배를 꺼냈고, 당신은 불을 붙여 주느라 알리스 쪽에 주의를 돌릴 수가 없었습니다. 웨더릴 양은 이번에는 짐짓 흥분한 체하면서 담배를 떨어뜨려 당신이 계속 그녀 쪽에만 주의를 기울이도록 하였습니다."

레피나스는 하도 열중해서 말을 하는 바람에 얼굴까지 찌푸리고 있었다. 더모트는 베티 쪽을 얼른 바라보았다. 이건 장난이 아니다. 베티의 얼굴은 하얗게 질려 있었다. 계속해서 레피나스의 말이 들려왔다.

"웨더릴 양이 당신 주의를 계속 끈 이유는 알리스가 정자에서 다시 나오는 것을 보지 못하게 하기 위한 것이었습니다. 사실 알리스는 정자를 통과하지 않았던 겁니다. 그녀는 쟁반을 들고 재빨리 정자에서 빠져나와, 다른 사람들 눈에 띄지 않은 채 다른 길을 통해서 호텔로 들어간 것입니다. 그 다음부터 웨더릴 양이 등장합니다. 콤팩트를 잃어버린 체한 다음, 웨더릴 양은 정자 안으로 들어갑니다. 정자 중간쯤의 어두컴컴한 곳에는 이 두 주인공이 준비해 놓은 소도구가 준비되어 있었습니다. 쟁반이 하나 더 있었는데, 알리스가 들고 있었던 쟁반처럼 보자기로 덮인 쟁반 말입니다. 그러나 그 보자기 밑에는 접시가 들어 있지 않았습니다. 그 밑에는……."

레피나스는 여기서 말을 멈추었다.

레피나스는 당황한 표정이었으며, 자세도 흐트러져 있었다. 하지만 그의 날카로운 눈에는 감탄하는 빛이 들어 있었다.

"더모트 씨, 심리학적인 사실을 하나 말씀드리도록 하지요. 세상에서 사람들이 그 특징을 기억해 낼 수 없는 사람을 하나 들라고 하면, 나는 여종업원을 들겠습니다. 사람들은 여종업원을 아주 가까운 거리에서 보지만, 실제로는 제대로 보지를 않습니다. 이것이 의심스러우시다면, 더모트 씨, 나중에 런던에 가셨을 때 아무 식당에나 한번 들어가 보십시오. 식당에서 나와 계산서를 지불하면서 당신 테이블에 차를 날라 주었던 여종업원이 누구인가를 한번 기억해 보십시오. 기억 못하실 겁니다. 웨더릴 양도 이 점을 알고 있었던 것입니다.

웨더릴 양은 흰 옷 밑에 이미 검은 작업복을 입고 있었습니다. 그리고 그 쟁반에는 다른 소도구들이 들어 있었습니다. 그 소도구들을 이용하여 웨더릴 양은 금발을 검은 머리로 바꾸고, 흰 양말과 신발은 검은색으로 바꾸고, 햇볕에 그을린 얼굴은 붉은 빛이 감도는 얼굴로 바꾸었던 것입니다. 아주 쉬운 변장이었지요. 세밀하게 할 필요도 없이 대충만 하면 되었으니까요. 반데르베르 박사가 쟁반을 들고 정자에서 걸어나오는 여종업원, 모자와 앞치마를 갖추고 작업복을 입은 여종업원을 두 번 보겠습니까? 박사는 그 머리카락이 가발이란 것도, 얼굴에 화장을 했다는 것도 절대 알아보지 못합니다. 그의 마음속에는 그저 '여종업원이 지나갔다'라는 사실만 남는 것입니다. 이렇게 대충 알리스로 변장한 웨더릴 양은 무사히 정자의 그림자 때문에 그늘이 진 테라스를 통과해 갔던 것입니다. 물론 쟁반에는 하얀 옷과 양말, 신발이 들어 있었겠지요."

레피나스는 깊이 숨을 들이쉬었다.

"자, 이번 일은 지금까지 내가 이야기한 대로입니다. 하지만 나한 텐 아직도 의문이 남아 있습니다. 왜 그런 일을 했느냐 하는 것입니다."

"아직도 그걸 모르시겠어요?" 베티가 말했다.

"내가 멍청하다는 것에 대해서는 사과를 드립니다. 하지만 정말 모르겠습니다. 웨더릴 양도 자기 살을 베어 칼에 피를 묻히는 것을 즐거워했을 리는 없지 않습니까? 그런데 왜 그렇게 한 것이죠? 반데르베르 박사가 아무런 죄도 짓지 않았는데, 그를 경찰서로 끌고 가는 우스꽝스러운 짓거리를 하는 것이 무슨 도움이 되겠습니까?"

"그가 대사관에 있는 사람이기 때문이죠."

베티가 간단하게 대답했다.

"예? 그게 무슨 뜻이지요?"

"반데르베르 박사는 외교관으로서 면책 특권을 가지고 있습니다. 그렇기 때문에 정부는 그를 조사하기는커녕 손도 댈 수가 없지요. 따라서 경찰에서 그를 살인죄로 체포해야만 그의 서류를 조사해볼 수 있었던 거예요."

베티는 더모트 쪽을 바라보았다.

"데리, 미안해요. 내가 학교 교사였다가 유산을 물려받아 이곳에 왔다는 거짓말을 해서 미안하다는 뜻이에요. 하지만 나도 내가 그런 사람이기를 바랐어요. 나도 즐겁게 지내고 싶었어요. 생전 처음으로 저는 당신과 함께 즐거운 시간을 보냈어요. 난 당신과 함께 있고 싶을 뿐이에요. 이제 그 지겨운 일도 그만두었으니……."

레피나스는 작은 소리로 욕을 했다. 잠시 동안 꼼짝도 않던 레피나스가 아까 떨어뜨렸던 가방을 주웠다. 둘 다 녹색 가죽으로 된 가방이었는데, 거기에는 실바니아 왕가의 금으로 된 문장이 찍혀 있었다.

베티가 흥분한 목소리로 말을 이었다.

"……그리고 물론 그 사람의 이름은 '반데르베르 박사'가 아니에요, 저처럼 그 사람도 중립적인 사람이 아니죠. 단지 안전을 위해서 위조 신분증을 가지고 있었던 것뿐이에요. 그래서 저는 레피나스 씨한테 그 사람이 살인자라고 계속 말을 해두었던 거예요. 그의 진짜 이름은 칼 하인리히 폰 안하임이에요. 조지 경이……레피나스 씨, 제가 누구 이야기를 하는지 아시겠죠? 저한테 그 자를 추적하라 했을 때……. "

레피나스는 서류 가방을 열 수가 없었다. 그래서 그는 자기가 가지고 있던 무시무시하게 생긴 칼로 가방을 찢었다. 레피나스는 그 안에서 비밀을 발견하고는 태도가 달라졌다.

레피나스가 입을 열었다.

"영국인들은 나쁘지 않지요. "

레피나스가 칼을 흔들었다. 창에서 나온 빛이 반사되어 칼이 반짝거렸다.

"반데르베르 박사는 어쨌든 경찰서를 나가지 못합니다. "

레피나스는 베티 웨더릴에게 깊숙이 고개를 숙여 인사를 했다.

"이 지하 요새화의 계획 전체가 새어나가게 되면, 우리가 맡고 있는 이 후방의 방어전선도 다 붕괴되고 말겠지요. "

줄커피 줄담배 속에 빚어낸 카의 걸작

존 딕슨 카(John Dickson Carr), 또 하나의 이름인 카터 딕슨 (Carter Dickson)은 현대 영미 미스터리 소설계의 제1인자이다. 아버지는 변호사이며 국회의원. 딕슨 카는 1906년 미국 펜실베이니아 주유니언타운에서 태어났으며 꽤 조숙하여 11살 때 이미 지방신문의 살인사건 보도기사를 썼다고 한다. 그 뒤로 학생 시절을 지내면서 변사(變死) 및 피살(被殺)에 깊은 흥미를 지니고 있었다. 졸업하자 아버지의 권유에 따라 파리로 유학했는데, 학업은 젖혀둔 채 2년 동안 미스터리 소설을 썼다. 그러나 마음에 드는 게 아무것도 없어서 모조리 불태워 버렸다.

1930년에 미국으로 돌아와 뉴욕의 호텔에서 첫 장편소설 《밤에 걷다》를 썼다. 이것이 하이퍼 사에서 출판되어 큰 호평을 받았으며, 그 뒤로 1957년까지의 28년 동안에 60여 권에 이르는 작품을 발표했다.

그의 작품 경향은 미스터리 소설의 정도를 걷는 이른바 본격 미스터리 소설로 이야기 줄거리가 파란만장하고 풍부하며 흥미진진하지만, 무엇보다도 그의 특색은 괴기 수수께끼 풀이에 있다. 책을 펼치면 그 첫 페이지부터 참으로 불가사의한 사건이 발생되는 것이다. 그 뿐 아니라 수수께끼가 너무도 엉뚱해서 얼른 보기에는 해결이 불가능한 듯이 여겨질 만큼 이야기의 흥취가 깊다. 그가 시종일관 불가능 범죄에 무한한 열정을 가지고 줄곧 부닥쳐가는 까닭도 바로 여기에 있다고 할 수 있다.

그의 특징을 또 하나 든다면 이야기가 모두 신비적 취향을 띠고 있다는 점이다. 그것은 실로 극단적이리만큼 심하여 마술, 기술(奇術), 심령 현상, 흡혈귀 전설, 여우에 홀리는 이야기, 교수대의 공포 등 가슴을 조마조마하게 하는 부분에서는 마음 약한 독자라면 정신을 잃을 정도이다. 더욱이 이것이 마지막 장(章)에 이르면 명쾌하고 합리적인 설명으로 모두 해결되므로, 미스터리 문학 애호가라면 누구나 그에게 심취하게 된다.

《해골성》은 1931년 출판된 것으로 그의 초기 작품에 속한다. 라인 강변 로렐라이 바위 가까이 있는 해골 모양의 옛 성을 무대로 펼쳐지는 이야기로, 지금까지 딕슨 카의 특색이 아주 두드러지게 드러나 있는 수작(秀作)이다.

뒤에 덧붙여 수록한 〈뛰는 자와 나는 자〉 역시 미스터리를 해명하는 데 뛰어난 기량을 갖추고 있는 딕슨 카의 특성이 훌륭히 살아 있는 단편이다.

끝으로 딕슨 카의 작품을 즐겨 읽는 독자를 위해 미국 어느 잡지에 실린 집필 중의 그의 모습을 소개해 둔다.

…… 다락방을 서재로 하여 주로 한밤중에 글을 쓴다. 그 방에 박쥐를 기르고 있다는 소문도 있다. 오후 8시가 되면 그는 커다란 커피 잔을 들고 다락방으로 올라간다. 글을 쓰는 도중 그것을 다 마시면 몇 번이고 다시 가지러 밑으로 내려온다. 부인의 이야기로

는 여느 때는 9리터, 글이 잘 써지지 않을 때는 16리터의 커피를 마신다고 한다. 또한 담배도 끊임없이 피운다. 그리고 불이 붙은 담배를 바닥에 그냥 내버리기 때문에 바닥이 온통 불에 탄 자국투성이다. 그의 서가에는 굉장히 많은 고금의 범죄서적이 죽 꽂혀 있다. 딕슨 카 자신도 "에든버러의 해리 포지 씨를 제외하면 나의 범죄서적 수집이 세계에서 으뜸이다"라고 말하고 있다.